이건숙 문학전집 3

꿈꾸는 여자

이건숙 문학전집 **3**
꿈꾸는 여자

1쇄 발행일 | 2022년 9월 15일

지은이 | 이건숙
펴낸이 | 윤영수
펴낸곳 | 문학나무
편집 기획 | 03085 서울 종로구 동숭4나길 28-1 예일하우스 301호
이메일 | mhnmoo@hanmail.net

출판등록 | 제312-2011-000064호 1991. 1. 5.
영업 마케팅부 | 전화 | 02-302-1250, 팩스 | 02-302-1251
ⓒ이건숙, 2022

값 16,000원
잘못된 책은 바꾸어 드립니다
지은이와 협의로 인지는 생략합니다
무단 전재 및 복제를 금합니다
ISBN 979-11-5629-147-3 04810

이건숙 문학전집 3

·

꿈꾸는 여자

이건숙 소설

문학나무

펜을 놓지 말고 끝까지

남의 글 읽기를 좋아하는 사람이 글을 쓴다고 책상에 앉으면 한참 머무적거리게 된다. 부끄럽기 때문이다. 그럴 때마다 나를 작가로 데뷔시킨 최인훈 선생님의 권면을 떠올린다. 절대로 펜을 놓지 말고 끝까지 열심히 쓰라고 당부한 말씀이다.

제3창작집을 내면서 그간 쓴 11개의 단편들을 읽고 또 읽었다. 속이 곪아 터질 정도로 고민하면서 많은 시간을 투자한 단편이 눈에 띄게 좋다는 사실을 놓고 놀라기도 했다. 앞으로 작품을 쓸 적에는 혼신을 다하는 자세로 임해야겠다는 다짐을 해본다.

글이란 역시 내 자신의 일부이다. 내 생각, 가치관, 역사관, 심지어 사물을 보는 눈, 게다가 내면에 숨겨진 신앙까지 낱낱이 알몸으로 드러나기 때문이다. 인간에 대한 깊이 있는 통찰이나 사랑도 유리바다 위를 지나듯 또렷하게 글 속에 보인다. 그래서 내 작품이 활자화되는 날은 혼자 길거리를 무작정 방황한 적이 많다. 내 손에서 떠난 작품은 내 것이 아니고 공중으로 사라져버린 듯 허전하기도 하고, 나를 내보인 알몸이 부끄러워서였다.

또 한 가지, 부끄러운 고백이지만 노력하고 애쓴 작품이 전혀 돈하고 관계가 없으니 이따금 낙망하기도 한다. 그래도 소설가란 직함을 목에 걸고 꾸준히 글을 쓰고 있는 것은 상황이야 어떻든 쓰지 않고는 못 견디는 달란트 때문이다. 이걸 끼라고 말하면 좋을 것이다. 누가 시키지도 않은 것을 혼자 미쳐서 하는 일이니 어쩔 수 없는 일이 아니겠는가. 지금은 독자들이 눈으로 감정으로 살갗으로 삶을 즐기기에 여념이 없지만, 먼 훗날 언젠가는 그런 일에 식상해서 문학작품으로 돌아올 것이라 믿고 기다린다. 문학이 추구하는 궁극적 목표가 인간다운 삶이기 때문이다.

소설은 현실의 모순을 극복하고 새로운 가능 세계를 지

향하는 장르이기 때문에 타인의 욕망까지 흉내 내는 타인 지향형의 인간들이 어느 날 갑자기 자신의 내면을 바라볼 수 있는 참 인간으로 돌아올 것이다. 인간은 생각하는 동물이다. 지금의 물결은 지나가는 바람과 같은 것이다. 사고를 못하는 쇠붙이 기계 속에 생각과 사상과 가치관, 그리고 철학을 넣은 것은 역시 작가들의 임무이다. 누가 뭐래도 그만큼 작가들은 놀랍고 가치 있는 일을 하고 있다고 믿고 있다.

내 삶의 편린이 이렇게 단편으로 승화되어 나오는 걸 읽으면서 내가 아닌 다른 사람이 쓴 것이 아닌가 하는 마음이 들기도 한다. 내가 소녀 시절 가졌던 꿈은 작가는 아니었는데 내가 믿는 하나님은 나를 글쟁이로 밀어 넣으셨다. 책 읽기를 좋아하는 나를 예쁘게 보신 모양이다. 그래서인지 작품을 쓸 적에는 예수님이라면 이걸 어떻게 쓰실까 하는 생각을 늘 하면서 단편을 완성하는 순간 느끼는 기쁨도 굉장한 것이라 계속 글을 쓰는 모양이다.

많은 사람들이 내게 충고(?)를 한다. 소설가가 되었으면 내가 믿는 하나님, 더구나 목사의 아내라는 자리에서 탈피하여 소설을 쓰라고 말이다. 간단히 말하자면 기독교적인 냄새가 작품에서 나지 않고 쓰는 방법은 없는가 하는 질문을 던진다. 데뷔한 초창기 글을 쓸 때는 그들의 말을 따르려고 무척 애를 썼다. 그러나 이제 나이 들어가면서 내가 쓰고 싶은 글을 써야지 억지로 나를 베일로 가리고 쓰는 것은 아무래도 내 글이 아니란 생각이 든다.

　그런 점에서 『꿈꾸는 여자』의 평설을 써주신 김봉군 교수님께 감사한다. 나와 같은 믿음을 지닌 크리스천의 시선으로 내 작품을 꿰뚫어 보는 공감대를 이룰 수 있기 때문이다.

　이 창작집은 2007년 출판됐었다. 하나님이 내 건강을 허락하는 한 소설을 꾸준히 쓰리란 다짐을 하면서 제3창작집을 독자들 앞에 내 놓는다.

2022년 8월
신촌 서재에서
이건숙

차례

한 번은 네 식구가 나가서 외식을 하고 들어왔더니 글쎄, 인사하는 순서가 있었다. 강아지가 누가 이 집 안의 실권을 쥐고 있는가를 너무나 잘 알고 있었다. 몇 번을 시도해 봐도 아들, 며느리, 할아버지, 할머니 순서에는 변함이 없었다.

강아지가 되고 싶은 밤나무골 이장님

강아지가 되고 싶은 밤나무골 이장님

밤나무골 박노우 이장은 아내의 손을 잡고 방판 위에 살짝 덮인 눈길을 서로 몸을 의자하면서 걸었다. 뒤를 바짝 따라오고 있는 철수는 큰 가방을 어깨에 메고 눈길을 조심스럽게 조촘조촘 내딛고 있다. 까치 두 마리가 저들끼리 인사라도 하는 듯 가깝게 다가와 콩콩거리면서 뛴다. 멀찍이 떨어져서 누렁이가 꼬리를 사타구니에 사려넣고 앞장선 주인의 눈치를 보면서 느릿느릿 따라왔다. 이장의 눈에 자꾸 누렁이가 밟혔다. 주인이 떠나는 걸 아는지 요 며칠 눈물을 찔끔거려 눈언저리가 짓물러있었다. 뒤를 돌아보지 않고 이장이 말했다.

"누렁이 밥 굶기지 마라. 나하고 10년 넘게 살았는데 이제 얼마 살지 못할 거야. 죽으면 뒤란 매화나무 밑에 묻어 줘. 거기가 샘이 멀어 마른자리라 흙이 참 좋거든."

"걱정 마세요. 잘 돌볼 터이니. 가서 불편하시면 퍼뜩 되돌아오세요."

"자식 집에 가는데 무엇이 불편해. 부모를 섬기겠다고 하니 가서 효도도 받아야지. 그래야 훗날 죽은 뒤에 자식들에게 좋은 추억을 안겨주고 원망을 듣지 않는 법이야."

이 마을 영농 후계자인 철수가 들어온 지도 어언 십여 년이 되었다. 농과대학을 나오고 농촌으로 돌아온 기특한 청년이다. 함께 살면서 농사일을 가르쳤더니 역시 배운 사람이라 터득도 빨랐다. 이제 웬만한 것은 박 이장이 없이도 잘 꾸려나가는지라 이렇게 훌쩍 떠나도 마음이 놓였다.

"여든을 넘기신 분이 도시로 나가는 게 어째 마음이 놓이질 않네요. 전 도시가 싫어서 농촌으로 들어왔는데 이장님은 그 연세에 도시로 가시니 무언가 한참 잘못된 것 같아요. 공기도 나쁘고 소음도 심해서 아마 힘드실 겁니다. 아무 때나 도시가 싫어지면 퍼뜩 내려오세요. 저희들이 기다리고 있으니까요."

박노우 이장은 큼큼 헛기침을 하면서 뒤를 돌아보지 않고 가래침을 돋워 길가에 탁 뱉어냈다. 한평생 밤나무골에서 태어나서 쟁기질이나 풍석질을 하면서 살아온 인생이다. 젊은 시절엔 손마디에 군살이 박히도록 바디집을 잡았던 손이다. 조상들이 묻히고 땀을 흘렸던 흙의 정기를 받아 손마다가 굵어졌고, 이런 토지와 씨름하느라고

못이 박히도록 거칠어진 손바닥을 가지고 이 나이에 도시로 간다니 내색은 안 했지만 속이 꺼림칙하고 울렁거렸다.

잎을 몽땅 떨어버린 앙상한 감나무 잔가지들 사이로 논두렁을 따라 꼬불탕한 논틀길과 밭두렁을 따라 좁게 뻗은 밭틀길이 눈물 때문에 흐려진 눈 속으로 파고들었다. 눈발을 타고 불어온 회오리바람이 눈길을 쓰레질하다가 아직도 길섶에 남아 있던 쭉정이와 검부러기를 높이 떠올렸다가 길바닥 위로 휙 내던지자 그것들이 바람의 여운을 따라 너불거렸다. 곤죽 같은 펄에 들어가 모를 심던 발이 하루 종일 땅을 밟을 수 없다는 도시에서 견디어낼까.

지금은 꽁꽁 얼어붙었지만 나뭇가지와 둥치의 표피 물기마저 뿌리로 내려 갈무리한 탓에 봄이 오면 산천이 들끓는 소리가 이 들판에 가득할 터인데 이걸 두고 어찌 간단 말이냐. 봄 열을 타고 산등에서 짜여 나오는 맑은 물을 빨아먹고 우물가 앵두와 살구가 통통하게 살이 찔 것이다. 무르익어 가는 봄을 즐기며 산새들이 조잘대는 소리와 닭이 홰치는 소리가 들리는 듯했다.

이른 새벽 밭에 나가면 어린 풀잎 위에서 궁굴던 새벽이슬이 선명하게 다가왔다. 흐린 눈을 들어 눈발 속의 산야를 바라봤다. 밤나무 숲에서 아름이 토옥토옥 벌어지는 소리가 선명하게 귓가에서 살아났다. 지금은 만물이 꽁꽁 얼어붙은 겨울이지만 앞으로 이 산야가 어떻게 변할지 텔레비전을 보듯이 환하게 눈앞에 펼쳐졌다. 메마른 저 들판에 새싹이 터져 우긋할 것이다.

버스를 타기 전 마지막 골목길을 돌아섰다. 기인 담장을 끼고 꺼칠한 늙은 감나무가 서 있는 울안에서 발소리를 듣고 청삽사리가 컹컹 짖어댔다. 누렁이의 친구인 청삽사리는 곱슬곱슬하고 검고 긴 털을 푸시시 털면서 담 밖을 향해 아는 체를 한다.

며느리나 아들의 경제사정을 고려해서 대로변에 있는 밭을 팔아 이미 아들의 통장으로 송금했으니 돈 때문에 구박은 하지 않을 것이다. 텔레비전에 시부모를 구박하는 사건들이 흔하게 보도되지만 우리 아들만큼은 그렇지 않을 것이라고 아내를 설득해서 한겨울에 이들 부부는 아들네로 이사를 가고 있는 것이다.

이제 죽을 날을 준비해야 한다. 늙은 아내도 조석으로 밥 끓이는 걸 힘들어하고 있다. 해가 갈수록 몸이 어눌해지고 무릎도 아프고 눈도 흐려온다. 삭신이 쑤시고 음식을 먹어도 맛이 없고 속도 더부룩하다. 아들, 며느리가 부쳐주는 영양제나 보약을 먹어서 이 정도지 그냥 지냈다면 벌써 이 세상 사람이 아니었을지도 모른다. 며칠 전 전화로 어서 오시라고 성화를 하던 아들의 말이 맞다. 큰 병원 근처에 있어야지 여차하면 응급실로 바로 살려갈 수 있고 시골의 조악한 음식보다 도시의 물렁하고 부드러운 음식이 노부부의 건강에 도움이 될 것이니 말이다. 늙어서 아들내외의 감정을 건드리지 말고 저들이 오라고 할 때 군말 말고 퍼뜩 가자고 아내를 달래서 서울행을 감행한 것이다.

노인들만 남은 농촌은 어쩌다 버스가 지나가는 것 말고는 항상 조용하다. 노인정에 가야 이웃을 한두 사람 만날 수 있을까 텅 비어있는 마을이 되었다. 명절이 오면 집안에 그들먹하게 모여들었던 친척들도 이제는 적막하다. 예나 지금이나 변함없는 것은 풀, 나무 잎사귀들이 바람을 따라 일렁이는 소리뿐이다. 몇 년 전만 해도 집집마다 추석이나 설날이면 대처로 떠났던 식구들이 다 모여들어 들레는 소리로 동네가 떠나갈 듯했었다.

지난여름 냇가에 나가 다슬기를 잔뜩 잡아다가 푹 삶아서 속만 빼 냉장고에 얼려둔 것도 그대로 있다. 젊은이들이 있어야지 늙은 사람끼리 마주 앉아 먹는 모든 것이 맛이 없다. 플라스틱 파리를 낚싯밥으로 물려도 척척 올라오는 피라미와 송사리를 된장이랑 들깨를 넣고 끓여놔도 게걸스럽게 먹어줄 젊은이들이 없어 푹푹 줄지를 않는다. 고향을 떠나고 돌아오지 않는 사람들 탓일까. 모든 것이 맛이 없다. 옛 맛이 사라진 것일까. 아니다. 먹어줄 사랑하는 사람들이 모두 떠난 농촌이 입맛을 앗아가버린 셈이다.

미친 듯 불어오는 바람이 울타리 옆을 지나 흙담 밑을 쑤시고 다니다가 노부부의 눈 속으로 훅 파고들었다. 과

묵한 아내가 장갑 낀 손으로 눈을 비비면서 중얼거렸다.

"솔가리 한 짐을 이고 지고 가파른 산기슭을 내려오던 때가 엊그제 같은데 이렇게 세월이 흘렀다니! 그래도 그 시절이 좋았어요. 당신도 나도 몸에 풀기가 있어 다 해낼 수 있었는데."

과거로 얼룩진 산야가 그들 부부를 힘차게 뒤에서 잡아당겼다. 이렇게 떠나면 이 고장으로 다시는 못 돌아오는 것일까. 두려움이 밀려왔다. 이 땅을 떠나서 살아 돌아온 사람이 없다고 돌아가신 어른들은 그의 머리에 각인되도록 푸념을 했었다. 하긴 고향을 떠나 큰 꿈을 안고 바다를 건너 일본으로 유학 떠난 큰형은 대학 졸업반에 학도병으로 끌려가 죽었고 큰형수는 그 소식을 듣고 그 자리에서 졸도한 뒤 깨어나지 못하고 저 세상 사람이 되었다. 부모님은 둘째형을 죽을힘을 다해 붙잡았으나 한밤중 도망쳐서 평양으로 갔다가 독립군이 되어 간도로 간 뒤에 지금까지 소식이 없다. 그러니 막내인 박노우 이장은 부모의 마지막 생명줄이나 마찬가지였다.

지금도 귓가에 쟁쟁하게 맴도는 부모님의 음성이 살아났다.

'이 산야를 떠나서 돌아온 자식이 없다. 너는 이 땅에서 살다가 여기서 죽어 묻혀야한다. 행여 자식들이 태어나도 이 땅을 떠나면 저주를 받을 것이다.'

해서 박 이장은 이 땅을 지키는 수문장이 되어버렸다.

은행 지점장으로 있는 아들의 집은 25층 아파트 제일 꼭대기에 자리 잡고 있다. 노부부가 거하는 곳은 현관 입구에 있는 방으로 베란다까지 확 터놓아서 창문 밑으로 까마득하게 밑이 내려다보인다. 바람이 세차게 불면 방이 흔들리는 것이 느껴져 어지러웠다. 잠자리에 누워도 너무 높이 떠있어 구름을 타고 흘러가는 듯했다. 몸이 가만있어도 흔들, 걸어도 흔들, 마음도 흔들 했다.

　땅 냄새가 25층까지 올라오지 못하리란 서글픔에 멀리 길게 누운 산을 향해 심호흡을 했다. 창문을 활짝 열어놓고 아득하게 보이는 산 냄새라도 맡고 싶어서였다. 이태리 가구 일색인 거실은 지나치게 번들거리고 먼지 한 알갱이도 보기 어려워 감히 거실을 걸어다니기조차 민망했다. 바닥에 몸이 내비치며 어른거려 몸이 거울 위에 서 있는 듯했다. 미끄러져 넘어질 것이 두려워 빙판 위를 걷듯 조촘거리면서 발을 내디뎌야했다. 이쪽에서 저쪽까지 썰매를 타도 될 정도로 어찌나 넓은지! 시골집의 헛간과 외양간을 다 합쳐도 이보다 더 작을 게다. 이장네 마당이 동네에서 제일 크기 때문에 해마다 정초에 윷놀이를 하거나 일 년에 두서너 번 동네잔치를 할 적에도 이장 댁의 마당이 인기였는데, 거기에 비하면 아들네 거실을 휑뎅그렁하게 커서 굿을 해도 좋을 지경이다.

　열다섯에 서울로 보내 놓고 아들에 대한 그리움으로 보낸 세월이 벌써 서른다섯 해. 아들은 고향을 떠난 뒤부터 추석이나 설날에 손님처럼 하루 와서 자고 가는 것이 고작이었다. 해서 박 이장 부부의 뇌리에 아들은 품안의 자식으로 앞에서 누렁이처럼 꼼실거렸던 기억이 전부였다.

지점장인 아들과 며느리의 부모에 대한 정성은 지극했다. 아침에도 저녁에도 함께 밥상에 둘러앉아 식사를 했고, 입의 혀처럼 시중을 드는 며느리의 자상함이 박 이장의 마음을 기쁘게 했다. 아들집에 오기를 참 잘했다고 밤마다 부부는 손뼉을 쳤다. 대형 텔레비전을 보는 재미도 쏠쏠했다. 하루에도 몇 번씩 떠올리며 그리워하던 자식을 이렇게 매일 대하면서 저들의 효도도 받으니 그 기쁨이 참으로 달았다. 아침저녁으로 문안을 하는 아들의 태도에서 역시 사람은 공부를 많이 시켜야한다는 자신의 결심이 옳았다고 무릎을 치며 흡족해서 껄껄 웃었다. 농사지어서 아들을 대학까지 보내느라고 고생한 것이 이런 거구나 하는 감격으로 가슴이 뭉클했다.

낮에는 파출부가 와서 점심을 차려주고 아침저녁은 며느리의 시중을 받으면서 도시생활을 만끽했다. 낮에는 며느리가 남자처럼 할일이 많다고 늘 나가는 것이 께름칙했으나 얼굴을 맞대고 하루 종일 있는 것보다는 오히려 며느리가 밖으로 나도는 것이 훨씬 편했다.

이렇게 재미있게 한 달을 지낸 어느 날 저녁, 아들이 큰 호주머니에 넣을 정도로 작은 강아지를 한 마리 안고 들어왔다. 때가 꼬질꼬질 낀 것을 동물병원에 데려가서 목욕도 시켰고 예방주사도 맞췄다고 아들은 환하게 웃었다. 하긴 아들 나이도 오십을 넘었다. 자식들을 모두 외국으로 유학 보내놓고 얼마나 낙이 없으면 강아지를 데려왔을까 하는 측은함이 들었다.

"아버님, 아버님이 이 높은 아파트에서 얼마나 적적할까 생각하고 이놈을 사왔습니다. 벗 삼아 지내세요. 요놈이 시골집의 누렁이만 하겠습니까. 하지만 아파트에선 누렁이를 키울 수 없잖아요. 몇 년 뒤 시골 농토를 몽땅 정리하면 울이 넓은 주택으로 옮길 계획입니다. 그때 누렁이와 비교가 되지 않는 우수한 품종인 리트리버 한 마리를 사다가 마당에서 기르겠습니다. 시골처럼 마당 한 모퉁이에 고추도 심고 깻잎, 가지, 오이, 더덕, 토마토, 호박, 무엇이나 아버님이 원하는 것을 심을 수 있는 농사도 지을 예정입니다. 아주 넓은 뜰을 가진 집을 지으려고 요즘 밤잠을 설치면서 설계중입니다."

"그럼 그동안 이 강아지를 집안에서 기른단 말이야?"

입이 무거운 늙은 아내가 작은 소리로 영감의 팔뚝을 꼭 잡고 말했다. 이 말을 얼른 알아챈 며느리가 허허 웃으면서 큰소리로 대답했다.

"이런 강아지는 애완용이라 더 이상 크지도 않아요. 이게 다 자란 거라고요. 이미 훈련을 많이 받은 놈이라 똥오줌도 가려서 집안에서 냄새가 나지 않아요. 목욕은 두 주에 한 번 정도 시켜야 하는데 그건 동물병원에 데려다 주면 됩니다."

아들내외가 주고받는 대화로 이 강아지의 내력을 알게 되었다. 지점장인 아들이 고객들 모시고 이따금 술 마시러 가는 카페에서 어찌나 이놈이 재롱을 떠는지 주인을 달래서 억지로 거액을 주고 사온 것이라고 했다. 포메라니안(pomeranian) 품종이라 분양가가 갓 태어난 놈도 오십만 원을 호가하는 종자란다. 조부가 챔피언이었고 조상대에 수상경력이 여러 번 있어서 제대로 사자면 천오백만 원은 줘야한다나. 아들이 시골에서 올라오신 늙은 부모님을 위한다는 효심을 내세우자 그렇게 싸게 주었다고 어깨를 으쓱해 보였다. 와! 개새끼 한 마리에 오십만 원, 천오백만 원 하는 걸 보면 뼈 빠지게 농사지어도 만지지 못할 돈을 이 개새끼는 태어나서부터 지니고 나오니, 차라리 이런 강아지를 길러서 새끼를 내 팔아도 돈이 되겠다는 생각을 이장님은 떨칠 수가 없었다. 시골 마당 언저리를 전부 개 사육장으로 만들어 이런 품종을 길러 일 년에 20마리만 새끼를 받아 팔아도 등골 빠지게 농사짓는 것보다 수입이 훨씬 낫겠다는 생각이 퍼뜩 스쳤다.

아파트에 온 강아지는 영국 황실에서나 기르는 그런 고급종이라 허투루 다루면 그 값어치가 떨어진다며 아들내외는 아파트 한가운데 있는 제일 좋은 방을 강아지 방으로 정했다. 이름을 아지라고 부르라나. 성은 강 씨이니 강아지가 되는 셈이다. 아지, 아지라는 이름을 가진 강아지가 이 집에 한 달 간격으로 노부부를 따라서 들어왔으니 식구가 하나 더 늘어난 셈이다.

　아지도 첫날은 노부부처럼 잠을 이루지 못하고 낑낑거리더니 차츰 그런 소리도 내지 않았다. 며느리는 강아지 양이 잘 침대가 필요하다고 아페토 대리석 쿨매트를 사왔다. 오만 원 짜리라나. 날마다 아들도 며느리도 강아지 용품을 사들이느라고 정신이 없었다. 삼만 원이 넘는 씨씨펫 글리피 방석을 강아지가 암컷이라고 연분홍 빛깔로 들여놓았다. 구만 원이나 하는 올리브 브라운 소파는 베개까지 딸린 것이라 아주 앙증맞았다. 흰 바탕에 앵두모양의 댕글댕글한 무늬가 있고 가장자리는 진달래색으로 바이어스를 돌린 티셔츠를 강아지에게 입혔다. 그 옷은 한 벌에 만오천 원이라고 했다. 강아지가 먹을 음식도 다양했다. 비타 도그밀크는 유리병에 담겼는데 세 병에 만 원이나 주었다고 한다. 노부부는 정신이 핑핑 돌 지경이었다. 강아지가 먹는 요구르트 비타민 드롭스는 아가들이 먹는 것보다 더 비싼 가격이었다. 아들부부는 개새끼에게 돈을 몇 겹 처발라놓고 거기에 푹 빠져들었다.

　동물병원에 갓 다녀온 탓인지 부드럽고 푹신한 속 털이 시골에 두고 온 누렁이의 뻣뻣하고 까칠한 털과 판이했다. 강아지의 겉 털은 길고 곧은데 화려한 황금색이었다. 귀가하는 즉시 부모님 방에 들러 인사를 하던 아들이 이젠 아지 방으로 직행했다. 여우 같은 얼굴을 가진 개새끼의 어디가 그렇게 좋은지 아들내외는 강아지에 푹 빠져 정신없었다. 스트레스를 받으면 강아지 양이 기관 허탈증에 걸린다고 아들부부는 목소리도 사근사근, 아주 다정하게 굴면서 안고 쓰다듬었다. 입에서 냄새가 난다고 페트로덱스라는 치약을 개전용 칫솔에 발라 닦아주고 그것도 모자라 주페 구강 스프레이를 개의 주둥이에 뿌렸다. 요동치는 강아지를 부부가 서로 맞잡아 주둥이를 벌리고 아가에게 약을 먹이듯 소란했다.

갓난아기가 태어나도 저 정도로 정을 쏟을까. 표정이 풍부하여 주인을 즐겁게 해주는 강아지라고 한다. 지금은 저렇게 뚱한 몸짓으로 주인의 눈치를 보지만 조금만 기다리면 기막히게 재롱을 떨 것이라고 너스레를 떠는 아들부부를 이장님 내외는 그저 멍하니 어처구니없는 눈으로 바라볼 뿐이었다.

두 달이 지나자 강아지는 시름시름 고개를 외로 꼬고 앓기 시작했다. 새 주인이 아무리 아양을 떨어도 강아지는 마지못해 머리를 살짝 들어 슬픈 눈으로 바라볼 뿐, 마음의 빗장을 단단히 걸어 잠근 모양이다. 드디어 참는 것도 한계가 있지 며느리가 강아지 양에게 정나미가 떨어졌다.

"여보! 이러다가는 강아지 죽이겠다. 이거 뭐가 이상한 것 아니야? 이런 종류의 개는 주인을 기가 막히게 따르고 귀엽게 구는데 이건 아니야. 아마도 자폐증에 걸린 강아지인 것 같아."

"아니야, 카페에서 손님들 틈새를 비집고 다니면서 두 발을 바짝 치켜들고 꼬리를 말아서 등에 동그랗게 착 붙이고 상체를 흔들면서 춤을 추는 바람에 카페 단골들의 사랑을 독차지했었는데, 이거 왜 이러는지 모르겠군."

나중에는 먹는 것도 시큰둥하더니 겨우 죽지 않을 정도로 물만 혀로 핥아먹었다. 낮동안 빈집에 남은 이장은 아내와 함께 갈치구이 살을 발라서 먹여도 봤으나 머리를 외로 꼬고 영 반응이 없다. 시골에 두고 온 누렁이는 감자 껍질을 던져줘도 고마워서 머리를 조아리는 판인데, 이건 갈치구이를 줘도 소가지를 내니 한 대 콱 쥐어박았다. 아파트가 떠나가도록 캐캐캥 울더니 올리브 브라운 소파로 가서 베개를 베고 떡 누워버리는 것이 아닌가. 아니꼽고 더러워 봐 줄 수가 없었다.

"개새끼가 사람보다 더 호강을 하는군."

이장님은 아니꼬워 죽겠다는 표정을 지으면서 개새끼를 흘겨보았다. 누렁이란 놈은 묵직하고 순직하게 곁에 있는 듯 없는 듯 항상 그림자처럼 따라다녔다. 어쩌다가 아는 척하면서 머리를 쓰다듬어 주기라도 하면 꼬리를 가만가만 흔들면서 혀로 주인의 손등을 핥아주든지 아니면 몸을 다리에 비비면서 사랑을 표현했었다. 그런데 요놈은 두루마기 주머니에 넣을 정도로 작은 것이 성깔이 앙칼지고 깐깐한데다가 고양이처럼 눈을 헤뜨고 눈치를 보니 마치 한을 품은 깡마른 여자처럼 섬뜩함을 안겨주었다. 그게 뭐가 좋다고 아들부부는 그렇게도 개새끼에게 정을 쏟는단 말인가.

물만 먹던 강아지는 드디어 눈을 뜰 기력도 없는지 축늘어져버렸다. 영양제 주사를 놔준다, 병원엘 데려간다, 야단들이었다. 마치 자식이 병든 것처럼 집안이 소란해서 조석밥상을 대하는 사람은 이장내외뿐이었다. 개새끼는 전염병에 걸리지 않았지만 시들거리면서 죽어갔다.

"여보, 이러다가 우리 강아지 죽는 것 아닐까."

"며칠 더 지나면 될 거야. 포메라니안은 워낙 영리한 놈이라 한 주인에게만 충성하는 개라 그렇다고 했어. 낯가림을 심하게 하는 거지. 낯선 사람과 사귀기가 어려운 종(種)이라고 의사가 그랬어. 조금 더 참고 기다려 보자. 상황판단을 하고 나면 우릴 주인으로 알아차리고 애교를 부릴 터이니."

"한번 카페에 데리고 가보세요. 주인을 보면 무슨 수가 나겠지요. 정을 떼어도 차츰 시간을 두고 해야지 강제로 하니 미물이지만 얼마나 힘이 들겠어요."

"하긴 일 년을 기른 정이 그리 쉽게 떼어지겠어."

사람처럼 눈물을 질질 흘리면서 유리창 밖을 하염없이 내다보는 것이 너무 가여워 어쩔 수가 없이 박 지점장은 강아지를 안고 카페로 향했다. 저녁 시간이라 어둠이 짙게 내려앉은 거리에 나서자 강아지는 조금씩 머리를 들고 휘황찬란한 빛들을 탐욕스럽게 바라보았다. 눈에 조금 생기가 도는 듯했다. 저녁 이른 시각이지만 카페 안은 담배 연기로 자욱했고 귀청을 찢는 음악 소리가 쿵쾅쿵쾅 요란했다. 홀 한가운데는 남녀가 어울려 몸을 베베 꼬면서 흔들어댔다.

순간 강아지는 지점장 품안에서 모노륨 바닥으로 사뿐 뛰어내리는 것이 아닌가. 놀라 멈칫거리는 지점장 앞에서 강아지는 두 발을 바짝 치켜들고 궁둥이를 흔들면서 펄쩍펄쩍 춤을 추기 시작했다. 어디에 그런 힘과 발랄함이 숨어있었던가! 신나게 사람들 사이를 헤집고 다니면서 두 발을 팔처럼 번쩍 치켜들고 미칠 듯 춤을 추다가 땀이 나는지 혓바닥을 내밀고 헉헉거렸다.

강아지를 카페에 두고 오면서 참담함을 가눌 수 없었다. 한 달 된 아기 포메라니안을 데려다 기르세요, 권하던 동물 의사의 얼굴이 떠올랐다. 즉시 의사가 준 전화번호로 연락했더니 좋은 강아지가 있다고 해서 그리로 차를 몰았다. 개 호텔이라고 명명한 작은 개집에서 은색 포메라니안을 카드로 거금을 지불하고 집으로 데려왔다. 강아지가 쓰던 것을 그대로 사용하면서 그 이름도 그냥 강아지라고 불렀다.

날이 갈수록 강아지의 재롱은 늘어만 갔다. 이 집안에서 누가 자기를 제일 사랑하는지, 어떻게 그렇게 잘 알고 처신하는지 개라고 하기보다는 영리한 소년이라고 봐도 될 지경이었다. 눈이 맑고 복슬복슬하게 피어오르는 풍성한 털이 인형가게에 놓여있는 복슬강아지처럼 찬란한 빛을 발했다. 말귀를 어찌나 잘 알아듣는지 바로 똥오줌도 가렸고 지점장이 들어오는 것을 이장부부보다 먼저 알고 캉캉 짖으면서 현관으로 달려갔다.

"강아지가 짖는 걸 보니 우리 지점장이 들어오는 거군. 우리 귀에는 들리지 않는데 저게 어찌 알고 저렇게 야단이지."

강아지는 아들내외가 나란히 들어오면 언제나 먼저 아들에게 달려가서 두 발을 바짝 치켜들고 인사를 하고 그 다음에 며느리에게 인사를 한다. 한 번은 네 식구가 나가서 외식을 하고 들어왔더니 글쎄, 인사하는 순서가 있었다. 강아지가 누가 이 집안의 실권을 쥐고 있는가를 너무나 잘 알고 있었다. 몇 번을 시도해 봐도 아들, 며느리, 할아버지, 할머니 순서에는 변함이 없었다. 이상하게도 파출부에게는 본척만척 시통스럽게 군다. 영물은 영물이었다. 어쩌다가 강아지 방을 치우면서 파출부가 나무라면 앙칼지게 성질을 내면서 물려고 덤벼들기도 했다.

강아지는 몸피가 제일 작은 종에 속해 20센티미터 이상 크지를 않았다. 시골집의 누렁이가 먹듯이 사람의 음식을 먹는 것이 아니고 개전용 음식을 먹여서인지 살이 찌지 않아 몸무게도 고기 한 근이나 나갈까. 정말로 앙증맞은 강아지였다. 거기에 생명이 붙어 있어 인형보다 더 귀여운 애완용이었다.

아들이 좋아하는 것이니 참고 살자는 것이 이장부부의 지론이다. 그러나 봄이 오면서 강아지의 몸에서 빠지는 속 털은 아주 작고 미세해서 눈에 잘 띄지를 않지만 그게 방 안까지 파고 들어와 공기 중에 흩날리는 것이 육안으로 보일 정도였다. 이장도 재채기를 심하게 했고 할머니는 더 심했다. 나중에는 눈가가 가렵고 코밑이 근질거리더니 눈물이 찔끔거려 새벽녘에는 아예 노부부가 일어나 마주보고 앉아 심한 재채기를 했다. 드디어 휴지 한 통이 다 없어지도록 코와 눈을 닦아야 될 지경에 이르렀다. 세상에! 노부부는 이런 희귀한 병을 앓아본 적이 없었다.

부모님의 이런 고통에는 별 관심 없이 박 지점장은 강아지를 너무나 사랑했다. 사람과 동물간의 사랑이 아니라 진짜 친자식을 사랑하듯 물질도 시간도 아낌없이 바쳤다.

영국이 번성하여 통치의 절정기를 누렸던 시절, 빅토리아 여왕이 어째서 이 개를 이다지도 좋아했는지 이해가 갈 지경이라고 아들부부는 입을 딱 벌리고 감탄할 정도였다. 이 개의 역사까지 들춰본 지점장의 말에 의하면 조상이 추운 지방에서 썰매를 끌던 스피츠 종으로 우리나라 진돗개와 먼 친척이 된다고 한다. 몸집이 커서 목양견으로 살다가 독일의 포메라니아 지방에서 소형으로 품종이 개량되어 그 지역 이름이 붙여진 것이라나.

강아지는 일주일마다 미용을 하러 개 미용실에 다녀오

고 일주일에 두세 번은 빗질을 해주었다. 그것도 사람이 쓰는 그런 빗이 아니라 육천 원이 넘는 헬로 도기 슬리커 브러시라는 개전용 빗이다.

어쩌다 강아지가 실수를 해도 그건 큰 웃음거리요, 기쁨이었다. 하루는 실수를 해서 똥을 방 안에 싸버렸다. 차소리가 나도 강아지는 꼼짝하지 않았다. 주인이 들어와도 강아지가 마중을 나오지 않자 겁이 더럭 난 지점장은 부리나케 아지 방문을 열었다. 없다. 누가 훔쳐간 것인가 해서 눈꼬리가 거꾸로 팔자로 치켜 올라갔다. 지점장은 아지야, 아지야 애타게 불러댔다. 마음은 다급하고 속이 무너져 내리지만 그걸 감추고 아주 다정한 목소리로 불러댔다. 침대 밑에 숨어 있던 강아지가 배와 네 발을 방바닥에 딱 붙이고 버부적, 버부적 부끄럼쟁이처럼 몸을 주인 쪽으로 밀어가면서 나오더니 주인장 앞에서 아예 발딱 나자빠지는 것이 아닌가. 항복한다는 동작으로 죽을죄를 지었으니 용서해 달라는 시늉을 했다. 그러자 아들내외는 손뼉을 치면서 귀여워 죽겠다고 아우성을 발했다. 이런 재롱으로 인해 똥을 싸도 귀여움을 받는 이 집안의 요물이 바로 강아지다.

지금쯤 두고 온 고향엔 홍자색 자운영이 논을 이불처럼 덮어서 꽃물결이 넘실거릴 것이다. 이 꽃들이 지면 송화(松花)가루가 봄바람을 타고 산기슭을 메울 터였다. 쌉싸래한 밤꽃의 구릿한 향기가 박 이장의 코를 간지럽게 했다. 봄 열에 눈을 게슴츠레하게 뜨고 풋감 빛으로 물들어 가는 산야에 맹한 눈길을 던지고 있을 누렁이가 떠올랐다. 작년 이맘때쯤이라고 기억된다. 발을 질끈 밟아주면서 장난을 쳤더니 누렁이는 느려터진 눈길을 간신히 들어 주인을 바라보았다. 늑대만한 누렁이가 부둥부둥한 눈에 힘을 주면서 마지못해 몸을 일으켜 주인을 향해 천천히 꼬릴 흔들기 시작했다. 이런 충직하고 묵직한 누렁이에 비해 촐랑대는 강아지는 성깔 사납고 애교가 많아 남자를 후리는 술집의 작부나 첩년 같아 보였다. 게다가 구슬처럼 박힌 까만 눈알이 전신에 소름이 끼치도록 싫었다.

강아지를 볼 적마다 박 이장은 누렁이가 그리웠다. 오늘도 주인이 돌아오기를 기다리면서 대문 쪽으로 눈과 귀를 곤두세우고 수탉이 홰치는 소리에도 깜짝 놀라 일어설 것이 분명했다.

그러고 보니 카페로 돌아간 강아지가 지혜로워 보였다. 일 년을 보낸 곳을 못 잊어 시름시름 앓다가 제 곳을 찾아갔는데 팔십 평생을 지낸 고향을 등지고 이러고 있는 자신이 바보스러워 견딜 수가 없었다.

강아지란 놈은 주인의 사랑을 독차지하고 있으니 도도한 표정에 쾌활한 몸놀림으로 활기차고 명랑하지만 박노우 이장에겐 탐탁치가 않았다. 강아지에게 넋을 빼앗겨 아침저녁 문안도 잊은 아들내외가 섭섭해지기 시작했다.

두 마리의 개가 들어오고 나가고 교체하느라고 시끌벅적한 와중에 하찮은 강아지를 놓고 질투하는 말을 삼가려고 꾹 참았지만, 이제 강아지도 안정이 되었고 모든 것이 제자리를 찾았으니 이만하면 노부모에게 향했던 사랑이 되살아나야 하는 게 아닌가. 아무리 봐도 강아지가 이 집안을 꽉 잡고 있어서 부모가 와있다는 사실조차 망각한 상태였다. 앵두 철이 되어서 시큰한 앵두가 먹고 싶다고 아들내외 앞에서 지나가는 말처럼 흘려도 저녁에 들어올 적에는 강아지가 좋아하는 드롭스를 사들고 아지 방으로 돌진했다.

이젠 조석식사도 함께 먹은 지 오래되었다. 강아지 방에 있다가 후딱 저희들끼리 떠먹고는 나가버리고, 저녁에도 개 방으로 직행해서 강아지만 데리고 헤헤거리다가 무얼 먹는지 얼렁뚱땅 끼니를 때우고 강아지하고 놀다가 잠이 들곤 했다. 며느리까지 합세해서 애견용품점에 가서 강아지용품들을 값에 관계없이 사들이느라고 바빴다.

가을로 접어들면서 박 이장은 두고 온 산천과 누렁이가 눈앞에서 알짱거려 견딜 수가 없었다. 카페로 가버린 강아지처럼 밥을 먹을 수도 없을 지경에 이르렀다.

지금쯤 고향의 산야는 가을이 들끓는 소리로 그득할 것이다. 먹을 것이 지천인 들판에서 새들이 조잘댈 터이고 덩굴풀인 꼭두서니의 노란 꽃이 탐스러울 것이다. 꽃 대궁에 간신히 붙어 있는 두서너 개의 꽃 이파리가 가을바람을 타고 흐느적거릴 터이고, 뒤란 거름더미에 수북하게 쌓인 말라비틀어진 고춧대와 밀짚이 풀무가 없이도 바람을 타고 은근한 연기를 피워 올리며 타고 있을 것이다. 까막까치들이 겨울이 오는 것이 서러워 몇 개 남은 감을 부리로 쪼아대고 코끝이 씽하도록 싱그러운 공기를 마시면서 가을볕을 쬐고 있는 광경이 선연하게 떠올랐다.

오늘도 여전히 주인을 기다리면서 누렁이는 산모롱이 오솔길에 눈을 박고 있을 터이고……. 이렇게 지내다가는 이 집안에서 말라죽을 것만 같았다. 카페로 돌아간 강아지처럼 기진맥진하여 나동그라질지도 모른다. 차라리 등 빠진 적삼을 입고 보리죽을 먹어도 고향이 좋았다.

파출부도 볼일이 있다고 일찍 가버리고 노부부만 나란히 앉아 어둠이 내려오는 밖을 하염없이 내다보다가 갑자기 이장이 바삐 움직이기 시작했다.

"이대로 지내다가는 우리 부부 말라죽겠다. 여보! 내가 하는 대로 따라서 해. 아무 소리 말고."

이장은 강아지를 노부부의 방에 묶어 놓고 둘이 강아지 방에 자릴 잡고 앉았다. 얼마나 강아지 방에 있었을까. 시계를 보니 9시였다. 아들내외가 더 늦는 모양이다. 10시가 넘어서 찰카닥 현관문을 따는 소리가 들렸다. 늘 하는 대로 아들내외가 강아지를 애타게 부르면서 강아지 방으로 달려갔다.

그 순간 이장이 두 팔을 번쩍 치켜들고 캉캉 짖으면서

강아지 흉내를 냈다. 할머니도 남편을 따라 두 팔을 치켜들고 캉캉 짖었다. 눈이 휘둥그레진 박 지점장 부부는 놀라서 한참동안 그런 노부모를 노려보다가 털썩 무릎을 꿇고 주저앉았다.

"아버님, 우리 강아지를 어디에 두셨습니까? 설마……."

"그래, 개장국 끓여 먹으려고 시골에서처럼 때려잡았다."

"안 됩니다. 그건 안 돼요. 아버지, 미쳤어요? 오백만 원에 사온 거예요. 족보가 있는 개라고요. 그 개의 아버지는 전시회에 나가서 일등을 한 경력이 있어요. 족보가 있는 강아지이니 어디에 감췄는지 일러주세요. 설마 아파트 밖으로 내던진 건 아니지요?"

"네가 무릎을 꿇은 것은 부모에게 용서를 비는 것이 아니고 개를 잡아먹었을까 봐 그러냐? 이 못난 자식아! 우리 방에 가보아라."

아들내외는 곤두박질해서 노부모의 방으로 향했다. 거기에는 목이 졸리도록 묶인 강아지가 끙끙대면서 끈을 끊어내려고 발버둥치고 있었다. 목 끈을 풀고 개새끼를 가슴에 안은 박 지점장은 눈물이 글썽한 눈을 들어 노부모를 아니꼽다는 듯 흘겨보다가 종알댔다.

"동물을 사랑하는 사람의 마음이 착한 법인데 우리 부모님은 큰일 났어."

이장이 며느리를 향해 준엄하게 말했다.

"내가 너희들 집에 올 적에 준 돈을 내놓아라."

"이 밤중에 돈이 어디 있습니까? 날이 밝으면 은행에서 찾아올겁니다. 그 큰돈을 현금 지급기에서 꺼내기는 힘들어요."

"현금을 내놓아라. 천만 원이다. 당장 내 앞에 갖다 놓아라. 빨리빨리 서둘러야만 한다. 이 밤이 지나면 안 된다."

"그 돈은 강아지를 위해 다 써버렸어요. 천만 원을 현금으로 마련하려면 시간이 걸리니까 며칠만 여유를 주세요. 부모님 모시려고 그간 모았던 돈에다 은행에서 융자를 해서 이 큰 아파트로 이사하느라고 지금 수중에 돈 없어요."

며느리가 봉변을 당한 얼굴을 하고 암팡지게 대들었다.

"세상에! 그 돈이 어떤 돈이라고 이까짓 강아지 새끼를 위해 다써버렸단 말이냐. 네 남편을 가르치느라고 그렇게 고생을 했을 때도 조상 대대로 내려오는 땅을 팔지 않았는데 그걸 개새끼를 위해 쓰다니. 세상에! 우리 때문에 힘들게 하지 않으려고 땅을 팔아 부쳐주었더니 그 돈을 강아지를 위해 다 썼다고? 세상에, 어째 이런 일이! 어서 동넬 다 돌아다니면서라도 돈을 구해 오너라. 내 돈을 내놓아라."

박 이장의 호통에 며느리는 얼굴이 금세 통통 부어올랐다. 참지를 못하고 그간 간신히 감추고 있던 심통을 부리기 시작했다. 괜스레 남편을 향해 눈을 흘기고 손에 잡히는 대로 물건을 내던지기도 했다. 몸에서는 깜깜한 밤에 묘지에서 번쩍이는 도깨비 불 같은 것이 확확 뿜어 나왔다.

"아무튼 이 집안의 시집살이를 참을 수가 없어."

"네가 언제 우리 부부를 모셨다고 이러냐. 시집와서 지금까지 살면서 우릴 모신 것이 다 합쳐봐야 서울에 올라와 우리가 너희와 함께 산 것 빼고 석 달도 채 되지 않을 게다. 너희들의 이런 행동이 부모님을 모시는 태도냐?"

도통 말이 없는 이장의 아내까지 남편 편을 들어 며느리를 타박했다. 일생을 살면서 아들이나 남편을 향해 싫은 소릴 않고 다소곳이 살던 여자다. 그간 얼마나 속이 상했으면 이런 말이 나왔을까. 이 말을 되받아서 며느리가 속사포로 내쏘았다.

"모시고 살지 않았어도 시집살이를 시켰지요. 꼭 모시고 살아야 시집살이를 하는 겁니까? 시부모가 살아있는 것 자체가 시집살이에요. 그동안 저도 힘들었다고요."

"세상에! 철따라 바리바리 농사지은 것을 올려 보냈고 너희들은 고작해야 일 년에 추석이나 설날 두어 번 왔다 간 것이 전부인데 그것도 시집살이였단 말이냐?"

"그까짓 농사지은 것들이 몇 푼 된다고 그러세요? 집에 와서 쓰레기통에 버리느라고 힘만 들었어요. 슈퍼에서 사 먹는 것이 싸고 편한데 싸주신 걸 가지고 온 뒤에 처분하느라고 얼마나 귀찮았는지 아세요? 전부 쓰레기통에 처박아버렸단 말이에요."

온몸의 힘이 쭉 빠져나갔다. 세상에! 이럴 수가! 봄이면 냉이, 달래, 꽃다지를 캐어 깨끗이 다듬고 맑은 물이 나도록 씻어 인편으로 보내기도 했다. 봄철에 뒷산에 올라가 기름이 자르르 흐르는 취나물과 새순을 터뜨리는 두릅, 갓 돌을 지낸 녀석의 잠지만한 크기의 더덕을 정성을 다해 다듬고 씻어서 보낸 것이 귀찮았단 말인가. 가을에 무청의 연한 속고갱이만 골라 삶아 가을볕에 말려 사과 상자 가득 담고 손수 농사지은 검은콩하고 참깨를 보내기도 했다. 그것도 싱싱한 것을 먹게 하려고 서울에 가는 사람이 있으면 수고비까지 줘서 인편으로 정성을 다해 보냈건만 그게 귀찮았다니 이게 어찌된 일인가 말이다. 자잘한 토종마늘을 물에 푹 불려 까서 찧어 뭉텅이로 보내면서 쪽지에 이렇게 써 보내지 않았던가."

'한 번 먹을 만큼씩 은박지에 싸면 수십 번을 먹을 수 있다. 냉동실에 넣고 하나씩 꺼내 먹어라.'

그게 다 귀찮았단 말인가. 부모의 사랑과 정성을 쓰레기로 몽땅 버렸단 말인가. 이장부인은 벽을 향해 돌아앉아 소리죽여 울면서 그물처럼 눈 밑에 깔린 주름살을 타고 흐르는 눈물을 찍어냈다. 아내의 이런 모습이 이장의 마음을 더욱 아프게 했다. 이장은 아파트가 떠나가게 '내 돈 내놔. 빨리 내 돈을 달라고.'라고 절규했다.

아들내외는 어떻게 했는지 자정이 가까운 시각에 천만 원을 가져왔다. 둘이 다 화가 났는지 안녕히 주무시라는 말도 없이 휙 나가버렸다.

　다음날 점심시간에 지점장이 근무하는 은행으로 전화가 걸려왔다. 파출부의 다급한 음성이 귀청을 찢었다.

　"할머니, 할아버지 방이 비었어요. 산보를 나가셨나 하고 아무리 기다려도 안 오셔서 방에 들어가 보니 짐을 싸온 큰 가방 두 개와 옷들이 전부 없어졌어요. 자잘한 것들까지 아주 깡그리 가지고 나가셨어요."

　"그럼, 아침에 나가셨단 말이오?"

　"그건 저도 몰라요. 점심식사를 하시라고 아무리 문을 두드려도 대답이 없어 늦잠을 주무시나 보다고 생각했지요. 저는 빨래하느라고 정신없이 바빠 신경을 쓰지 않았어요. 점심시간이 훨씬 지나도 기척이 없어 방문을 열어보니 휑뎅그렁 비었더라고요. 아마도 간밤에 가신 것 같습니다."

　박 지점장은 아내에게 급히 전화를 돌렸다. 나른한 음성이 금방 잠에서 깬 듯 밑으로 가라앉는다.

　"당신, 거기 어디야?"

　"친구들하고 찜질방에 왔어요. 또 노인들이 사고를 쳤나요? 그러니까 내가 그렇게 반대했는데 듣질 않고 시골에 잘 있는 노인네들을 왜 불러올려서 절 이렇게 골탕 먹여요?"

　"이 사람아! 부모님 계신 곳이 몇 년 내에 개발된다는 정보를 입수했어. 곧 땅값이 황금으로 뛸 터인데, 미리 이렇게 모셔야지 그 토지를 팔 수 있잖아. 그분들이 거기 살고 있으면 한 평도 건드리기 어렵단 말이야. 어서 팔아서 여러 군데 투자해 재산을 늘려 놓자고 나름대로 한 짓이야. 나도 이렇게 은행에만 있을 수 없잖아. 명퇴바람이 거센 판에 내쫓기면 사업을 차려야 할 것 아냐. 다 계획이 있어서 그런 건데 이거 손발이 맞지를 않는군."

"오호호……. 당신의 사업 두뇌는 알아줘야 해. 노인들이 갈 곳이 어디 있겠어요. 다시 고향으로 갔겠지. 아유! 걱정하지 말아요. 전 한숨 푹 자고 난 뒤에나 움직여요. 간밤에 돈 꾸러 다니느라고 잠을 설쳤더니 골이 아파서 그래."

"당신 정말 이러기야? 수십 억이 왔다 갔다 하는 판에 낮잠을 자겠다고? 그것도 찜질방에서 말이야. 어서 고향에 내려가 봐. 빨리 전화를 걸고 잘못 했다고 빌어."

수화기 저쪽에서 어쩌고저쩌고 구시렁거리는 소리가 들렸으나 이내 조용해졌다. 박 지점장은 일이 도통 손에 잡히질 않았다. 어쩌자고 노인들이 구순하게 가만히 있지 강아지를 놓고 질투를 하고 생난리를 치는지. 늙으면 이렇게 이상해지나 하는 생각에 속이 무척 상했다. 딸도 없는 외동아들이니 재산이 어디로 가겠는가. 거액으로 땅값이 오르면 후딱 팔아서 적적한 시기에 주식이나 부동산에 투자를 할 요량으로 꾸민 일들이 다 어긋나게 돌아가고 있었다.

　박 이장의 며느리는 우선 시골로 전화를 했다. 그 집을 맡아 관리하고 있던 영농 후계자인 철수가 받았다.

　"저희 부모님이 간밤에 거기 내려가셨지요?"

　"아닌데요. 아무 기별이 없었습니다."

　"거기까지 가시려면 저녁 늦게 도착할 것입니다. 그럼, 밤에 다시 연락하지요."

　수화기를 내려놓으면서 며느리는 종알댔다. 갈 곳이 어디 있겠어. 돈 아끼느라고 KTX를 타질 않고 버스를 탔든지, 역마다 서는 완행열차를 기다리고 있겠지. 아니면 길을 몰라 여기저기 헤매다가 며칠 걸려 시골에 가겠지. 나른한 몸을 은(銀)을 뒤바른 찜질방 바닥 위에 팔자(八字)로 내던졌다. 사르르 잠이 오기 시작했다.

　남편의 귀가 시간에 맞춰 집에 가니 앞머리가 희끗한 박 지점장이 강아지를 안고 거실을 오가며 오줌 마려운 강아지처럼 잔뜩 불안에 들떠있었다.

　"시골에서 연락이 왔는데 아직도 도착하지 않았다는군. 이거 노인들이 데모하고 있어. 우리 속을 썩여줄 모양이야. 천만 원을 가지고 도박할 리는 없고 어디로 갔지."

　"걱정 말고 며칠 기다려 봐요. 갈 데가 어디 있겠어요. 그 짐 보따리를 들고 길거리를 헤맬 것도 아니고 친척도 없는 분들이니, 내일이면 시골에 도착했다고 연락 올 터이니 마음 느긋하게 먹어요. 설령 객사하신다 해도 피붙이는 당신뿐이니 그 재산이 몽땅 당신 몫이잖아요. 그러니 마음 편하게 가져요."

부부는 강아지를 가운데 두고 재롱을 보면서 깔깔 웃었다. 어디서 배웠는지 가르쳐 주지도 않은 짓을 한다. 주인을 웃기느라고 용트림을 하면서 몸을 배배 꽈가며 배꼽을 잡을 정도의 묘기를 강아지가 부리고 있다. 직장에서나 술자리에서 요렇게 재롱을 떨면서 주인에게 충성하고 웃기는 놈이 없는데 강아지가 대학을 나와 목이 뻣뻣한 배운 사람들보다 훨씬 낫다는 감탄이 터져 나왔다.

그러나 문제는 노인들이 한 달이 가고 두 달이 지나도 고향에 가지 않고 행방불명이 되어버렸다는 점이다. 고향을 지키고 있는 영농 후계자인 철수가 제일 안타깝게 야단을 쳤다. 이분들이 어디로 갔단 말인가. 힘들면 퍼뜩 시골로 내려오시라고 그렇게 간곡하게 당부했건만 어디로 가버리셨단 말인가. 철수는 박 이장이 갈 만한 곳을 두루 찾아다녔지만 행방이 묘연했다. 두 달이 지나자 들판이 휑하니 비었다. 호박잎도 다 말라비틀어져 버렸고 활엽수도 잎을 몽땅 떨어냈다. 빛바랜 소나무들만 겨우 들뜬 초록색을 뿜어내지만 산야가 우중충한 갈색 빛으로 변했다. 된서리가 색시비처럼 내린 뒤 바짝 추워지더니 첫눈이 펄펄 날리건만 박 이장부부의 소식은 묘연했다.

한편 박 이장은 아내의 손을 잡고 남해안 일대를 돌기

시작했다. 홍도도 가보고 완도에도 갔다. 가지고 있는 돈이 바닥이 날 때까지 실컷 써서라도 고생한 아내를 위로하고 자신을 달래고 싶었다. 먹고 싶은 것을 모두 사먹고 가보고 싶은 곳에 다 다녔어도 돈이 남아돌았다. 쓸 줄을 모르기 때문에 길거리 포장마차에서 먹든지, 아니면 중국집 자장면이 전부였다. 아내가 불쌍해 보이면 탕수육을 시켜주고 했으나 어떤 것이 좋은 음식인지 몰라서 사랑을 베풀 수가 없었다. 깊은 우물 속에 갇혀 살아온 인생이다. 고향을 떠난 적이 없었으니 어딜 가도 어떻게 해야 할지 도통 지혜가 없었다. 물론 텔레비전을 통해 세상을 구경할 수 있었으나 그건 그저 그림으로 보는 만화거나 달나라와 같았지 현실과는 먼 세계였다.

여수와 군산을 거쳐 태안반도까지 올라가 보기도 하고, 안면도에도 가서 여기저기 기웃거리고 동해안에도 갔다. 여관에서 며칠씩 묵을 적에는 빨래도 하고 지루해질 때까지 쉬기도 했다.

"여보! 이제 우리 집으로 갑시다. 우리 누렁이가 보고 싶어요. 철수네도 잘 살고 있는지……. 올 농사는 혼자 손에 어떻게 수확을 했는지 궁금하네요."

아내는 간절하게 고향집으로 가기를 소원하고 있었다. 하긴 산골 동네로 시집와서 이렇게 길게 바깥나들이를 한 적이 없지 아니한가.

전화도 하지 않고 이장내외가 바람처럼 들이닥치자 철

수는 너무 반가워서 눈물을 줄줄 흘리기까지 했다.

"이장님이 갑자기 돌아오실 것 같아 매일 안방을 따뜻하게 해 놓고 조석으로 밥상을 봐놓았습니다. 집사람이 이부자리도 깨끗하게 빨아서 풀을 먹여 깔아놓고 얼마나 기다린 줄 아세요? 글쎄 제 말이 맞지요? 서울에 가서 못 사신다고 했잖아요. 서울은 한껏 부풀린 풍성 같아서 바늘 끝이 슬쩍 닿아도 터질 것처럼 느껴져서 위태위태하고 숨이 막힌다니까요."

서울이 시골하고 다른 것이 아니라 인간들이 못되어먹었다고 말하려다가 꿀꺽 참았다. 자식도 그 서울이란 곳의 한 알갱이이기 때문이다.

역시 돌아오기를 잘 했다. 땅도 공기도 산도 들판도 숨통을 트이게 했다. 나뭇가지에 동그마니 지어진 까치집도 정다웠고, 눈가가 짓무른 누렁이가 슬슬 다가와 긴 꼬리를 느러터지게 흔드는 것도 좋았다. 발등까지 내려와 치마폭을 감싼 멋대가리 없는 사각형 앞치마 끝자락을 거머쥔 아내가 머리를 조아리듯 은근한 정을 내보이는 누렁이는 아내를 그대로 빼닮았다.

밤새도록 겨울바람을 타고 몸을 뒤척이는 갈대의 사각거림도 서울에서는 들을 수 없는 정겨운 소리였다. 이따금 대문을 잡아 흔드는 바람소리도 태곳적부터 그 자리에 있었던 것처럼 친근했다.

이건숙 문학전집 3 꿈꾸는 여자

서울을 떠나온 지 넉 달 만에 아들에게 전화를 했다. 놀란 아들의 음성에 칼날이 섰다. 그 나이에 자식의 체면도 생각해야지 연락을 하지 않고 그렇게 나돌아 다니면 어쩌느냐고 호통을 쳤다.

"주말에 고향집에 내려오너라. 너에게 긴히 할 말이 있다."

"토요일은 힘들고 일요일에 가겠습니다."

"너희 부부 함께 와야 한다. 혼자 오려면 아예 오질 말고. 그만큼 중요한 일이니 사소한 일이라고 생각하지 마라."

일요일 해거름에 아들내외는 승용차를 몰고 시골집, 부모님이 기다리고 있는 안방으로 들어와 나란히 앉았다. 무슨 일인가 해서 방안을 둘러보기도 했다. 이장은 방문을 활짝 열었다. 야트막한 담을 넘어 질펀한 평야와 멀리 산등성이가 푸르스름하게 흐릿한 이내를 듬뿍 안고 있어 얇은 망사라도 두르고 선 듯 신비로운 기운이 감돌았다.

"저 들판과 산을 보면서 가만히 귀를 기울여 보아라. 우리 조상의 숨소리가 들리지? 저 들판을 가로질러 흐르는 개울물이 그들의 한숨과 기쁨을 듬뿍 안고 흘러가고 있다. 덮어씌운 역사의 격랑 속을 통과하면서 저 흙은 그분들의 피와 땀과 살과 뼈가 녹아내려 스며들어서 우리 몸의 일부가 되고 있다. 저 산야를 사랑하고 가꾸는 사람만이 저 땅을 소유할 수 있다."

이장이 눈을 가늘게 뜨고 눈앞에 펼쳐진 산야를 넋을 놓고 바라봤다. 지점장내외도 아버지의 그런 태도에 무슨 큰일을 하시려고 이러나 해서 잔뜩 긴장했다.

"바쁜 너희들을 이렇게 오라고 해서 미안하다. 그러나 이번 문제는 너희들 앞에서 해야 하는 큰일이기 때문에 이렇게 어려운 부탁을 했다."

조상대대로 이 집에서 살아온 탓에 대문 쪽에 머슴들이 살았던 토담집을 제외하고는 옛날 양반집의 규모를 그대로 갖춘 한옥이었다. 앞에 시원스럽게 펼쳐진 문전옥답이랑 들판 한가운데로 흐르는 시냇물은 저녁노을을 받고 불그레한 기운을 뿜어 올렸다. 쥐똥나무 생울타리를 끼고 오불꼬불한 신작로가 정겹게 다가왔다.

"내가 네 어머니랑 의논하여 내린 결정이니 그리 알고 따르기 바란다. 이번에 몇 달 동안 남해안, 동해안, 서해안을 돌면서 많이 생각했다."

그러자 아들이 아버지의 말을 막고 나섰다.

"저희들이 잘못했습니다. 설마 아버님이 강아지를 놓고 그렇게 질투하실 줄 몰랐습니다. 강아지는 그저 강아지일 뿐 사람이 아닌데 그 미물을 놓고 그렇게 속이 상하셨다는 점을 제가 미처 몰랐습니다. 다시 모시겠습니다. 강아지를 다른 집에 줘서 기르게 하고 부모님께 효도하겠습니다."

"흐흠, 내가 강아지를 놓고 질투했다고? 허허⋯⋯. 그렇게 생각했느냐. 우리 부부가 강아지보다 너희들에게 더 하찮게 보였다고 생각하고 있다. 너희들이 우리 부부를 강아지만큼만 대했어도 우리 이렇게 낙향하지는 않았다.

그러자 입술을 퉁 내밀고 성깔 있는 눈을 굴리던 며느리가 끼어들었다.

"아버님도 너무하세요. 나이 들면 아기가 된단 말이 맞네요. 강아지를 장난감삼아 우리가 가지고 노는 것인데 그걸 부모님하고 비교하면 말이 통하지 않지요. 아버지는 사람이고 강아지는 짐승이라니까요."

"그런 짐승에게 부모보다 더한 정성을 다했다면 너희들은 어떻게 생각하느냐?"

"아이쿠! 답답해. 아버님하고는 말이 통하질 않아요. 우리 강아지보다 더 답답하다고요."

며느리가 새침을 떨면서 한숨을 푹푹 삼켰다.

"어이! 철수부부도 이리 들어오게나."

서울서 내려온 귀한 손님들 자고 갈 방에 군불을 지피고 있던 철수부부가 연기로 붉어진 눈을 문지르면서 들어와 윗목에 무릎을 꿇고 나란히 앉았다.

그러자 박 이장이 서류를 아들내외 앞에 내놓았다.

"이게 뭡니까?"

"땅문서와 집문서다."

"이걸 어쩌자는 겁니까?"

"펴보아라."

박 지점장의 손이 떨렸다. 아버지도 여행을 하면서 깨우친 바가 많아서 이렇게 모든 재산을 아들에게 넘겨주고 양해를 구하는 것이 아니겠는가. 강아지보다 더한 재롱을 보이는 방법은 이 방법밖에 없다고 판단했을 터이니 얼마나 멋진 전화위복인가! 아들은 안경을 고쳐 쓰고 문서를 확인했다. 한 달 전에 소유권이 이전되어 있었다. 당연히 하나밖에 없는 유일한 핏줄인 자신의 이름, 박영철이 나와야 했다. 그런데 그 자리에 엉뚱하게도 김철수란 이름이 있지 아니한가. 김철수라면 이 집에 들어와서 농사일을 거들고 있는 영농 후계자란 사람이다. 믿어지지 않아서 다시 안경을 고쳐 쓰고 집문서와 땅문서를 확인했다. 모두 김철수의 소유로 넘어가 있었다.

"자! 다 보았지? 이 서류를 네 옆에 앉아 있는 철수 군에게 넘겨라. 집과 땅 모두를 이 동네를 위해 꿈을 심어주고 있는 철수 군에게 넘긴다."

철수부부는 처음에는 무슨 말인지 몰라 멍하니 있다가 형광등처럼 늦게 사건 전후를 감지하고는 얼굴이 벌게지더니 화들짝 놀랐다. 엉거주춤 몸을 일으키고는 면구스러운 표정을 감추지 못하고 쩔쩔맸다. 그 순간 박 지점장이 이장의 어깻부들기를 양손으로 우악스럽게 잡았다. 며느리도 사태를 파악했는지 파랗게 질려서 입술을 파르르 떨었다.

"철수가 당신 자식입니까? 왜 조상 대대로 물려받은 땅을 피 한 방울 섞이지 않은 엉뚱한 사람에게 물려줍니까? 이게 자식에게 할 짓입니까? 늙어 노망이 나서 길거리로 나앉으려고 이러십니까? 정말 이러기냐고요. 이러면 돌아가셔도 저희들 여기 오지 않습니다. 부모와 자식의 연을 끊을 작정입니까?"

"대학까지 공부시켜 은행 지점장이 되었고, 사는 것을 보니 그만하면 잘 살더구나. 너는 농사를 짓지 아니할 것이니 이걸 주면 다 팔아서 서울로 가져다가 그 큰 도시의 귀퉁이를 채우겠지. 하지만 철수는 농사를 지으려고 일부러 도시를 버리고 온 청년이다. 이 사람을 자식삼아 그의 품에 안겨 묻힐 터이니 그리 알아라. 이제 일은 끝났다. 내 인생 정리는 다 했다. 어서 올라가 보아라."

아들내외는 날카로운 눈으로 철수를 흘겨보며 어디 두고 보자는 성깔 사나운 말을 내뱉으면서 차를 몰고 밤나무골을 빠져나갔다. 법에라도 억울함을 호소하겠다는 말을 남기고 말이다.

그 밤부터 밤나무골 이장은 매일 꿈을 꾼다.

까르르까르르 요란하게 웃어가면서 꿈을 꾸기 때문에 깊은 잠에서 깨어난 철수부부는 한밤중에 뛰어나와 밖에서 서성거리기 일쑤다, 행복해서 웃기만 하면 좋으련만 나중에는 강아지 흉내를 내니 문제였다. 캉캉, 끼끼 낑……. 누렁이가 내는 소리가 아니라 앙증맞은 새끼강아지가 내는 소리를 거침없이 뱉어내니 철수부부의 근심거리가 되었다. 아무래도 서울에 다녀온 뒤에 노망기가 시작되나 보다고 철수부부는 눈물을 찍어댔다.

그러나 어쩌랴. 꿈속에서 이장이 강아지가 되어 아들과 며느리의 품에 포옥 안겨 재롱을 떨고 있는 걸 누가 알랴. ✼

— 2006년 『계간문예』 가을호

좁은 길

다음 장을 넘기자 젖꼭지까지 드러낸 네 명의 여자가 자기 몸보다 몇 배 큰 바위를 머리에 이고 도시로 뚫린 큰길을 가고 있었다. 그림 속의 여자들은 바위가 너무 무거운지 참지를 못하는 찡그린 얼굴로 일어서지도 못하고 엉거주춤 어기적거리면서 고통을 토해내는 얼굴이 무서울 정도로 일그러져 있었다.

좁은 길

삼봉리의 세 봉우리가 희뿌연 봄 열에 시달려 노곤해 보인다. 멀리 북한강 위로 고깃배 한 척이 동양화 한 폭처럼 한가롭다. 집 위쪽 복숭아골(桃源)로 뚫린 고갯길 끝자락이 아물거리는 아지랑이 속에 희뿌옇게 가물가물 보이다가 산과 함께 빨려들어가 숨어버린다. 숲에서 뿜어내는 한기와 지열(地熱)이 마주치는 바람에 시야에 들어오는 산들이 얇은 망사를 둘러친 것처럼 신비로운 짙은 안개에 휩싸여있다.

나는 툇마루에 앉아 강남 갔다 돌아온 제비부부가 옛집에 다정하게 앉아있는 걸 보면서 하품을 길게 했다. 오월의 오후는 봄 열로 몸이 노곤하게 마련이다. 작년에 제멋대로 땅에 떨어졌던 채송화 꽃씨들이 몸을 비비며 촘촘히 얼굴을 내밀고 있어 비가 오면 모종을 해야겠다고 생각했다.

　무심코 복숭아골 쪽으로 뚫린 고갯길을 올려다보니 청바지에 검은 상의를 입은 청년이 물끄러미 우리 집안을 내려다보고 있었다. 머리는 오랫동안 감지를 않아 희뿌옇고 헝클어진 쑥대머리에 눈은 벌겋고 눈꼬리에 고름이 긴 것처럼 눈곱이 퉁퉁 불어 매달려있었다. 황달기가 있는지 거무튀튀한 얼굴이 누렇게 절어 요상한 빛을 뿜어냈다. 혁대를 맨 부위가 너무 많이 먹어 뱃살이 찐 것이 아니라 한눈에 복수가 찬 것임을 알아볼 수 있었다.

　막내시동생 나이와 엇비슷해 보이는 청년이라 슬그머니 호기심이 가면서도 죽어 땅에 묻힌 시동생이 살아 돌아온 것 같아 머리끝이 쭈뼛 곤두섰다. 비실비실 현관문을 닫고 그것으로도 마음이 놓이질 않아 여분으로 만든 잠금 장치까지 단단히 안에서 걸어 잠그고 안방으로 들어가버렸다. 라디오의 볼륨을 크게 하고 여름옷들을 손질하려고 다락으로 기어 올라갔다.

　초인종이 짧게 세 번 울린다. 딸들은 두 번, 남편은 세 번을 누르도록 되어 있는데 세 번이면 남편이란 뜻이다. 괘종시계를 올려다보니 아직 퇴근까지는 두 시간이 더 남았다. 잠깐 망설이는 동안 또다시 초인종이 세 번 울린다. 누르는 감이 남편과는 달랐다. 성미 급한 남편은 찍찍찍 짧게 누르는데 지금 누르는 것은 느리고 둔하다.

　집배원인가 싶어 천천히 다락에서 내려와 문을 열었다.

조금 전에 본 청년이 낡은 베이지색 중간 크기의 배낭을 어깨에 메고 서 있었다. 얼굴에서 흘러내리는 땀으로 목 언저리랑 가슴팍까지 푹 젖어있다. 여름도 아니고 봄에 저런 땀을 흘리다니!

"목이 몹시 마릅니다. 물 좀 얻어 마실 수 있을까요?"

나는 순간 몸을 뒤로 젖히면서 멈칫거렸다. 날로 변하는 인심 속에서 낯선 청년을 집에 들여놓는다는 것은 아주 위험하다는 상식 때문이다. 더구나 이 시간대에는 집에 나 혼자뿐인데 무슨 사건이라도 터진다면 하는 무섬증이 밀려왔다. 이런 내 마음을 읽었는지 청년은 내 얼굴을 보지도 않고 눈을 내리깔았다. 남자의 속눈썹이 왜 그리 긴지! 눈을 덮은 속눈썹이 파르르 떨려서 더욱 길어 보였다.

순간 돌아가신 시어머니가 떠올랐다. 갓 시집왔을 적 일이다. 비가 구질구질 오는 초겨울 저녁 겨드랑 밑으로 파고드는 바람이 종종걸음을 치게 오스스한 날씨였다. 옷을 허름하게 입은 노숙자 노인이 대문에 기대서 배가 고프다고 하자 한상 가득 정성스럽게 반찬을 골고루 담아서 내놓았다. 귀한 손님을 대접하듯 공손하게 상을 거지 앞에 놓는 것을 보고 감동한 적이 있었다. 그날 점심에 시아버지가 들지 않는 삼계탕을 고스란히 대접에 담아내는 것도 가슴을 뭉클하게 했다. 그 기억은 시어머님이 돌아가신 뒤에도 머리에 아주 깊이 각인된 아름다운 장면이었다.

　이런 집안의 며느리가 목마르다는 청년에게 물 한 그릇 주는 걸 이렇게 두려워한다면 지하에 계신 시어머니가 얼마나 슬퍼할까. 그분의 손때 묻은 세간들이 아직도 남아 있는 집에 살면서 목마른 사람을 박정하게 대하는 것은 도리가 아니라는 내면의 소리가 들끓어서 좋잖은 표정을 감추고 문을 활짝 열었다. 살 맞은 뱀처럼 잔뜩 몸을 도사리던 청년은 문간방 툇마루에 무거운 짐짝을 내려놓듯 털썩 몸을 던지고는 도원으로 뚫린 집 뒤쪽의 고갯길을 멍하니 올려다보았다. 냉장고에서 찬물을 꺼내 목이 긴 유리잔에 넘치도록 담아 내밀었다.

　"참 시원합니다. 고맙습니다."

　청년이 단숨에 마셔버린 빈 유리잔을 받아들었다. 우연히 눈길이 멎은 구두 옆구리로 청년의 새끼발가락이 빠끔히 얼굴을 내밀었다. 목과 귀 언저리엔 며칠 동안 세수를 하지 않았는지 때가 더께로 내려앉았다. 땀으로 인해 소금기가 버석거리는 등과 어깨부들기에선 오래 신은 구두에서 나는 퀴퀴한 땀내가 물씬 풍겼다.

　"저 사흘 전에 구치소에서 나왔어요."

　"그래요?"

　"무슨 죄를 지었느냐고 왜 묻지 않으세요?"

　당돌한 그의 질문에 나는 어떻게 응해야 할지 몰라서 잠시 망연했다. 두 딸이 조금 있으면 학교에서 돌아올 터인데 빨리 와주었으면 하는 생각에 대청마루에 걸린 괘종시계를 흘끔 훔쳐봤다. 청년이 석연찮아하는 내 얼굴을 향해 태연하게 말했다.

"공갈죄로 잡혔다가 풀려났어요."

"누굴 공갈했나요?"

"사월초파일 절에 가서 중에게 돈을 달랬다가 잡혀갔지요."

"자비를 베푸는 날인 석가탄신일에 구걸하는 사람을 가두다니…… 쯧쯧."

그와 대화를 나누는 동안 차츰 꺼림칙한 감정이 가셨다. 청년의 술에 절어있는 눈빛이랑 거무튀튀한 얼굴과는 달리 목소리는 아주 부드러운 바리톤이었다.

"장사진을 이루어 돈을 바치는 줄에 끼어 섰다가 돈 받는 중에게 손을 내밀었더니 오백 원짜리 동전을 하나 던져주더라고요. 눈을 부라렸지요."

"……"

"돈이 처치 곤란할 정도로 쌓이는 날 오백 원이라니! 내 눈이 무서웠는지 천 원짜리 지폐를 한 장 주더군요. 이게 뭐냐고 돈 상자를 발로 걷어차고 나오다가 형사에게 덜컹 잡혔지요."

"저런! 형사가 숨어서 본 모양이군요."

"그날엔 절마다 사복형사들이 쫙 깔린다는 걸 몰랐어요."

"몇 살이요?"

"스물아홉."

청년은 내 어깨부들기를 스쳐 담 너머 도원으로 뚫린 길이 산속으로 아슴푸레 사라지는 걸 멍하니 바라보았다.

시동생이 재작년에 알코올중독으로 인한 간경화증에 시달리다 죽었으니 지금 살아 있으면 이 청년과 동갑내기가 된다. 죽은 시동생 탓일까. 갑자기 그 청년이 불쌍해지기 시작했다.

"점심을 들었소? 시장하겠네."

청년의 대답을 기다리지 않고 부엌으로 갔다. 시어머니가 하듯 불쌍한 나그네를 위해 귀퉁이가 조금 깨지기는 했지만 볼썽사납지 않은 둥근 밥상에 주섬주섬 반찬을 놓고, 저녁에 끓일 생태찌개거리를 조금 덜어서 작은 냄비에 끓여 들고 나왔다. 청년은 어색한 표정을 주체 못해 눈시울을 붉히면서 그저 머리만 주억거려 감사함을 표하다가 수저를 들었다. 김치를 집으려고 젓가락을 든 손이 가눌 수 없을 정도로 부들부들 떨렸다.

큰딸이 금년 들어 키가 부쩍 자라서 치맛단을 내리려고 반짇고리가 있는 안방으로 들어갔다. 치맛단의 실밥을 뜯는 동안 청년은 한 공기 밥도 다 먹지 못하고 동태찌개만 떠먹고는 상을 물렸다. 물 한 잔을 내밀자 청년은 구역질을 심하게 했다. 찬찬히 뜯어보니 손등까지 황달기가 들었다.

"많이 아파요?"

"네."

청년은 두어 번 머리를 주억거리면서 감사 인사를 건네곤 가방을 메고 나가려다 비실비실 마루에 주저앉았다. 가래침을 돋우어 담 밑으로 가서 칵 뱉는 몸놀림이 몹시 어눌했다.

"그렇게 몸을 못 가눌 정도로 아프면 더 쉬었다 가요."

"그래도 될까요?"

내가 고개를 끄덕이는 걸 보고 그는 마루 한구석에 짐짝처럼 몸을 내던지고는 깊은 잠에 빠져들었다. 그가 잠자는 동안 집안을 정리하고 쌀을 안쳤다. 아침에 잠시 한눈을 파는 동안 두부조림으로 눌러 붙은 냄비를 우물가로 들고 나가 흙과 비누를 무쳐 빡빡 닦았다.

두 딸이 학교에서 돌아와 마루 위에 대(大)자로 몸을 던지고 누워 자고 있는 청년을 흘깃 보고는 누구냐고 입술만 움직이면서 눈으로 묻는다. 호기심과 무섬증이 겹친 눈빛이 역력했다.

"엄마, 누구야?"

작은 딸 보르레가 내 귀에 입을 바짝 대고 소곤거렸다.

"응, 지나가는 손님."

"아이! 더러워. 엄마, 저 발 좀 봐."

"쉬! 조용히 해라."

나는 두 딸의 손과 얼굴을 씻기고 숙제를 하라고 아빠

서재로 밀어 넣었다. 초등학교 교사인 남편은 성격이 꼼꼼하고 완벽해서 귀가하면 신발 한 짝이 삐뚤어지게 놓여도 못 참는 성미다. 그 사람이 귀가하기 전에 집안을 정돈하여 깔끔하게 손을 봐야한다. 모든 것이 다 제자리에 있는지 한 바퀴 돌며 확인했다.

　문제아의 가정 방문으로 평소보다 좀 늦게 귀가한 남편을 나는 일부러 대문 밖에서 기다렸다가 청년에 대하여 떠벌였다. 선수를 쳐야지 큰소리라도 나면 집안이 시끄러울 것이 두려워서였다. 내 이야기를 잠자코 듣던 남편은 마루에 누운 청년을 머리끝부터 발끝까지 찬찬히 훑어보았다. 분명 그도 죽은 동생을 떠올리는 듯했다. 워낙 말수가 적은 남편은 식사 뒤에도 아무 소리 않고 서재에 틀어박혀 과학전시회에 출품할 작품을 만든다며 책 속에 묻혀버렸다.

　땅거미가 완전히 어둠 속으로 녹아든 뒤에야 청년을 부스스 일어났다.

　"죄송해요. 이만 가보겠습니다."

　불 켜진 안방을 향해 청년이 나직한 목소리로 인사를 했다. 두 딸의 숙제를 봐주고 있던 나는 벌떡 일어섰다. 남편이 소리 없이 서재의 미닫이문을 열고 밖으로 나왔다. 청년의 얼굴에 서린 짙은 병색이 마음에 걸렸던지 남편이 이렇게 권했다.

　"뭣하면 며칠 쉬었다 가지 그래."

"호의에 감사합니다. 하지만 어떻게 더 이상……."

청년이 대문을 향해 걷는 걸 뒤에서 우리 네 식구가 지켜보았다. 그가 대문 고리를 잡는 순간 갑자가 픽, 하는 둔탁한 소리가 났고, 우리 모두의 입에서는 놀란 외마디 소리가 터져 나왔다. 대문 앞에 쓰러진 청년은 죽은 것처럼 미동도 하지 않다가 간혹 손가락만 바르르 떨었다. 워낙 심장이 약한 나는 가슴이 후드득 뛰어서 정신을 차리지 못하고 엉거주춤 두 손을 모아 기도하면서 청년과 남편의 얼굴을 번갈아봤다.

"당신, 어서 문간방에 불을 지피지 그래."

나는 허둥거리면서 성냥을 찾아 헤맸다. 시부모님이 농사를 짓던 시절에 소를 기르던 문간 한 모퉁이를 십 년 전 손님방으로 개조하여 일 년에 한두 번 오는 손님이 묵는 방이다. 대대로 물려온 뒷산의 이천 평 밭에 작년에 옥수수를 심었더니 옥수숫대가 실히 나왔다. 손님이 올 적마다 문간방 아궁이에 군불을 지폈지만 아직도 헛간엔 옥수숫대가 어른 키가 넘을 정도로 쌓여있다. 한 아름 안아다 아궁이에 쑤셔 넣고는 불을 댕겼다. 투두둑 튀는 불똥을 바라보면서 괜스레 청년에게 물을 주며 친절을 베풀어 곤혹스러운 일을 당하나 싶어 마음이 언짢았다.

남편이 유난히 배가 부른 청년을 끙끙거리면서 업어다 방에 뉘는 동안 등 뒤에서 어정쩡한 몸짓으로 주춤거리던 나는 누비이불과 작은 요를 꺼내 왔다. 아궁이 밖으로 밀려나는 불길을 연신 안으로 밀어 넣는 동안 남편은 시오리 떨어진 '한성의원'에 간다며 자전거를 몰고 나갔다. 이내 할아버지 의사를 모시고 왔다. 심한 영양실조에다 중증의 알코올중독자라며 의사는 머리를 흔든다. 배에 이미 복수가 찼고 얼굴빛으로 봐서 간경화증이 상당히 진행되었다고 했다. 황달까지 겹친 걸 봐서는 몇 달을 넘기기 어렵겠다고 딱한 표정을 지었다.

방바닥이 따끈하고, 한약을 먹은 탓인지 청년의 숨소리가 잔잔하고 평안해 보였다. 거실의 괘종시계 추가 이 밤에 더욱 크게 똑딱거렸다. 우리 부부는 입을 헤벌리고 자는 청년의 얼굴을 바라보면서 알코올중독으로 길에서 죽은 동생을 떠올리며 안쓰러운 표정을 지었다.

새벽 네 시.
남편이 문간방으로 건너가는 소리가 들렸다. 아마도 잠든 청년의 동태를 살피기 위함일 것이다. 조금 있더니 대문을 여닫는 소리도 들린다. 새벽 교회로 향하는 남편의 일과가 시작된 것이다. 괜한 골칫거리를 집에 들여놨다는 자책감에 희끄무레하게 동이 터오는 창문을 바라보면서 나는 선잠을 뒤척거렸다.

사람이란 언제나 마음이 심란해지면 과거사를 떠올리는 법인가 보다. 시집와서 이내 돌아가신 시아버지가 선명하게 살아났다. 술과 도박, 그리고 여자로 인해 시어머니의 속을 엄청나게 썩였던 분이다. 결국 대대로 물려받은 전답을 거의 다 날리고 울화병으로 돌아가셨다. 연이어 시동생도 길에서 알코올중독으로 비명횡사하는 사건이 터졌다. 시어머니는 이런 끔찍한 사건 앞에 낙담하여 쓰러져버렸다. 그런 분을 일으킨 사건은 바로 이웃마을에 사는 전도사였다. 교회에 다니면 술과 여자를 멀리하고 도박도 하지 않는다는 말에 끌려간 셈이다. 남편도 어머니를 따라 열심히 신앙생활을 했고 지금은 열성 신자가 되어서 새벽기도회에 빠지는 경우가 없을 지경이다.

새벽안개가 자욱하게 마당에 내려앉는 걸 보면서 나는 습관적으로 도원으로 뚫린 길을 올려다보았다. 병풍처럼 둘린 산과 산 사이로 가래떡이 휘어지듯 유연하게 좁은 길이 빠져나간다. 시집와서 남편의 손을 잡고 봄에 딱 한 번 그 길을 넘어간 적이 있었다. 어느 산도 만만한 산은 없다지만 복숭아골 쪽으로 뚫린 길은 계곡이 가파르고 좁았으며, 산기슭에 난 좁은 길은 칼날처럼 날카로운 바위 투성이었다. 성깔 사나운 높은 산들이 구십 도 각도로 켜켜로 서 있어서 도저히 더 이상 들어갈 수가 없었다. 아득히 멀리 산 안쪽으로 가물가물 보이는 산기슭은 온통 분홍색이었다.

이른 봄이라 멀리 아련하게 건너편에 보이는 산기슭은 온통 복숭아꽃이 만발하여 연분홍 홑이불을 수십 개 활짝 펼쳐놓은 것 같았다. 나는 그 마을을 내 나름대로 명명하여 '무릉도원'이라고 했고, 남편은 짧게 줄여 '도원'이라 불렀다. 이 마을 사람들은 그곳을 '복숭아골'이라고 한단다. 지금은 사람이 살고 있지 않지만 한때는 화전민들이 살았다고 한다.

안마당에서 고개를 꺾어야 보이는 높이에 그 길이 있고 해가 거기서 솟아오르기 때문에 언제나 새벽 심호흡을 하면서 그쪽을 바라보게 된다. 시집와서 십 년을 이런 생활을 하다 보니 산으로 뚫린 길에서는 상큼하고 달콤한 복숭아꽃이나 솔 내음을 실은 싱그러운 바람이 온몸을 감싸면서 쏴아 내려오고 그 반대쪽, 도심지로 뚫린 큰길에선 사람의 몸에서 뿜어 나오는 독이 듬뿍 고인 미지근한 공기가 역겹게 풍겨온다. 내가 좁은 길과 넓은 길, 양쪽의 공기 냄새를 가려낼 때까지 십 년이 걸린 셈이다.

나는 항상 아침에 일어나면 몸을 동쪽으로 돌리고 도원으로 뚫린 좁은 길을 마주하고 선다. 해를 마시는 마음으로 심호흡을 깊이 하고 그쪽에서 밀려오는 신선한 공기를 듬뿍 마시면서 길게 복식 호흡을 몇 번 하고는, 간절한 마음으로 하루의 일을 기도하고 부엌으로 간다.

뒷산 기슭에 수북하게 자란 취나물은 오월의 연한 나뭇잎 사이를 파고드는 햇살을 받아 참기름을 살짝 바른 듯 유난히 반들거린다. 한 소쿠리 캐다 삶아 마늘을 듬뿍 다져 넣고 들기름을 둘러 프라이팬에 살짝 볶으면 취나물 특유의 고소하고 달짝지근한 맛이 난다. 아침마다 남편의 상에 산나물이 올라간다. 철철이 계절을 따라 종류별로 지천으로 나는 산나물을 캐다 상 위에 올리는 걸 남편은 무척 좋아한다. 비료나 농약을 주지 않고 산에 절로 나서 햇볕과 공기와 비를 먹고 자란 나물이니 논밭에서 나는 남새에 비길 수 없는 깊은 맛이 있다.

아침상을 물리면서 남편이 간장약 한 박스를 슬그머니 내 옆에 밀어놓았다. 새벽 기도 뒤에 약국에 들려 사왔으니 이 약을 먹는 동안만이라도 청년을 돌보자며 내 눈치를 본다. 죽은 시동생 생각이 스치는 걸 그의 눈 속에서 읽을 수가 있었다. 거죽은 무뚝뚝하고 찬바람이 휘돌지만 속 깊이 뜨거운 정이 있는 사람이다. 나란히 앉아 슬픈 연속극을 봐도 우는 쪽은 내가 아니고 으레 남편인 걸 봐도 마음이 무척 여린 사람이다.

아침 열 시가 넘어서야 청년은 문고리를 잡고 벽에 몸을 의지하면서 밖으로 나왔다. 마당 구석에 있는 뒷간으로 가는 동안 몸을 가누지 못하고 비틀거려서 시어머니가 쓰시던 지팡이를 손에 쥐어주었다. 흐릿한 눈빛에서 죽음의 그림자를 느낄 수 있었다.

아침상을 물린 뒤 날달걀 한 알에 간장약 한 캡슐, 영양제 한 알을 차례차례 내미는 내 얼굴을 개개풀린 눈으로 차마 마주보지 못하고 받아먹었다.

"그 나이에 어쩐 술을 그렇게 많이 마셨어요?"

"실은 신문기자 생활을 하다가 이렇게 되었어요."

"기자?"

"네, ○○일보 기자로 돌아다니다 보니 술자리가 많더라고요. 술을 마시면 기분이 좋아지고, 자꾸 마시다 보니 저도 모르게 이렇게 폐인이 되었네요. 직장에서도 쫓겨나고요."

"저런! 부모 형제가 있으면 곁에서 그걸 막아주었어야지요. 그냥 놔두었단 말인가요? 쯧쯧."

"제 전공이 미술이라 기자생활과는 어울리지 않는다는 주위 사람들의 만류를 뿌리치고 날뛰다가 이 모양이 됐지요."

전혀 통회하는 빛도 없이 남의 이야기를 하듯 주워섬긴다.

"과거는 잊어버리고 정신 차려 건강회복하고 청년의 인생을 찾아야지요. 남들처럼 장가도 가고 직장도 갖고 고물거리는 아기들도 낳고……. 인생이란 참으로 살아볼 만한 것이랍니다."

"꼭 제 누님들처럼 말하시는군요."

청년의 얼굴이 별안간 굳어지더니 입을 딱 다물어버린다. 그리곤 삼봉리 위로 흐르는 뭉게구름이라도 잡으려는 듯 눈길을 산봉우리에 던지며 목을 한껏 뒤로 꺾었다. 파란 하늘에 뭉게구름이 수십 마리 산토끼처럼 보글거린다. 삼봉리의 세 봉우리가 뚜렷하게 몸을 내보이자 뒤쪽 도원으로 뚫린 길 끝이 확연하게 눈에 잡혔다.

점심식사 뒤 한 솥 데워준 물에 시척지근한 냄새가 나는 머리를 감은 청년은 저녁식사 때까지 늘어지게 잠을 잤다. 이런 병에는 저렇게 잠을 자는 것이 좋으니 방해하지 말라는 남편의 말이 떠올라 조심스럽게 소리를 죽이고 집안일을 했다. 알코올중독자는 불면에 시달려서 술을 많이 먹는다고 들었는데 저렇게 자는 걸 보면 한 고비를 넘긴 것이 아닌가 하는 안도감도 들었다.

시내와 보드레가 우물가에 앉아 손발을 씻으면서 소곤댔다.

"언니야! 마귀 본 적 있어?"

"응."

"어떻게 생겼어?"

"우리 집에 있는 아저씨가 마귀 얼굴이야."

"그래. 맞다, 맞아. 나도 그렇게 생각했어."

두 딸의 대화가 우물가에서 가까운 문간방에 들릴까봐 뒤란에서 딴 노지딸기를 먹으라고 아이들을 안채로 끌어들였다.

청년이 집에 온 지 어느덧 열흘이 지나고 신록은 갈매빛으로 서서히 옮겨갔다. 청년의 건강은 기적처럼 눈에 띄게 좋아졌다. 흰자위에 고였던 핏빛도 가시고 거무튀튀한 얼굴색도 엷은 살빛이 드러날 정도로 변하고 있었다. 히죽 웃는 입매에 귀여움도 실렸다. 병이 호전되는 걸 지켜보는 남편의 정성도 극진했다. 밤늦게까지 둘이 앉아 대화도 하고 간간이 흔쾌하게 웃는 웃음소리가 마당까지 흘러나왔다. 마치 죽어 땅에 묻어버린 시동생이라도 환생한 듯했다.

하루는 채송화 모종을 하고 있는 내 곁으로 청년이 살그머니 다가오더니 어렵게 입을 열었다.

"저……, 여기 더 머물러도 될까요?"

"갈 곳이 없어요?"

"절하고 교회 가면 돼요."

"절과 교회라니? 부모 형제가 있는 집으로 가야지요."

"월요일부터 토요일까지 절에 가서 구걸하고 일요일에는 교회에 가서 구걸하면 살 만해요."

"세상에! 미술까지 전공하고 기자생활을 한 사람이 절과 교회로 다니면서 구걸해먹고 살겠다니 그게 말이 돼요?"

"모르는 말씀. 기자생활보다 돈이 더 많이 벌려요. 절이 얼마나 많다고요. 산 속에 있는 절부터 민가에 박힌 절까지 두루 찾아다니면 교회보다 더 많이 벌 수 있어요. 제가 일요일엔 교회에 가는 것은 점심을 푸짐하게 주니까 밥 먹으로 가는 거지요."

"그 돈을 모아서 장사라도 하려고?"

"돈이란 그렇게 필요한 것이 아니에요. 전 이렇게 누리는 자유가 좋아요. 자유롭게 청량리에서 출발하여 이곳까지 백여 개의 교회를 돌면서 많은 사람을 만났지요. 하나님이 인간을 창조하실 적에 똑같은 사람을 단 한 사람도 만들지 않았다는 사실이 감탄할 정도로 놀랍고 재미있어요. 제 코끝에 호흡이 붙어 있는 동안 대한민국 사람들을 다 만나고 죽을 수 있을까 하는 생각을 해보지요."

"그렇게 구걸한 돈으로 무얼 하지요?"

"밥 사먹고 남은 돈으로 술을 실컷 마시고 길에 쓰러져 자기도 하고, 추우면 무숙자들 집합소나 싸구려 여인숙에서 자고 봄이 오면 이렇게 평안한 전원생활을 누리지요. 이 생활이 얼마나 자유로운지 아세요? 산새들처럼 아무 데나 깔겨도 되고. 아하하……."

"그래도 집으로 돌아가세요. 그건 히피족들처럼 젊은 시절 한때 부리는 오기라고요."

"집에 가면 식구들의 잔소리와 꾸중이 난무해서 기가 죽어요. 참을 수 없을 정도로 신경질이 나요. 누나들과 목청이 쉬도록 고함을 치고 싸우고 나면 참지를 못하고 집 안 기물들을 장작 패듯 박살을 내버렸지요. 저란 놈은 차라리 집을 나와 이렇게 돌아다니면서 자유를 만끽하다가 길에서 죽으면 돼요. 전 이 생활이 좋아요. 하늘이 내 이불이고 이 지구 덩어리가 제 침대고 허공이 제가 누워서 바라볼 수 있는 천장이고 모든 음식점이 제 식탁이지요. 저처럼 큰집을 소유한 놈이 이 세상에 있으면 나와 보라고 해요."

며칠간 나는 청년의 비위를 잘 구슬려 큰누님의 전화번

호를 얻어냈다. 막내이자 외동아들인 청년은 위로 네 명의 누나가 있고 부모님은 큰 기업의 회장으로 진짜로 귀한 집 자식이었다.

청년이 뒷산으로 뚫린 가파른 좁은 길을 천천히 오르는 걸 보면서 큰누님에게 전화를 넣었다. 큰 회사의 사장 부인이라는 그녀에게 청년의 근황을 알려주고 어서 병원에 입원시켜 병을 잡아야 한다고 입이 마르도록 지껄였으나 저쪽은 이상할 정도로 냉랭하니 말이 없었다. 간간이 한숨을 토해내기만 했다. 알코올중독은 일종의 정신병이니 정신과 의사가 있는 알코올중독 전문병원에 삼 개월만 입원하고 가족들이 함께 치료하면 삼 년이면 된다고 안달하는 내 말을 묵묵히 듣다가 그의 큰누나가 입을 열었다.

"괜한 수고를 하시는군요. 버린 사람입니다. 온 식구들이 다 지쳐서 손을 번쩍 들고 있어요. 뭐라 해도 안 믿습니다. 그냥 내보내세요. 그 애의 역마살을 재울 재간이 없어요. 이 병은 벌써 고등학교 시절부터 시작되었지요. 병원에 수십 번 입원 시켰으나 그때뿐이니 손을 떼세요."

그녀의 말을 빌자면 대학 입시를 앞두고 감자 한 자루를 짊어지고 농사를 짓겠다고 지리산 속으로 들어가버려 애가 탄 식구들이 산(山) 사람들을 많은 돈을 주고 사서 풀어놔 한 달을 헤맨 끝에야 잡아왔을 정도였다고 한다.

그래도 죽어가는 사람을 살려놓고 보자고 수화기에 대고 나는 고함을 질러댔다. 죽음을 앞에 두고 있는 하나뿐인 남동생인데 이런 인심이 어디 있으며, 이제 술을 끊고 올바른 인생을 살려는 빛이 보이니 데려다 돌보라고 애걸했으나 줄 저쪽은 북극처럼 냉랭했다. 나중에는 비아냥거리기까지 했다.

"쇼하는 녀석에게 속지 마세요. 그 애는 구제불능이랍니다."

줄 저쪽의 누님이라는 여자는 차돌처럼 단단해서 대화가 통하지 않아 숨이 막혔다. 누님은 그렇다지만 그래도 부모는 자식을 찾을 것이라고 부추겼다. 칠십 고령에 아들 소리만 들어도 가슴이 두근거려 쓰러지는 부모님이니 저들의 생명을 연장시키기 위해서도 아들을 데려올 수 없다고 잘라 말했다.

언제 들어왔는지 청년이 문지방에 앉아서 나를 무섭게 노려봤다. 성난 고양이 눈처럼 파르스름한 빛이 번쩍했다. 그의 전신이 오그라드는 듯했고 분노로 몸을 부르르 떨었다.

"별 못된 사람들 다 봤네. 집에서 기르는 강아지가 병들어도 측은해하는 법인데. 하물며 만물의 영장인 사람이고 자기 핏줄인 자식을 모른다고 하니 참 세상은 갈 데까지 다 갔어."

"제가 짐스러운 거지요. 제 집에 연락할 필요 없어요. 제가 이 집을 나가면 되잖아요."

나는 아니라고 손사래를 치면서 청년의 등을 토닥이며

위로했다. 구역질이 줄긴 했으나 병세가 확 꺾인 것은 아니라 다시 방랑을 시작하는 것에 자신이 없었는지 청년은 제풀에 꺾여 남편이 읽으라고 준 잡지를 집어 들었다. 제법 힘이 오른 햇살을 찾아 그는 담 밑에 밀어놓은 평상 위에 앉아 책을 뒤적거렸다.

알코올중독자는 마약 환자와 같아서 결박해서 묶어 놓든지 아니면 교도소 같은 곳에 감금하든지, 병원에 격리 수용하여 치료를 받아도 고치기 어려운 병이니 헛수고하지 말라고 충고하던 청년의 누나 말이 뇌리에서 떠나질 않았다. 괜히 우리 부부가 수고하는 것이 아닌가 하는 마음도 들었다. 사교성이 전혀 없는 남편이 그렇게 사근사근하게 청년과 이야기하며 지내는 것을 보면 기적이 일어날 것이란 은근한 기대감도 있었으나 여전히 나는 머리를 갸웃거렸다.

"은단 있으면 몇 알 주세요."

청년이 어린애 같은 미소를 지으면서 스스럼없이 내 코밑에 손을 내민다. 나는 만 원짜리 지폐 한 장을 내밀면서 약국 가서 사라고 했다. 혹시 술을 살지 모르니 절대로 돈을 주지 말라는 전화 속 누나의 말을 어긴 것은 이제 그만한 절제력이 생겼을 것이란 자신감 때문이었다. 청년은 은단을 사고 남은 거스름돈을 내 앞에 내밀었다. 아하! 이제 드디어 기적이 일어나고 있구나 하는 마음에 나는 기쁨이 용솟음쳤다.

청년은 시내와 보드레하고 이야기도 잘 해서 이따금 까르르 웃는 웃음소리가 집안에 퍼졌다. 우리 딸들이 이제 마귀와 친구가 되었구나 하면서 나도 웃음을 삼켰다.

삼월 삼짇날 소금물에 띄웠던 메주를 꺼내 된장을 담그고 간장을 끓이느라고 무척 바빴다. 양동이에 철철 넘게 퍼 담은 간장을 나르기에는 약한 내 체력이 딸렸다. 간물이라 물보다 무척 무거웠다. 평상 위에 앉았던 청년이 말없이 다가와서 양동이를 날라주었다. 집안에는 간장 특유의 구리터분하고 짭짜름한 냄새가 역겹게 스며들었으나 청년은 눈살도 찌푸리지 않고 끓인 뜨거운 간장을 장독 위에 올려다가 독에 부었다. 우리 두 사람은 묵묵히 양동이를 주고받으면서 항아리에 그득 끓인 간장을 채웠다. 청년이 장독 위에 흘린 간장을 호스 물을 뿌려가면서 닦아내는 동안 나는 하지감자를 한 솥 삶아 내놓았다. 마주 앉아 감자를 먹으면서 청년은 말이 많아졌다.

"저, 아주머니에게 비밀이 있어요."

"무슨 비밀?"

"사실 저 결혼했어요."

"아이쿠! 기쁜 소식이네. 새댁은 지금 어디 있어요?"

"바다 건너 멀리 도망가 버렸어요."

"저런!"

청년의 얼굴이 벌겋게 달아오르고 노기가 전신에 퍼져서 몸을 부들부들 떨었다.

"아들이 하나 있었는데 어느 가정에 양자로 주어버렸대요."

"세상에. 어찌 그럴 수가! 외동아들에게서 난 아들인데 본가에서 길러야지 양자라니 이게 말이 돼요?"

"장모하고 제 아내가 짜고 그랬어요."

"그 아들이 지금 몇 살쯤 되었을까?"

"여섯 살."

우리 딸들에게 유난히 잘해 주는 것이 자기 아들을 못 잊어서일까. 나는 아픈 상처를 건드리고 싶지 않아서 뒷산의 이천 평 땅에 약초를 심어야겠다고 대화를 바꾸었다. 청년의 넙데데한 얼굴에 금세 밝은 빛이 서렸다.

"이천 평 땅 옆에 십여 평의 묵정밭도 있더군요. 거긴 채소를 심지요."

"그럼, 자네도 농사를 도울 마음이 있나?"

"그럼요. 상추 한 고랑, 콩 한 고랑, 파 한 고랑, 호박, 고추, 시금치, 쑥갓, 깻잎…… . 고루고루 심어서 여름 내내 가을까지 유기농 채소를 먹자고요."

아아! 이 청년은 우리 집을 떠나지 않고 머물기로 작심했구나. 드디어 지금까지 긴 역마살을 벗어던졌구나 하고 나는 내심 쾌재를 불렀다. 나의 이런 의뭉스런 속내를 감추느라고 시장에 가지 않고 비료나 농약을 주지 않은 공해 없는 채소를 직접 가꾸어 먹는 생활이 얼마나 축복 받은 생활이냐고 입이 마르도록 지껄였다. 현대의 무서운 음식 문화에 대하여 청년과 토론도 벌였다. 대화를 나누면서 청년의 속에 쌓인 지식이 무진장으로 쏟아져 나왔다. 나보다 유식해서 어느 때는 슬그머니 남편의 서재에 들어가 국어사전을 뒤져 모르는 단어의 뜻을 찾아보기도 했다.

아이들이 공치기를 하다가 깨뜨려 한 쪽에 처박아둔 화분을 청년은 굵은 철사로 예쁘게 엮어 뒷산에 지천으로 샛노랗게 꽃망울을 터뜨린 애기똥풀을 캐다가 심어 마당 모퉁이에 놓았다. 오줌장군은 허리에 금이 가서 버리지도 못하고 볼품없이 담 밑에 나동그라져 있었다. 그것도 그는 가운데를 줄자를 댄 듯 반듯하게 잘라 논이나 밭 근처에 자생한 개보리뺑이를 뭉텅이로 옮겨 심었다. 나무 밑에서 푹 썩은 부엽토를 듬뿍 얹어주었더니 노란 꽃이 싱싱하게 피어올랐다. 민들레 잎처럼 생겼으나 생명력이 강해서 양지에서도 잘 자라는 야생초였다.

땀을 질질 흘리면서도 싱긋 웃어가며 장독대 곁에나 마당구석에 널린 귀퉁이가 잘린 오지그릇을 가지고 작품을 만들듯 몰두하는 청년을 바라보는 재미도 우리가족의 기쁨이었다. 달개비 화분엔 물을 듬뿍 주었더니 다음날 아침 미키마우스를 닮은 쪽빛 꽃잎이 여러 개의 암술과 수술을 달고 머리를 쳐든 것이, 생쥐들이 귀를 바짝 치켜들고 우리를 보는 것 같다고 딸들이 손뼉을 쳤다. 청년의 손이 닿은 것마다 모두 예술작품으로 둔갑했다. 역시 미술을 전공한 사람이 다르다고 남편도 흐뭇해했다.

"내일 주일에는 나를 따라 교회에 가겠다고 하더군. 이제 술을 완전히 끊고 사람구실을 하려나 봐."

우리부부는 어디에서도 맛볼 수 없는 기쁨을 그 청년을 통해서 얻어냈다. 덤덤하고 조용하던 집안에 웃음소리와 생기가 넘쳐 흘렀다. 봉급날 남편은 용돈이라며 얼마를 청년의 주머니에 찔러 넣어 주는 것을 나는 못 본 척 눈길을 돌리기도 했다.

저녁 찬거리를 사러 나는 시장바구니를 들고 도원으로 뚫린 산길의 반대편 큰길을 따라 걸었다. 우리 집에서 큰길에 있는 버스 종점까지 나오는데 족히 이십 분을 걸어야 한다. 큰길의 초입에는 러브호텔이 거목들을 앞세우고 뒤에 몸체를 숨기고 우뚝 서 있다. 거기서부터 점점 사람들이 많아지고 간판도 늘어난다. 의류패션, 미장원, 카페, 음식점, 주점, 비뇨기과, 치과, 산부인과, 성형외과……. 큰길 아래로 내려갈수록 점점 상점들이 밀집해있고 사람들이 몸을 비비면서 지나다녔다.

저녁 식탁에는 특별요리를 올릴 작정으로 주재료인 아보카도를 사야한다. 그건 수입과일이라 백화점 지하마켓으로 가야했다. 버스를 타고 열 정거장을 가서 내렸다. 대형백화점 바로 옆에 손님들로 벅적대는 술집이 있다. 세상에! 이를 어쩔 거냐. 바로 거기에 그 청년이 서 있지 아니한가. 가슴이 철렁 내려앉았다. 얼른 각진 건물의 오목

한 부분으로 몸을 숨겼다. 강아지가 문이 닫혀 들어가지 못하고 끙끙대듯 청년은 술집 앞에서 갈등하고 있었다. 얼굴에 고뇌의 빛이 역력했다. 남편이 용돈을 준 것이 문제였다. 알코올중독자는 자기 조절능력을 상실한 사람인데 그 손에 남편이 돈을 쥐어주었으니 저를 어쩌나 하고 나도 몸을 숨기고 끙끙거렸다. 청년의 얼굴이 무척 초췌해 보였다. 저 곰 같은 녀석이 어쩌자고 여기까지 와서 저러고 있나 하는 욕지거리가 입에서 튀어나왔으나 나는 몸을 숨긴 채 제발 승리하라고 두 손을 모아 빌기 시작했다. 어쩌나 마음이 아픈지 나중에는 눈을 꼭 감아버렸다. 두근거리는 가슴을 진정하고 술집 문을 바라보니 청년이 없다. 안으로 들어갔을까. 대충 시장을 보고 집으로 돌아가는 버스에 올랐다.

문간방 앞에 신발이 없다. 가슴이 철렁했다. 제비부부와 까치가 요란하게 울어가며 집을 맴돌았다. 제비와 까치가 싸우다니! 세상에 망조가 들었어, 해가며 저자바구니를 개수대 위에 집어던졌다. 제비부부가 대문 위에 앉은 까치 주위를 약을 올리면서 날아다녔다. 날쌘 작은 날개로 까치의 부리를 톡톡 치며 솟구치자 까치는 꼬리를 위아래로 까불거리면서 짖어댔다. 온 동네가 소란했다. 개네들처럼 내 마음도 편치가 않아서 찬 물만 마셔댔다.

언뜻 산 쪽을 보니 청년의 머리가 담 위로 넘실거렸다. 얼마나 기쁜지! 신발도 신지 않고 뛰어나가 대문을 열었다. 청년의 손에 스케치 북이 들려있다.

"그림을 그리려고?"

"네."

"무얼 그리려고?"

"산 속으로 뚫린 좁은 길과 삼봉리의 세 봉우리를 넣어 그릴 것입니다."

"좋아. 아주 좋아, 도심지로 뚫린 넓은 길을 그리는 것보다 초록색이 선명한 뒷산의 좁은 길 쪽이 훨씬 낫지."

청년은 씩 웃었다. 병색도 자꾸 보면 익숙해지는 것일까. 청년이 아주 멋지고 잘 생겼다는 생각이 스쳤다.

"누님들이 미인이었지요?"

"미인인데다 수재들이라 칭찬도 자자했지요. 모두 일류대학을 나왔고 결혼도 부유층하고 해서 다 잘 살아요."

"청년도 수재였겠군."

순간 청년의 얼굴이 어두워졌다.

"저만 아이큐가 형편없어서 하류대학에 들어가고……."

아차 했다. 나는 대화의 물줄기를 다른 데로 돌리려고 고심했다. 이런 내 마음을 읽었는지 청년이 먼저 입을 열었다.

"누나들은 건방지고 인간미가 없어요. 돈과 출세라면 물불 가리지 않고 뛰어들지요. 모두 복부인들이고 남편을 머리에 이고 거드럭대지요. 어려서부터 전 그림그리기를 무척 좋아했어요. 하지만 의사나 법관이 되라는 누나들과 부모의 성화로 죽을 지경이었지요. 제가 그린 그림을 다 찢어 팽개쳤고 화구들이 쓰레기통에 처박히기 일쑤고 해서 참을 수가 없어 집에 들어가면 행패를 부리고 때려 부수고……. 그렇게 하자면 술 힘을 빌려야 하고. 끔찍할 정도의 악순환이었어요."

"하고픈 것을 하게 놔두지, 쯧쯧, 어쩌자고 타고난 재능을 길러주질 않고 상투적인 생각을 했을까."

"전 부모님과 누나들의 속을 푹푹 썩이기 위해 고약한 짓들만 궁리하고 지냈어요."

청년의 눈빛이 무서워진다. 되도록 과거를 대화에 올리지 말아야겠다. 그래야 청년의 영혼이 평안할 것이기 때문이다.

"과거는 엎질러진 물이니 잊어버리고 현재와 미래만 생각해요. 어서 들어가 그림을 그려요."

그날부터 청년은 방에 틀어박혀 외출을 하지 않았다. 새벽에 남편 따라 교회에 다녀오고, 주일에는 그림자처럼 남편 곁을 맴돌았다. 청년의 키가 남편보다 훨씬 커서 바지 밑단을 끝까지 늘렸으나 그의 발목이 훤히 드러나서 안쓰러웠다. 남편의 헌 구두가 작은지 걸을 적마다 오리처럼 뒤뚱거렸다.

더위도 막바지에 접어들어 꽃밭에 달리아도 입을 방긋 벌리고 백일홍도 향기 없는 조화처럼 강인한 빛을 무섭게 뿜어냈다. 모종한 채송화도 번성해서 한낮 뜨거운 햇살에 입을 벙긋 벌렸다.

삼 년 전부터 바다에 가자는 딸들의 성화에 적금을 든 돈으로 올 여름방학은 강릉으로 갈 계획을 세웠고, 그 일로 온 가족이 한껏 들떠있었다. 동네 할머니에게 일주일만 집을 돌봐달라고 했다. 청년의 식사도 부탁했다. 청년 혼자 두고 가는 것이 아무래도 마음이 찜찜했다. 하지만 짐 꾸리기가 너무 바빠서 거기에 신경을 쓸 여유가 없었다. 수영복도 사야하고 민박을 하자니 모기장도 필요했다. 밑반찬도 장만해야 하고. 아무튼 가족이 모두 일주일간 이동하는 일이니 눈코 뜰 새 없이 바빴다. 강릉은 처음 가는 길이라 남편도 나도 해외여행이라도 가는 것처럼 마음이 공중에 떠있었다. 신혼 초에 입었던 수영복이 두 아이를 낳으면서 비대해진 몸에 들어가지도 않아서 새것을 사러 버스를 타고 백화점에 다녀와야 했다.

떠나기 전날 밤 청년이 안방으로 건너와서 우리 부부 앞에 무릎을 꿇고 앉았다. 무척 미안한 감을 감추지 못하고 벌벌 떨면서 어렵게 입을 열었다.

"저도 따라가면 안 될까요?"

나는 난감한 표정을 짓고 남편의 눈치를 살폈다. 민박집에 방도 하나만 예약한 상태였다. 그런 내 마음을 읽었는지 남편도 어렵게 입을 열었다.

"그냥 집에 있지. 일주일인데. 동네할머니가 밥을 해줄 터이니 텔레비전을 보고 그림을 그리고, 심심하면 뒷산을 오르고 꽃밭을 가꾸고……. 아하! 이번 기회에 뒷산 좁은 길을 따라서 복숭아골까지 한번 다녀오는 것이 어때?"

청년은 고개를 푹 숙였다. 언뜻 보니 눈에 눈물이 그렁하게 고여 손등으로 흘러내리는 눈물을 쓰윽 닦고는 휘잉 나가버렸다. 가슴이 짜안하고 미안했다.

"여보! 데리고 가지요. 따라가고 싶은가 봐요."

"그냥 둬. 가족끼리 갖는 오붓한 시간이오, 나들이인데 어떻게 객식구를 데리고 가."

우리 가족은 개운치 않은 마음으로 다음날 강릉으로 향했다. 청년은 버스 타는 곳까지 짐을 들어다 주고 보이지 않을 때까지 손을 흔들었다.

바닷가의 일주일은 꿈처럼 흘러갔다. 수평선 위로 피어오르는 구름을 볼 적마다 이따금 청년이 지금 무얼 하고 있을까 걱정이 되었고, 그때마다 가슴이 찡하니 아려오고, 데려오지 않는 것이 잘못한 것인가 하고 후회를 했다. 하지만 그것도 순간, 지나가는 바람처럼 흘려보냈다. 펄펄 뛰는 새끼오징어, 가자미, 문어와 게를 사다가 매운탕을 끓여먹고, 강원도에 왔으니 감자부침도 사먹고, 수평선을 향해 앉아 모닥불을 피워놓고 노래를 부르기도 했다. 두 딸에게 추억을 안겨주는 일에 급급해서 다른 것을 생각할 겨를이 없었다.

동해의 파도타기는 물결이 조금 거친 듯했으나 모두가 고무튜브에 매달려 키가 넘는 파도가 밀려올 때마다 하늘이 찢어져라 소리를 지르며 물살을 타고 웃었다. 하루 종일 얼마나 신나게 놀았는지 전신에 올리브유를 발랐으나 저녁이 되면 살갗이 따갑고 근질거렸다.

잠자리에 들면 불현듯 청년의 뺨 위로 흘러내리던 눈물이 떠올라 가슴이 뭉클하긴 했지만 머리를 흔들며 지워버렸다. 돌아가면 인삼을 넣고 토종닭 한 마리를 푹 고아서 먹여야겠다고 다짐했다. 모래사장에서 조개껍데기를 주워 모았다. 청년이 우리가 떠나 있는 동안에 깨진 오지그릇으로 만들어 놓았을 예술품에 좋은 장식이 될 것이란 생각 때문이다.

일주일의 바닷가 생활도 후딱 지나갔고, 우리 식구 모두가 새까맣게 검둥이처럼 햇볕에 그을려 버스에 올랐다. 집에 올수록 청년이 생각나서 마음이 조급했다. 초인종을 누르자 할머니가 나왔다. 그녀의 뒤를 기웃거렸으나 청년은 보이지 않았다. 남편도 궁금한 듯 문간방 쪽을 흘끔거렸다. 소금기에 절은 옷을 갈아입고 빨래거리를 수북하게 빨래통에 내놓으며 할머니께 물었다.

"그 청년 식사 잘 했어요?"

"어쩌지? 선생님 가족들이 떠난 다음날 술을 잔뜩 마시고 들어와서 땅을 치며 통곡하고, 개처럼 뒹굴면서 몸부림치다가 가버렸어. 며칠을 기다려도 들어오지 않았어. 주사가 더럽게 심하더군. 수돗가에 화초를 짓밟으면서 어찌나 행짜를 부리는지 혼자 보기에도 끔찍했어."

가슴이 철렁 내려앉았다. 문간방 문을 확 열어젖혔다. 그간 입으라고 준 옷들이 깨끗하게 정돈되어 윗목에 놓여 있었다.

"할머님이 이 방을 치우셨어요?"

"무서워서 그 방에 들어갈 엄두도 못 냈어."

무슨 쪽지라도 남기고 갔을까 해서 남편도 기웃거렸다.

스케치북이 이불 밑에서 나왔다. 떨리는 손으로 겉장을 넘겼다. 풍경화였다. 멀리 북한강 위에 배 한 척이 떠 있고 삼봉리 위로 새털구름이 몇 점 흐른다. 강으로 뚫린 길가에 미루나무가 줄지어 서 있고 미적지근한 바람이 그림 전체에서 살랑거리는 듯했다. 다음 장을 넘기자 젖꼭지까지 드러낸 네 명의 여자가 자기 몸보다 몇 배 큰 바위를 머리에 이고 도시로 뚫린 큰길을 가고 있었다. 그림 속의 여자들은 바위가 너무 무거운지 참지를 못하는 찡그린 얼굴로 일어서지도 못하고 엉거주춤 어기적거리면서 고통을 토해내는 얼굴이 무서울 정도로 일그러져 있었다. 삼 개월 전 우리 집 울안을 넘겨다 볼 적의 그런 표정이 여자들의 얼굴에 인각되어 있었다. 바위를 인 여자들 앞으로 쭉 뻗은 넓은 길이 멀고 아득하게 펼쳐지더니 한 점이 되었다. 연필로 그린 것이건만 섬세하고 살아 움직이는 듯했다.

다음 장을 넘기니 남편과 내 앞에 두 딸이 있고 딸들 옆에 청년이 나란히 앉아 있는 우리 가족 그림이었다. 그는 우리 가족의 일원이 되기를 소원했구나. 우리 부부는 입을 꾹 다문 채 그림에 눈을 고정시키고 뗄 수가 없었다.

　남편은 울적한지 서재로 가서 벌렁 누워버렸다. 저녁을 준비해야 하는데 손에 힘이 빠져서 도마를 들 기운도 없었다. 마음이 울렁거리고 괜스레 눈물이 자꾸 흘러내렸다. 두 딸들도 마루 끝에 우두커니 앉아서 청년이 만들어 놓고 간 쪽빛 달개비 화분에서 눈을 떼지 못했다.

　청년은 어디로 갔을까. 대문 밖으로 나온 나는 도원으로 뚫린 좁은 길을 하염없이 올려다보았다. 청년이 활짝 웃으면서 그 길 위에 나타날 것만 같았다. 옆구리에 스케치북을 끼고 말이다. 제발 도시로 뚫린 넓은 길로 가지 말았으면 하는 염원을 담고 도원으로 뚫린 좁은 길을 향해 두 손을 모았다. ✾

— 2006년 「한국소설」 5월호

태평양을 건너면서 나는 다짐했다. 다시는 옛날로 돌아가지 않으리. 나무에 올라가서 새끼를 떨어뜨려 낳지 않으면 어미가 잡아먹히는 살모사. 나는 살모사처럼 이빨을 드러내고 피식 웃었다. 신혼여행을 가는 것처럼 가슴이 설레었다. 날개가 달려 창공을 나는 것처럼 나는 정말 자유함을 만끽했다.

겁 많은 독사

겁 많은 독사

　내 나이 쉰다섯이면 요즘 추세로 봐서 앞으로 삼십 년
은 더 살 것이다. 남편이 갓 태어난 아들, 정민과 나를 두
고 세상을 떠난 지 벌써 삼십 년. 용케도 남편이 두고 간
재산과 흔들리는 내 마음을 지키면서 살아왔다. 언제 남
편 곁으로 갈지 모르지만 앞으로 삼십 년간 살아갈 노후
문제까지 다 해결해 놓고 평안함에 사로잡혀있다. 이만큼
되기까지 얼마나 밤잠을 설치면서 설계하고 계획한 것인
가! 이제 만족할 만하다. 마음이 흡족했다.

　새아가를 맞은 지 딱 일 년. 그동안 며느리도 이 집 사
람이 될 수 있을 정도로 훈련시켰고, 남편이 남기고 간 땅
으로 요지가 되는 다른 땅을 샀더니 그것도 시세가 좋다.
그뿐인가. 시내에 있는 작은 빌딩 수입으로 노후가 보장
된 셈이다. 먼저 간 남편이 먼 곳에서 나를 지원하고 있으

니 이런 복된 일들이 연신 터지는 게 분명했다. 새삼 죽은 남편에 대한 고마움이 들기도 했다. 아들이 아직 공부를 다 마치지 못해서 늘 걱정해 왔는데 다음 달이면 박사학위를 받는다고 하니 강사 자리에서 전임교수 자리로 옮겨 가면 된다.

남편과 신혼살림을 차렸던 집을 헐고 새집을 지으려는 결단을 내렸을 적엔 밤에 울기도 숱하게 했다. 어느 한 곳, 추억이 깃들지 않는 데가 없었다. 마당에 남편이 손수 심어놓은 나무까지 뽑아가면서 집을 지을 땐 이게 잘 하는 짓인가 하고 숨어서 눈물을 찍어내기도 했다. 그때마다 남편의 임종자리를 떠올렸다.

"여보! 혼자 두고 먼저 가서 미안해. 이 집에서 일생 살아라. 뒷산이 있어 공기도 맑고 아침마다 까치울음소리도 들을 수 있을 것이며, 당신과 내가 사랑을 속삭였던 뒷산의 너럭바위가 있잖아. 가을마다 들국화가 뒤란 산기슭에 필터이니 그걸 보면서 날 떠올리며 여기서 살아라. 이 집에서 일생 살아도 될 거야. 결혼하면서 새로 짓고 들어왔으니 아파트처럼 편리하잖아."

"당신이 가도 정민이 데리고 여기서 살 것이니 걱정 말아요. 아들 잘 길러 좋은 며느리 골라 장가보내고 당신 몫까지 감당한 뒤에 따라갈게요. 우리 그때 만나요."

남편이 간 지 벌써 삼십 년. 가파른 뒷산이 다행히 그린벨트라 겨우 명맥을 유지할 뿐 삼면에 들어선 집들이 하늘의 별처럼 틀어박혀 초록색은 사라지고 희끄무레한 집들의 바다가 되어버렸다. 이 집처럼 육백 평에 가까운 대지를 가진 집이 거의 없을 정도로 땅은 황금 값으로 뛰어올랐다. 도시가 자꾸 비대해지면서 내가 사는 곳이 도심지로 변한 셈이다. 이렇게 사회도 환경도 변했으니 남편과 약속한 것 중의 일부를 파기하고, 그와 함께 설계하고 손수 지은 집을 헐고 새집을 지은 것을 하늘나라에 있는 그가 내려다보고 이해해주리라 믿는다.

하지만 내 속셈은 순전히 노후 설계를 암팡지게 하자는 계산적인 결정이었다. 일층에는 나 혼자만의 공간을 만들었다. 거실에서 장미와 수국을 심은 정원을 내다볼 수 있도록 했고 안방도 정원을 향하도록 향(向)을 정했다. 뒷산을 향해 창문을 크게 낸 방은 남편의 유물과 사진들, 그의 손때가 묻은 책들과 내가 즐겨 읽는 책들로 가득차서 마치 조그마한 도서실에 들어선 듯 아늑했다. 아래층 이 방은 가장 신경을 많이 써서 설계했고, 또한 나만의 은밀한 곳으로 만들어서 붙박이장으로 한 쪽 면을 다 차지하도록 고급 목수를 들이댔다. 아들, 며느리에게 보이고 싶지 않은 것들을 몽땅 넣을 수 있는 공간을 마련한 셈이다.

그 옆에는 서서 걸어 들어갈 수 있는 옷 방을 만들었다. 이건 미국여행 중 여동생 집을 방문했다가 탐을 낸 공간이다. 수백 개의 옷걸이에 사계절 옷들을 걸어 놓고 서서 갈아입을 수 있을 정도로 시원하게 탁 트인 여자만의 장소였다. 또 전신을 볼 수 있는 거울이 있어 옷을 입은 뒤에 얼마든지 패션쇼를 할 수 있다. 최신 시설로 지었다는 동생의 집에서 가장 부러웠던 방이었고 인상 깊게 내 마음을 사로잡았었다. 그걸 이 집에 옮겨 놨으니 꼬부랑 할머니가 되어도 흡족하게 살 만한 주택이 아닌가.

아들이 택한 여자지만 그만하면 마음에 들었다. 아들의 어깨 밑에 들 정도로 키가 작아서 문제지만 남편에게 고분고분하고 또한 시어머니인 내게 잘 하니 그보다 더 바랄 것이 무엇인가. 홀어미 밑에서 자라 결손가정에서 큰 것을 걱정했지만 백 점짜리 며느리가 이 세상에 어디 있겠는가. 아버지 없이 자란 아들이 장인까지 없다는 것이 불쌍했지만 어쩌겠는가.

모두들 아들을 분가시키고 혼자 자유롭게 살라고 하지만 그럴 수가 없었다. 일찍 혼자 된 내가 갓난아기를 가슴에 품고 살아온 인생길이 서른 해가 되었다. 남편이 떠난 자리를 핏덩이가 채워주었던 걸 생각하면 참으로 핏줄이란 강한 것이라고 믿고 있다. 가슴에 안긴 아기가 그렇게 큰 힘을 지녔다는 걸 어찌 말로 다 설명하랴. 밖에 도둑이 들어 굼실거려도 그 앨 가슴에 품고 있으면 방망이질하던 가슴도 잠잠해지던 걸 경험한 터였다. 이런 내가 어떻게 아들을 분가시키고 혼자 살겠는가. 그건 말도 안 되는 소리다. 게다가 나는 성품도 온화해서(이건 주위 사람들이 모두 그렇게 평해주고 있다.) 며느리하고 부닥칠 이유가 없다. 아들이 돈을 주지 않아도 살 수 있는 재산이 있으니 문제가 없다. 고부간의 모든 갈등은 돈이라고들 한다. 지금 아들 내외는 순전히 날 의지하여 살고 있으니 큰 걸림돌은 없는 셈이다.

이층에는 아들내외가 아래층에 사는 나와 완벽하게 격리돼 살 수 있도록 아파트 시설을 했다. 벽 속에도 열과 추위를 차단하는 자재를 두껍게 넣었고 지붕도 많은 신경을 썼더니, 한여름에 에어컨을 틀지 않아도 시원했다. 이층에 간이주방을 넣어 주어서 아래층에 내려오지 않아도 간단한 음식을 해먹을 수 있도록 했다. 두 가구가 완벽하게 분리되어 한 지붕 밑에 사는 셈이다. 비록 시어머니를 모시고 살지만 서로 방해를 받지 않고 살 수 있도록 설계한 것은 변하는 사회에 맞도록 배려한 것이다. 또 장차 태어날 손자, 손녀들을 위해서 위층에 방도 넷이나 들였고 화장실도 둘을 넣었다. 계단도 만에 하나 아이들이 넘어질 것을 고려해서 세 번 꺾어 떨어지더라도 충격을 받지 않도록 완만하게 살렸다.

그뿐인가. 정원에도 장차 태어날 아이들 놀이터까지 만드는 꼼꼼함을 놓고 친구들은 혀를 찼다. 대문에서 현관에 이르는 길도 아이들 정서교육을 고려하여 부드러운 분위기를 살려 완만한 곡선으로 휘어지게 만든 위에 검은 바둑돌을 깔았다. 손자, 손녀 교육용으로 사과, 배, 살구, 대추, 모과, 감나무까지 골고루 담 언저리에 둘러 심었다.

남편이 그렇게도 좋아했던 잎이 무성한 느티나무는 그늘 관계로 눈물을 흘리면서 찍어내버렸다. 오백 평이 넘는 정원을 모두 아이들 교육의 터전으로 삼았다. 장차 태어날 손자, 손녀를 데리고 거닐 정원을 꿈꾸면 자다가도 행복해서 벌떡 일어날 지경이다.

봄이 지나고 가을로 접어들면서 차츰 싱싱함을 더해 가는 정원을 향해 밤새 앉아있기도 했다. 나는 너무 행복했다. 살아온 날들보다 살아갈 날들이 더 짧지만 이만하면 성공적인 인생을 살았고 앞으로 더욱 행복하게 살아갈 것을 자부한다.

매달 두 번째 화요일은 고등학교 동창생들이 한 달에 한 번 백화점식당에서 만나 돈을 거둬 모교에 장학금도 전달하고 버려진 노인들을 돌보는 일을 한다. 오늘은 열다섯이나 되는 노인들 점심을 지어드리고 목욕을 시키기로 예정된 날이다. 발가벗겨 의자에 앉히고 머리끝부터 발끝까지 때를 닦아주고 비누칠을 해서 옷까지 입히려면 전신이 땀투성이가 되는 고로 헐렁한 월남치마를 준비해 가야한다. 창밖을 내다보니 산뜻한 아침이다. 더구나 며느리가 만들어준 불란서 빵이 어찌나 부드럽고 맛이 있었는지! 마음이 기쁘니 속도 편하여 흥얼흥얼 콧노래까지 부르면서 현관을 빠져나왔다. 아들을 내보내고 혼자 먹던 아침식사를 이제 귀여운 며느리와 얼굴을 마주하고 앉아

이런저런 대화를 나누며 먹으니 이게 바로 천국이구나 하는 생각이 들어 입이 다물어지질 않았다.

"어머님! 안녕히 다녀오세요. 한길 건널 때 조심하시고요. 저녁 잡숫고 오실 것이지요?"

"그래. 노인들 목욕시키고 나서 동창들 모두가 찜질방에 가기로 했다. 늙은이들 돌보느라고 옮겨온 악취가 살갗까지 배어서 흠씬 땀을 흘려야 그 냄새가 싹 빠져나간단다. 저녁은 산촌에 자리 잡은 '옛날 자장면' 집에서 먹기로 했다.

"비싼 것으로 잡숫지 왜 그렇게 싼 것을 드세요?"

"고등학교 시절에 먹었던 것이라 추억을 되씹으려고 그러지."

작년에 심어 놓은 감나무에 단감이 세 개 열렸고 고추잠자리 두 마리가 연분홍 과꽃 위를 한가롭게 날고 있었다. 전철을 타려면 십 분을 족히 걸어야 한다. '동그라미 그리려다 무심코 그린 얼굴……'을 흥얼거렸다. 남편과 함께 너럭바위 위에서 즐겨 불렀던 노래다. 버스표를 사려고 가방을 뒤지니 아뿔사! 돈지갑을 놓고 왔다. 다시 집에 다녀오자면 이십 분은 족히 걸린다. 그래도 돈 없이 어찌 하루를 지낼 수 있단 말인가. 부랴부랴 집을 향해 뛰었다.

어쩐 일인지 대문이 열려있다. 아마 좀 전에 나올 적에 문을 바짝 당기질 않은 모양이다. 어린 며느리를 혼자 두고 대문을 열어놓고 나왔으니 이런 경우를 위해 돈지갑을 놓고나왔나 보다 하는 안도감으로 가슴을 쓸어내렸다. 현관문도 열려있어 가만히 들어섰다.

며느리의 가늘고 톤이 높은 목소리가 경망스러울 정도로 다글 다글 튀면서 알알이 살아나 귓속으로 파고들었다.

"그 백여우 같은 여자가 조금 전에 나가고 없다. 어서 모두 오너라. 하루 종일 실컷 먹고 디스코나 추면서 놀자. 고게 있으면 숨이 막혀 질식할 것 같았는데 이제야 숨이 확 트인다. 더구나 남편은 지방에 학술대회가 있어서 자정이 지나서야 온다고 했어. 아아! 우리는 자유다. 여고 시절로 돌아가서 실컷 마시고 먹고 놀자. 뭐라고? 음식을 뷔페로 먹자고? 그래. 어서 모두들 와라. 열 명이 넘는 숫자라면 최고급으로 시킬 수 있어. 내가 알부잣집에 시집온 것이 부럽다고? 호호……. 다 계산하고 덤빈 걸 너 알고 있잖아. 야! 그 시절에 이 남자를 잡으려고 목숨 바쳐 따라다니느라고 돈도 너한테 많이 꾸었지. 그래도 성공해서 이렇게 잘 살고 있다."

나는 장승처럼 우뚝 서서 움직일 수가 없었다. 숨도 쉴 수가 없었다. 며느리의 호들갑은 계속되었다.

"요즘 세상에 시어머니 모시고 사는 병신이 어디 있느냐고? 네 말이 맞아. 그러나 이것도 다 비즈니스야. 시어머니가 돌아가시면 이 모든 재산이 다 내 것이 된다. 이 집이 이십 억은 될 거라고? 달걀노른자 땅 육백 평 위에 자릴 잡았어. 아마 삼십 억도 더 될 거야. 이 집만 팔아도 일생 손가락 하나 까딱 않고 먹고 살 수 있는 돈이지. 게다가 번화가에 작은 빌딩도 있고 땅도 많아. 백여우가 가지고 있는 통장엔 현금으로 아마 몇 억은 있을 거야. 내 일생 보석으로 몸을 휘감고 일 년 내내 유람선을 타고 이 세상을 누벼도 남을 돈이다. 그러니 이러고 죽은 듯이 날 잡아 잡수시오, 세월아 가라, 하고 엎드려 있는 거다. 유산을 물려받을 자식이라고는 내 남편 한 사람뿐이야. 지금 임신 중인 아이가 태어나면 함께 상속 받을 것이고 내 몫도 있을 터이고……. 아무튼 그 백여우 같은 여자가 죽고 나면 몽땅 내 차지인데 내가 왜 나가냐. 이러고 죽자고 그저 예, 예, 예…… 하면서 얼렁뚱땅 지내면 된다니까. 뭐라고? 아예 나와서 살면서 그 여자 죽기까지 기다리라고? 어머머……, 요즘은 모두 장수하기 때문에 삼십 년도 더 살터인데 어쩌려고 그러느냐고? 그러면 내 청춘을 어디서 찾느냐고? 맞다, 맞아. 내 청춘을 어디에서 보상받느냐 이거지. 삼십 년을 이 지경으로 살아간다면 아이쿠! 끔찍해라. 내 나이 오십이 넘으면 청춘은 가버리고 시어머니처럼 늙어버린다 이거지. 그러니까 네 말은 분가해서 살라 이 뜻이지? 나가서 살아도 그 재산이 어디로 날아가겠느냐 이거고……. 오늘 밤 남편하고 분가할 구상을 해볼까. 오호호 ……."

앞이 팽그르르 돌았다. 머릿속으로 굉음이 천둥치듯 지나갔다. 털썩 현관 바닥에 주저앉았다. 눈물이 펑펑 쏟아졌다. 남편이 죽었을 때도 이렇게 다리가 후들거리지는 않았었다. 그의 시신 앞에서는 그래도 하늘이 보였다. 그러나 열린 현관문을 통해 바라본 하늘은 암흑이었다. 허공에 틈새가 조금 살아나서 간장종지만 해지자 호흡이 살아났다. 소리 없이 현관문을 빠져나와 대문까지 걸으면서 통증으로 죄어오는 가슴을 움켜쥐었다. 뒷산에 올랐다. 양로원 봉사도 집어치우고 남편과 함께 나란히 앉았던 너럭바위 위에서 하루를 보냈다. 뒷산이 푹 익은 홍시 빛으로 물든 저녁, 퀭한 눈으로 현관문을 들어서니 며느리가 아양을 떨면서 맞는다. 까슬까슬한 혀 위에서 단내가 났다.

"어머니! 내일 공휴일에 오빠랑 저는 야유회에 가기로 했어요. 어머님도 친구들 만나러 나가시지요?"

"그래, 알았다."

점심도 먹지 않아서 배에서 꾸르륵 소리가 났다. 아직도 정신이 온전치 못한지 귓속으로 굉음이 천둥처럼 우르릉 소리를 내면서 지나간다. 며느리를 향해 고함치고 싶은 것을 참았다. 화를 낸다고 해서 해결될 일이 아니다. 끓어오르는 말들을 누르느라고 입을 두 손으로 틀어막았다. 마음이 가는대로 며느리의 멱살을 잡고 귀싸대기를 두어 대 올려붙여야 하는 것이 아닌가. 그러나 그 다음 언을 것이 무엇인가. 내가 평범한 토끼라면 상대방은 교활한 여우다. 내 앞에 서 있는 이 젊은 여자는 약아빠진 주둥이 쥐나 코요테(사람을 보면 죽은 척 자빠졌다가 툭 건드리면 힘을 다해 덤벼든다. 돼지처럼 입이 툭 튀어나온 작은 강아지만한 쥐로 미국 캘리포니아 주에서 서식)가 아닌가. 이런 며느리를 잡으려면 마구잡이로 덤벼서는 안 되고 맞서서 대항한다고 될 일이 아니다. 내가 가진 모든 것을 노리고 있는 강적이니 말이다. 비둘기처럼 순결하고 뱀처럼 지혜롭게 대항해야한다. 보호색을 띠고 숨어있는 뱀처럼 적절한 시기를 봐야 한다.

아들이 들어오는 소리가 났다.

"엄마, 저 왔어요. 여보! 나 왔어."

"아니, 오늘 밤 늦게 귀가한다고 하고선……."

"으응, 당신이 보고 싶어서 뒤로 살짝 빠져나왔지."

아들은 내 방문을 열고 들어와 무릎을 꿇고 인사를 하다가 안색에서 이상한 기운을 느꼈는지 물었다.

"엄마! 오늘 왜 기분이 좋아 보이지 않는군요. 혹시 동창회에 나가셔서 속상한 일이 있었어요?"

"아니다. 조금 피곤하구나."

"제가 옷 벗고 내려와서 안마해 드릴게요."

아들이 이층으로 올라가자 며느리의 앙알대는 소리가 돌려온다. 평상시에 그냥 지나쳤을 소리에 귀를 곤두세웠다.

"당신은 엄연히 이 집안의 가장이야. 내 남편이라고. 더구나 난 임신 중이야. 장차 태어날 아가가 무얼 배우라고 엄마가 뭐야? 당신이 마마보이냐고. 이제부터 어머님이라고 불러. 결혼하고도 엄마 치마폭에 휘감기는 마마보이는 질색이야."

"난 엄마가 좋은데 왜 그래. 어머니라고 부르면 거리감이 생겨서 싫어. 일생 그렇게 불렀기 때문에 엄마라고 부를 거야."

"장차 태어날 아가 앞에서 엄마라고 부르면 그럼 아가에게 엄마가 둘이야? 나하고 당신 어머니하고 엄마가 둘이 되니 아가가 얼마나 힘들어하겠어. 내 앞에서 또 한 번만 엄마라고 불러봐라. 가만 두지 않을 거야."

"아기가 태어난 뒤에 할머니라고 불러도 되는데 왜 지금부터 생난리인지 모르겠네."

나는 저들이 나누는 대화에 신경을 날카롭게 곤두세웠다. 방문을 조금 열어놓고 몽땅 다 듣기를 원하면서 귀를 문에 바짝 가져갔다. 이제 들어야 한다. 며느리의 정체를 알았으니 들어야 한다는 소리가 마음속에서 메아리쳤다.

며느리가 부엌에 내려와서 원두커피를 내리는 냄새가 향기롭게 집안에 퍼졌다. 과일 깎는 소리도 들렸다. 이건 내가 지금까지 누려오고 꾸려온 가정 냄새다. 용서해야지. 저희들끼리 무슨 말을 못할까. 아아! 며느리가 뜨거운 커피와 과일을 가져오면 그걸 먹으면서 용서해야지.

온몸이 숨처럼 까부라져서 일어설 기운도 없었다. 그러나 며느리는 퉁퉁거리면서 저희들 먹을 것만을 가지고 위층으로 올라가버렸고 밤은 깊어갔다. 둘이서 호호거리면서 주고받는 대화가 멀리서 은은하게 들려왔다.

나는 살아야 한다. 남편이 핏덩이를 가슴에 안겨주고 훌훌 떠나갔어도 나는 살았다. 지금 무너져 주저앉으면 인생의 낙오자가 되는 것이다. 두 다리에 힘을 주고 일어나 밖으로 나갔다. 혼자서 눈물을 삼키면서 만둣국을 사서 먹었다. 먹어야 한다. 나 자신을 돌봐야 한다. 친구들 말처럼 정신을 차리고 내 앞가림을 해야 한다. 며느리가 지나가는 말로 그렇게 친구들 앞에서 거드럭댈 수도 있지. 어린 며느리의 말을 나잇살이나 먹었다는 내가 심각하게 괘념할 필요가 있을까. 스스로를 달래면서 내일 아들내외가 야유회를 간다니 김밥거리를 사려고 시장을 한 바퀴 돌았다. 감정의 변화를 보여서는 안 된다. 호랑이에게 물려가도 정신만 차리면 산다고 하지 않던가.

밤새 또렷해지는 머릿속을 누르려고 뒤척이다가 새벽 세 시에 살그머니 부엌으로 나가 김밥을 싸기 시작했다. 아들이 좋아하는 우엉을 채 썰어 볶았다. 김치김밥도 만들고 쇠고기를 볶아 넣은 쇠고기 김밥도 만들었다. 커피를 끓여 보온병에 넣었다. 아들이 초등학교 다닐 적에 소풍갈 김밥을 싸는 기분이 들었다. 차츰 두근대던 가슴도 가라앉았다. 햇살이 펴지면서 아직도 시간이 많았다. 며느리는 다이어트를 한다고 하니 야채김밥을 좋아할 것이다. 양배추와 오이, 당근을 채 썰어 마요네즈에 무쳐 야채김밥도 만들었다. 등이 뻐근해 오고 전신의 힘이 쭉 빠져나갔다. 야외용 층층이 도시락에 새벽 내내 요리한 김밥을 담고 커피 보온병과 함께 예쁜 가방에 넣어 현관에 내놓고 들어가서 누웠다. 음식을 만진 탓인지 어제에 비해 마음이 무척 평안해졌다.

아홉 시가 지나서야 며느리가 방문을 열고 머리를 디밀었다.

"너희들 오늘 야유회 간다고 해서 김밥을 싸놓았다."

"왜 그러셨어요? 오빠는 어머님이 만든 음식이 싫다고 했어요. 김밥도 오빠가 좋아하는 스타일로 만드는 집을 알아요. 거기서 사가지고 갈 테이니 이건 어머님이 집에서 드세요."

내가 만든 음식을 싫어한다고? 분노가 치밀었다. 삼십 년 동안 내 손에서 만든 음식을 먹고 자란 아들이 이제 일 년 산 제 마누라 음식이 좋다고? 참으려 해도 붉으락푸르락 얼굴이 달아올랐다. 분노가 소용돌이치면서 마구 끓어올랐으나 가슴을 쓸어내리면서 참았다.

아들이 등산용 차림으로 들어왔다.

"너 내가 만든 음식이 그렇게도 싫었냐?"

"아이쿠! 엄마가 만든 음식이 왜 싫어요? 제가 얼마나 엄마 손맛을 좋아하는지 알아요? 집사람이 만든 음식에서는 비린내가 나고 어떤 때는 닭똥 냄새가 나요. 지난번 담근 김치가 상 위에서 싱싱하게 살아나는 걸 봤지요? 으하하……. 그게 글쎄, 소금에 배추를 절이지 않고 해서 그랬잖아요."

"그런데 왜 그 애에게 내 음식이 싫다고 했냐?"

"아아……. 그건 그 사람 마음에 맞는 말을 해야 제게 시집오니까 연애시절에 그렇게 속삭였지요. 엄마! 신경 꺼요. 그런 건 우리 부부끼리 주고받는 농담이에요."

아들은 제 아내의 손을 잡고 신나게 대문을 나선다. 점 잖지 못하게 내가 저들을 질투하고 있는 것일까. 빈집에 혼자 있는 것이 무료해서 찜질방으로 갔다. 세 시간이 지나니 갑갑했다. 갓난아기를 안고 혼자되었을 때 느끼지 못했던 짙은 외로움이 엄습했다. 이건 이날 이때까지 전혀 몰랐던 생소한 감정이었다. 혼자 이 텅 빈 우주 속에 버려져서 떠도는 구름처럼 마음을 다스릴 수가 없었다. 어차피 인생은 혼자 왔다가 가는 길이 아니겠는가. 그간 너무 아들에게 집착했던 것이 잘못이란 걸 깨달았지만 그렇게 쉽게 아들을 놓을 수가 없었다. 며느리가 저렇게 나가도 아들만은 나를 잡고 늘어질 것이란 확신이 왔다. 아무리 며느리하고 한통속으로 놀아도 아들은 피가 통하는 핏줄이 아닌가.

한 핏줄이란 대목에 이르자 가슴속으로 뭉클함이 스치면서 머리가 맑아지더니 심한 갈증이 밀려와서 혼자 호텔

뷔페로 들어가 양껏 아귀아귀 먹기 시작했다. 어떤 사태가 터져도 이 전쟁에서 이겨야 한다. 건강해야 이기니까 먹으면서 정신을 차리자. 평소에 먹지 않던 갈비찜까지 듬뿍 가져다가 마구 먹기 시작했다. 지금 핏대를 세운다고 해결될 일이 아니다. 잘못해서 나자빠지면 며느리의 계획대로 될 터이니 정신을 차리자. 아들의 인격을 믿어 보자.

아홉 시가 넘어서 돌아왔으나 집안은 깜깜했다. 혼자 불을 켜고 들어가 빈집을 휘둘러보고 그렇게도 자랑스럽게 여겼던 옷 방에 들어가 거울 앞에 섰다. 눈물이 줄줄 흘러내렸다. 흐느낌이 없는 눈물이었다. 소리 없이 울 수 있다는 것을 처음으로 경험했다.

"어머니! 들어오셨어요? 저희들은 저녁 먹고 왔는데 어머님은 저녁식사를 어떻게 하셨어요?"

아들이 나를 호칭하는 것이 엄마에서 어머니, 그리고 어머님으로 바뀌었다. 한 걸음씩 나를 떠나고 있다는 암시일 것이다. 조금씩 뒤로 물러서면서 언젠가는 관계를 끊어야 할 때가 올 것이다. 조금 있더니 며느리가 안방으로 들어왔다.

"어머님! 며칠 전에 저를 딸처럼 여긴다고 하셨지요?"

"그래, 아들 하나뿐이니 너를 딸 겸 며느리로 그렇게 생각한다고 했지. 네가 진짜 내 딸이었으면 좋겠다."

"절 딸로 여겨주세요."

"그러자. 널 딸로 생각하마."

"그렇다면 어머니, 제가 딸처럼 말해도 좋을까요?"

"그럼, 딸이면 딸처럼 말해야지."

"엄마의 딸로서 말할게요. 우리 분가해 나갈래요."

망치로 뒤통수를 세차게 얻어맞은 것처럼 얼얼했다.

"제가 딸이라고 생각되시면 절 놔주세요. 전 여기서 어머니와 함께 사는 것이 싫어요."

아들을 보았다. 그는 눈을 내리깔고 입을 다물고 있다. 머리까지 푹 숙이고 말이다. 유치원시절 잘못을 저질렀을 적에 엄마의 눈을 응시하지 못하고 눈길을 피했던 그런 모양새였다. 마음을 가다듬었다. 순간 며느리를 맞아들이기 위해 집을 헐고 새로 짓고 애쓴 지난날들이 주마등처럼 스쳤다.

"알았다. 내게 시간을 다오. 열흘 뒤에 결정하마."

결국 나는 잠 못 이루는 열흘간의 고통 끝에 결단을 내렸다. 아들네를 내보내기로.

"장차 태어날 아이들을 위해서도 오십 평이 넘는 아파트를 사 주세요. 강남의 노른자위 지역으로 가야겠어요. 거기 가서 살아야 장차 태어날 아이들의 학군문제가 해결되니까요."

"그리고 오빠가 취직할 때까지 생활비를 부쳐주세요."

"네가 나가서 벌면 안 되니? 요즘 세상에 남녀 구별 없이 다 돈을 버는 세상이 아니냐."

며느리의 얼굴빛이 눈에 띄게 확 변하더니 눈꼬리가 싹 치켜 올라갔다.

"전 그렇게 할 수 없어요. 장차 태어날 아기를 어떻게 하고 돈을 벌어요? 그건 남자가 하는 일이지요."

생활비까지 대주지 않으면 아들이 내 곁을 완전히 떠날까봐 겁내는 걸 며느리는 알고 있을 것이다. 언젠가 안사돈이 한 말이 머리를 스쳤다.

"가지신 재산이 많아서 일생 손가락 하나 까딱하지 않고 먹고 살아도 남을 정도라고 하더군요."

"박사논문을 다 쓴 것으로 안다. 내년 삼월까지만 생활비를 대주마. 사월부터는 전임교수가 될 터이니 너희들 손으로 벌어서 먹고 살도록 해라."

"어머니, 왜 갑자기 그렇게 날카롭게 그러세요? 제가 모시지 않고 이렇게 나가는 것이 고까우신 모양이군요."

며느리에 비해 물러터진 아들이 내 목을 끌어안고 어린 양을 부린다. 울컥, 아직도 아들의 몸에서는 젖내가 났다. 제기랄! 서른이 넘은 아들이 이 꼴이니 어찌 아내를 다스릴 수 있단 말인가. 이러고저러고 하다간 요즘 쉽게 이혼하는 가정이 많다는데 요구하는 아파트도 사주지 않고 생활비도 주지 않으면 며느리가 휘잉 나가버리고 그게 아들의 마음에 상흔으로 남는다면 그것도 어미 된 입장에선 못할 일이다.

아들네가 떠나고 혼자 남았다. 이층엘 올라갔다. 휑뎅그렁하니 싸늘한 기운이 감돌았다. 늦가을의 찬 기운이 오스스해서 몸을 움츠릴 정도로 품속으로 파고들었다. 혼자 밥상을 대하고 앉으니 눈물이 앞을 가렸다. 그러고 보니 방만도 모두 여섯이나 되었다. 이 많은 방들에서 손자, 손녀들의 재롱떠는 소리와 깔깔대고 행복하게 웃는 소리가 가득하기를 얼마나 바랐던가! 작년에 심은 어린 감나무에 덜렁 매달린 세 개의 감은 이 집을 채운 식구 수대로 맺은 것인데 혼자 따먹어야 하는 것이 그렇게 슬플 수가 없었다. 누구를 위해 혼자 미장원에 가서 머리를 할 것이며 또 무엇을 위해 먹어야 한단 말인가. 훌쩍 여행팀에 끼여 여행을 가는 것도 한두 번이지 그것도 시큰둥했다.

겨울이 다가오면서 내가 생각해도 이상한 짓을 시작했다. 온 집안을 휘황찬란하게 밝히고 보일러 돌아가는 소리와 함께 부엌이나 이층 계단까지 한여름의 열기가 감돌게 했다. 텔레비전도 한껏 볼륨을 올려서 집안에 사람들로 가득 찬 듯 틀어놓고 이 계절에 금값인 흑장미를 뭉텅이로 사다가 벽난로 앞을 장식했다. 하지만 피가 통하고 호흡이 있는 사람이 이 공간을 채워야지 입에 곰팡이가 피도록 말할 상대가 없으니 갑갑해서 미칠 지경이었다.

말상대를 찾아서 사람들로 붐빌 한길로 나갔다. 여전히 세상은 사람 살아가는 소리로 벅적거렸다. 군밤이라도 사면서 말을 해보려고 한길을 건넜다. 으스름한 외등 밑에 할머니 한 분이 쪼그리고 앉아 있었다. 몸을 웅크리고 있는 것이 너무 오래 한데 앉아 있어서 그런지 추위로 몸이 졸아든 듯 보였다. 군밤을 한 봉지 사들고 그녀 옆을 스쳤다. 몇 발자국 지나쳐서 머리를 돌려 그녀를 봤다. 반듯한 이마 위로 반백의 머리칼이 헝클어졌지만 이마와 콧날에 귀티가 흘렀다.

"할머니, 밤은 깊어가고 추어지는데 여기서 이러고 있을 겁니까? 집에 가셔야죠. 여기서 날 새기를 하면 얼어 죽어요."

추위와 졸음으로 정신이 몽롱해진 여자가 귀찮다는 듯 나를 올려다보더니 대꾸도 않고 머리를 떨어뜨렸다. 신문지를 겹겹이 허리와 등에 대고 있는 것이 이 밤을 한데서 날 모양이다.

"갈 곳이 없으면 우리 집으로 갑시다. 여기서 자면 얼어 죽어요. 할머니는 자식도 없나요? 잠잘 곳이 정말 없어요?"

여전히 머리를 떨구고 손깍지를 낀 채 미동도 하지 않는다. 혹시 치매에 걸린 할머니가 길을 잃은 것이 아닐까 하고 찬찬히 살펴보니 그런 것도 아니었다. 몸에서 풍기는 기품이 허물어진 상태는 아니었다. 혼자 집에 돌아가 밑으로 한없이 침잠하는 무섬증을 이기기 위해 이 할머니를 끌고 가서 하룻밤이라도 사람의 훈기로 집을 채우고 싶었다. 막무가내인 할머니를 군밤장수의 도움을 얻어 집

안으로 끌어들였다. 우선 목욕을 하라고 탕에 밀어 넣었더니 할머니는 몸을 내맡기고 맘대로 해보시오 하는 시늉을 하면서 탕 속으로 들어가 눈을 지그시 감고 입을 열지 않았다. 혹시 귀머거리인가 해서 컵을 우악스럽게 바닥에 내던지자 할머니는 화들짝 놀라 벌떡 일어서는 것이 아닌가. 다행히 몸피가 비슷해서 내가 입던 옷으로 몽땅 갈아입혔다. 께적거리면서 먹다 만 밥상에 둘이 마주 앉았다. 여자는 게걸스럽게 된장찌개 뚝배기를 비웠다. 김치국물까지 홀짝 먹어치우는 동안 벙어리라는 의구심이 들 정도로 입을 열지 않았다. 냉동시켜 놓은 시루떡을 렌지에 데우고 커피도 두 잔을 타서 상 위에 놓았다. 떡고물을 손바닥으로 받쳐가면서 먹던 여자가 갑자기 툭 한 마디 내뱉었다.

"이거 누구 집이오?"

"제 집이지요."

"아들 집이면 당신도 당할 터인데. 이 정도로 날 대접해주었으니 고맙소. 얼른 나가야지 자식들이 들어오면 구박받아요."

"여긴 내 집이에요. 나 혼자 살아요. 여기서 자요."

"그럼, 이 집이 누구 이름으로 되어 있어?"

"제 이름으로 되어 있지요."

"잘 했다. 잘 했어. 절대로 자식 이름으로 바꿔주지 말아요. 나도 남편 죽고 악착같이 벌었던 집과 토지를 아들 이름으로 바꿔주니까 며칠 뒤 길거리로 쫓아내보내더군."

여자의 얼굴에 핏기가 돌기 시작했다. 슬그머니 일어나서 이층에도 가보고 아래층도 샅샅이 둘러보더니 입이 쩍 벌어졌다. 얼굴에 혈색이 돌아오니 십 년은 더 젊어 보였다. 서서 걸어 들어가는 옷 방에 들어가더니 나오질 않는다.

"제가 제일 좋아하는 곳입니다. 마음에 드세요?"

"이런 곳이 여자들의 천국이 아니겠어? 너무 좋다. 옷도 많고 구석에 놓인 거울에 날 비춰보니 지나간 날들이 거기에 고스란히 보이더군. 인생이란 참으로 덧없는 거야. 헛되고 헛되니 모든 것이 헛된 거야. 이제 늙은 몸이 거처할 데가 없고 보니 인생이 보이더군. 손에 쥔 것이 하나도 없어. 벌거벗고야 진짜 사람이 된 거지."

교수 부인이었던 그녀는 연금제도가 없을 적에 남편이 일찍 죽어 노후 혜택도 받는 것이 없다고 했다. 그녀와 일주일 살다보니 너무 좋았다. 교양도 있고 지식도 있어서 둘도 없는 좋은 친구가 되었다. 둘이 손을 잡고 산에도 올라갔고 시장에도 갔다. 곱게 물든 낙엽을 주우러 다니기도 하고 영화 구경도 갔다. 외롭지가 않았다. 사는 맛이 났다. 아들내외와 살적보다 더 신바람이 났다.

노숙하는 할머니들이 더 들어와서 열 식구가 되었다. 봄이 오자 손자들을 위해 정원 한가운데 놀이터로 꾸몄던 땅이 채마 밭으로 둔갑해서 상추, 고추, 깻잎과 가지를 심었다. 밭 언저리에는 호박을 심었고 감자와 옥수수도 심었다. 머위와 돌나물, 산 더덕, 달래, 고들빼기를 과일나무 가장자리에 심었다. 열 식구 모두가 채마 밭으로 나가 열심히 농사일을 했다. 얼굴이 까맣게 타도록 풀을 뽑아도 하룻밤 자고 나면 우긋하게 자란 잡초와의 전쟁은 끝이 나질 않는다.

아들은 아직 전임교수가 되지 못했다고 전화로 앙앙거렸다. 생활비를 계속 부치라는 것이다. 내 영혼이 편하기 위해서 매달 통장으로 송금했다. 이제나저제나 아들이 올 것 같아 대문에 귀를 기울였으나 생일에도 어버이날에도 아들내외는 코빼기도 내밀지 않았다. 그만큼 바쁘게 사는 것이겠지. 할머니들과 어울려 살다보니 아들내외의 모든 것이 용납되었다.

그렇게 지내오던 터에 어느 날 갑자기 아들의 전화가 왔다. 인사도 없이 대끔 하는 말이 몸이 좋지 않으니 병원비를 달란다. 아주 다급한 목소리였다.

"얼마나 필요하니?"

"천만 원요."

"한번 얼굴이라도 보자."

"요즘 무척 바빠요. 제 통장으로 돈을 부쳐주세요."

전화를 찰칵 끊어버렸다. 알고도 모른 척 지낼 수가 없지 아니한가. 더구나 아들이 아프다는데. 아들이 좋아하는 열무김치를 담아가지고 저녁 늦게 아들 집을 찾아갔다. 머리가 부스스하고 얼굴이 누렇게 들뜬 며느리가 인사도 없이 현관문을 열었다. 거실은 온통 술병과 담배연기로 가득했다.

"잘 생긴 열무를 보니 네 생각이 나서 김치를 담가 왔다. 적당히 익었으니 냉장고에 넣어놓고 먹어라."

아들이 김치 통을 받아 베란다에 내놓으면서 슬쩍 아내의 눈치를 살폈다.

"어머니, 전 이제 이 사람이 해주는 반찬에 입맛이 들어서 어머니 음식을 못 먹어요."

"넌 열무김치를 참 좋아하지 않았니? 어릴 적 맛을 일생 가는 법이다. 한 번 먹어봐라. 입맛이 살아날 것이다."

아들의 얼굴을 자세히 보니 알코올중독자라도 된 것일까. 눈동자가 풀리고 맑았던 눈이 썩은 동태눈처럼 초점이 없다.

"집안에 술, 담배 냄새가 가득하구나. 너희들 부부가 술고래가 된 모양이니 이를 어쩌니. 술과 담배는 생명을 단축하는 것이니 조심해라. 더구나 만삭에 술, 담배라니."

며느리가 앙칼지게 대들었다.

"우리 생활에 간섭하지 마세요. 어머니의 참견을 듣는 미성년자가 아니란 말이에요."

나는 말없이 등을 돌리고 아들집을 나왔다. 섣불리 화를 내면서 후려쳤다가는 혼자 당할 것이 뻔해서 뱀처럼 유연하게 숨을 죽이고 살그머니 빠져나왔다.

이 와중에 태어난 손자의 돌이 다가왔다. 왜 그리도 손자가 눈에 밟히는지! 손자가 태어나는 바람에 아직도 아들네 생활비를 끊지 못하고 대주고 있었다. 아기 우유 값으로 한 달에 오십만 원을 더 달라고 하니 오히려 전보다 지출이 늘어난 셈이다. 그래도 아깝지가 않았다. 풋내 나는 며느리가 혼자 돌잔치를 어찌 하려나 하는 걱정으로 공식적이 아니면 가지 않는 아들네를 방문했다. 며느리가 손자, 경호를 아가용 의자에 앉혀놓고 수박을 먹이고 있었다. 큰 접시에 수박을 깍두기 크기로 썰어서 수북이 내놓으니 경호는 하나씩 집어서 땅바닥에 내던졌다. 며느리는 아예 땅바닥에 퍼더버리고 앉아서 아기가 내던지는 수박을 줍느라고 정신이 없다.

"이제 고만 따끔하게 야단쳐서 못하도록 해라. 돌이면 말귀를 알아들어 가르칠 수 있다. 귀한 음식을 그렇게 내던지다니 이대로 그냥 놔두면 식탁예법을 언제 가르치겠니? 세 살 버릇 여든까지라는데 자식이란 무릎 위에 있을 적에 가르쳐야 하느니라."

"장가갈 때까지 음식을 내던지겠어요? 정신충격을 받지 않도록 길러야 해요. 아기란 유리그릇과 같아서 잘못하면 금이 가고 그 상처는 일생 가는 거라고 배웠어요. 심리적으로 평안하게 기르라고 하더군요. 요렇게 어린 것이 마음에 상처를 입으면 일생 이상한 행동을 하는 거라고요. 그러니 그냥 내버려 두세요. 제멋대로 크는 것이 현대

이건숙 문학전집 3 꿈꾸는 여자

교육 방법이에요. 어머니시절하고 아이들 기르는 법이 달라졌어요."

"난 아들 하나만을 길렀어도 집안에서 받아야 할 교육은 철저하게 했다. 세상이 아무리 변해도 부모가 마땅히 해야 할 교육은 남아 있는 법이다."

"그렇게 아범을 길렀으니 지금도 저렇게 병신 같지요. 도대체가 결단력이 없고 자존심도 없는데다 당찬 구석이 없는 물렁팥죽이라 이번 전임교수 발령도 못 받았잖아요."

제 남편을 하늘처럼 받들지 않고 시어머니 앞에서 물렁팥죽이라니! 가닥이 잡히지 않을 정도로 헷갈렸다. 접시 위의 수박을 몽땅 방바닥에 내던진 경호는 더 달라고 칭얼댔다. 입에는 한 점도 넣지 않고 음식으로 장난을 치겠다는 것이다. 그러자 기다렸다는 듯이 이번에는 사과와 바나나를 깎아서 아기 앞에 놓아주었다. 이 장난으로 하루를 보낼 모양이다.

마침 며느리가 친구의 전화를 받고 반 시간 정도 나가 있을 터이니 경호를 돌봐달라고 했다. 이때다 싶어 나는 마음을 단단히 먹었다. 며느리가 현관문을 닫는 순간 손을 높이 들어 손자의 볼기짝을 두어 대 때렸다.

"너 이런 장난을 계속할 거야? 뚝 그치지 못해. 맴매할 거야! 무례한 자식으로 기르려는 네 엄마를 난 참을 수가 없어."

유리그릇처럼 다루던 아기를 갑자기 무쇠를 다루듯 나

대니 처음에 눈을 동그랗게 뜨고 할미인 나를 노려보다가 우와 울음보를 터뜨렸다. 울음소리가 천둥소리보다 더 커서 동네가 떠나가는 듯했다. 나간 줄 알았던 며느리가 갑자기 뛰어들어왔다.

"내가 이럴 줄 알았어. 어머니는 우리 식구를 너무 미워해서 경호를 그냥 놔두지 않을 거라고 생각했어."

그러곤 아들을 안고 함께 엉엉 울어댔다. 정말 기가 찰 노릇이다. 얼마동안 그렇게 울어대더니 전화를 걸었다. 이 상황에 그냥 아들네를 나올 수가 없어서 어정쩡하게 한쪽에 앉아 있을 때 아들이 뛰어 들어왔다.

"무슨 일이야? 경호가 다쳤다고?"

"글쎄, 어머니가 경호를 마구 때리고 있었어요. 오래 나가 있었으면 경호가 할머니한테 너무 많이 맞아 사고가 났을 겁니다."

숨이 턱에 찬 아들이 흘끔 모멸에 찬 눈길을 나에게 던졌다. 이런 아들 앞에서 나는 가뭇없이 깊은 나락으로 빨려들어갔다. 얼마간 나와 자기 아내 사이를 번갈아 보다가 무뚝뚝하게 내뱉었다.

"어머님이 잘못했군요. 세상에! 이런 잘못을 저지르다니. 어머님 어떻게 이런 행동을……."

"아니, 네가 감히 어떻게 그런 말을 할 수 있냐."

아들은 내 말에는 대꾸를 않고 다시 울음을 터뜨리고 있는 아내의 등을 쓸어안고 달래느라고 야단이다.

"그래서 분가했잖아. 내가 당신을 인정하는 데 뭘 그렇게 울어? 뚝 그쳐. 자, 자 ……. 아기 앞에서 우는 것은 교육상 나빠."

나는 뒤도 돌아보지 않고 아들네를 나왔다. 아들이 뒤따라 나와서 내 팔을 잡았다.

"어머니가 이렇게 가시면 우리가 불편하잖아요. 우리 식구 모두 평양면옥으로 가서 냉면하고 불고기를 먹어요. 저번에 집사람하고 갔더니 어머니 손맛이 나는 녹두부침이 나왔어요. 문득 어머니 생각이 나더라고요."

어머니 생각이 났다는 아들의 말이 마음을 가라앉게 했다. 비가 온 뒤에 온도가 급강하해서 도로 표면이 살짝 얼어 몹시 미끄러웠다. 왼쪽 발이 미끄러져 자빠지려는 나를 아들이 뒤에서 안았다. 아아! 가족은 역시 영원한 울타리로구나. 울컥 눈물이 났다. 볼이 퉁퉁 부은 며느리가 경호를 안고 우리 네 식구는 음식점으로 향했다. 손자를 낳은 며느리를 사랑해야지. 내가 윗사람이 아닌가. 부모, 자식 간의 사랑은 밑으로 내리 흐르는 것이지 거슬러 흐르는 법이 없다고들 하지 않던가. 내가 사랑해야지.

앞에 앉은 며느리를 보니 행복하지 않은 얼굴이다. 버려진 할머니들과 어울려 깔깔대며 사는 나보다 더 불행한 얼굴이다. 갑자기 이런 며느리가 불쌍하다는 생각이 들었다. 어떻게 해야 며느리가 행복해지는 것일까. 빈대떡이 나오고 불고기가 지글지글 돌 판에서 익어갈 무렵 쩽그랑

소리가 음식점 홀 안을 잡아 흔들었다.

"아이쿠! 이를 어째. 비싼 화분을 깨드리다니. 요놈, 어린 것이 어찌 그리 장난이 심해. 부모는 뭐하고 있는 거야?"

세 사람의 눈이 모두 소리 나는 쪽으로 향했다. 경호가 동양화가 화려하게 그려진 값비싼 화분을 마루 밑으로 밀어낸 모양이다. 꽃망울을 요염하게 터뜨린 호접란이 두 쪽으로 입을 딱 벌리고 깨어진 화분 사이에 처박혀 있었다. 며느리가 날렵하게 달려오더니 경호를 끌어안고 고함을 치는 것이 아닌가.

"값을 물어주면 되지 우리 아가 놀라게 왜 이렇게 난리를 쳐요? 그까짓 화분 값이 얼마나 나간다고."

엄마의 품에 안겨 경호는 자지러지게 울어댔다. 며느리가 화를 삭이지 못해 식식거리면서 핸드백을 가지러 간 사이 나는 정중하게 나이가 지긋한 음식점 주인에게 사과했다.

"죄송해요. 잘 가르치겠습니다. 정말 미안해요."

"요즘 젊은 엄마들 문제 많아요. 자식을 괴물로 기르고 있어요. 우리는 이렇게 살다 가지만 앞으로의 세상이 큰일입니다."

옆에 다가온 며느리가 그 말을 받아 언성을 높였다.

"댁이 뭔데 우리 아가를 괴물이라고 해요? 당신이 저주하면 나도 할 수 있어요. 그까짓 화분 하나 깨뜨렸다고 내 자식을 괴물이라고 하면 이 음식점이 오늘 밤에 불이 나서 알거지가 되라고 나도 저주하지요."

"이따위로 장사해서 손님이 오겠어? 귀한 집 아들을 놓고 괴물이라니 이럴 수 있어?"

아들도 가세하여 음식점 주인을 파렴치로 몰고 가고 있었다. 음식점 안의 손님들 눈길이 모두 우리 쪽으로 향했다. 나는 아들의 뺨을 힘껏 때렸다. 내 일생 처음으로 아들의 몸에 손을 댄 것이다. 눈이 휘둥그레진 며느리가 와락 내 손을 무례하게 잡아챘다. 이런 며느리의 양쪽 뺨을 힘을 대해 몸이 휘청하도록 힘껏 때려주었다.

"이 괴물들아! 너희들이 사람이냐? 자식을 그렇게 교육해서 어쩌려고 그래. 나쁜 것들 같으니라고."

며느리의 아우성이 등을 때렸지만 나는 당당하게 그들을 뒤로 하고 씩씩하게 걸어 나갔다. 신기하게 가슴이 후련했다. 꽉 막힌 수챗구멍이 확 뚫린 듯 속이 시원했다.

곧바로 친구가 운영하는 '만나 부동산'으로 향했다. 의식은 멀쩡하건만 손이 덜덜 떨렸고 체머리를 흔들었다. 그래도 며느리의 양쪽 뺨을 때린 것이 그렇게 속이 후련할 수 없었다. 잘 했다고 속에서 희열이 끓어오르기 시작하더니 갑자기 이런 굉음이 머릿속이 터지도록 울려나왔다.

"내 인생을 돌려다오. 삼십 년간 허비한 내 인생을 찾아다오. 이렇게 산 것이 억울하다. 내 인생을 어찌할꼬."

문득 미국으로 이민 간 여동생이 떠올랐다. 어제 받은

전화 내용이 새로운 뜻을 지니고 다가왔다.

"언니가 동의하지 않았지만 제 마음대로 언니의 호적이랑 이민국에서 요구하는 서류를 십여 년 전에 넣었더니 연락이 왔어. 영주권 인터뷰를 하라고 말이야. 아들도 장가보냈겠다, 무엇을 더 희생해야 되는 거야. 여기 와서 재혼도 하고 그쪽 재산을 가지고 와서 비즈니스도 하라고. 인생을 그렇게 사는 언니가 너무 불쌍해 죽겠다. 알아들었지? 빨리 연락해. 인터뷰 날짜는 두 달 뒤야."

"그래, 내 인생을 도로 찾자. 새로운 삶을 살아보자. 아들에게 주어버렸던 삼십 년의 공백기는 묻어버리고 앞으로 남은 내 인생을 살려야 한다. 이만하면 죽은 남편도 나를 이해해 줄 것이다. 아들을 키워 박사로 만들었고 비록 강사로 떠돌지만 언젠가는 전임교수가 될 터이고, 손자까지 낳아서 대를 이어주었으니 남편의 임종자리에서 내가 한 약속은 다 이룬 것이다.

'만나부동산'을 운영하는 친구는 중학교 시절부터 대학까지 함께 지내온 터라 내 부탁에 눈을 동그랗게 떴다.

"상가 빌딩이랑 땅을 다 팔아버리겠다고?"

"그래. 싸게라도 두 달 안에 다 팔아야겠다."

"이유가 뭐니?"

"내 인생을 찾으려고 그런다."

"하하……, 너 돌았니? 그 큰 것들을 어떻게 그렇게 빨리 팔아?"

"시중보다 싸게라도 다 팔아버려. 두 달 안에 해야만
해. 이대로 더듬거리면서 시간을 끌면 질식해서 난 죽어
버릴지도 몰라. 시중가격보다 뚝 떨어뜨려 내놓으면 사려
는 작자들이 많이 나올 거다. 땅도 건물도 다 좋은 위치에
있으니 팔기가 쉬울 거다."

과감하게 모든 걸 정리하기 시작했다. 변호사를 찾아가
서 내가 살고 있는 방이 여섯이요, 대지가 육백 평인 땅과
집을 사단법인으로 등록했다. 그리고 할머니들과 함께 살
아가는 동안 늘 예배를 드려주고 위로해 주던 개척교회
목사에게 모든 걸 맡기면서 '사랑의 동산'이란 간판을 대
문에 걸었다.

'매달 생활비는 통장으로 부칠 것이니 제 방도 버려진
불쌍한 할머니들을 구하여 모두 십오 명으로 채워 돌봐
주세요.'

"어디에 계시든 언제든지 이 집으로 오세요. 이건 하나
님의 집이지만 또한 아주머니 것입니다. 우리는 마음과
문을 열어놓고 당신을 기다리겠습니다."

그밖의 재산들은 시중가격보다 삼십 퍼센트를 깎아서
라도 다 팔아버렸다. 동산이고 부동산이고 깡그리 현금으
로 바꿔 은행에 넣었다. 중요한 서류는 여행 가방에 챙겨
넣고 과거에 얽매이게 한 모든 것들, 심지어 가구와 사진
들도 모두 없애버렸다. 아들의 어린 시절 사진과 성적표
와 일기장을 모두 아들 주소로 택배하고 아들에게 매달

곳감 빼듯이 부치던 생활비를 마지막으로 부쳤다. 둥지를 떠나 훨훨 날아다니면서 광활한 천지에 먹이를 구하지 못하고 둥지의 먹이만을 탐하는 저들을, 독수리가 새끼들을 절벽 둥지에서 밀어내듯이 그렇게 저들 모두를 높은 허공으로 내던져버렸다.

이제 나는 아들을 내 인생길에서 무를 썰듯 싹둑 잘라내 버리고 떠나고 있다. 남은 인생만이라도 하고 싶은 일을 하면서 살리라. 보람을 느낄 수 없는 일에 헌신하기보다 스스로 선택한 일을 하면서 나만의 삶을 살 것이다. 가슴 깊은 곳에 웅크리고 있던 두려움이 종기의 응어리가 빠지듯 시원하게 밖으로 튀어나왔다.

태평양을 건너면서 나는 다짐했다. 다시는 옛날로 돌아가지 않으리. 나무에 올라가서 새끼를 떨어뜨려 낳지 않으면 어미가 잡아먹히는 살모사. 나는 살모사처럼 이빨을 드러내고 피식 웃었다. 신혼여행을 가는 것처럼 가슴이 설레었다. 날개가 달려 창공을 나는 것처럼 나는 정말 자유함을 만끽했다. 새 땅과 새 하늘이 내 앞에 활짝 펼쳐졌다. 나는 바다 저편에 모든 걸 버렸고 바다 이편에서 모든 것을 다시 찾을 것이다. ✺

— 2006년 월간문학 2월호

흥부 통곡하다

내가 일 억을 지금 널 주면 넌 죽을 거다. 네 나이에 이 돈은 독약이나 다름 없다. 이 돈을 지킬 힘이 너에게 없단 말이다. 돈이란 쓰는 것보다 쓰는 비결을 몸소 체험으로 배워야 한다. 형수와 나는 너를 기르느라고 정말 고생 많이 했다. 지금도 나는 너를 무척 사랑한다. 너는 내가 형이라고 생각하니? 난 너를 자식처럼 길렀다. 부모가 낳았지만 그들은 네가 이 세상에 태어난 지 한 달 만에 널 두고 모두 돌아가셨다. 넌 내 아들이나 마찬가지다.

흥부 통곡하다

"언니! 이제 고만 오빠를 편히 보내주세요."

"절대로 이대로 보낼 수 없어. 누구든지 이 사람을 건드리면 가만 놔두지 않을 거야."

생명줄을 잡아주고 있는 인공호흡기를 혹시 누가 잘못 건드려도 용서 못하겠다는 단호함으로 나는 남편의 상반신을 끌어안았다. 시누 나영이 울음을 삼키면서 흐느끼다가 내 등에 얼굴을 묻고 통곡했다. 간호사인 시누이는 그녀가 알고 있는 모든 의학 상식을 동원해서 논리적으로 설명을 수차례 해오던 터였다.

"이제 고만 포기하세요. 가망이 없어요. 영양제주사와 인공호흡기만 제거하면 바로 숨을 거두니 그렇게 하세요. 기계의 힘으로 심장만 뛰고 있는 몸을 이대로 놔두면 얼굴이랑 몸이 풍선처럼 부풀어올라 흉하게 되니 이만 보내

자고요. 마지막 모습이 영원히 머리에 각인되는 법인데 남아있는 식구들을 위해서도 이런 모습일 적에 보내는 것이 좋아요. 오빠도 천국에 가는 것이 더 편할 터이니 언니가 놓아주세요."

시누이는 의사의 사주를 받았는지 어제부터 어렵게 입을 떼기 시작했다. 날카로운 식칼로 뇌동맥을 단숨에 찍어낸 꼴이라 머릿속이 온통 피투성이이니 백 퍼센트 가망이 없다는 뜻이다. 그래도 이 모양이라도 내 곁에 살아 있어야지 어떻게 보낸단 말인가. 식물인간으로 10년 만에 깨어난 사람도 있다고 하지 않았던가. 그가 쓰러진 지 이제 겨우 두 달인데 그럴 수는 없지. 기다리자. 기다려 보자. 기적이라는 것이 있지 아니한가.

성경에는 죽은 지 나흘이 지난 나사로란 남자가 등장한다. 열대지방의 더위로 인해 시체 썩는 냄새가 진동했지만 예수님이 '나사로야, 나오너라.' 하고 부르니 죽은 자가 수족을 베로 칭칭 동인 채 어정어정 무덤 밖으로 걸어 나왔다고 기록하고 있다. 그 사람처럼 남편도 갑자기 벌떡 일어나서 나를 향해 씩 웃어줄 것이다. 지금 그는 길고 긴 잠을 자고 있는 것이다. 뱀이나 개구리가 겨울잠을 자듯 그렇게 자고 있을 뿐이다. 봄이 오면 저들처럼 깨어날 걸 알면서 어떻게 인공호흡기를 떼어낸단 말이냐.

병실이 떠나가게 울던 시누이도 나가버리고 남편과 나 둘만 남았다. 그가 이렇게 장신이고 거대한 줄 몰랐다. 병원 침대는 그에게 너무 작았다. 두 발이 침대발치 밖으로 삐죽 빠져나올 지경이니 육신이 누운 자리도 편치 않을 터인데……. 아아! 가엾은 사람. 이불을 끌어내려서 발을 덮어주었다. 눈물도 나오질 않는다. 두 달 사이에 일생 흘려야 할 눈물을 다 쏟아버려서 눈물샘이 말라버린 모양이다.

가슴이 터질 것처럼 울렁거려서 병실 밖으로 나왔다. 텔레비전이 설치된 대기실에는 수술중인 환자를 기다리는 가족들로 가득했다. 그들 사이에 끼여 앉았다. 시끄럽게 떠들어대는 데모대들의 함성에 눈길을 위로 돌려 화면을 응시했다. 벌겋게 상기된 얼굴들이 저마다 피켓을 들고 국가보안법사수 구호를 외치고 있다.

'국보법 폐지는 대한민국 무장해제다. 국보법 폐지는 간첩에게 자유를 주는 행위다. 대한민국 파괴세력 노무현 정권 타도하자.' 등등…….

보수단체 회원들이 광화문에 모여 국민행동대회를 열고 외쳐대는 구호와 울긋불긋 피켓으로 화면이 출렁거렸다. 텔레비전을 함께 보던 30대 청년이 퉁명스럽게 내뱉는다.

"저건 집단전염이 낳은 행동이야. 아무튼 전쟁세대가 가버려야 해. 저 사람들이 육이오 시절에 가졌던 편견 때문에 저렇게 폐쇄적이고 강압적이야. 이제 고만 모두 일어나서 손에 손을 잡고 하나가 되어 용서하고 화합해야지 언제까지 저렇게 미움과 한(恨)으로 난리칠 거야. 저 세대들이 가버려야 우리나라가 산다니까……."

그러자 옆에 앉아 있던 할아버지가 호통을 쳤다.

"손톱 밑에 가시 든 것은 알아도 허파에 쉬 슬은 줄은 모르는 놈이로구나. 우리가 어떻게 지켜온 나라인데 빨갱이들의 행동을 풀어줘. 우리가 목숨을 걸고 지켜온 이 나라에서 편안하게 사니까 넌 아무것도 모르고 그러는 거다. 빨갱이가 무엇인지 알기나 하고 그래. 그것들 인간도 아닌 짐승이야. 사나운 맹수들이라고 표현하는 것이 적절하지. 저것들을 옹호하는 발언을 하는 걸 보니 자네도 순빨갱이가 아닌가."

"할아버지가 무얼 안다고 그러세요. 이 지구상에 언어가 같고 피가 한 줄기이고 문화가 같은 민족이 두 동강 나있는 건 우리나라뿐이라고요. 독일도 베트남도 다 통일이되었는데 우린 뭐예요. 창피해 죽겠어요. 우리끼리 손을잡고 하나가 되면 다 해결되는 것이지 무얼 그렇게 따져요. 지구상의 모든 나라들이 지구촌으로 변하고 있는 정보사회에서 아직도 그런 구닥다리 생각을 하는 것이 이상하지 않아요?"

"너 무엇이라고 했어? 날보고 구닥다리라고? 엉! 너 내손에 죽어봐라."

노인이 청년의 멱살을 잡고 일어서자 우우 주위 사람들이 일어나 두 사람을 떼어놓았다. 노인이 분을 이기지 못해 오만소릴 다 하면서 눈물을 찔끔거리더니 켜켜로 쌓인 미움과 한을 가누지 못해 허우적이다가 종당에는 어이어이 울음을 터뜨렸다.

　설핏 전쟁 중에 돌아가신 아버지가 떠올랐다. 내 머리에 각인된 아버지는 개가 컹컹 짖어대는 밤마다 베개 밑에 감춰둔 권총을 빼들고 몸을 벽에 날렵하게 붙이고 입술을 깨물던 얼음장처럼 찬 얼굴이었다. 어둔 방안이지만 아버지의 눈에서는 고양이 밤눈처럼 강렬한 빛이 번쩍거렸다. 권총을 든 아버지의 팔뚝에 힘이 서렸다. 아버지는 유도 삼단으로 황소까지 때려눕힐 힘이 있다고 어머니는 늘 칭송을 아끼지 않았다. 아버지의 팔뚝은 무쇠였고 불끈 튀어나온 근육이 어린 내 살갗에 닿을 때 그 차고 딱딱한 촉감을 나는 정말로 싫어했다. 아빠는 어린 딸이 예쁘다고 자주 안아주었지만 언제나 나는 비뚜름히 몸을 뒤로 젖혔다. 그렇게 힘이 세고 강한 우리 집안의 우두머리였던 아버지가 나이 어린 일곱 자녀와 어머니를 두고 혼자 북으로 가버렸다. 자식을 일곱이나 둔 가장이요, 사랑하는 아내를 위해 마땅히 의무를 다해 살아야 할 남자의 직무를 유기할 정도로 북이 좋았단 말인가. 그 아버지로 인해 남쪽에 남은 처자식들은 일생 숨어살아야 하는 수모를 겪었다. 사법고시에 좋은 성적으로 붙은 오빠는 아버지 때문에 판사가 될 수 없었다. 아버지란 존재는 차라리 없는 편이 낫다고 겉으로 드러내지는 않았지만 모두 그렇게 생각하고 있었다. 우리 가족에게 아버지는 어딜 가나 감추고 살아야 할 징그러운 존재였다.

　그것뿐인가. 아버지는 어린 시절이나 젊은 시절 내가 마땅히 지녀야 할 유년의 꿈을 앗아갔고 그 나이에 아버지 밑에서 마땅히 누려야 할 추억과 그 나름대로의 즐거움도 쓸어내버렸다. 아버지가 무엇 하는 사람인지 나는 경험할 기회가 없었다. 해서 결혼하고 나서도 남편이 어떤 역할을 해야 하는 건지 몰랐고 남편에게서 아버지의 냄새조차 맡을 수 없었으니 그런 비극이 어디 있겠는가. 그래서 나는 의식적이든 무의식적이든 간에 내 마음 깊은 곳에서부터 북을 싫어하고 있었다. 북으로 간 아버지도 미웠다. 아버지가 있는 북은 부담스럽고 이산가족이 만나 울어대는 걸 봐도 끔찍했다. 절대로 용서할 수 없는 아버지요, 그를 앗아간 북쪽이 싫었다. 한때는 어머니도 미워했다. 자식을 일곱이나 낳았으면 그 아이들을 데리고 북으로 가는 것이 당연한 결정이 아니겠는가. 피난 대열에서 빠져나와 유턴하여 아버지가 있는 북쪽으로 가야지 어쩌자고 모두가 빨갱이 자식들이라고 푸대접하는 남쪽 끝까지 우릴 데리고 갔는지 도저히 이해할 수 없었다. 대포 소리에 놀라 자식들을 살리겠다고 흘러가는 피난민의 물결을 따라 생각 없이 남쪽으로 간 것이라고 어머니를 용서한 것은 내가 결혼하여 아기를 낳아 젖꼭지를 물려본 뒤였다.

　밖을 내다보았다. 어김없이 계절이 찾아와 야트막한 병원 울타리엔 넝쿨장미가 강렬한 빨간색을 토해냈다. 이 남자를 만나 사십 년, 바로 며칠 전에 만난 것 같은데 벌써 세월이 이렇게 흘렀다니! 얼마나 바쁘게 뛰면서 살았던가. 나에게 이 사람은 너무나 소중한 사람이라는 사실이 뼛속까지 아리도록 파고들었다. 얼굴을 맞대고 살았을 적에는 절대로 느껴보지 못했던 야릇한 감정이 나를 고통스럽게 했다. 그의 침대를 뱅뱅 돌다가 두 발을 감싸 안고서 절규했다.

　'당신이 내게 이렇게 소중한 사람인 걸 미처 몰랐어요. 용서해 주세요. 당신을 혼자 어떻게 저 생으로 보내요. 절대로 보내지 않을 거예요. 이렇게라도 내 곁에 살아 있어요. 말 한 마디 아니 해도 좋아요. 눈을 뜨지 않아도 좋아요. 그저 숨만 쉬고 있어요. 그래도 제겐 큰 위로가 돼요.'

　남편, 상구는 끄응 신음을 삼키면서 얼굴을 찡그렸다. 갓난아기가 젖을 달라고 보채는 것처럼 느껴져 나는 침대 머리맡으로 쏜살같이 달려가서 그의 손을 잡았다.

　"무엇이나 말해 봐요. 허리가 아파요?"

　거대한 바위처럼 몸을 내던지고 있는 남편의 몸을 어깨까지 동원해서 조금 들어 올리고 허리 밑으로 베개를 밀어 넣었다. 등창을 막기 위해 두 달 동안 필사적으로 남편의 몸을 돌려가며 등에 공기가 들어가고 짓눌리지 않도록 베개로 괴어 주었다. 이런 생활은 몸피가 작은 내게 너무나 버거운 일이었다. 남편의 어깨 밑에 드는 내 작은 몸 어디에서 그런 센 힘이 나오는지 나 자신도 놀랄 지경이다. 남편의 종아리를 거쳐 넓적다리와 전신을 힘차게 문지르기 시작했다. 새벽부터 밤중까지 숨 쉴 새 없이 뛰던 남편이 저러고 누워 있으니 몸이 놀라서 야단할 것이란 걱정도 되었고, 깨어났을 때 사지가 굳어 있으면 움직일 수 없을 것이란 근심 때문에 나는 사뭇 결사적으로 매달렸다.

남편은 끄응 신음을 삼키면서 얼굴을 찡그렸다. 이번에는 목이 말라서 괴로운가 싶어 약솜에 물을 흠뻑 적셔 입가를 적셔주었다. 눈을 가늘게 뜨고 주사걸이에 매달린 링거 병의 수액이 주사 줄을 타고 방울방울 잘 떨어지는지 확인했다. 모든 것이 잘 돌아가고 있었다. 얼굴도 씻겼고 전신 마사지도 해줘서 아침일과는 끝난 셈이다. 땀이 등을 적시고 눈이 따갑도록 이마를 타고 흘러내렸다. 나는 헐떡거리면서 몸을 곧추세우고 숨을 몰아쉬었다. 그러나 여전히 남편은 얼굴을 찡그리면서 무엇을 말하려는 듯 입에 꽂힌 호흡기를 치워달라는 시늉을 하고 눈을 씰룩거렸다.

남편의 입에 귀를 바짝 댔다. 무엇이라고 중얼대는 듯했다. 입이 묶여 말이 되어 나오질 않지만 분명 무엇인가를 말하려고 애를 쓰고 있었다. 쓸데없는 일인 줄 알면서도 볼펜과 종이 한 장을 그의 손에 쥐어주었으나 목각 인형처럼 손가락은 미동도 하지 않았다. 날마다 한 이불 속에서 나란히 누워 자고 거울을 대하듯 서로 마주보고 한 솥밥을 먹으며 40년 세월을 살았으니 생각까지 닮을 수밖에 없는 삶이었다. 말을 아니 해도 눈빛으로 서로의 마음을 읽을 수 있었고 몸짓을 보고도 피차 무엇을 원하는지 알 수 있는 사이였다. 주사바늘이 꽂혀있지 아니한 왼손을 자꾸 들어보려고 애를 쓰는 듯했다. 분명 남편은 무엇인가를 전하려고 몸부림치고 있었다. 그가 절실하게 원하는 것이 있는데 그게 무엇이란 말인가. 이심전심으로 두 사람 사이에 소통이 되지 아니한 적이 없었는데 정말 답답했다.

남편의 얼굴을 오랫동안 물끄러미 바라보며 넋을 놓고 있는 내게 번개처럼 한 줄기 빛이 스쳤다. 남편의 입에 귀를 바짝 들이댔다. 분명 그는 '상수, 상수'를 부르고 있었다. 순간 과거가 비단 두루마리를 펼치듯 소상하게 전개되었다. 그건 죽어서 영혼이 천국에 다다르기 직전 지나야 할 유리바다 위와 같았다. 계시록에는 저 세상에 닿기 전에 누구나 반드시 통과해야 할 유리바다가 있다고 한다. 그 위를 지나가는 동안 과거의 일들이 샅샅이 영화의 장면처럼 속이 투명한 바다 위에 펼쳐진다고 한다.

"당신 마음을 알아요. 상수를 보고 떠나려고 그러는 거지요. 쯧쯧……. 그 몹쓸 동생을 아직도 잊지 못하고 있다니 당신도 참 한심하기 짝이 없구려. 경찰에 상수의 주민등록번호를 주어서 살고 있는 거주지를 찾아내면 바로 심부름센터 사람을 보내 상수가 어떻게 살고 있는지 알아보리다. 그러니 그때까지 기다려요.

일주일 만에 그쪽 직원에게서 전화 연락이 왔다.

"부산 자갈치시장에서 크게 건어물 장사를 하고 있어요. 아주 돈을 엄청 번 신흥재벌에 속합니다. 시내 요지에 작은 건물도 하나 사서 세를 놓았고 현재 살고 있는 아파트 평수가 오십 평이 넘으니 그 나이에 성공한 기업가에 속합니다."

"형님 이야기를 해보셨습니까?"

"얼굴을 맞대고 대화를 나누고 싶었는데 그냥 전화로 말하지요. 조금 이상해서 그래요. 무슨 이유인지 아주 완강하게 형 만나기를 거부합디다. 형을 향해 지나치다 싶게 욕지거리를 해서 그 앞에 서 있기가 거북할 정도였습니다. 그분에게 무슨 몹쓸 짓이라도 하셨습니까? 그러지 않고야 곧 임종할 형의 소식을 듣고 그렇게 노발대발할 수가 있습니까."

이쪽 기분도 헤아리지 않고 얼굴이 보이지 않는다고 줄 저쪽에서 마구 지껄여대는 남자가 조금은 경박스러워 보였다. 기분이 많이 상했으나 아무튼 남편이 이 세상에서 한 번만이라도 보고 떠나기를 원하는 동생이 아닌가. 사랑하는 남편을 편안하게 보내려면 무슨 짓인들 못하겠는가.

"수고비도 받으셔야 하니 병원으로 오세요."

히틀러처럼 콧수염을 기른 심부름센터 직원이 병원을 찾은 것은 그로부터 한 시간 뒤였다.

"상수라는 분의 아내까지 합세하여 욕을 하는데 혹시 집안끼리 돈으로 인한 원한이나 몹쓸 일을 저지른 적이 있었습니까?"

하도 기가 막혀 나는 거세게 도리질을 했다. 세상에! 어떻게 그럴 수 있단 말인가. 남편인 상구보다 형수인 나를 봐서라도 그럴 수는 없었다.

"형의 목숨이 오늘내일 촌각을 다투고 있다고 그러셨나요? 마지막 떠나는 길이니 임종을 지켜달라고 말해보셨어요?"

"그렇게 말했지요. 아무리 원수지간이라도 죽음은 모든 걸 용서하는 것이라고 제가 아는 상식을 총동원해 늘어놔도 그럴수록 더 기고만장해서 날 쥐어박기라도 할 듯 덤비더라고요. 그리고 이런 말을 해야 할지 어떨지 모르겠는데……."

사립탐정 같은 인상을 풍기는 콧수염남자는 길지도 아니한 수염을 쓰다듬으면서 뜸을 들였다. 무엇이나 다 말해도 된다는 내 표정을 읽었는지 마지못해 무겁게 입을 열었다.

"망해서 길거리에 나앉으라고 매일 빌었더니 이제 알거지가 되어 먹을 것이 없으니까 날 찾으러 왔느냐고 포악을 부렸어요. 그분이 늘어놓는 사설을 들어보면 형님이란 분은 놀부처럼 욕심이 많아서 자기 혼자 다 처먹으려고 물불을 가리지 않았던 놈이라고 마구 욕을 했어요. 부모가 준 세간 전답 다 차지하고 저 혼자 호의호식하며 어린 동생을 길거리에 내던져버렸다고 얼마나 야단을 하는지 옆에서 지켜보기가 겁났어요. 진짜로 형이란 사람은 놀부보다 더한 욕심쟁이이고 몰인정한 분인가 보지요?"

"세상에! 우리가 저를 어떻게 길렀는데 그럴 수가 있어!"

"우리까지 사서 동생을 찾는 걸 보면 알거지는 아닐 것이라고 했더니 글쎄, 이렇게 말하더라고요."

말을 이어가기가 좀 거북살스러운지 눈치를 살피며 차마 입을 뗄 수 없다는 시늉까지 했다.

"말해보세요. 괜찮아요. 다 각오하고 있습니다."

"암이라도 걸려서 콱 죽어버리라고 늘 저주를 퍼부었는데 이제 그 소원이 이뤄져서 속이 후련하다고 허공을 향해 너털웃음을 터뜨리며 흔쾌한 표정을 짓더라고요. 얼마나 철천지원수가 되었으면 형제간에 이런 말을 합니까. 그래도 피가 통하는 형인데 정말 너무 하더라고요. 하지만 아주머니의 남편 되시는 분이 얼마나 동생을 구박했으면 이렇게 한이 맺혀 생야단을 하겠어요?"

사내가 무슨 말을 해도 나는 시동생 상수를 만나야 할

이유가 있다. 혼수상태에 빠지기 몇 달 전, 만약 자기가 죽을 경우 상수에게 꼭 전해달라고 부탁한 누런 봉투가 무거운 바위처럼 나를 찍어 눌렀다. 금고 속에 귀중품과 함께 보관한 봉투에 무엇이 들었는지 모르지만 그게 형이 동생에게 주는 이 땅에서의 마지막 당부라고 했다. 언제나 그 동생을 그리워하면서 밤마다 몰래 눈물을 짓던 남편이다. 명절이 오거나 특히 상수의 생일이면 노골적으로 어이어이 소리 내어 울었던 남편이다. 몹시 춥거나 바람만 불어도 상수를 잊지 못하고 서성거리다가 울적해서 식사를 거른 적도 있었다. 핏줄이란 삼 오랏줄보다 더 질긴 것인가 보다. 그러니 나도 자존심을 죽이고 남편의 마지막 가는 길에 간절한 소원을 들어줘야 할 것이 아닌가.

"뭐라 해도 상수를 제 남편 곁으로 데려와야 합니다. 코끝에 호흡이 있을 적에 상면하도록 도와주세요."

"얼마나 동생의 돈을 많이 떼어먹었으면 그렇게 분노하겠습니까. 그 돈을 먼저 갚고 데려오는 편이 좋을 듯합니다. 그렇게 하지 않고는 절대 불가능할 것입니다."

"돈이라. 돈 돈 돈⋯⋯."

"맞습니다. 요즘 사람들 돈이라면 자식의 손도 잘라낼 지경이 되었습니다. 돈 문제가 아니고서야 어떻게 그렇게 미움과 분노가 화산처럼 폭발할 수가 있습니까. 나중에는 이렇게 말하더라고요. 이제 장례비가 없으니까 내 돈을 탐내는 모양이라고. 형이 죽어 천국에 간다면 자기는 지옥에 갈 것이니 그렇게 전하라고 했어요."

"형이 있는 천국에도 가지 않고 지옥에 갈 정도로 형이 싫다고 했단 말이지요. 세상에! 자기 형을 놓고 어떻게 그럴 수 있어요."

"상수라는 분은 욕심꾸러기 형의 온갖 수모를 겪으면서도 선량하게 참으면서 품위를 지켰더니 복이 쏟아져 내려 부자가 되었다고 했어요. 가난에 찌들어 자식을 안고 길거리에서 자면서도 형을 저주하는 그 미움으로 살았다고 합디다. 자식과 어린 아내를 데리고 길거리에서 노숙자가 되어 떠돌면서 형과 형수를 향해 이를 갈았대요. 그러니 얼마간 돈을 가져다 줘야 일이 해결될 것 같습니다. 내일 이맘때 올 터이니 그때까지 준비해 놓으세요."

일방적으로 이렇게 통보하고 콧수염남자는 휘잉 나가 버렸다. 병원 울타리를 따라 붉게 타오르고 있는 넝쿨장미를 하염없이 바라보면서 나는 말할 수 없는 깊은 절망으로 빠져들었다. 이럴 수가, 이럴 수가, 세상에 이럴 수가! 어떻게 내가 저를 길렀는데…….

20년 전 상수가 난동을 부리던 날은 눈발이 날리던 한겨울이었다. 백일을 갓 지난 갓난아기를 안고 상수 부부는 현관문을 발로 마구 걸어찼다. 마침 그날은 큰애가 대학 입시를 앞둔 터라 모두 초긴장하고 있었다. 다음날이 시험이니 집안에서 기르는 애완견 푸들까지 주인의 눈치를 보면서 꼬리를 사타구니 사이로 밀어 넣었고 남편이 좋아하는 텔레비전도 그날은 깊은 침묵에 빠졌다. 이런 분위기를 깨는 상수의 현관문 걷어차기는 정말로 신경을 곤두세우는 사건이었다. 제일 먼저 내가 뛰어나갔다. 상수를 보자 손바닥으로 상수의 입을 막고 도리질을 하면서 조용히 하라는 신호를 보냈다. 상수는 그런 내 손을 난폭하게 뿌리쳤다.

"흐흥, 큰애가 시험 보는 날이 다가왔군. 내가 그걸 노리고 시간에 맞춰 잘 온 거야. 평상시에 오면 통하질 않을 터이니 이런 날 와야 즉각 내 말뜻을 알아들을 거 아니야."

상수는 구두를 신은 채 거실로 들어와 장식장 위에 놓아둔 백자 항아리를 집어 들었다. 내가 달려가 빼앗으려 하자 거칠게 나를 밀치고 그 비싼 백자를 거실 바닥에 내던졌다. 안방에서 이 모든 걸 모른 척 무시하고 떡 버티고 앉아 있던 남편이 백자항아리 깨지는 소리에 뛰어나왔다. 마지막 시험정리를 하고 있던 큰아들도 얼굴을 내밀었다. 모두 어이없어 입만 벌리고 눈이 휘둥그레졌다. 그 순간은 세상의 모든 것이 정지되는 듯했다.

그때 상수가 다시 벽면에 설치한 대형수족관을 발로 걷어차서 물이 거실에 넘쳐흘렀다. 그때까지도 남편은 손가락 하나 까딱하지 않고 상수를 노려보았다. 이런 형의 태도가 더욱 상수의 마음을 자극했는지 이번에는 대형텔레비전 화면을, 식탁 의자를 들어 깨뜨렸다.

"너 뭘 원하니? 왜 그러는 거냐? 자식까지 낳아 분가했으면서 무엇이 부족해서 그래."

"왜 형만 잘살아. 나는 작은 아파트에서 전세로 살고 형은 왜 나보다 세 배가 더 큰 집에서 사는 거야. 난 자가용도 없는데 형은 고급 승용차를 몰고 다니고 우리보다 더 잘 먹고 잘 입고, 게다가 이 집 장식한 걸 보면 눈깔이 빠져나올 지경이야. 모두가 명품이잖아."

상수는 벽에 걸린 액자를 떼어냈다. 이건 이 집안의 유일한 가보고 남편이 끔찍이 아끼는 것이다. 그걸 바닥에 내던지고 마구 짓밟았다. 젊은 나이에 돌아가신 시아버지가 그린 것으로 암탉이 다섯 마리 병아리를 품고 앉아있는 유화였다. 그 순간 남편의 손이 상수의 뺨에서 작열했다.

"아주! 이제 제대로 말이 통하는군."

상수의 억센 손이 형의 팔을 잡았다.

"너 마음을 잡은 줄 알았더니 아직도 폭력이냐? 그것도 형의 집에서 이런 난동을 부려? 자식까지 낳은 놈이 정신도 못 차리고 이 난리냐."

"나란 놈은 별이 셋이야. 또 교도소에 보내려고 그러지? 조금도 무섭지 않아. 나란 놈은 거기가 더 편하니까."

그러자 아기를 안고 있던 상수댁이 악을 쓰면서 울었다.

"나랑 갓난아기는 어떻게 하고 교도소에 또 간다고 그

래요? 어서 이 사람이 원하는 걸 해주세요. 그럼 될 걸 왜 자꾸 거절하세요. 제발 이 사람의 말을 들어주세요."

고등학교 졸업도 못하고 열여덟에 동거하여 아기를 낳은 동서는 내 나이에서 보면 며느리나 딸 정도였다.

"그래, 얼마를 줘야 되겠니?"

"일 억요. 일 억만 주면 그 돈으로 나도 사업을 크게 벌이고 구차하게 형 회사에서 일하며 구박받지 않을 거야."

"절대로 일 억을 줄 수 없다."

"왜 부모 재산 혼자 다 꿀꺽하고 나를 이 지경으로 만들었어? 부모님이 몸이 싱싱할 적에 형은 그걸 다 뜯어먹고 재산까지 다 받아서 잘 살고 있잖아. 왜 나만 손해를 봐야 하는지 모르겠어. 늦게 태어났다고 이렇게 내몰아도 되는 거야? 내 몫을 내놓으라고. 내걸 왜 혼자 다 처먹고 형네만 잘사는 거야? 놀부심보 아니면 내게 이렇게 할 수 있어?"

보다 못해 내가 상수에게 덤벼들었다. 양탄자 위에 펄떡이던 금붕어들도 다 죽어 나자빠졌고 수족관의 물로 인해 거실은 질퍽했다. 수초랑 백자 항아리 깨진 조각들이 뒤엉키고 텔레비전 화면 조각까지 난자하게 흩어진 거실은 대학입시를 앞둔 집에서 결코 있을 수 없는 일이었다.

"형은 부모한테 받은 것이 하나도 없다. 몸만 받았어. 난 결혼할 적에 알몸이었다. 내가 상수 널 만났을 때 너는 갓난아이였어. 자식처럼 내가 널 기른 거라고."

"또 그 소리. 내가 그 말에 속을 줄 알고? 절대로 병신처럼 속지 않아. 내가 어려서 기억할 수 없을 거라고 생각하지. 날 속이는 수작인 걸 모를 줄 알고 그래."

악이 바짝 오른 나는 물불을 가리지 않고 상수에게 덤벼들었다. 가슴팍을 쥐어뜯어가면서 주먹으로 패기 시작했다. 그러자 어린 동서가 합세하여 나를 때리기 시작했다. 젊은이들의 힘에 밀려서 나는 쓰레기더미로 변한 거실 바닥에 퍼덕거리고 앉아 목청껏 울었다. 사태가 이렇게 진전되는데도 남편은 그냥 묵묵히 돌부처처럼 서 있을 뿐이었다.

나는 울어가면서 외쳤다.

"돈이 산처럼 쌓였어도 네게 줄 것은 없다. 입을 것이 많아도 너 주자고 내 자식이나 회사직원들 줄 것을 벗기겠니? 너같이 나쁜 놈에게 먹을 것을 주자고 우리 집에서 기르고 있는 강아지를 굶기겠니? 그래, 맞다, 맞아. 너 줄 것 있으면 내 이웃을 주지 은혜도 모르는 너 같은 놈에게 줄 것이 없다."

"이제 속마음이 슬슬 나오는군. 내가 순순히 물러날 줄 알아? 이 집에 불을 싸지르고 나갈 거야. 나 죽고 형 죽으면 되는 거야. 우리 다 죽자고."

상수는 내가 가장 아끼는 것이 무엇인지 잘 알고 있다. 벽면 한 쪽 장식장 속에 가득 모아 놓은 장식용 개구리들을 하나씩 꺼내 벽에 내던져 내 눈앞에서 모두 깨뜨리기 시작했다. 도자기 개구리들은 내가 이 가정을 일으키면서 힘들어 허우적일 적에 마음을 달래느라고 여기저기서 사 모은 것들이다. 값이 문제가 아니다. 거긴 숱한 사연과 슬픔과 추억이 고여 있는 것들이다. 사십 년을 두고 모은 내 분신과 같은 내 장난감들을 다 깨부수고 있었다. 드디어 남편의 손이 올라갔다.

"너 이집에서 당장 나가. 이 개구리만도 못한 놈아. 너를 형수가 어떻게 길렀는데 그 대가가 이거냐. 당장 내 눈 앞에서 꺼져. 일생 너를 다시 보지 않겠다. 이 몹쓸 인간 망종아."

"그 말 진짜지? 그럴 줄 알았어. 내게 돈을 주기 싫으니까 연놈이 힘을 합쳐 나를 내치는 것이지. 이제야 본색이 드러나는 거야. 나를 속이려고 거죽만 잘 해주는 척한 걸 내가 모를 줄 알아? 자기 자식들 줄 것은 있어도 동생인 나에게 줄 것은 없다는 거 다 알아. 자식이 먼저지 아무렴 동생일까."

"당장 나가. 이 개만도 못한 놈아."

형의 손이 다시 상수의 뺨을 때렸다. 상수는 부엌으로 달려갔다. 냉장고 문을 열어 그 안에 있는 것들을 다 빼내어 거실바닥에 내던졌다. 집안의 기물들을 모두 박살내어 제자리에 있는 것이 하나도 없었다. 집 안은 핵폭탄을 맞은 것처럼 완전히 폐허로 변했다. 분노에 차서 상수는 눈을 홀떡 까뒤집고 미움이 지글거리는 눈으로 우리 부부를 노려보았다. 그래도 심기가 풀리지 않았는지 갑자기 식칼을 꺼내들었다. 그건 순간이었다. 남편은 으윽 신음을 삼키면서 쓰러졌다. 피가 낭자하게 양탄자 바닥을 적셨다.

이를 악물고 이 모든 것을 지켜보던 큰아들이 수화기를 들었다. 경찰을 부른 것이다. 상수는 시험을 앞둔 조카에게 덤벼들어 칼을 휘둘렀다. 이 집안의 장남이 다치면 모든 것이 끝장이다. 그걸 막기 위해 큰애를 뒤로 밀어내고 내가 맞섰다. 칼은 내 옆구리를 찔렀고 나도 바닥에 나동그라졌다. 생살을 파고드는 칼날이 전율할 정도로 차갑고 섬뜩했다. 통증이 엄습했다. 이 집의 장남을 살려야 한다. 내일이 시험인데 이를 어쩌지. 나는 가물가물 정신을 잃어가면서도 큰아들을 살려야 한다고 소리쳤다.

그때 경찰이 도착했고 상수의 손에 수갑이 채워졌다. 상수의 아내가 악을 쓰면서 울었고 앰뷸런스의 앵앵거림도 들렸다. 가물거리는 의식 속에서 이 모든 소리가 무논의 개구리 울음소리처럼 와글거렸다.

피해를 입은 형이 오면 풀어주겠다고 여러 번 경찰에서 연락이 왔으나 남편은 눈을 딱 감았다. 형을 다 살고 나왔을 때는 2년이란 세월이 흐른 뒤였다. 이번에는 아예 날이 선 칼을 사들고 와서 우리 부부 앞에 놓고 담판을 벌이자고 했다.

"내 돈 일 억을 내놓아. 내 유산을 달란 말이야. 내 돈을 왜 꿀꺽하고 혼자만 먹어치워."

"내가 죽는 한이 있어도 그 돈을 줄 수 없다."

칼날이 남편의 심장을 겨누었다. 벌벌 떨리는 손으로 다시 나는 경찰을 부르겠다고 수화기를 집어 들었다. 이런 나를 독사의 눈을 하고 노려보던 상수가 벌떡 일어섰다.

"이 집안이 콩가루가 되는 걸 내 생전 이 두 눈으로 똑똑히 봐야 눈을 감을 거야. 나는 꼭 부자가 될 거야. 형보다 더 부자가 되어서 떵떵거리며 살 것이니 두고 보라고. 제비가 박씨를 가져다 줘서 부자가 되듯 나는 거부가 될 거야. 먼 훗날 형이 똥통에 빠져 허우적일 때 난 절대로 손을 잡아주지 않을 터이니 두고 보라고."

"그래, 잘 생각했다. 어서 내 앞에서 꺼지고 다시는 나타나지 마라."

상수는 바람처럼 어디론가 사라져버렸다. 무소식이 희소식이라고 그냥 두자고 내심 다짐을 하면서도 항상 물가에 내놓은 아이처럼 걱정이 되었다. 정이란 더러운 것인가 보다 생각하며 나는 이따금 머리를 흔들었다. 단 한 번도 깊은 잠을 잘 수 없을 정도로 상수는 내 영혼을 방황하게 만들었다. 우리 생활 여기저기에 보이지는 않지만 매일 순간순간마다 참견을 하면서 우릴 불안하게 했다.

어영부영 세월이 흘러 20년이 지났다. 죽었는지 살았는지 연락을 끊고 우리 앞에 상수는 나타나질 않았다. 어떻게 사는지 어디서 무얼 하는지 연락이 없었다. 이런 상황에서 심부름센터 직원을 통해 소식을 듣자 우선 마음이 놓였다. 살아 있었구나. 부자 사업가로 변신했다니 얼마나 다행한 일이냐! 나는 안도의 숨을 내쉬었다.

　남편의 머리를 열 손가락을 넣어 한참 주물러 주고 머리를 쓰다듬어 빗어주었다.

　"여보! 상수가 부산에서 큰 부자가 됐대요. 당신을 닮아서 장사를 아주 잘 한대요. 기쁘지요?"

　남편의 귀에 대고 고함을 쳤다. 귀머거리에게 말하듯 나중에는 손짓발짓을 해도 목석처럼 누워 응답이 없는 남편을 보면서 나는 제풀에 지쳐 수그러들었다. 말 한마디도 못 알아듣고 식물처럼 누워있는 남편 곁에서 시간은 자꾸 흘러갔다. 죽음 앞에서는 과거를 돌아보게 마련인가 보다.

　지금의 남편 상구를 만난 것은 뚝섬 한강 가에서였다. 들판에 곡식 단들을 수북하게 쌓아놓은 초겨울, 강바람을 타고 누렇게 마른 풀들이 논둑에 몸을 눕혔다. 초저녁 귀가를 서두르고 있는 내 눈에 움푹 파인 논둑을 의지하여 볏짚을 지붕처럼 쌓고 있는 청년이 눈에 띄었다. 한참을 오다가 뒤돌아보니 그 청년이 그 볏단 속으로 몸을 감추는 것이 아닌가. 저녁밥을 먹은 뒤 식구들이 둘러앉아 고구마를 화로에 구워 먹으면서 화기애애한 대화를 나누고 있었다. 나는 아까 본 청년에 대하여 궁금증을 억누르지 못하고 식구들을 둘러보면서 말했다.

"요즘 밖에서 노숙하기에는 춥겠지?"

"그럼, 이런 날씨엔 찬바람이 동지섣달보다 더 세찬 법이라 겨드랑이 밑으로 파고드는 냉기로 병들기 딱 좋은 날씨지."

어머니가 고구마 껍질을 벗기면서 무슨 일이 있느냐고 내게 눈길을 던졌다.

"초저녁 퇴근길에 뚝섬 근처에서 어떤 청년이 노숙을 하려고 볏단들을 쌓고 있었어요. 숨어서 훔쳐보니 그 안으로 들어가더라고요."

"저런! 시골에서 올라온 청년이 여관비가 없어서 그러는 모양이구나. 불쌍해라."

어머니가 혀를 끌끌 차자 남동생이 거들었다.

"우리 집 문간방에서 자라고 하지요. 날씨도 꾸물거리는데 비라도 오면 어쩌지요? 더구나 뚝섬에는 번개가 치고 천둥이 잦은데 혹시 벼락이라도 맞으면 어떡해요."

"그래요. 우리 집에 데려다 재우지요."

식구들의 의견이 이렇게 모아지자 큰오빠와 동생이 나가서 그를 데리고 왔다. 그 뒤부터 그는 식구나 다름없이 한솥밥을 먹게 되었다. 우리 집은 전쟁 중에 혼자 훌쩍 가버린 아버지 탓에 농사일을 끌어갈 남자의 힘이 절실하게 필요한 때였다. 그는 우리 가족들의 꾐을 받으며 식구처럼 집안일을 했고 농사를 이끌었다.

고상구라는 이름을 가진 그의 사연은 너무나도 기구했다. 부모님이 늦둥이인 남동생 상수를 낳은 지 한 달 만에 교통사고로 함께 가버리자 어쩔 수 없이 갓난아기를 안고 동네를 돌면서 젖동냥을 해 먹였다. 갑자기 가장이 된 그는 맨손으로 탈출구를 찾은 것이 이웃집에 상수를 맡겨 놓고 서울로 올라오는 길밖에 없었다고 한다. 직장을 잡으면 여동생과 남동생을 데려와야 한다고 눈물을 글썽거렸다. 상구를 앞에 앉혀 놓고 코가 크고 귀도 축 밑으로 늘어질 정도로 커서 귀골이라고 어머니는 칭찬을 아끼지 않았다. 이마가 좁아서 부모 복은 없지만 코랑 턱과 볼에 처복도 있고 돈복도 있으며 늘그막에 부자로 잘 살 상이라고 어머니는 내심 사윗감으로 점을 찍는 듯했다.

"저 사람 가난하게는 살지 않는다. 얼굴 생김이 돈이 붙을 상이다. 얼굴에 재산 복이 덕지덕지 고여 있다."

식구들 귀에 못이 박힐 정도로 어머니는 늘 이런 식으로 그를 세워주었다. 그 청년을 보는 순간부터 사위로 맞으려고 결심한 어머니의 속셈은 아주 빠른 속도로 진행되더니 동생들까지 합세했다. 일손이 필요했던 어머니는 그를 잡아두기 위해서 그의 여동생과 갓난아기까지 모두 데려와 한집에 모여 살게 되어서 집안은 늘 아기의 보챔과 재롱으로 떠들썩했다.

상구는 새끼줄 꼬기의 명수였다. 뚝섬 농가에서 볏짚을 사다가 새끼줄을 꽈서 시장에 내다 팔았다. 시대의 물결을 타고 새끼줄이 나일론 끈으로 바뀌기 시작했다. 동대문시장에 가게를 열어 신상품인 나일론 끈 장사를 시작했다. 그 사업은 폭발적으로 인기를 끌었고 처음부터 고객을 잡고 있던 그의 사업은 순풍에 돛을 단 듯이 풀려나가 돈이 폭포수처럼 쏟아져 들어왔다. 어머니의 예언이 적중한 셈이다.

다음해 봄에 나는 상구와 부부가 되었다. 돌 지난 상수와 여동생 나영이도 함께 동대문 근처에 셋집을 얻어 살림을 시작했다. 나영이 학교를 다니고 상수는 내 차지가 되었다. 동네 사람들은 상수가 우리 부부가 낳은 아들인 줄 안다. 새댁인 내가 늘 업고 다녔으니 말이다.

우리 부부도 연년생으로 줄줄이 아이들을 다섯이나 낳아서 집안은 늘 떠들썩했다. 올망졸망 자라는 조카들 틈에서 상수는 좀 특이했다. 태어나자마자 부모를 잃은 탓인지 매사에 부정적이고 불평이 많았다. 세 살 버릇 여든까지라는데 상수는 영아기에 동네 사람들의 품에 안겨 젖동냥을 한 탓인지 비굴하기도 하고 매사를 삐뚜름하게 보았다. 어찌나 욕심이 많은지 음식을 자기 앞에 수북하게 쌓아 두고도 다섯이나 되는 어린 조카들하고 늘 싸움질이었다. 몽땅 앗아서 자기 품에 안아야 되는 그런 성질을 지닌 아이였다. 시동생이긴 하지만 돌쟁이를 키웠으니 상구는 내게 아들이나 마찬가지였다. 부르기는 도련님이라고 부르지만 내가 낳은 아이들과 나이 차이가 많지 않아 속

마음으로는 늘 내 아들이라고 생각해 왔다.

　이런 상수가 대학 들어가기를 거부하고 나쁜 아이들과 어울려 다니면서 술을 먹고 친구를 구타해서 잡혀가고 동네의 불량배로 전락했다. 이웃들이 상수를 보면 머리를 돌리고 심지어는 피해서 도망가는 판이었다. 열아홉에 동네 처녀를 건드려 아이를 낳더니 자기도 형처럼 사업을 하겠다고 일 억을 내놓으라고 억지를 부리기 시작했다. 그 당시 일 억이면 엄청나게 큰돈이라 집안은 이 문제로 항상 싸움판이었다.

　"여보! 혼인식을 올려줍시다."

　"여자를 잘 얻어야지 저런 여자는 평생 흉작이 될 거라고. 깨진 독에 물붓기로 상수가 일생 고생할 수도 있어. 혼례도 올리지 않고 십대에 아이를 낳는 걸 보면 도대체가 세상물정을 모르는 처자야. 몸을 그렇게 마구 내돌리는 여자라면 일부종사 하겠나?"

　그래도 형수인 내가 억지를 부려 결혼식을 치르고 살림을 차려주었다. 형의 회사에서 일을 배우고 막일을 하면서 잔소리를 들었다. 어떤 때는 너무하는 것이 아닐까 할 정도로 남편의 지청구는 거셌다. 옆에서 듣기에 거북할 정도로 무섭게 다그치는 걸 여러 번 목격한 적이 있었다.

　"일 억만 주면 난 형 곁을 떠날 거야. 일 억이 필요해."

　"일 억이면 너 일하지 않고 일생 먹을 돈이다. 강남에 육십 평짜리 아파트를 일 억 주면 살 수 있는데 그 큰돈을 이제 네 나이에 손에 쥔다는 것은 있을 수 없는 일이야. 절대로 안 된다. 돈을 다룰 줄 아는 지혜를 습득한 뒤에야 일 억을 굴릴 수가 있어. 지금 네 손에 일 억을 주면 그건 흉기가 될 거다."

"일부러 나를 고생시키려는 수작이지. 지름길이 있는데 괜스레 핑계를 대면서 날 골탕먹이려는 심보를 누가 모를 줄 알고? 유산을 혼자 꿀꺽하려는 걸 내가 다 알고 있어."

상수는 일 억이 입에 붙어서 늘 졸라댔다. 일 억이 상수의 병이었다.

남편의 목숨은 대단히 끈질겼다. 의사소견으로는 일주일을 못 넘길 것이라고 했는데도 여름이 가고 가을로 접어들었다. 의사나 시누이는 인공호흡기를 떼어내고 편히 보내자고 우겼으나 나는 그를 보낼 수 없었다. 더구나 상수가 어디 있는지 알고 나서는 더욱 남편을 그냥 보낼 수 없었다. 남편하고 지켜야 할 마지막 약속이 있어서다. 하지만 이 가을을 그냥 넘기기에는 그의 몸이 너무 쇠약했다. 간까지 나빠졌는지 얼굴빛이 숯검정이 되었다. 어쩔 수 없이 내가 나서야겠다는 결론에 이르렀다. 다행히 상수의 전화번호를 얻어둔 것이 내 손에 있어 다이얼만 돌리면 된다. 줄다리기를 하듯 서로 팽팽히 당기면서 이러고만 있을 수는 없었다. 저도 사람인데 형이 죽어간다는 소식을 듣고 계절을 넘겨가면서 그냥 있기는 아마 힘이 들었을 것이다.

신호가 가면서 내 가슴은 마구 뛰었다. 20년 만에 대하는 상수에게 무슨 말을 먼저 할까 하는 생각으로 심장 박동이 거대한 폭포수 소리로 둔갑했다. 얼마간 신호가 가더니 상수의 목소리가 들렸다.

"여보세요."

"나다. 형수야."

긴 침묵이 흘렀다. 수화기 저쪽에서 간간히 거친 숨소리만 들렸다.

"아무래도 형을 보내야 되겠어. 널 만나려고 생명줄을 놓질 않아서 그래. 여긴 S대 병원 516호실이야."

온다만다 말도 없이 일방적으로 수화기를 놓는 소리가 들렸다. 이제 어쩔 수 없이 이번 주말까지 기다렸다가 인공호흡기를 떼어야 되겠다고 남편의 얼굴을 보면서 다짐했다. 곧 겨울이 다가오면 춥고 바쁜 시간들이 놓여 있는데 다섯이나 되는 자식들도 이 추위에 장례식을 치루는 것이 고역일 터이다. 너무 오래 병석에 있었고 식물인간으로 반년을 지냈으니 자식들도 지쳤는지 병원에 오는 횟수도 줄어들었다. 겨우 한 주일에 한 번 의무적으로 마지못해 오면서 눈물 한 방울 없이 맨송맨송한 얼굴이었다. 이제 고만 놓아주자는 마음이 저들의 눈에 역력했다.

상수는 혼자서 대학병원 경내에 와 있었다. 벌써 이틀

전에 도착했지만 형을 만나러 불쑥 병실에 들어갈 수 없었다. 여러 가지 생각들이 교차했다. 감옥살이를 하고 나온 뒤 길거리에서 웅크리고 잠을 자기도 했다. 그 험한 시절, 형을 향해 이를 갈면서 저주했던 일이 머리가 깨질 정도로 속에서 악다구니를 쳤다.

야! 너 어쩌자고 여길 오는 거냐. 손발에 감각이 없어질 지경으로 추운 겨울에 굶은 배를 움켜잡고 떨면서 살았던 시절에 죽어도 형을 다시 보지 않겠다고 얼마나 다짐을 했니! 형의 집안을 폭탄 맞은 것처럼 때려 부쉈고 형과 형수를 식칼로 찔러 집안이 피바다였었는데……. 교도소에 보냈던 형의 얼굴이 떠올랐다. 형과 형수를 향한 미움으로 그의 몸이 뒤틀릴 지경이었다. 그때 경찰서에 형이 직접 와서 누가 뭐래도 동생이니 용서하고 화해하여 구치소에서 빼내주었으면 징역까지 살지 않았을 터인데, 그걸 거절하고 옥살이를 하게 놔두었으니 어찌 한 핏줄을 타고 난 형제가 되느냐 말이다. 형은 비정하게 어린 아내와 갓난아기를 둔 한 집안의 가장인 동생을 버린 것이다. 이런 기분으로 형과 형수를 만나면 20년 전처럼 다시 때려 부수고 칼부림을 칠 것 같았다. 자신이 무서웠다. 어머니처럼 조카들과 함께 자신을 돌보았던 형수도 그를 서럽게 했다. 그녀의 말이 가슴에 대못으로 박혀있기 때문이다.

"저런 못된 놈 먹일 것이 있으면 우리 애들 아이스크림 하나라도 더 사 먹이겠다. 내가 바보였어. 저걸 기르느라고 그 고생을 했으니. 콩알 한 알도 나누어 먹이면서 길러 냈더니 고작 하는 짓이 이 꼴이야. 이런 개만도 못한 짐승 같은 자식아."

그래, 형수는 내가 개만도 못한 짐승 같은 자식이라고 했어. 이 말이 그의 가슴에 쇠못이 되어 아무리 빼내려 해도 단단히 뿌리를 내렸다. 세월이 흐르면서 잊을 만도 한데 점점 깊이 박혀 들어갔다.

핸드폰이 경망스럽게 울려 화들짝 놀란 상수는 재빨리 귀에 댔다. 형수였다.

"오늘 저녁 6시에 인공호흡기를 떼어낼 거야. 마지막으로 부탁하는 거다. 부산에서 여길 올 걸 계산하고 전화하는 것이니 그리 알아라. 마지막 가는 형을 배웅해야지. 형이 상수를 길렀어. 핏덩이 상수를 길렀다고. 젖동냥을 해서 먹이면서 길렀다니까. 흑흑……."

형수의 음성이 메아리처럼 멀어져 가다가 다시 귓속으로 꽹음이 되어 파고들었다. 젖동냥을 해서 먹였다고? 쳇! 그 많은 부모의 재산을 다 어디 두고 젖동냥을 해? 돈을 아끼려고 그랬으면서 또 거짓말을 하고 있어. 병실 복도 끝에 앉은 상수는 5시를 넘겨 시계 바늘이 6시를 향해 가는 걸 자꾸 눈여겨보았다. 복도가 소란해지더니 의사들이 여럿 간호사를 거느리고 두런거리면서 형의 병실로 들어간다.

그 순간 상수는 몸을 날려 516호실로 뛰어들었다.

"잠간만, 잠시만 기다려요."

상수의 외마디 소리에 의사들이 멈칫했다. 나의 눈이 시동생의 얼굴에 꽂혔다. 남편의 젊은 시절 모습이 거기 있었다. 눈매며 번듯한 이마까지 남편의 얼굴을 그대로 빼박았다. 형의 침대 머리맡에 오더니 그는 멈칫 멈춰 섰다. 그의 얼굴은 분노와 미움으로 일그러지면서 굳어버렸다.

나는 의사들에게 몇 분만 인공호흡기 떼어내는 걸 미뤄달라고 부탁하고 언젠가 상수가 나타나면 주리라 준비한 것을 그의 코앞에 내밀었다. 그는 잠시 멈칫거리더니 누런 봉투를 뜯어서 내용물을 펼쳤다. 아직 나도 그 안에 무엇이 들었는지 모른다. 그건 남편이 마지막으로 동생에게 남기는 편지일 터이니, 애절한 사연이 적혀 있을 것이 분명해서 남편 몰래 시동생보다 먼저 그걸 꺼내 보는 걸 내 마음이 허락하지 않았기 때문이다.

순간 상수가 황소울음을 터뜨리면서 형을 끌어안는 것이 아닌가. 그의 손에서 통장과 편지가 바닥에 떨어졌다. 형의 얼굴에 자신의 얼굴을 비벼가면서 몸부림치고 울다가 형의 몸을 끌어안고 뒹굴었다. 모두 의아해서 두런거렸다. 반년이나 식물인간으로 있던 환자에게 이런 슬픔을 토해내는 가족이란 없기 때문이다. 나는 상수가 팽개친 편지와 통장을 집어 들었다. 남편의 필체가 한 장의 백지 위에 또박또박 적혀 있다. 남편이 쓸 적에 서럽게 울었는지 눈물로 얼룩져 있었고 지금 막 상수가 흘린 눈물과 함께 범벅이 되어서 흐리게 지워진 부분도 있었다.

'내가 일 억을 지금 널 주면 넌 죽을 거다. 네 나이에 이 돈은 독약이나 다름없다. 이 돈을 지킬 힘이 너에게 없단 말이다. 돈이란 쓰는 것보다 쓰는 비결을 몸소 체험으로 배워야 한다. 형수와 나는 너를 기르느라고 정말 고생 많이 했다. 지금도 나는 너를 무척 사랑한다. 너는 내가 형이라고 생각하니? 난 너를 자식처럼 길렀다. 부모가 낳았지만 그들은 네가 이 세상에 태어난 지 한 달 만에 널 두고 모두 돌아가셨다. 넌 내 아들이나 마찬가지다. 넌 내 첫 자식이라 내가 기대도 많이 했다. 일 억 원을 고스란히 상수, 네가 교도소에 들어간 날 통장에 넣어 은행에 두었다. 이 돈을 요긴하게 쓰기 바란다. 사랑한다. 널 정말 사랑한다.'

흐흑……. 나도 울음을 참을 수 없었다. 그 당시 일 억 원이면 우리가 가진 모든 재산이었을 터인데……. 그 큰 돈을 빼내 동생 명의의 통장에 넣어주고 어떻게 장사를 하면서 버티었단 말인가. 남편 혼자 겪었을 아픔이 고스란히 내 가슴에 전해 왔다.

형을 잡고 울어대는 상수의 몸을 뒤에서 꼭 안았다. 갓난아이, 상수가 우리 집에 처음으로 와서 내 품에 안겼을 때 맡았던 그런 젖비린내가 울컥 풍겼다. 간호사가 튜브를 고정시킨 줄을 가위로 자르고 기관 내에서 호흡기를 잡아 뺐다. 서서히 남편의 입에서 숨이 떨어졌다. 마지막 숨을 내쉬는 남편의 얼굴에 평안함이 서렸다.

형의 몸을 부둥켜안고 어찌나 몸부림을 치면서 우는지 나는 힘을 다해 억지로 상수를 떼어내어 내 가슴에 품어 안았다. 순간 북으로 간 아버지의 권총을 든 손이 크게 다가왔다. 그 강한 팔뚝이 심하게 떨리는 것이 영화의 화면처럼 스치고 지나갔다. 그러고 보니 아버지의 나이가 바로 상수와 같은 서른아홉이었다. 아버지는 이제 보니 참으로 어린 나이였다. 그 나이에 조국은 그를 너무 아프게 했구나 하는 연민의 정과 함께 한 줄기 빛 같은 따뜻함이 내 마음에 스며들었다. 상수의 몸은 슬픔을 가누지 못해서 심하게 떨고 있었다. 내가 안은 상수가 갑자기 아버지로 변해서 내 가슴에 안겨오는 것이 아닌가. 나는 권총을 들고 몹시 떨고 있는 아버지를 꼭 보듬어 안았다.

— 2005년 『문학나무』 봄호

금쪽 같은 내 딸

"결정은 수미, 네가 해라. 어려서부터 난 너의 의견을 존중했다. 너를 믿는다.
네 결정을 존중하겠다. 현명하게 판단하여 부모를 실망시키지 않을 걸 엄마,
아빠는 알고 있다. 넌 우리가 금쪽같이 귀하게 기른 딸이란 걸 잘 알지?"

아버지의 말에 눈물이 그렁한 눈으로 한참을 망설이던 수미가 볼멘 목소리
로 차분하게 말했다.

"전 해리를 사랑하고 있어요. 저 사람을 따라 태평양을 건너 미국으로 시집
가겠어요."

금쪽 같은 내 딸

    집배원의 초인종 소리에 급하게 신을 신는다는 것이 한 쪽에는 남편의 큼직한 구두를, 다른 한 쪽은 굽 높은 여자 구두를 걸치고 대문까지 회양목을 둘러 심은 돌길을 내달렸다. 새까만 조약돌을 듬성듬성 박아 만든 정원 한가운데로 뚫린 길은 완만한 곡선을 이루고 있어 이 집의 첫인상을 부드럽게 했다.

    박규희 권사는 이 돌길을 걸을 적마다 딸 수미(秀美)를 떠올린다. 이 집에서 태어나서 이 집에서 시집간 수미는 엉금엉금 여길 기어 다닐 적에 까만 조약돌을 빼달라고 성화였다. 그 재롱을 이기지 못하고 제 아빠가 제일 크고 윤이 나는 놈을 빼준 적도 있었다. 나중에 시멘트 접착제를 사용하여 다시 붙여 놓은 돌이 아직도 그 자리에 엉거주춤 붙어있다. 아무튼 이십여 년이 지난 지금도 이 까만 조약돌은 딸을 추억하게 만든다.

"미국에서 온 속달입니다. 굉장히 두툼하군요. 도장을 가지고 나오세요."

낯익은 집배원은 몇 년째 이 집에 편지 배달을 했어도 외국에서 온 것은 처음 있는 일이라 강한 호기심을 내보이며 제법 묵직한 우편을 내밀었다.

"미국이라고요? 거기서 올 편지가 없는데……."

순간 가슴이 후드득 뛰기 시작했다. 분명히 수미가 보낸 것이다. 10년 동안 침묵했던 딸이 드디어 입을 연 것일까. 마음이 혼란하니 겉봉투의 영어가 춤을 춘다. 까만 것이 글자고 하얀 것이 종이라는 것밖에는 아무것도 눈에 들어오질 않았다. 안경을 찾으러 안방으로 치달을 수밖에. 박 권사는 무의식적으로 남편, 곽재만 장로의 얼굴을 훔쳐보았다. 거실의 안락의자에 몸을 깊숙이 묻고 오후 늦은 시간에 조간신문을 읽는 것은, 아침에 동네 뒷산을 다녀온 이후에야 점심을 들고 오수를 즐긴 끝에 느긋하게 신문을 읽는 습관 탓이다. 곽 장로는 눈을 신문에서 떼질 않고 무관심한 척 상투적인 말을 무뚝뚝하게 툭 뱉어냈다.

"무슨 편지야?"

"……."

"왜 말이 없어?"

"안경을 쓰고 봐야지 누가 보냈는지 알지요."

"그런데 왜 그렇게 허둥대는 거야."

결혼 생활 서른다섯 해가 되니 부부간에 얼굴을 보지 않고 몸 움직이는 소리만 듣고도 마음 상태를 짐작하는 모양이다. 안방으로 급히 들어간 것이 수상했는지 신문을 내던지고 안방 문을 드르륵 열고 얼굴을 디밀었다.

"당신 기다리는 편지 있어요? 왜 그렇게 관심이 많아요? 내게 애인이 생겨 연애편지라도 온 것 같아 그러세요?"

"지금 나하고 장난치자는 거요? 거울 앞에 앉아서 당신 얼굴을 찬찬히 보라고. 주름살투성이 할망구를 누가 좋아해서 연애편질 보낸다고 그래. 나니까 데리고 살지."

"날보고 할망구라고? 당신 말 다했어요?"

박 권사는 일부러 너스레를 떨면서 슬쩍 편지를 감추었다. 하지만 허둥대다가 익스프레스 메일로 온 큰 봉투 아가리를 연 것이 문제였다. 당황해서 벌벌 떠는 바람에 내용물이 방바닥으로 와르르 쏟아져 나왔다. 그걸 쓸어 담는 아내를 위로한답시고 이번에는 곽 장로가 너스레를 떨었다.

"내가 명퇴당한 지 벌써 5년이 넘었으니 직장에서 다시 나오라는 전보는 아닐 터이고, 시골 부모님은 다 돌아가셨으니 오라 가라 하는 전보는 더더구나 아니지. 친구들은 모두 직장에서 열심히 일하고 있으니 급하면 전화를 걸지 편지를 보낼 리 없고, 그럼 나처럼 명퇴당해 이민을 간 친구들이 보낸 편진가 보구나."

곽 장로가 느물느물 이죽거리면서 아내의 손에서 편지를 앗으려고 하자 박 권사는 결사적으로 편지 내용물을 등 뒤에 감추고 뒷걸음질 치면서 머리를 살래살래 흔들었다. 그러잖아도 무료한 판에 이런 사건이라도 터진 것이 곽 장로 입장에서는 무척 반가운 일이었다.

"뭐야? 요즘 전부 인터넷으로 소식을 주고받는 시대에 편지가 왔다는 것이 수상해. 설마 폭발물이 든 건 아닐 터이고 여자가 대낮부터 왜 이렇게 경망스럽게 나대나."

"어허! 이건 모두 비행기표네. 옆집에 갈 것이 잘못 배달된 것 같아요."

박 권사가 얼렁뚱땅 얼버무렸다. 비행기표란 말에 곽 장로가 더 모지락스럽게 아내의 손에서 편지 뭉치를 앗아갔다. 돋보기안경을 코허리에 걸치고 먼저 표를 세어 본다. 12장이나 된다. 한꺼번에 12명의 비행기표라면 이건 여행사로 갈 것이니 잘못 배달된 것이 틀림없다고 곽 장로가 혼잣말로 구시렁거리다가 갑자기 범접할 수 없는 분노로 얼굴이 일그러지더니 콧방울을 벌름거렸다. 박 권사는 가슴이 타서 입이 바짝 말랐다. 이미 편지 겉봉에 쓰인 딸의 이름을 본 터라 이 일을 어찌 처리하나 하는 다급함에 숨이 멎는 듯했다. 박 권사는 눈에 흰 장을 깔고 성깔을 부릴 곽 장로를 피해 정원으로 나와버렸다.

이 편지 사건으로 인해 그간 딸 수미를 기르면서 누렸

던 기쁜 날들과 그 딸로 인해 이 집안에 불어 닥친 거센 풍파의 시간들이 물밀듯 앞으로 밀려왔다.

5대째 독자로 자란 남편은 자식들을 낳으면 동화 속에서 사는 것처럼 재미있게 기르자면서 부모가 시골에 유산으로 남긴 땅을 몽땅 팔아 도심지의 변두리에 넓을 터가 딸린 집을 지었다. 그 집에 이사 와서 태어난 딸, 수미는 시골 아이처럼 햇볕에 그을리고 손에 흙을 묻히면서 자랐다. 철철이 산야에 흩어진 풀꽃을 캐다 심은 탓에 산골냄새가 물씬 풍기는 뜰이 부부의 큰 자랑거리였다. 사람들은 장미나 칸나처럼 버터냄새가 나는 비릿한 꽃들을 기르지만, 장차 태어날 아이들을 위해서는 화려함과 교만함이 넘치는 물러터진 서양 꽃이 아니라 생명력이 강한 들풀을 기르겠다고 이 집을 지으면서 부부는 결심했다. 몸은 도시에 살면서 아들, 딸에게만은 자연을 안겨주겠다는 욕심이었다. 팥알갱이만한 크기의 노란 꽃을 피우는 괭이밥 이파리를 뜯어 조가비에 담고 소꿉놀이를 하다가 그 잎이 맛있다고 먹고는, 너무 시다며 이맛살을 찌푸리던 귀여운 수미의 얼굴이 정원 한가운데서 또렷하게 살아났다.

이 나라의 가장 민중적인 야생초인 쇠비름은 박 권사의 어린 시절에도 추억을 안겨주었던 것이라 수미를 데리고 그 놀이를 했다. 쇠비름의 뿌리를 엄지와 검지로 불이 나도록 문지르면서 '색시 방에 불 켜라, 신랑 방에 불 켜라' 염불 외우듯 중얼대면 진짜로 뿌리가 새빨간 색으로 변했다. 이걸 수미의 코밑에 들이대고 함께 끼룩거리면서 놀았던 시절이 정원에 그대로 각인되어 있다.

항상 축축하게 젖어있는 뒤란의 수채 가장자리에 심어 놓은 여뀌는 한여름에 연분홍과 진분홍이 섞인 열브스름한 깨알만한 꽃들을 강아지풀꽃 비슷하게 피워 올린다. 빨간 줄기 마디마디에 이파리가 달린 여뀌와 딱지꽃을 꺾어다 투명한 유리잔에 꽂아 식탁에 놓으면 수미는 좋다고 손뼉을 쳤고 저녁식사를 하면서 제 아빠에게 말이 많았다. 연분홍 며느리밑씻개를 꺾다가 줄기의 날카로운 가시에 손가락을 찔린 수미가 손을 치켜들고 하루 종일 울어대는 바람에 그 풀을 모조리 뜯어 팽개친 기억도 새록새록 떠올랐다.

그 시절 식탁 가에 둘러앉았던 자식들은 지금 다 뿔뿔이 흩어지고 밥상에는 명퇴를 당해 일찍 들어앉은 남편과 그 신경질을 다 들어줘야 하는 늙은 아내만 남았다.

오월도 중순으로 접어들고 있으니 그 시절 무성했던 야생초들이 수미의 어린 시절 추억을 담고 여기저기 얼굴을 내밀었다. 팔짱을 끼고 서서 그녀가 장차 일어날 일을 어찌해야 하나 하는 시름에 잠겨 있을 때 드디어 곽 장로의 고함이 터져 나오기 시작했다.

"아니, 이건 모두 수미가 보낸 것들이네. 예이! 아직도 그년이 살아있었나 보지. 감히 어디라고 이런 걸 우리한테 보내. 옛날에 죽어 땅에 묻어버린 년이 어쩌자고 살아나서 속을 뒤집어 놓는지 모르겠군. 자고로 여자로 인해 집안에 먹칠하는 걸 난 못 참아. 남자에게 여자란 잘못 얻으면 백 년 흉작이야. 그건 딸이나 며느리에게 다 해당되는 말이라고."

분을 삭이지 못한 곽 장로는 눈앞에 없는 수미와 드잡이 싸움이라도 벌인 듯 격하게 나댔다. 성냥을 찾느라고 문갑의 작은 서랍을 벌벌 떨리는 손으로 마구 열어젖히고 이것저것 헤집고 팽개쳐서 안방은 금세 난장판이 되었다. 비행기표를 살려야 한다는 다급함에 슬그머니 들어가서 숨을 죽이고 방 한구석에 서 있던 박 권사는 방바닥에 흩어진 표들을 눈 깜짝할 사이에 몽땅 금고 안에 넣고 잠가 버렸다. 남편은 금고의 비밀번호를 모르니 거기가 가장 안전한 장소기 때문이다. 우선 비행기표를 살려 놓고 어째서 열두 장이나 되는 표를 보냈는지 그 사연을 알려고 수미의 두툼한 편지를 호주머니 깊이 찔러 넣었다.

10년 전에 수미란 이름은 이 집안에서 완전히 사라졌다. 심지어 그 애를 생각나게 할 모든 것들이 깡그리 치워진 것도 그때부터이다. 그런데 그 이름이 비행기표로 인해 공식적으로 부부 사이에 떠오른 것이다. 그것도 진저리치면서 수미를 저주했던 남편의 입에서 튀어나왔다. 수미의 방까지 깨끗이 치워버릴 정도로 수미의 흔적은 이 집안에 자취도 없는데 말이다.

양반가문 출신인 탓도 있겠지만 수미의 아버지, 곽재만

은 타고나길 완벽주의자였다. 게다가 대교회의 장로 직분까지 받은 뒤에는 그 철저함이 주위 사람들을 숨막히게 했다.

울안에 야생초를 기르는 것도 어찌 보면 자식들에게 창조의 가치관을 심어주려는 신앙교육의 한 방편이었다. 지금도 그렇지만 곽 장로는 교회의 공적인 집회에는 단 한 번도 거르지 않고 참석한다. 몸이 아파도 비스듬히 누워 예배를 드릴지언정 자기 자리를 지정석으로 삼아놓고 빠지는 경우가 없었다.

특히 가정예배를 엄격하게 드리는 것은 그의 신앙생활의 원칙이었다. 아기 수미가 새벽에 일어나지 못하면 새벽예배에 다녀 온 남편은 갓난아기를 한가운데 뉘어놓고 나머지 식구들이 삥 둘러앉아 가정 제단을 쌓았다. 수미보다 세 살 위인 아들 정민은 고추를 단 남자라는 이유로 볼기짝을 때려서라도 깨워 곧추 앉히고 예배에 참석하게 했다. 졸려서 머리를 조아리다가 방바닥에 코방아를 찧으면 다시 일으켜 앉혔다. 대학입시를 앞두고 시험 준비로 가정예배를 빼먹어야겠다고 수미가 애걸해도 통하질 않았다. 이런 가정예배는 아이들이 장성하여 가정을 이루고 떠날 때까지 계속되었다.

대학을 다니던 수미가 어느 날 이런 사관학교 같은 생활을 놓고 솔직하게 그녀에게 불평한 적이 있었다.

"엄마! 나 시집가면 이렇게 살지 않을 거야. 가정예배가 지긋지긋해 죽겠어. 주일에만 교회 가고 평안하게 지내줄 남편을 만나 시집갈 거라고. 우리 아빠처럼 국군장교 같은 남자하고는 절대로 결혼하지 않을 거야. 엄마가 불쌍해 죽겠어."

솔직히 말하자면 그의 신앙은 다소 바리새적인 요소가 많았다. 수미가 다섯 살 적이었던가. 하필이면 주일에 몹시 아파서 열이 대단했다. 약국에 가야 할 사태가 터진 것이다. 그런데도 주일성수를 부르짖으면서 절대로 약을 사는 행위로 하나님 앞에서 죄를 범할 수 없다고 단호한 태도를 견지했다. 수미의 열이 너무 높아서 응급실이라도 실려 가야 할 지경에 이르러도 그는 꼼짝하지 않았다. 수없이 토하다가 나중에는 눈동자가 옆으로 돌아가자 그제야 그는 색안경을 쓰고 허름한 노동자복으로 갈아입고 뛰어나가는 것이 아닌가. 그건 순전히 교인들이 볼까봐 두려워서 한 변장이었다. 그게 멋한지 연신 아내에게 이런 말을 했다.

"나로 인해 다른 교인들이 시험에 들면 큰일이야. 그러니 변장을 하고 약을 사러 갈 수밖에 없어."

이런 곽 장로에게 수미의 결혼은 그야말로 폭풍 중에서도 가장 무섭다는 토네이도나 쓰나미를 능가하는 강타였다. 한 집안의 가장인 그에게는 살 저미는 아픔이요, 상처이며 명예훼손이었다. 그 사건의 발단은 이러했다.

미국과 제휴하여 의료기를 들여오는 계획을 하필이면 곽 장로가 그 책임을 맡게 되었다. 영어를 잘하는 탓도 있겠지만 외모가 출중하고 얼굴표정이나 목소리가 부드러워 지난 몇 해 동안 여러 건의 외국 구매자와의 계약을 성공적으로 해냈기 때문이다. 미국 회사의 책임자로 한국에 나온 해리 크리스토퍼(Harry Christopher)라는 남자는 무척 싹싹하고 겸손해서 백인청년이지만 동양적인 냄새가 물씬 풍겼다. 눈매가 선하고 어른을 알아보고 존경하는 자세가 마음에 든다고 집으로 초대하여 한국음식을 대접하게 되었고, 그 자리에 수미가 동참했다. 마침 영문과 졸업반이었던 수미는 아빠보다 능숙하고 재미있게 대화를 끌어가서 식탁의 분위기는 아늑하고 평안했다.

일도 잘 풀려서 계약을 맺고 난 뒤에 까맣게 잊고 있었는데 어느 날 갑자기 해리가 수미의 손을 잡고 나타나서 결혼하겠다고 허락해달라고 했다. 지난번 식사 초대를 받은 뒤 두 사람은 계속 은밀히 만나면서 사랑하게 되었다는 것이다.

"절대 그럴 수는 없어. 노우, 노우, 노우……."

그는 목에서 피 냄새가 날 정도로 소리 지르고 세차게 도리질을 하면서 반대 의사를 명확하게 전달했다. 그런 수미의 아빠 옆에서 해리는 물러서질 않았다.

"허락해 주십시오. 우리는 서로 깊이 사랑하는 사이입니다. 절대로 헤어질 수 없습니다."

해리는 수미가 하는 것처럼 무릎을 꿇고 나란히 함께 앉아 있다가 힘이 드는지 두 다리를 쭉 뻗고 앉아 비즈니스를 하는 것처럼 타협하려는 태도를 취했다. 이건 의료기를 놓고 협상할 적에나 필요한 자세이지 금쪽같이 기른 딸을 데려가려는 사윗감의 자세로 볼 수 없었다. 이게 또한 참을 수 없는 화를 자아냈다. 이런 판에 허락이 날 때까지 기다릴 태세를 취하면서 일대 일로 맞서는 해리의 태도가 그의 비위를 확 건드렸다.

"백인이 황인종을 사랑한다고? 잠깐 호기심을 가졌을 뿐이야. 사랑은 잠시일 뿐이고 인생은 길다는 걸 몰라. 국제결혼이 얼마나 불행한 것인지 우리는 잘 알고 있어. 언어도 문화도 피부색도 다른 사람들이 어떻게 한 몸을 이뤄 살 수 있겠어. 더구나 우리 딸아이는 양반의 핏줄을 타고나서 순수한 피를 이어받은 배달민족의 한 사람이라고. 이런 피가 백인과 섞여 혼혈아가 된다고! 그건 너무 끔찍해서 생각할 수도 없어. 이런 결혼은 비극이야, 비극……. 절대로 허락할 수 없어. 어서 여기서 썩 나가버려. 다시는 이 집에 발도 들여놓지 말라고!"

절규에 가깝도록 곽 장로는 저들을 향해 악을 썼다. 장미 한 송이를 사들고 온 해리는 수미의 손을 잡고 뒷걸음질을 쳐서 나갔다. 그의 손에 잡혀가면서 수미는 눈물을 뚝뚝 흘렸다. 아버지가 반대하는 결혼을 절대로 하지 않겠다고 똑 부러지게 말하고 아빠 옆에 남아야 할 수미가 백인청년을 따라 나갔다.

"야! 수미야, 네가 감히 내 앞에서 이럴 수가 있어? 백인 놈의 손에 잡혀 나가다니! 넌 이미 약혼한 것이나 다름없는 상철이가 있잖아. 널 얼마나 좋아하고 있는데 상철인 어떻게 하려고 이러는 거냐. 고등고시에 합격한 뒤에 결혼하겠다고 얼굴이 야위도록 공부하고 있는 사람을 설마 모른다고 하지는 않겠지. 곧 판사가 될 거다. 양가 부모끼리 이미 정혼한 사이인 걸 잊었니? 수미야, 어서 이리 오너라."

박 권사가 울면서 딸의 몸을 붙잡고 늘어졌으나 해리의 손에 잡힌 수미는 그의 손을 놓지 않고 오히려 착 달라붙어서 현관문을 나서는 것이 아닌가. 곽 장로의 손이 수미의 뺨을 무섭게 때렸다. 그 서슬에 놀란 해리는 눈을 동그랗게 뜨고 '오우, 노우! 오우, 노우!' 하면서 수미를 감싸 안았다. 그런 꼴이 역겨워 그는 수렁에 빠진 딸을 건지려는 듯 마구 잡아당기기 시작했다. 해리도 수미를 놓치지 않으려고 결사적으로 매달려 치열한 몸싸움이 벌어졌다. 힘이 부친 곽 장로는 현관문 한구석에 세워 놓은 우산을 집어 들고 두 사람을 마구 때리기 시작했다. 박 권사도 딸의 마음을 돌려놓기 위해 눈물을 흘리면서 매달렸으나 해리의 손을 놓지 않고 그쪽으로 몸을 맡기는 딸 앞에서 전율할 뿐이었다.

그 밤을 해리는 수미와 밖에서 자고 다음날 아침에 다

시 와서 집요하게 결혼하겠다고 매달렸다. 수미의 얼굴은 너무 많이 울어서 퉁퉁 부어올라 보기에도 민망했다. 해리는 참을성 있는 태도로 감정을 죽이고 논리적으로 설득하여 결혼허락을 받으려고 매달렸다.

"이 결혼을 허락해 주십시오. 수미를 아주 행복하게 할 것입니다. 이 세상에서 제일 행복한 여자로 만들 것입니다."

"절대로 허락하지 않겠어. 딸이 백인하고 결혼했다는 사실이 너무 창피해서 내가 어떻게 얼굴을 들고 살아. 난 대교회의 장로야. 모든 생활에 본이 되는 삶을 살아야 하는 사람이야. 수미의 국제결혼이 알려지면 우리 부부는 이 사회에서 죽은 사람이나 마찬가지야. 어떻게 얼굴을 들고 사람들을 대하겠어."

그의 어린 시절 흑인 병사와 사랑에 빠진 사촌누나가 얼굴이 검고 머리카락이 아프리카 흑인처럼 꼬불꼬불한 혼혈아를 낳았다. 아기를 가슴에 안은 채 사촌누나는 마을 밖으로 추방당했다. 그 사건은 마을을 발칵 뒤집어 놓을 정도로 엄청났었다. 그럼 수미의 핏속에도 사촌누나의 피가 흐르고 있단 말인가. 금쪽같이 기른 내 딸이 교회에서나 집안에서 추방당하는 꼴이 된다. 생각이 이에 이르자 도리질을 하면서 진저리를 치고 있는 곽 장로를 향해 수미가 단호하게 획을 그었다.

"전 해리하고 결혼할 것입니다. 태평양을 건너가서 살

고 어머니, 아버지 앞에 나타나지 않으면 교인들도 모을 것입니다. 어쩌다 묻거든 미국으로 유학 갔다고 해주세요."

만난 지 겨우 6개월도 채 되지 아니한 외국청년을 따라가겠다고 하니 말이 되는가. 부모하고 이 집에서 지낸 스물 두해를 어쩌려고 이런단 말인가. 수미는 눈물을 뚝뚝 흘리면서 허락이 떨어지기를 간절한 눈으로 기다리고 있었다. 팽팽하게 냉전이 몇 시간 계속되자 지친 쪽은 아버지였다.

"결정은 수미, 네가 해라. 어려서부터 난 너의 의견을 존중했다. 너를 믿는다. 네 결정을 존중하겠다. 현명하게 판단하여 부모를 실망시키지 않을 걸 엄마, 아빠는 알고 있다. 넌 우리가 금쪽같이 귀하게 기른 딸이란 걸 잘 알지?"

아버지의 말에 눈물이 그렁한 눈으로 한참을 망설이던 수미가 볼멘 목소리로 차분하게 말했다.

"전 해리를 사랑하고 있어요. 저 사람을 따라 태평양을 건너 미국으로 시집가겠어요."

밉살맞은 딸의 말에 한껏 초췌해진 박 권사가 기절할 듯 헉헉거리다가 털썩 방바닥에 주저앉아버렸다. 이런 아내를 끌어안으면서 곽 장로가 절규했다.

"이 몹쓸 것아. 널 낳아서 여태까지 길러준 부모 앞에서 이럴 수가 있느냐. 이 결혼 죽어도 허락 못한다. 그래도 해리하고 결혼하려면 우리 앞에 나타나지 마라. 눈에 흙이 들어가기 전에는 다시 널 보지 않을 것이고 결혼식에도 가지 않을 것이다. 딸 하나 죽은 것으로 알고 살겠다. 너하고 장래를 약속한 상철이가 불쌍해서 어떻게 하니, 엉엉……."

이런 소동을 부리고 저들은 이 집을 떠났다. 서럽게 울어대고 몸부림치면서도 수미는 해리를 따라가버렸고 저희들끼리 결혼한 사진을 보내왔으나 수취인 불명으로 그냥 돌려보낸 지 벌써 10년 세월이 흘렀다.

한편 결혼을 반대하는 부모님을 뒤로하고 해리, 한 사람만을 의지한 수미는 태평양을 건너 미국의 캘리포니아 남쪽 샌디에이고(San Diego)에 정착했다. 멕시코 접경 지역으로 바다가 가깝고 하늘이 사계절 바다와 맞물려 쪽빛을 토해냈다. 수미보다 열여덟 살이 더 많은 남편, 해리는 조혼하는 풍습이 만연한 미국 땅에서 드물게 보는 노총각이었다. 증조할아버지 대에 미국으로 이민 온 독일계 미국인으로 생태적으로 인종차별 의식이 강한 집안이었다. 시어머니, 쥴리아(Julia)는 딸 셋과 아들 넷을 둔 전형적인 가정주부로 해리는 일곱 형제자매 중 막내였다. 모두 출가해서 미국 전역에 흩어져 살고 있고 오직 한 사람, 막내인 해리만이 어머니를 모시고 있었다.

쥴리아는 동양 여자를 아내로 데리고 나타난 아들로 인

해 기함을 하듯 놀라 처음부터 수미를 눈엣가시로 여겼다. 해리는 수출 업에 뛰어들어 일 년 중 반 이상을 외국에 나가 있거나 국내 출장이 잦았다. 시어머니는 명주헝겊 모자를 쓴 것처럼 하얀 머리를 곧추세우지도 못했다. 골다공증으로 인해 허리를 구십 도로 꺾고 걷는 시어머니와 갓 시집 온 수미는 거울을 보듯 서로 얼굴을 마주보고 날마다 함께 살아야 했다.

　이런 분이 하필이면 넓은 정원을 가꾸는 것이 취미라나. 어쩔 수 없이 수미는 정원의 잡초를 뽑아야 했고 거름을 사다 뿌려 흙을 비옥하게 만들어야 했다. 백 그루가 넘는 장미 밭에는 나무껍질을 부대로 사다가 위에 뿌렸고 매일 잡초와 씨름을 하면서 얼굴은 따가운 햇살에 그을려 검둥이처럼 되었다. 쥴리아는 이 모든 일을 손가락 하나 꼼짝하지 않고 앉아서 입으로 수미를 부려먹었다. 그녀의 생활은 매일 어떻게 며느리를 못살게 굴고 어떤 일을 시킬까 하는 계획으로 바빴다. 오래 서 있는 생활습관 탓에 파란 심줄이 툭툭 불거져 나온 징그러운 종아릴 외로 꼬고 앉아서 수미를 들볶는 것이 시어머니의 낙이었다. 아기 때부터 야생초와 더불어 살아온 삶이 아니었다면 이겨내지 못할 생활이었다. 더구나 캘리포니아의 한낮 햇살은 살인적이었다. 쥴리아는 그런 햇살 속으로 수미를 일부러 밀어내놓고 자신은 파라솔 밑에 앉아서 고통스러워하는 수미를 바라보는 재미를 만끽했다.

역사적으로 독일이라는 나라는 히틀러 당시에 증명된 것처럼 게르만 핏줄만을 고집한 민족이다. 유대인 육백만 명을 학살한 것을 봐도 타민족에 대하여 얼마나 배타적인지 알만 했다. 이런 와중에 엇비슷한 유럽종족도 아닌 생판 다른 피를 지닌 한국여자를 자식들 중 가장 애지중지하며 키운 막내, 해리가 아내로 맞았으니 수미를 대하는 쥴리아의 태도는 처음부터 악의가 가득 찼고 찬바람이 휘돌았다.

보름 만에 출장에서 돌아온 해리는 하룻밤 자고 일어나 회사 일이 바쁘다고 우유 한 잔에 바나나와 토스트기에 구워낸 베글에 버터를 발라먹고는 뛰어나가버렸다. 수미는 한국에서 친정어머니가 할머니를 모셨던 것처럼 아침 밥상을 차려냈다. 이런 수미를 기분 나쁜 눈초리로 흘겨보던 쥴리아가 골칫거리를 대하 듯 오만상을 찌푸리고 불쑥 내뱉는다.

"네가 옆에 있는 것이 몹시 기분에 거슬린다. 내 앞에서 영원히 사라질 수 없겠니? 네 몸에서 어찌나 심한 마늘냄새가 나는지 역겨워 참을 수가 없다."

시어머니가 수시로 떠벌리는 이런 말들을 수미는 들은 체 만 체 상냥하게 대응했다.

"어머니, 커피에 설탕을 몇 스푼 넣을까요? 어머머! 밖을 보세요. 지난번에 심은 칸나가 노란 꽃망울을 터뜨렸네요."

"네 목소리만 들어도 소름이 끼친다는데 어찌 말이 그리 많으냐. 아침식사는 내가 하고픈 대로 할 터이니 제발 건드리지 마라. 신경질이 나서 죽겠다. 너만 보면 밥맛도 사라지고 네 몸에서 나는 이상한 냄새 탓에 욕지기가 나서 미칠 것만 같다."

"제가 시집오기 전에 먹었던 김치 탓에 어머님이 그러시는 거 알아요. 여기 와서는 김치를 전혀 먹지 않고 있으니 그 냄새도 차츰 걷힐 것입니다. 조금만 참아 주세요. 저도 매일 열심히 목욕하면서 땀을 내어 그 냄새를 뽑아 내고 있어요."

"다른 세 명의 며느리들은 모두 미국의 명문가에서 시집왔고 또 공부도 많이 한 여자들이다. 너는 동서들하고 서면 정말 부끄러울 정도로 모든 면에서 떨어진다. 내 자존심이 너 때문에 꽉 죽어버렸어. 매주 토요일에 모이는 성경공부도 너 때문에 피하고 있어. 거기 가면 그 친구들이 동양여자를 며느리로 맞았다는 이야기를 할 것이고 나를 놀릴 것이 뻔해서 말이야. 네 흉을 보느라고 동네방네 떠들고 다닐 저들을 만나는 것이 겁난다고."

쥴리아의 볼때기가 볼썽사납게 씰룩거렸다. 이런 시어머니 앞에서 멍청히 서서 한동안 지청구를 듣는 중에 해리가 지갑을 두고 갔다고 뛰어 들어왔다. 눈물이 그렁해서 한 쪽에 우두커니 서 있는 아내를 본 해리는 어머니를 향해 눈을 부릅뜨고 악을 썼다.

"어머니는 정말 못 말려, 형과 누나들도 이래서 다 떠난 걸 잊으셨어요? 어머니의 괴팍한 성격 탓에 모두 캘리포니아를 떠나 동부로 가버렸잖아요. 저만 어머니를 혼자 둘 수 없어 결혼도 못하고 지내다 이제 간신히 내 사랑을 만나 사십을 넘어서면서 노총각으로 결혼했는데, 어머니를 모시고 사는 수미를 이런 식으로 구박하면 저랑 수미도 이 집을 떠날 것입니다."

왁살스런 아들의 태도에 눈물 없는 마른 울음을 삼키던 그녀는 입술만 달싹이면서 무어라 종알댔다. 해리는 돌아서서 눈물을 훔치고 서 있는 수미를 등 뒤에서 꼭 껴안았다. 그의 녹슨 구리 빛깔의 길게 자란 머리칼이 수미의 어깨부들기를 간지럽게 했다.

"여보! 이제 나도 참을 수가 없다. 당신이 이렇게 힘들어하면 내가 불안해. 당신을 놓치면 난 일생 다시는 사랑하지 못할 거야. 어머니 혼자 살게 하고 우린 아파트를 얻어 분가하자. 날마다 이런 수모를 당하면서 어떻게 견디겠어. 난 당신이 낙망하고 코리아로 가겠다고 할까 봐 손에 일이 잡히질 않아."

쥴리아가 켕기는지 흘끔 곁눈질로 수미를 훔쳐봤다.

"연로하신 어머니를 두고 어떻게 우리끼리 나가요? 나이 탓에 거동도 힘들고 집이 너무 커서 혼자 손에 유지하기도 어려워요. 죽음만이 어머니와 나 사이를 갈라놓을 터이니 그리 아세요. 이건 제게 맡겨진 나의 일이니 참견

하지 마세요."

해리의 눈에 서서히 물기가 차올랐다. 삼천오백 스퀘어 피트(square feet)가 넘는 건평에 이만 스퀘어피트 대지는 날마다 전쟁을 치러야 할 정도로 엄청난 크기였다. 방이 여섯에 화장실이 넷인데다가 거실과 가족 놀이방까지 합치면 매일 청소하기도 버겁다. 하긴 이 정도의 크기니까 자식들 일곱을 여기서 다 키웠을 것이다.

정원의 잔디와 나무, 화초들에게 시간 맞춰 물을 줘야 한다. 무성한 나무 손질은 정원사가 해주지만 오월 말이면 소방서 직원이 점검을 나와 늘 경고장을 받았다. 이유는 건조한 사막 기후에서 만에 하나 불이 날 것을 대비하여 지붕 위에 잔가지가 그늘을 드리워도 지적당했고, 울타리 언저리에 무성하게 자란 잔챙이 나무들을 흙이 보일 정도로 전부 걷어내야 하는데 해마다 겨울비를 맞고 무성해진 탓에 대형 트럭 가득 긁어내야 했다. 인건비가 싼 멕시코 사람들을 불러오면 어찌나 게으르고 말이 많은지 골치가 아팠다. 이런 일을 모두 시어머니 혼자 감당하기엔 어림없는 일이었다.

수미가 초등학교 2학년 때였다. 수미의 할머니는 중풍으로 10년 동안이나 똥오줌을 싸고 누워 지냈다. 할머니 몸을 어머니 외의 다른 사람이 손대는 것을 금하는 아버지의 성격 탓도 있겠지만, 할머니가 돌아가실 때까지 어머니 혼자 손으로 돌보는 것을 수미는 옆에서 지켜보았다. 집 안에 뭉근하게 고여 있던 노인 냄새라니! 똥오줌을 아무리 치워도 할머니의 살갗에 배어있는 고약한 냄새는 구토를 일으킬 정도로 악취에 가까웠다. 임종자리엔 온 가족이 둘러앉아 찬송을 부르는 가운데 아버지의 품에 안겨 할머니는 만면에 웃음을 머금고 평화롭게 숨을 몰아쉬었다.

하지만 지금도 이따금 할머니 꿈을 꾼다. 어머니를 불러대는 할머니의 쉿소리와 똥을 싸서 짓이기면서 그걸 치우느라고 부산한 어머니의 머리를, 뼈만 앙상한 주먹으로 꿀밤을 줘서 어머니의 신음소리가 집안에 가득했었다. 그런 광경이 수미의 꿈자리에 가끔 등장하는 것은, 그만큼 유년 시절의 끔찍했던 현장이 머리에 깊숙이 각인되어 있기 때문일 게다.

해리는 아파트를 얻어놓고 분가하자고 성화였다. 이제 고목이 되어 버릇을 고칠 수 없는 어머니를 위해 더 이상 희생할 수 없다고 우겨대는 해리 앞에서 수미는 난감했다. 고민하는 수미의 심정을 헤아리지도 않고 쥴리아는 숫제 모든 일을 자기 생각대로 판단하고 밑도 끝도 없이 발악을 했다.

"수미가 나를 미워해서 내 아들을 꼬드겨 분가하려고 그러는 거야. 저 못된 동양여자한테 아들을 빼앗기고 말았어, 아이쿠! 분해 죽겠다. 감히 네가 어미를 버리고 독일여자도 아닌 동양여자를 따라 나간다고? 아이쿠! 분해.
아! 내 머리야."

분을 가누지 못한 쥴리아가 수미의 옆구리를 어찌나 발로 세차게 걷어차는지 정신이 아찔했다. 그래도 수미는 다소곳하게 시중을 들면서 쥴리아 곁을 떠나지 않았다. 쥴리아는 제풀에 지쳐 나중에는 카펫 위로 백발 머리를 안고 쓰러졌다.

이런 시어머니를 뒤로 하고 수미는 밖으로 나와 바다를 향해 걸었다. 봄이 다가오는 소리를 끌어안고 바다는 청람 빛으로 물들어 있었다. 늦은 비를 흠뻑 맞은 갈매 빛 잎사귀들이 찬란한 햇빛을 받고 기름이 자르르 흐른다. 마음이 실 헝클린 듯 뒤엉켜서 갈피를 잡을 수가 없었다. 바다 저편 끝까지 한없이 헤엄쳐 가면 한국 땅이 나올 것이다. 부모님이 계신 곳의 바닷물과 똑같은 물이 노니는 바다를 사이에 두고 있다는 생각에 이르자 마음에 잔잔한 평안함이 스며들었다.

누가 뭐래도 쥴리아는 남편을 낳은 여자다. 사랑하는 남편의 어머니다. 세상의 어떤 다른 여자와 바꿀 수 없는 하나 뿐이 없는 존재다. 수미가 남편을 사랑한다면 이 여자도 사랑해야 하는 것이 도리가 아닌가.

이천여 년 전 중동 지역에서 살았던 룻(Ruth)이란 여자는 남편이 죽고 없는데도 시어머니, 나오미를 모시고 고국을 등지고 남편의 나라까지 따라갔다고 성경에 기록되어 있다. 룻과 같은 피를 나눈 동족남자를 만나 재혼하라고 떼어놓는 시어머니를 향해 룻이 토해낸 말들은 지금 읽어도 가슴이 뭉클하다.

'나로 어머니를 떠나며 어머니를 따르지 말고 돌아가라 강권하지 마세요. 어머니께서 가시는 곳에 나도 가고 어머니께서 유숙하시는 곳에서 나도 유숙하겠어요. 어머니의 백성이 나의 백성이 되고, 어머니의 하나님이 나의 하나님이 되리니 어머니께서 죽으시는 곳에서 나도 죽어 거기 장사될 것입니다. 만일 내가 죽는 일 외에 어머니를 떠나면 여호와께서 내게 벌을 내리시고 더 내리시기를 원합니다.'

남편이 죽고 없는 마당에 훌훌 털고 떠나버리면 되련만 시어머니를 따라 물맛이 다르고 낯설고 언어와 문화도 판이한 머나먼 남편의 나라로 따라나선 이방여인의 시어머니 사랑은 축복의 길이었다. 룻은 나중에 유명한 다윗의 증조할머니가 되었으니 이건 효부가 받은 상이 아니겠는가.

룻만 떠올리면 수미의 마음에 평안이 찾아든다. 어려서부터 어머니의 무릎 위에서 재미있게 듣던 성경 이야기이기 때문이고, 또한 그 비슷한 삶을 몸소 실천하며 살았던 친정어머니의 인생길을 곁에서 지켜보아서일 게다. 시어머니께 잘 해드려야지, 얼마나 사시겠는가.

마음을 다잡아먹고 집에 오니 쥴리아가 카펫 위에서 허

우적거리고 있었다. 911을 불러 병원으로 옮겼다. 수미의 할머니처럼 왼쪽에 마비가 왔다. 양로병원으로 보내자는 해리의 고집을 꺾고 집으로 모시고 왔다.

"당신, 정신 있는 여자야? 여긴 코리아가 아니야. 양로병원시설이 얼마나 좋은데 이래. 어쩌자고 혼자 이 짐을 다 지려고 그래. 양로병원이 어머니 입장에선 집보다 더 편하단 말이야. 의사와 간호사, 또 간병인도 있고 음식도 중풍환자에게 맞는 것을 영양사가 요리해주니 건강에도 도움이 돼 장수할 수도 있는데, 어쩌자고 당신이 이렇게 고집을 부리는지 속상해 죽겠어."

그건 미국에 사는 사람들의 상식적인 판단이다. 죽으면 장의사들이 와서 목욕을 시켜 옷을 입히고 화장을 한 뒤에나 가족들이 와서 얼굴을 대면하는 문화가 아닌가. 자꾸 양로병원으로 보내자고 우겨대는 아들을 바라보는 쥴리아의 눈은 겁에 잔뜩 질려있었다. 쥴리아는 물끄러미 아들의 얼굴을 보다가 슬픈 눈을 하고 애원하는 눈초리를 수미에게 던졌다. 혀가 굳어 말도 못하고 젖어 있는 눈시울이 너무 애처로웠다.

"제가 모시다가 지쳐 쓰러지면 그때 양로병원에 보내도 늦지 않아요. 제 품에 안겨 평안히 가시기를 바라고 계실 것입니다. 어머니! 제가 모시고 집에서 사시기를 바라지요?"

수미의 말에 쥴리아의 겁에 질린 눈에 기쁨이 빛살처럼

피어올랐다. 이런 수미가 못마땅해서 해리는 바지 주머니에 양손을 찔러 넣고 자꾸 곁돌았다.

"허니! 어머니는 우리 부부의 품에 안겨 임종하셔야 해요. 어떻게 혼자 쓸쓸하게 죽음을 맞게 해요. 전 그렇게 못해요. 당신을 사랑하니까 어머님도 사랑해요."

쥴리아의 눈꼬리를 타고 눈물이 줄줄 흘러내렸다. 매일 시어머니의 몸을 씻겨드리고 뽀송뽀송하게 하얀 가루분을 전신에 발라드렸다. 욕창이 생기지 않도록 하루에도 수십 번씩 열심히 몸을 구슬려 뉘였고, 발바닥도 크림을 발라가면서 열심히 마사지를 했다. 대학교 일 학년 때 학원에서 정식코스로 지압을 배워 아버지께 해드린 것이 쥴리아를 돌보는 데 큰 도움이 되었다. 며느리의 정성어린 돌봄으로 서서히 마비된 부분이 풀리지 시작하면서 일어나 앉아 식사를 할 수 있었고 띄엄띄엄 반벙어리처럼 수미와 대화를 나누기 시작했다.

사실 해리의 마음 속 깊은 곳에선 어머니를 깊이 사랑하고 있었다. 사십 넘어 늦게 해리를 낳았고 돌을 앞두고 돌아가신 아버지 몫까지 어머니 혼자 힘으로 해리를 길러낸 탓일 게다. 어머니 품을 떠날 수 없는 마마보이인 걸 수미가 어떻게 알고 이렇게 현명하게 대처하는지 시간이 흐를수록 해리는 아내의 깊이를 모를 신비함에 취했다. 수미는 서양여자하고는 아주 다른 면이 있었다. 수미는 동양의 청자처럼 살아갈수록 그 깊이가 은은하고 신비로웠다.

세월은 빨리 흘렀다. 수미에게서 아들과 딸이 태어나서 할머니 무릎 위에서 재롱을 떨었다. 손자, 손녀의 재롱을 보면서 쥴리아는 수미가 이 집에 오기 전보다 더욱 행복해서 건강이 좋아지기 시작했다.

다른 주에 살고 있는 시누이와 시아주버니들이 일 년에 단 한 번 부활절에 다녀가는 것이 이 집안의 가풍이다. 혼잣손에 시어머니를 돌보는 수미를 향해 모두 혀를 차면서 어서 양로병원으로 보내라고 성화였다. 수미가 정신 이상이 아니냐고 해리를 가만히 불러 타진하기도 했단다. 어느 면에서는 그들 말이 맞기도 했다. 쥴리아가 쓰러진 처음 몇 해는 정말 힘이 들었다. 밑에 비닐을 깔고 두꺼운 기저귀를 차고서도 쏟아져 나오는 똥오줌을 치우는 걸 지켜본 동서들은 모두 머리를 흔들었다. 눈살도 찌푸리지 않고 이 모두를 해내는 수미를 향해 식구들이 모두 수미 앞에서는 감탄하면서 뒤에서는 이해할 수 없다고 수군거렸다. 하루 세 끼를 꼬박 쥴리아의 입에 음식을 떠먹이고 연년생으로 태어난 어린 두 자녀들을 나란히 할머니 옆에 앉히고 세 사람 모두를 함께 돌봤다. 이런 수미를 위해 해리도 회사 일이 끝나면 바로 집으로 직행하여 어머니를 돌보고 가사를 도왔다. 이런 해리를 쥴리아는 침대 가에 조용히 불러 늘 이렇게 속삭였다.

"넌 아내를 참 잘 얻었다. 내가 아프니 네 아내의 진가를 알게 되었구나, 정말 좋은 여자를 얻었다. 피부색이 다르면 어떠냐! 사람이란 마음이 고와야 행복하게 사는 것이 아니겠니. 요즘 우리나라에 불고 있는 노인 경시 사상은 잘못된 것이다. 수미의 효도를 예로 들면서 모든 친구들에게 동양여자를 며느리로 맞으라고 자랑하고 있다. 난너보다 수미가 더 좋고 믿음직스럽다. 내 속으로 낳은 딸보다 수미가 더 좋단 말이다."

중풍으로 쓰러진 지 꼭 10년이 되는 날 쥴리아는 수미의 품에 안겨 조용히 임종했다. 두 아이들이 할머니의 죽음 앞에서 얼마나 서럽게 우는지 장례식에 모인 모든 가족들이 무척 놀랐다. 막내 동생에게 모든 걸 맡기고 다른 주로 가서 살고 있는 자녀들은 장례식이 끝나자 바쁘다고 돌아가면서 유산처리는 나중에 변호사를 통해 알리라고 했다.

유물들을 대충 정리하고 시어머니의 변호사인 사무엘을 해리와 함께 만나러 갔다. 살고 있는 집이 칠십만 불 나간다고 하니 형제자매들이 십만 불씩 유산으로 받으면 되겠다고 해리가 수미의 귀에 속삭였다. 하지만 수미는 이 집을 너무 좋아했다. 남편이 태어난 집이고 아이들도 여기서 태어났으니 어떻게 이 집을 판단 말인가. 그게 그렇게 수미의 가슴을 아프게 했다. 이런 아내의 마음을 알고 있는 해리가 선수를 쳤다.

"형과 누나들이 이 집을 다 내게 줄 거라고 생각해? 어림없는 소리야. 설령 준다고 해도 우리 형편에 이 집은 너무 커. 방이 여섯 개나 된다고. 거실과 가족 놀이방도 상당한 크기야. 우리 형편엔 방 셋에 자그마한 거실만 있으면 족해. 집이 작아야 청소하는 일이 줄고 세금도 줄고 전기와 물 값도 싸게 들어. 이제 아이들도 다 커서 학교에 다니니 당신도 아이들이 학교에 간 시간에 하고 싶은 공부 하는 것이 어떨까."

"가능하면 이 집에서 살고 싶어요. 은행에서 융자를 받아 일생 갚읍시다. 당신이 벌어 오는 돈으로 모자라니 제가 나가서 일하면 되잖아요."

아내의 말에 해리는 그럴 수 없다고 머리를 흔들면서 변호사 앞에 앉았다. 유서가 들어있는 누런 종이봉투를 사무엘 변호사는 엄숙한 얼굴을 하고 조심스럽게 개봉했다. 드디어 변호사는 서류를 내밀면서 사인을 하라고 했다. 해리에게가 아니라 수미에게 말이다. 곁눈질로 유서를 훑어보던 해리가 놀라 어어……, 숨을 몰아쉬면서 입을 씰룩거렸다.

"왜 그래요? 허니, 뭐가 잘못됐어요?"

"아니야, 아니야, 이럴 수가!"

해리가 수미를 와락 껴안았다. 남편의 품에 안겨 수미의 눈이 서류로 갔다. 수미도 자신의 눈을 의심하면서 두 손으로 눈을 비볐다. 서류의 유언 내용은 살고 있는 집을 수미 앞으로 주라고 씌어 있었다. 더구나 해리와 수미를 기절하도록 놀라게 한 것은 줄리아의 통장에 남아있는 돈과 주식이었다. 자그마치 이백만 불이나 되는 거액을 수미에게 몽땅 주라고 유언을 했으니!

"어머니에게 이런 거액의 돈이 있었나요?"

"나도 전혀 모르는 일이야. 이 돈이 어머니에게 있었다는 걸 알았으면 아마도 형과 누나들이 어머니를 그토록 외롭게 놔두질 않았을 거야."

"저하고 살던 10년 동안에도 이런 돈이 있다고 어머니는 일언반구도 하지 않았어요. 가만 있자, 그러고 보니 조금 이상한 일이 딱 한 번 있었어요. 중풍으로 침상에만 누워 계실 적에 등창에서 흘러내리는 고름을 소독하면서 생살이 너무 아파 보여 어머니를 껴안고 흐느껴 울었어요. 그때 내 눈물을 닦아주시면서 무엇인가 진지하게 말하려고 하시다가 이내 입을 다무시더라고요."

"당신이 그 지독한 구두쇠 어머니를 감동시킨 거야. 당신에게서 참사랑을 받고 기쁘셨던 거야."

"아니에요. 어머니는 당신을 정말 사랑했어요. 이 돈을 당신에게 주려고 끝까지 당신을 붙들었던 것이 분명해요. 결혼까지 포기하면서 노총각이 되도록 어머니를 사랑했던 당신을 사랑하니까 유산을 전부 우리에게 주신 거지요."

"오호……, 그러다가 마음이 변한 거라고. 나보다 며느리인 당신을 더 좋아하게 된 거지."

"내 돈이 당신 돈이고 당신 돈이 내 돈이지요. 주머닛돈이 쌈짓돈이란 한국 속담이 있어요. 우리 모두의 것이지요."

"당신의 근면성과 충성심이 어머니의 마음에 들었던 거야. 돌아가시기 전날 당신의 생활력에 감탄했다고 극구 칭찬했거든. 당신은 옷도 지금까지 모두 싸구려를 사 입었어. 우리 이 돈으로 제일 먼저 당신 옷과 보석을 사자. 그것도 명품으로 말이야."

"아니에요. 우선 유산에 따르는 세금을 내고 남은 건 헐지 말고 어머니처럼 그대도 두고 싶어요. 다만 제가 늘 기도하고 바라는 소원이 하나 있어요. 들어주시겠어요?"

"뭔데? 당신 소원이라면 무엇이라도 할 거야."

"제게 이런 아름다운 인생을 살도록 길러준 한국의 친정 부모님들을 즐겁게 해드리고 싶어요."

"나도 늘 그런 생각을 하고 있었어. 그런데 너무 무섭게 야단을 맞았으니 어떻게 접근해야 할지 그 방법을 모르겠어. 아직도 내가 당신을 데리고 태평양을 건넌 것에 대해 노하고 있을 것이 뻔해. 이를 어쩌지? 무슨 좋은 방법이 없을까?"

곽 장로의 육순에 맞춰 해리 부부는 왕복 비행기표를 열두 장 보냈다. 어머니, 아버지만 오시라면 거절하겠지만 아버지의 가장 친한 친구들 다섯 쌍을 함께 초청하면 육순 기념여행으로 받아들일 것이 아닌가. 여행 코스는 나성에 도착한 첫날은 하버드 호텔에 여장을 푸는 것을 시작으로 하룻밤을 푹 자고 난 뒤에 미국 사람들이 가장 가고 싶어 하는 옐로우스톤(Yellow Stone)을 3박4일 코스로 잡았다. 거길 다녀오는 길에 그랜드 캐년(Grand Canyon)을 둘러보고 샌프란시스코에서 하루 묵으면서, 어부의 부두에서 게살을 먹고 배를 타고 금문교(Golden Bridge)밑으로 항해한 뒤, 그 다음 코스로 샌프란시스코의 근교에 자리 잡은 요세미티(Yosemite) 코스를 잡아 전부 예약을 해 두었다.

부모님께 보낸 편지 말미는 이렇게 끝을 맺고 있었다.

'……여행 마지막 날은 모두 저희 집으로 모시겠습니다. 가든파티를 할 겁니다. 손자, 손녀의 재롱도 보시고 저희들 사는 집도 둘러보세요. 집과 정원이 아주 커요. 방이 여섯 개나 돼요. 모두 우리 집에 묵으실 수 있어요. 호텔보다 더 편하실 겁니다. 이건 모두 사위, 해리의 계획입니다.'

수미 혼자서 미국 땅에서 겪은 지난 10년간의 삶을 편지 사연으로 다 읽고 난 곽 장로 부부는 감빛으로 물들어가고 있는 서쪽 하늘을 향해 앉았다. 내달 초하루가 곽 장로의 육순이다. 어제 하나뿐인 아들에게 전화를 걸었었다. 아들의 말은 모든 가정의 대소사는 며느리하고 의논해야 집안이 편하니 그리 하라고 귀띔을 해주었다. 며느리에게 전화를 넣었더니 이렇게 말하는 것이 아닌가.

"지금 세상에 육순을 차리는 사람도 있나요? 팔순이면 몰라도 이번에 두 분이 가까운 국내 여행이나 다녀오세요."

요즘 세태가 아들 딸 구별하지 않고 하나나 둘을 낳아 기른 탓인지 부모를 섬기고 가정 화목을 위해 애쓰는 자녀들이 없어지는 추세다. 이런 와중에 하나뿐인 딸이 이렇게 효도하고 있으니 울컥 곽 장로 부부는 눈물이 쏟아져서 주체할 수가 없었다.

곽 장로의 입에서 이런 말이 툭 튀어나왔다.

"금쪽 같은 내 딸이 우릴……."

그 말을 받아서 박 권사가 한 마디 했다.

"금쪽 같은 내 딸 수미가 역시……."

친구들과 함께 비행기에 오른 곽 장로 부부는 딸에 대한 사랑과 자랑으로 가슴이 뛰었다. 더구나 미국 사위가 얼마나 마음에 드는지! 나성 공항에 도착할 즈음 전화로 사위, 해리가 샌디에이고(San Diego) 집이 너무 커서 외로우니 여생을 함께 살자고 간청했다. 10년 전 수미와 결혼하겠다고 매달리던 그런 목소리였다. 해리가 진짜로 간절히 바라는 것이 분명했다. 청혼할 적처럼 겁을 먹고 애처롭게 더듬거리는 걸 보면 알 수 있었다.

　노년을 딸집에서 함께 보내고 싶다는 소망으로 인해 가
슴이 설렌 부부는 손을 맞잡고 광활한 태평양이 눈 아래
에서 육중하게 몸을 뒤척이는 것을 내려다보면서 함빡 웃
었다. ✱

　　— 2005년 『크리스천문학』 봄호

독수리의 날개

부엌 천장에 가득 찬 만 원짜리와 싱크대 밑에 쌓인 돈을 전부 어디에 사용할까 하는 생각으로 잠시 휘청했다. 돈바람이 독수리의 날개처럼 내 얼굴을 거세게 강타해서 어지러운 머리를 두 손으로 감쌌다. 활짝 날개를 펴고 비상하려는 거대한 독수리가 날지 못하도록 꽁꽁 묶여서 신음하는 소리가 들리는 듯했다.

독수리의 날개

골목을 길 삼아 세차게 빠져나가는 바람에 문풍지가 파르르 떨었다. 세상에! 이런 집에서 어떻게 살아? 부엌과 연결된 지하실 문을 여는 순간 역한 곰팡이 냄새 때문에 숨을 우욱 뱉어내면서 잽싸게 닫아버렸다. 꼭 이런 집에서 살아야 하는 것일까. 연탄을 갈자면 방 셋을 돌아다니면서 점검해야 한다. 엄동설한에 바깥에 나가 갈아야하는 문간방이 근심거리였다. 하지만 목사의 아내라는 자리에서 불평은 금물이다. 목사는 항상 세 가지를 준비하고 있으라고 하지 않던가. 아무 때나 이사할 준비, 하루에 수십 번이라도 설교할 준비, 언제나 죽을 준비를 하고 있으라고. 인생은 나그네 길인데 이런 데서 살기도 하고 저런 데서 자기도 하고 그렇게 지내야지. 나는 가슴 한가운데를 뚫고 지나가는 아픔을 삼키면서 마당으로 나갔다.

도심지에서 훌쩍 떨어진 곳이건만 개발의 바람은 거세게 불어 교회 언저리는 온통 아파트가 올라가느라고 요란했다. 야산의 나무들까지 전부 뽑혀나가고 돌 한 조각 섞이지 않은 붉은 흙이 속살을 훤히 드러냈다. 굴착기의 괴물 같은 소리에 머리가 멍멍했다. 먼지바람으로 앞이 희끄무레해지자 눈물 때문인가 싶어 눈가를 닦았다.

　사택은 평지보다 밑으로 푹 꺼져서 반은 땅에 묻혀있었다. 사방에서 한없이 파내는 흙더미로 인해 기존의 옛집은 그럴 수밖에 없지 아니한가. 아직도 개발의 바람을 타고 헐리지 않은 농가들이 여기저기 쌀의 뉘처럼 섞여있다.

　팔뚝까지 올라오는 고무장갑을 끼고 일본시대 노역하던 여자들이 입었음직한 쿨렁한 바지를 입고, 어깨까지 내려오는 머리를 시골 아낙처럼 때가 긴 누런 수건으로 질끈 동여 묶고 마당으로 나갔다. 그때 교회와 연결된 울 안으로 들어온 털털한 차림의 아주머니 한 분이 들어서더니 자꾸 내 뒤쪽을 봤다.

　"사모님을 뵈러 왔습니다. 사모님은 어디 나가셨습니까? 이 집서 일하는 파출부시지요?"

　목사의 아내인 나를 앞에 놓고 파출부 운운해 가며 자꾸 뒤를 기웃거리는 게 섭섭했지만, 내가 사모라고 말을 못 한 것은 나를 식모로 아예 단정하고 있는 분에게 어떻게 응해야 할지 몰라서 그저 우물거릴 뿐이었다.

"여기 선물을 가져왔으니 사모님이 오시면 전해 주하세요."

여자는 몇 십 년 전에 유행했던 낡아빠진 저자 바구니 속에서 박카스 네 병을 내놓았다. 우리 가족이 두 딸까지 합쳐 모두 네 식구라 그 숫자로 가져온 것이 분명했다. 그것도 누렇게 바랜 신문지에 싸서 말이다.

"누구시지요?"

"아하! 전 이 교회 수석 장로인 정말금 장로 부인되는 사람으로 배종년 권사입니다. 어려서 부모님이 남보다 두 배 일하는 종년이 되어 장수하라고 그런 이름을 붙였답니다. 요상한 이름 탓에 우리 교회에서 저를 모르는 사람이 없답니다. 종년이니까요. 해서 전 일생 종년 노릇을 하면서 살고 있습니다. 지금도 종년이지요. 하하하……, 교회에 오면 부엌에서 밥을 해대는 종년이고, 집에서는 식구들이 부려먹는 종년이고, 시댁 식구들 잔칫상 차리는 종년이고, 어디 가나 종살이를 하지요. 남들보다 배가 넘게 종노릇을 하는 건 제 이름이 배종년이기 때문이지요."

배 권사라는 분은 혼자서 웃고 떠들다가 가버렸다. 그녀의 파마기 가신 까슬까슬한 머리는 목을 덮도록 자라서 바람에 몸을 들척이는 지푸라기처럼 윤기라곤 전혀 없었다. 종년 권사의 얼굴이 뇌리에서 사라지지 않고 따라붙었다. 툭 불거진 입술은 꽈리 알갱이를 까발려 놓은 듯했다. 어른들은 관상을 볼 적에 코에 돈이 붙어있고 귓불에 생명의 길이가 새겨져 있다고 하던데, 그녀의 코는 개 코처럼 벌름거리고 너부죽해서 저 정도라 돈이 밑간 데 없이 밀려들어와 부자가 되었나 하는 생각을 지울 수 없었다.

이 교회 건물과 땅의 등기상의 주인이요, 부자라고 소문난 장로의 아내를 이렇게 얼떨결에 만나서 인사도 제대로 나누질 못했다. 목사의 아내인 나를 식모나 파출부로 몰아붙이는 것이 찜찜해서 안방으로 들어와 수건을 벗어 던지고 머리를 빗고 입술에 루주를 칠했다. 삼십 대의 사모를 막일하는 파출부로 보는 것은 내게도 책임이 있다는 자책감에 괜스레 슬퍼지기까지 했다.

목사의 아내 자리란 모양을 내면 패션쇼를 하느냐고 구시렁거리고, 수수하게 차려입으면 교회에서 생활비로 준 돈을 다 어디에 쓰고 저렇게 거지처럼 입고 다니느냐면서 다른 교회 사람들 보기에 창피하다고 야단이니, 우렁이 속처럼 몸을 도사리고 엉거주춤 서 있는 자리가 바로 목사의 아내가 처한 위치였다.

바람이 잠을 자는지 바깥은 조용했다. 조금 전에 찾아왔던 배종년 권사라는 분과 교계에서 널리 알려진 악명 높은 정 장로라는 분을 떠올렸다. 삼층짜리 교회건물을 자비로 지어 놓고 스스로 주인이 되어 목사를 데려와 마음에 들지 않으면 일 년 안에 즉각 쫓아낸다는 악명 높은 장로였다. 바깥에선 이 교회의 문제 인물인 그 장로를 아킬레스건처럼 몸을 숨기고 도사리고 있는 뱀이요, 뒷덜미를 덮치는 사탄마귀로 보고 있었다. 우리 부부가 처음 이 교회를 섬기러 간다니까 아예 이삿짐을 다 풀지 말고 떠날 준비를 하라고 우리를 사랑하는 사람들이 충고했는데, 그 악명 높은 사람의 아내 되는 사람이 후줄근한 차림이라니, 수십 채의 빌딩을 가졌다는 돈 많은 집의 여주인이 저런 모습이라면 상상할 수 없는 신비로운 내면이 숨어 있을 것이다. 아니, 그 반대로 징그러운 부분이 도사리고 있을 수도 있다. 교육학을 전공한 내 머리는 아하, 이 경우를 두고 케이스 스터디(case study)라고 하는 것이구나. 이건 진짜 흥미진진한 연구대상일 것이란 엉뚱한 호기심이 발동하기도 했다.

바로 다음날이 주일이라 새벽부터 눈코 뜰 사이 없이 바빴다. 남편의 조반을 진수성찬으로 차리는 것이 주일 일과 중 가장 큰 행사이기 때문이다. 하루 종일 입을 놀리는 사람이라 속이 든든해야 한다는 것이 목사의 아내인 내 지론이었다. 배가 차야 목소리가 우렁찰 터이니 주일 새벽밥은 손수 지어 정성을 다해 차려내야 한다는 것이 목사 아내의 필수조건이라고 믿고 있었다. 이렇게 어려운 교회에서는 손님들을 접대할 점심도 미리 준비해야 하므로 아예 넉넉하게 요리했다. 아이들 주일학교 준비도 해주고 남편의 옷차림까지 신경을 써야 할 터이니 발을 동동 구를 만큼 일손이 딸렸다. 더구나 어제 이사를 해서 짐도 다 풀지 못한 상태라 손발이 여기저기 놓이고 그저 마음만 급했다. 이런 시간에 전화벨이 울렸다.

"사모님! 어제 가니 외출 중이시더군요. 박카스는 잘 받으셨지요? 혹시나 파출부가 슬쩍하지 않았을까 걱정했어요."

"네, 네. 배종년 권사님이시지요? 박카스 감사합니다."

"오늘 점심에는 목사님 내외분을 대접하고 싶습니다. 교회에서 걸어올 수 있는 거리이니 점심시간에 잠깐 들르세요."

"주일 낮은 바빠서 집에서 식사하는 것을 목사님은 좋아해요. 다음날 하면 어떨까요?"

"우리 장로님이 시간이 없으니 오늘 낮에 오세요."

이러고 일방적으로 전화를 끊어버렸다. 그간 소문으로 들은 여러 가지 사건들이 있어 불길한 생각이 일파만파로 펴져나갔다. 꽤씸한 생각이 치밀었다. 돈만 있으면 이렇게 명령해도 되는 것인가 하는 오기까지 발동했다. 목회 현장에 서면 돈 많은 사람들이 직분에 관계없이 언제나 목에 힘을 주고 뻣뻣하게 머리를 뒤로 젖히고, 주위 사람들의 속을 팍팍 긁어주면서 끗발 날리는 경우가 많기 때문이다. 돈의 위력이 이 사회에서 제왕 행세를 하는 판이다.

부임해 와서 처음 받은 초대를 거절할 수 없다는 남편의 결정에 따라 바쁜 일정을 쪼개어 점심식사에 응했다.

장로가 사는 집은 놀랍게도 너무 초라해서 그간 가졌던 부자라는 선입감이 잘못된 것이 아닌가 하는 의구심이 일었다. 우선 안방에 놓인 농이 지금도 저런 농이 있을까 싶게 구닥다리에 속했다. 저런 농은 폐기물이 되어 도끼로 잘게 쪼개 불쏘시개 감으로 써야 하는 것인데 부잣집 안방에 떠억 자릴 잡고 있다니! 아이들이 어렸을 적에 구슬치기를 해서 냈음직한 흠들이 농 받침대에 곰보처럼 빠끔빠끔 했다. 그 위에 세월의 더께가 내려앉아 원색적인 나무색이 드러나지 않는 것이 다행이었다.

배종년 권사는 한쪽 모서리가 긁혀나간 밥상에 연신 부엌에서 음식을 날라다 놓았다. 명색이 자개상인데 그것도 봉황새의 날갯죽지가 떨어져나가 마치 양로원에라도 온 듯했다. 하필이면 그 자리에서 엉뚱하게도 농과 상을 손수 옻칠해서라도 새것으로 만들어 주고 싶다는 안타까움이 뻗질러 올랐다.

"목사님! 식기도 해주세요."

우렁찬 목소리의 주인공을 나는 처음으로 찬찬히 훑어봤다. 대머리 성격 배우 율부린너를 닮은 얼굴이었다. 눈은 크고 이마는 훌렁 까졌고 콧날은 얼굴에 비해 너무 커서 온통 눈과 코만 불거진 그런 얼굴이었다. 뺨은 펑퍼짐하고 두터운 입술에 고집이 서려있었다. 보통사람들보다 머리 하나가 더 큰 장신에 체격도 우람해서 레슬링 선수같은 인상이었다. 아무튼 걸때가 커서 힘깨나 쓰는 깡패로 보였다. 거구와 얼굴에서 풍기는 인상이 사람을 누르고도 남을 위풍이 서려있었다. 이런 남자에게 배종년 권사 같은 아내라니! 외모부터 조금도 어울리지 않는 부부였다.

상에 놓인 음식을 보는 순간 이를 어쩌나 하는 생각이 들었다. 시래기나물에 날 배춧국, 소금 맛만 도는 겉절이, 거기다 어린 아이 손바닥만 한 병어새끼 조림이 전부였다. 마파람에 게눈 감추듯 이런 조악한 음식을 퍽퍽 퍼먹는 우악스러운 장로의 입이 게걸스러워 진짜로 천덕스럽게 보였다. 늘 이런 음식에 익숙해있는지 아들과 며느리도 맛있게 먹어댔다.

북쪽에서도 중국에 가까운 의주에서 자란 부모 탓에 싱거운 음식에 길들여진 나는 국까지 소태맛이라 어찌해야 좋을지 몰라 께적거렸다. 이런 나를 한번 훔쳐본 정 장로가 아내를 향해 볼멘소리를 한 마디 던졌다.

"처음 우리 집을 방문하신 목사님 내외분인데 쇠고기라도 굽지 그랬어? 늘 우리 먹는 식으로 차려내면 이거 실례지."

"손님상이라 병어조림을 했잖아요."

"그래도 이건 너무 했어요. 어머니는 늘 이렇다니까. 목사님을 대접한다고 해서 어제 제가 넉넉히 돈을 드렸잖아요."

큰아들이 미안한 얼굴로 한 마디 했다.

"독수리의 날개가 얼마나 힘이 센지 아냐? 고놈의 억센 날개를 누르는 데는 소금기가 제일이니라. 쇠심줄보다 더 힘이 센 날개를 누르자면 이 길밖에 없다는 걸 모두 알잖니. 내가 이렇게 하지 않았으면 이 집 식구들 모두 쪽박 차고 길에 나앉았을 거다. 이러는 건 우리 부부 늙마에 팔자 늘어지게 호강하려고 그런다. 무엇이 잘못 되었니?"

그녀의 말에 모두 입을 다물었다. 거북살스러운 침묵이 방안을 찍어 눌렀다. 시간이 흐를수록 묵직하고 답답한 기운이 감돌았다. 이런 분위기가 항상 이 집안을 누르고 있는 듯했다.

"제가 얼마나 고생한 줄 아세요? 젊은 사모님은 우리 또래의 여자들이 살아온 인생길을 몰라요. 그야말로 가시밭길이었지요. 하나님이 날 다시 이 세상에 보내고, 이런 삶을 두 번 살라고 하면 혀를 깨물고 죽지 다시 이런 자리에 붙어있지 않을 거라고요, 엄동설한에 서울에 온 촌것들이 얼어 죽지 않으려고 남의 집 처마 밑에서 장로님하고 나, 둘 사이에 갓난아기를 넣고 서로 찰떡처럼 껴안고 잠을 잔적도 있었지요. 그 시절에 얼어 죽지 않은 것은 순전히 뜨겁게 끓고 있는 젊은 피하고 오기 때문이었을 겁니다. 헛간이라도 사서 추위를 피하겠다고 얼마나 가슴을 쥐어뜯으면서 악을 쓰고 살았는지! 돈이란 놈은 입으로 들어가려고 안간힘을 쓰고, 입이 차면 공중으로 휘이익 날아가려고 발버둥을 치는 걸 그 시절 절실하게 깨달았지요."

"또 그 지겨운 넋두리가 나오기 시작하는군. 고만 두지 못해? 좀 고상해지라고. 이제 우린 알부자라고 우리나라 십대 재벌에 들지는 않더라고 재벌이 나보다 나을 것이 없어. 그 사람들 모두 은행에서 돈을 꾼 빚쟁이들이야. 난 빚이 한 푼도 없어. 진짜 알부자야. 그런데 뭘 이렇게 야단이야. 이제 고만 그 지겨운 주접떨지 말아줘. 새로 오신 목사님 앞에서 이게 뭔가?"

눈을 홉뜨고 으름장을 놓은 정 장로 앞에서 여자는 젊은 시절의 고통에서 헤어나지 못하고 숨통 틀 틈새를 찾고 있는 가련한 사람으로 보였다.

알부자, 알부자. 우리 부부는 그 집을 빠져나와 사택에 돌아올 때까지 이 단어가 머리에 깊이 각인되어 지워지지 않았다. 이런 사람들에게 당하고 나가는 전임 목사들이 있었다니! 이 정도는 아직 완전하게 저들의 실태를 파악하기 어려웠다. 초등학교도 나오지 않았을 저들의 교육정도로 봐서 그런 끔찍한 일들을 행했을 것 같지 않아서였다. 들기로는 목사의 멱살을 잡아 강단에서 끌어내어 따귀까지 때렸다는 소문이 파다한 악명 높은 거인들이다. 문득 이 집은 겉보기와는 달리 남자보다 여자가 더 세다는 생각도 들었다. 옷은 남루하지만 속에는 비수가 들어 있는 무서운 여자일 것이란 인상을 지울 수가 없었다.

"여보! 아무래도 우리가 이 교회에서 목회를 하려면 저 종년 권사를 잘 다뤄야 하는 것이 아닐까요? 거죽보다 안에 비장의 무기를 감추고 있는 것 같아요."

남편은 입을 꼭 다물고 말이 없다. 생각이 많은 모양이다. 세상 경험이 풍부하지 않은 목사들이야 어떤 면에서는 양처럼 순하고 아주 단순하고 투박한 것이 특징이다. 괜스레 저들이 무섭다는 생각이 들었다. 상식이 통하지 않고 억지를 부리며 생떼를 쓸 때 당할 재간이 없기 때문이다.

"하나님이 다 하시겠지. 우리가 이 교회를 통해 돈을 벌자는 것도 아니고 명예를 얻자는 것은 더더구나 아니잖아. 성도들을 섬기러 왔으니 굳건하게 서 있으면 될 거야. 성령의 줄로 묶여진 사람들이고 내게 맡겨진 사람들이니까."

남편의 말은 목사의 말이다. 그래도 세상하고 제일 가깝게 있는 목사의 아내인 내가 지혜가 있어야 한다는 생각이 퍼뜩 머리를 스쳤다. 세상 지혜란 무엇일까. 이런 생각을 하면서 나는 윙윙거리는 굴착기에 시선을 붙박았다.

며칠 뒤로 다가온 크리스마스는 교회를 아름답게 치장해서 꼬까옷을 입은 아가처럼 찬란한 빛을 발했다. 주일학교 학생들이 성탄 전야에 발표할 성극을 연습하느라고 부산했다. 뒷줄에 앉아서 저들의 연습을 지켜보고 있는데 누가 등을 다독였다. 돌아보니 종년 권사가 누르죽죽한 부대 종이에 싼 것을 불쑥 코앞에 내밀었다. 어리벙벙해서 머무적거리는 내게 천진스러운 미소를 흘렸다. 잠 구덩이에서 헤어나지 못한 듯 누르무레하고 부스스한 얼굴이 흐린 불빛 밑에서 이상한 한기까지 서려있다.

"이게 뭐예요?"

"어제 시장에 나가니 좌판에서 이 양말을 팔더라고. 한 켤레에 오백 원이라고 하더군요. 식구 수만큼 샀어요. 크리스마스 선물입니다. 고맙다는 인사를 하고 받으면서도 멍멍했다. 오백 원짜리 양말이 있던가. 하긴 싸구려로 파는 것 중에 발목 부위가 헐렁해서 두어 번 빨면 풀어질 그런 양말도 있으니까. 알부자가 목사에게 선물하는 것이 이게 뭐람. 차라리 사질 말지, 하는 생각을 하면서 가방에 아무렇게나 처박아버렸다.

연극연습이 다 끝나고 아이들과 함께 밖으로 나오니 해가 지고 어둠이 짙게 수돗가에 내려앉아있었다. 그 시간대에 성전마당 수돗가에서 열심히 푸성귀를 씻는 사람이 있었다. 누굴까. 이 추위에 한데서 채소를 씻다니. 의아해서 가까이 다가가보니 이런 놀라운 일이! 종년 권사였다.

"아니, 이 시간에 추운 데서 무얼 하세요? 감기 드시겠어요. 어서 들어가십시다. 무얼 그렇게 씻으세요?"

"교회 앞에서 김장 배출 팔던 장사치들이 무청이랑 배추 겉대를 많이 버렸더군요. 몽땅 끌어들여 다듬었어요.

겨우내 교회에서 먹을 국거리를 장만했어요. 오늘 운이 참 좋은 날이에요."

그녀 앞에는 무청과 배추 우거지가 산처럼 쌓여 있었다.

"이 많은 것을 어떻게 하시려고요?"

"이걸 모두 삶아서 잘게 썰어 된장으로 간을 하면 팍 줄어버려요. 이걸 한 번 먹을 만큼씩 비닐봉지에 담아서 냉동실에 열려두면 겨울 내내 국거리가 되지요."

내 소견으로는 이런 걸 냉장고에 넣어 보관하는 것이 아무래도 전기료가 더 나갈 것 같았으나 감히 입을 열 수가 없었다.

"교회에서도 무섭게 허리를 졸라매고 살림을 꾸려야 해요. 사모님도 내가 하는 일을 잘 봐두세요. 내가 이렇게 하니까 이 교회가 이만큼 운영되어 간다니까요."

아파트에서 자라 우윳빛 살갗을 지닌 내게 종년 권사가 주장하는 것은 모두가 『이상한 나라의 엘리스』를 보는 것처럼 묘하고 낯설었다. 어쩔 수 없이 살을 에는 차가운 칼바람 속에서 종년 권사와 함께 흙이 잔뜩 묻은 뻣뻣한 배춧잎과 무청 우거지를 얼음물로 씻으면서 뼛속까지 스며드는 추위로 인해 눈물이 날 지경이었다.

"이런 일은 단번에 뿌리를 뽑아내야 합니다. 힘들지만 이것을 부엌으로 옮깁시다. 아예 삶아서 된장에 버무려 열두 뭉치를 만들어 얼려두면 석 달간 교회의 국거리가 해결되니까."

엉거주춤 그녀를 따라 한데서 일을 하는 동안 발끝이 시려 동상이라도 걸리는 것이 아닌가 하는 무섬증까지 발동했다. 다행히 남편은 심방 중이라 저녁식사 준비에 하자는 없었지만 진짜 서러웠다. 목사 부인이 되지 않겠다고 발버둥 쳤지만 대학시절부터 키워온 남편에 대한 사랑이 이 자리까지 오게 된 것이다. 아무리 생각해도 이 깡추위에 얼떨결에 종년 권사의 힘에 밀려 막일을 해댄 것이 서러워 참을 수 없었지만, 남편 앞에서 눈물을 흘리지 못하고 감정을 조정하느라고 애를 쓰다가 다음날 늦은 오후 성전에 혼자 앉아 홀쩍거렸다. 이 순간에도 혹시 종년 권사가 들이닥쳐 또 무슨 일을 시키는 것이 아닌가 하는 불안함이 스멀스멀 뒷덜미를 찍어 눌러 머리끝이 쭈뼛했다.

뒤에서 부스럭거리는 소리가 났다. 아이쿠! 이거 또 걸리는 모양이다. 심장이 뛰었다. 한데 조용해지는 것이 아닌가. 얼마간 모른 척하고 고개를 숙이고 눈을 감고 있다가 뒤를 돌아보았다. 한겨울의 초저녁은 어둠이 성큼 다가선다. 둥근 벽시계가 다섯 시를 알렸다. 으스스한 기운이 성전의 창문을 파고들어서 마치 『반지의 제왕』에 나오는 고성(古城)에라도 온 듯 스멀스멀 짙은 안개가 땅에서 피어오르는 듯했다. 뒤에서 분명 인기척이 났는데 조용한 것이 더욱 나를 불안하게 만들었다. 용기를 내어 뒤를 다시 돌아다보니 미친 여자라고 모두가 피하는 절뚝발이 거지가 내 뒤에 바짝 앉아있다. 못 본 척 다시 기도하는 자세로 머리를 깊이 숙였다. 그러자 여자는 내 등을 가만가만 두드리는 것이 아닌가. 얼마나 놀랐는지 아악! 비명을 질렀다.

"왜 이렇게 놀라세요? 저 귀신이 아니고 사람입니다."

"아이쿠! 미안합니다. 불을 켜야겠지요. 사방이 이렇게 어두우면 전 아주 잘 놀란답니다."

일어서려는 순간 여자는 내 어깨를 잡았다.

"전 지금 저 자신에게로 돌아왔습니다. 제 안에 있는 것이 다 나갔거든요. 저는 지금 접니다."

"네에! 그게 무슨 말입니까? 이해 할 수가 없는데요."

으스름한 저녁 빛에 드러난 그녀의 얼굴에 치자꽃처럼 누렇게 들뜬 빛이 감돌았지만 살갗은 꽤 맑았다. 눈동자도 깨끗했고 말소리도 순했다. 이런 여자를 두고 왜 모두 미쳤다고 야단들 하는지 이상하다는 생각도 들었다.

"전 지금 저라니까요. 제 안에 있던 귀신이 막 내 몸을 떠나서 저 수돗가에 뒷짐지고 서 있습니다. 이쪽을 자꾸 흘끔거리고 있어요. 사모님하고 말하는 것이 싫어서 해코지라도 하려고 그러는 것이지요. 어제 사모님이 강제로 종년 권사에게 납치되어 푸성귀를 씻었던 바로 그 수돗가에 서 있습니다."

순간 나는 얼어붙기 시작했다. 귀신들린 여자였단 말인가. 성도들 간에 귀먹은 벙어리라는 소문이 돌고 있는데 말할 수 있고, 그것도 얼마나 자상하고 순한 목소린가.

"몇 살이세요? 조금 전에 볼 적에는 노파로 보였는데 지금 보니 이십대 처녀로 보이네요."

"제 나이를 말하면 저놈이 화를 내니까 쉬이, 조용히 하세요. 저게 날 독차지 하고 있어 내 나이를 사람들에게 말했다가는 후벼 긁어서 절 죽이려고 해요. 제 나이를 말할까봐 얼굴을 찡그리고 내게 신호를 보내고 있어요."

"귀신의 정체는 무엇입니까?"

"상사 마귀입니다. 요 근처 대학에 다니던 남학생이 짝사랑하다가 물에 빠져 자살했는데 그게 내게 들어와서 자리를 잡고 나가지를 않아요. 사모님 눈에 저 귀신이 보이세요?"

여자가 가리키는 쪽을 열심히 보았지만 내 눈에는 아무것도 들어오지 않았다. 수돗가는 휑뎅그렁 텅 비어 있었다.

"아무도 없어요."

"자세히 보세요. 있어요."

"어떤 모양을 하고 있나요?"

"어깨까지 내려오는 장발에 키는 장대하고 검은 옷을 입었고 눈은 이쪽을 노려보고 있어요. 나이를 말할까 봐 신경이 쓰이나 봐요. 저를 끔찍이 좋아해서 잠시도 놓지를 않았는데 오늘 네댓 달 만에 처음으로 나갔어요."

점점 나는 오그라들기 시작했다. 성경에 나오는 기적처

럼 나도 '예수의 이름으로 명하노니 너 상사 마귀는 물러 갈지어다.' 외쳐야 할 터인데 혀가 목구멍으로 말려들어 갔는지 목소리가 사라져버렸다.

"내일 이맘때쯤 이 교회에 큰 사건이 일어날 것입니다. 저 귀신이 내게 아까 킥킥 웃어가면서 말해주더라고요. 정 장로 집안에 저승사자가 덮칠 거라고 했어요. 사실 이 교회의 문제점은 정 장로 내외가 아니겠어요? 독수리의 날개를 꺾겠다고 얼마나 날뛰는지 귀신들이 모두 아우성을 쳤지요. 지금도 그래서 저들이 이를 갈면서 기회를 보고 있었고요. 독수리의 특기는 하늘을 높이 나는 것인데 그걸 강제로 찍어 누르면서 씨름을 하고 있으니 그게 될 일입니까. 독수리는 세상에서 가장 강한 날개를 지니고 해를 똑바로 보면서 높이 날아올라가는 것이 창조주가 준 달란트인데, 그걸 지가 뭐라고 그렇게 몸에 칭칭 감고 잡아당겨요? 현대의 사탄 마귀는 독수리를 타고 다니면서 멋진 일들을 해나가야 하는데 종년 때문에 뜻을 펼 수가 없었지요. 어제 저녁 수돗가에서 일하는 동안 병마가 그녀에게 들어갔어요. 어제 사모님도 큰일 날 뻔했어요. 다행히 그놈들이 일제히 종년 권사에게 총공격을 하면서 덤벼들었으니 망정이지 사모님도 당할 뻔했어요."

나는 겁에 질려 꺾어 세워 놓은 인형처럼 엉거주춤 서 있었다. 손가락 하나도 움직일 힘이 없었다. 이런 나를 향해 여자는 계속 지껄였다.

"문제는 이 교회에 불어 닥칠 바람입니다. 독수리의 날개가 살아나서 참으로 요란할 것입니다. 그 날개를 어떻게 할 것인가 하는 것이 사모님과 목사님에게 맡겨진 사명이 될 것입니다."

갑자기 여자가 입을 다물었다. 공포에 질린 얼굴로 변하더니 파파 할머니처럼 늙어 보였다. 나는 불을 켜야겠다고 생각했다. 해가 꼴깍 밑으로 가라앉아 성전 안은 앞을 분간할 수 없을 정도로 땅거미가 파고 들어왔다. 그런데 어쩔 거냐. 몸이 말을 듣지 않았다. 한 발자국도 움직일 수가 없었다. 불을 켜야 마귀가 도망갈 것이야. 연신 마음은 명령을 하는데 몸이 듣지를 않았다. 귀신은 밝을 걸 싫어하는 것을 알고 있으면서 불을 켤 수가 없다니. 나는 자반뒤집기를 하듯 허우적거리면서 벽의 스위치를 눌렀다. 성전 안이 눈부시게 밝아졌다. 여자가 비실비실 일어섰다. 병든 닭처럼 눈을 실실 감았다. 나는 힘을 내어 여자를 향해 말했다.

"내일 새벽에도 여기 앉아있을 거지요? 새벽예배 끝난 뒤에 우리 목사님이 안수기도해 주실 겁니다. 제가 부탁해 놓을 터이니 꼭 나오세요."

"아무도 날 쫓아낼 수 없어. 여기서 조금 떨어진 곳에 있는 유명한 목사도 날 내쫓으려다가 오히려 당했다고."

놀랍게도 걸걸한 남자 음성이었다.

"우린 할 수 있어요. 우리 목사님은 여러 번 귀신을 안수기도 해서 쫓아낸 경험이 있어요. 제가 그런 기도를 못 해서 죄송해요. 내일 아침에 십자가 목걸이를 목에 걸어 드릴게요. 귀신은 십자가를 싫어하거든요."

나는 힘을 다해 악을 쓰듯 그녀를 향해 말했다. 전신이 땀에 푹 젖었다. 손바닥까지 홍건하게 땀이 고여 왔다. 여자는 말없이 초점 없는 눈으로 멍하니 허공을 응시하다가 누구에겐가 끌려가듯 절뚝거리면서 나가버렸다. 그녀가 가버린 뒤에야 나는 겨우 정신을 수습하고 사택으로 돌아왔다.

남편에게 조금 전에 일어난 일을 보고했다. 결혼식 때 받은 십자가 금목걸이를 내일 그녀 목에 걸어줄 터이니 상사 마귀를 내쫓으라고 상세히 설명까지 하면서 일을 분담했다. 의기양양한 나에게 남편은 말없이 웃으면서 이렇게 말했다.

"내일 그 여자 우리 교회에 나오지 않을 거야."

"객쩍은 말 하지 마세요. 당신이 어떻게 알아요?"

"귀신은 일단 자신의 정체를 밝히면 다른 데로 자리를 옮기니까. 그런데 정 장로 집에 저승사자가 온다는 말은 마음에 걸리는군. 어찌 되나 지켜봅시다."

남편의 말대로 새벽에 미친 여자는 나타나지 않았다. 수요일이라 기도 당번인 종년 권사는 일찍 와서 강단 앞 자리에 앉아 열심히 기도했다. 한복을 곱게 차려입고 머리도 아침에 급하게 싸구려 파마를 했는지 온 성전에 파마약 냄새가 진동했다. 아프리카 검둥이들처럼 머리카락이 동글동글 말려있다. 요즘 사람들이 피하는 에프로 스타일을 한 것은 돈을 아끼려는 의도로 파마기가 오래 가라고 그랬을 게다. 그녀의 기도가 시작되었다. 훌쩍거리면서 웅얼대기도 하고 힘차게 고함을 치기도 했다. 어쩜 기도가 저렇게 길까. 이러다가 목사님 설교 시간이 짧아지는 것이 아닐까. 십 분이 넘어가자 마음이 사뭇 조마조마했다. 그러더니 갑자기 기도 소리가 뚝 그쳤다. '예수님 이름으로 기도합니다.'라는 말이 나와야 기도가 마무리될 터인데 그 말을 않고 저러고 있으니 더 간구할 말이 있어 그럴까. 어서 기도 마무리를 하라고 일러주고파서 모두가 안달이 났다. 십 분이 흘러도 조용했다. 더러 코를 고는 사람도 있었다. 참다못한 목사가 눈을 살짝 뜨고 강단에서 종년 권사를 내려다보았다.

여전도사가 눈치를 채고 종년 권사에게 다가갔다. 아악! 비명이 터졌다. 구급차가 오고 교회 안은 크게 술렁거렸다. 그래도 예배는 드려야하기 때문에 목사는 자신이 무슨 말을 하고 있는지조차 모르는 것처럼 허둥대다가 대충 축도를 하고 끝냈다. 우리 부부는 바로 옆에 자리 잡은 대학병원으로 달려갔다. 그러나 이미 시신은 냉동실로 옮겨진 뒤였다.

장례식을 치르고 반년이 흘렀다. 정 장로가 장가를 간

다고 교회가 들썽거리고 야단이었다. 칠십을 바라보는 남자가 깨끗하게 혼자 살지 왜 결혼을 하느냐고 떠들어대는 교인들의 기대를 저버리고 그는 자신보다 서른 살이 어린 노처녀를 아내로 맞았다.

반백의 장로가 갑자기 청년으로 둔갑하기 시작했다. 까마귀처럼 새까맣게 물감을 들인 머리에 옷도 아내와 어울리려고 발랄하고 눈에 확 띄는 젊은 색을 골라 입었다. 주로 녹색이나 분홍색이 도는 스웨터와 잠바를 입었고, 양복에 받쳐 입는 와이셔츠도 연한 진달래색이거나 짙은 키위 색이었다. 기름이 자르르 도는 치자꽃잎 색깔 바지를 입기도 했다. 자신들보다 더 어린 새엄마를 맞게 된 자녀들도 울상이고, 교회 구석구석에서는 새댁 이야기로 온통 떠들썩했다.

날마다 정 장로는 변신을 거듭했다. 사십 년을 살아온 주택을 비워둔 채 고급 아파트를 샀다는 소문이 나돌았다. 모두 입을 떡 벌리고 말을 잇지 못했다. 어떻게 모은 재산인가. 쇠고기 한 점 먹는 것도 벼르다가 명절 때나 상위에 올렸던 종년 권사만 불쌍하다고 입을 모았다. 새 여자는 백화점에서 몇 백만 원이 넘는 드레스를 수십 벌 사들였고 몇 천만 원을 호가하는 밍크코트도 샀단다. 정 장로의 손에서 번쩍이는 다이아몬드 반지가 손을 올릴 적마다 교인들 앞에서 눈부시게 빛을 발했다. 종년 권사를 따라서 절약을 부르짖던 교회의 여자들이 해방이 되어 모두 이런 합창을 하기 시작했다.

"재물을 모으려고 고생하지 말자. 잘 먹고 잘 입고 호화롭게 살자꾸나. 재산 모아놓고 죽으면 다른 여자 좋은 일 하는 것이지. 우리는 정 장로를 믿음의 본이 된다고 믿고 따랐는데, 고생을 숱하게 한 조강지처가 죽으니 젊은 여자 데려다 놓고 전처가 벌어놓은 재산으로 진탕 즐기는 걸 보니 가관이다. 그러니 우리도 구질구질하게 살지 말자. 목이 쉬게 놀면서 훨훨 공중 높이 날아다니고 실컷 인생을 즐기자. '노세, 노세, 젊어서 노세'라고 외친 우리 조상들이 참으로 똑똑했던 거야. 다 써버리고 죽자. 인생을 즐기자. 주전부리도 매일 하고……."

이 물결은 너무 거세어 진정시킬 수가 없었다. 정 장로의 새 여자가 치렁하게 늘어진 귀걸이를 하고 나타나자 다음 주일에는 여자들 모두가 그런 귀걸이를 하고 나타나고 또 그 다음 주일에는 여자아이들 모두가 그런 귀걸이를 사서 덜렁덜렁 달고 나왔다. 새 여자가 종아리를 가리는 부츠를 신고 오자 여자들이 다투어 그런 신발을 사서 신었다. 새까만 깃털을 단 오버를 입고 오자 시장엔 그 낌새를 알고 상점마다 그런 옷을 걸어놓았다. 다른 교회까지 그 바람이 불어서 모두 똑같은 옷을 입고 다녔다. 국화빵을 찍어내듯 똑같은 유행을 따라 뛰었다. 어찌나 그 바람이 거센지 전국적으로 이 바람이 불어서 날개가 달린 듯이 산골 마을까지 강타했다. 그 바람이 토네이도처럼 휘몰아쳐서 황소도 공중으로 날려 올라가고, 자동차도 하늘 끝까지 올라갔으며, 집도 그 밑동까지 뽑혀 공중으로 떠다녔다. 나중에는 남편이나 아이들까지 모두 토네이도에 휘말려 하늘로 훌훌 날아다녔다.

정 장로의 새 여자는 얼마나 힘이 센지! 시집올 적에는 단추 구멍처럼 쪽 째진 눈이었는데 성형수술을 하고 나니 암소의 커다란 눈처럼 끔뻑거렸다. 일제히 여자들은 그녀를 따라 성형외과로 가서 눈을 크게 만들고 쌍꺼풀 수술을 했다. 여자의 눈들이 모두 비슷하게 변하기 시작했다. 새 여자가 콧날을 서양 여자처럼 오뚝 올리자 여자들 모두 성형외과로 달려가서 똑같은 코를 만들었다. 유방을 크게 만들고 와서 착 달라붙는 냉장고 옷을 입고 오던 날은 교회 안이 더 술렁거렸다. 철렁대는 유방의 매력은 가히 토네이도보다 더 거세게 불어서 모두 가슴에 시선을 집중하고 침을 꼴깍거렸다. 새 여자가 몰아온 바람 날개는 그 정도에서 끝나는 것이 아니었다. 거룩하게 찬양하는 것은 시대의 변화를 모르는 짓이라고 엉덩이를 요염하게 흔들면서 춤을 추기 시작했다. 그러자 온 교회 안에 이런 춤이 유행해서 성전 안에 춤바람이 각 가정으로 옮겨가면서 집집마다 텔레비전 화면 앞에 앉아 몸을 흔들면서 노래하고 춤을 추기 시작했다. 세상 모든 나라에 번져간 그 바람은 텔레비전을 중심으로 지구촌을 하나로 만들었다. 정 장로의 새 여자가 몰고 온 바람은 토네이도보다 더 거센 바람이라 세상 전체를 공중으로 떠올리는 권능을 지녔다고 하면 억지일까.

정 장로가 조강지처와 살았던 집은 너무 낡아서 팔수도 없을 지경이라 교회에 헌금으로 바쳤다. 수리해서 교육관의 일부로 쓸 수 있을까 해서 나는 종년 권사의 딸이 어린 집을 찾아갔다. 귀신들이 춤추다가 떠난 것처럼 집 안은 난장판이었다. 사방에 널린 쓰레기들은 단 하나도 쓸 것이 없었다. 재활용할 것도 없을 정도로 그야말로 몽땅 태워버릴 것들이었다.

이 집을 청년들이 모여 기도하는 집으로 고치자면 기도 장소로 거실이 중요했다. 젊은이들은 친교를 해야 하고, 그러자면 음식 해먹을 시설이 중요했다. 바닥에는 비닐장판을 깔아주고 부엌만은 현대시설로 바꿔야 청년들이 흥이 날 것이기 때문이다. 부엌의 싱크대를 만졌다. 버석거릴 정도로 낡아서 그냥 쓸 수가 없었다. 이건 새로 갈아야겠구나 생각하면서 서랍장도 열어보고 스테인리스 스틸인 싱크대의 위판은 쓸 수 있을까 하고 들썩여 보았다. 이상했다. 긴 세월 써온 싱크대의 위판이 내 손길에서 본판과 쉽게 분리되는 것이 아닌가. 밑의 것만 갈아볼까 하는 생각에 가만히 올려보자 힘들지 않게 떠억 열렸다. 순간 나는 내 눈을 의심했다. 안에 가득 넘치도록 담겨있는 것이 전부 만 원짜리 지폐였다. 싱크대의 위판을 내려놓고 숨을 가다듬었다. 다시 열어봤다. 분영 돈이었다. 셀 수 없이 많은 만 원짜리 지폐가 어떤 것은 반으로 접힌 채, 어떤 것은 꼬깃거린 것이 더러는 네 번 접혀서 마구 쑤셔 박혀 있었다. 이걸 어떻게 처리하지? 현기증이 났다. 빈 집을 등지고 나오면서 지난번 귀신 들린 여자를 만나고 도망칠 때처럼 다리가 후들후들 떨리고 소름이 전신을 휘 감았다. 독수리의 날개를 묶어놓은 방법 중 한 가지를 배운 셈이다. 부엌 싱크대 밑이 가장 힘센 장소인 것이 분명했다.

다음날 정오에 다시 혼자 빈집엘 들렀다. 이번에는 천장을 살폈다. 부엌 천장의 한 귀퉁이에 손을 댄 흔적이 있었다. 의자를 놓고 매달렸다. 명주 목도리처럼 누런 천장에 거스러미처럼 일어나는 곳이 있어 잡아당겼다. 안이 드러났다. 가만히 손을 디밀었다. 먼지투성이이라 눈 위로 후르르 세월의 더께를 입은 먼지가 떨어져 깜짝 놀란 나는 눈을 손으로 가렸다. 다시 시도했다 이번에는 조심스럽게 손을 넣고 더듬었다. 안에 뱀이라도 있어 덥석 물 것 같은 스산한 기분이 들었다. 쥐새끼나 지네가 있음직도 했다. 손을 넣고 휘저어보니 그 감각이 이물스럽기 그지없었다. 잡히는 것이 있었다. 꺼내 보니 싱크대 밑에서처럼 만 원짜리 지폐였다. 얼마나 많이 쌓였는지는 손전등을 가져와야 할 것 같았다. 부엌의 천장 속이 얼마나 큰가. 일본 사람들이 살았던 적산가옥이니 그 밑은 무궁무

진하게 넓은 공간일 터인데 저 안에 가득히 만 원짜리 지폐가 있단 말인가. 현기증이 나면서 입 안이 바짝 타들어 갔다.

남편은 목사들 재교육에 참석한다고 기도원에 가고 없었다. 금식기도를 하면서 배우고 올 터이니 전화도 하지 말라는 엄명이 있어서 상의할 사람이 없었다. 고심했다. 허투루 아무에게나 말할 수도 없었다. 목사의 아내란 입을 아껴야하기 때문이다. 더구나 돈이란 교회 안에서 가장 큰 이슈가 아닌가. 이걸 어쩐다지?

어쩔 수 없이 정 장로의 새 여자에게 전화로 싱크대 밑에, 또 부엌 천장에 만 원짜리 지폐가 많이 있더라고 했더니 이 여자 좀 보소.

"교회에 그 집을 이미 헌금한 것이니 얼마가 되든지 사모님이 몽땅 꺼내서 그 돈으로 집을 수리하세요. 저는 그 돈에 관심이 없어요. 전처가 만진 돈을 다시 꺼내 만지는 것조차 기분이 나빠요. 전 모든 걸 새로 사드렸답니다. 그 여자의 손길이 닿은 것은 몽땅 버린 상태인데 제가 왜 그 돈을 만집니까?"

"그래도 돈인데요. 돈이란 모든 사람의 손때가 묻는 법인데 그걸 전처의 것이라고 버릴 이유가 없지 않습니까?"

"전 그런 돈 필요 없도록 재물이 많습니다. 일생 물 쓰듯 퍼 써도 다 못 쓰고 죽을 돈이 이 집안에 있는데 왜 하필이면 반찬값을 아껴 가면서 감춘 돈을 탐내겠습니까?

그건 사모님 몫입니다. 그 돈이 하나님 일에 쓰는 것이 더러우면 모두 사모님이 가지세요. 쥐꼬리만큼 드리는 생활비로 살기 힘들 터이니 아이들 옷 사는 데 보태 쓰고 사모님의 정장 한 벌 살 수 있었으면 좋겠어요. 백화점에 가서 아주 비싸고 고급스러운 명품을 사세요."

"호의는 감사하지만 돈은 귀한 것입니다."

"그 돈을 제가 만지는 것이 마치 냄새나는 시신을 건드리는 것 같은 기분이라 그러니 제 말대로 하세요."

정 장로의 후처는 찰칵 수화기를 놓아버렸다. 차가운 금속성의 울림이 환청처럼 길게 메아리쳤다.

부엌 천장에 가득 찬 만 원짜리와 싱크대 밑에 쌓인 돈을 전부 어디에 사용할까 하는 생각으로 잠시 휘청했다. 돈바람이 독수리의 날개처럼 내 얼굴을 거세게 강타해서 어지러운 머리를 두 손으로 감쌌다. 활짝 날개를 펴고 비상하려는 거대한 독수리가 날지 못하도록 꽁꽁 묶여서 신음하는 소리가 들리는 듯했다. 어서 풀어달라고 신음하는 독수리의 끼룩거림이 징그러운 소리로 둔갑하여 귀청을 찢어대는 바람에 나는 무릎을 꿇고 앉아 손을 모았다. ✤

— 2004년 『크리스천문학』 봄호

유리어항 속의 두 마리 금붕어

유리어항 밖은 참으로 아름다웠다. 햇살을 따라 춤추는 세미한 먼지 알갱이나 괴물로 다가오는 무서운 사람들까지 모두 사랑스러웠다. 어항 밖에서 누릴 자유가 하늘 끝까지 광활했다. 언젠가 꿈속에서 들었던 아들의 외침이 메아리쳤다.

"생명은 생명의 본향으로 가라. 생명은 생명에게 가라."

유리어항 속의 두 마리 금붕어

내가 두 주에 한 번꼴로 찾아가는 곳은 오대산 줄기를 타고 산속에 푹 파묻힌 소매골이다. 왕에게 쇠고기를 진상하기 위해 해발 팔백 미터 산골마을의 개울가에 소를 매어놓고 길렀기 때문에 붙여진 지명(地名)이라고 한다. 오일장이 서는 날짜를 기억해 두었다가 큼직한 가방을 둘러메고 이곳엘 들른다. 대전에서 이곳까지 왕복 3시간 거리를 시골버스를 타고 털털거리면서 찾는 이유는 치료를 받으러 가는 것이라고 나름대로 계산하고 있기 때문이다. 이런 종류의 환자를 돌보는 사람은 1년에 한 번씩 입원해서 함께 치료를 받아야 한다고 충고하던 의사의 얼굴이 떠올랐다. 입원 대신 이렇게 소매골 오일장을 찾아오는 것으로 치료가 된다고 나름대로 나는 믿고 있다.

토우(土雨)가 한 차례 지나간 산야는 흙비를 뒤집어쓰고

도 꽃샘추위를 견디고 있었다. 산발치에 옅은 안개처럼 내려앉은 아지랑이 속에서 생명력이 번뜩였다. 멀리 냇가에 줄이어 선 미루나무 잔가지에 연녹색의 생명이 희미하게 아른거린다. 지난해 늦가을 잎을 몽땅 잃어버린 나무들이 영하의 혹독한 추위에 몸을 떨더니 잔가지 끄트머리에서 강한 힘을 과시하면서 살아나고 있었다. 봄 열에 달아오른 산야가 헐떡이며 뿜어내는 희뿌연 공기를 들이마시려고 녹슬어 뻑뻑해진 버스 창문을 반쯤 열었다. 미지근하고 달착지근한 시골냄새가 울컥 가슴속으로 파고들었다. 목구멍에 찰떡처럼 매달렸던 무지근함이 상큼한 공기에 묻혀 시원스럽게 목줄을 타고 넘어갔다.

여기는 내가 태어난 곳. 친척들이나 내 어린 시절을 기억하는 이웃은 대처(大處)로 모두 떠나버리고 아무도 없다. 해서 마음 놓고 이곳을 찾게 된다. 아는 얼굴이 단 한 사람이라도 있다면 얼마나 번거로운 일인가! 인사치레로 무엇이나 사들고 가야 되고 또 이것저것 물어보는 것에 답하자면 그것도 병을 치료하는데 걸림돌이 될 터이니 말이다.

오일장으로 직행했다. 항상 가는 곳은 한 모퉁이에 자리 잡은 토종닭 도붓장사. 반백의 머리에 국방색 앞치마를 두른 시골 아낙의 치맛자락이 되놈들의 소매끝동처럼 땟국으로 번질거렸다. 철사로 얼기설기 엮어 땅바닥에 세워 놓은 작은 닭장에는 살이 토실토실 오른 다갈색의 토종닭들이 좁은 공간에 갇혀 일제히 창살 사이에 머리를 내놓고 순한 눈알을 뒤룩거렸다. 닭장 옆에서 주인은 고객이 골라낸 닭의 머리를 망치로 잔인하게 때려죽인 뒤 뜨거운 물에 튀겨 닭털을 깡그리 뽑아내고 있다. 잔 깃털까지 깨끗하게 뽑자면 살갗이 익도록 펄펄 끓는 물을 여러 번 부어야 했다. 닭장 옆에는 봄 여름 가을 가리지 않고 이동식 연탄불 위에 놓인 양은솥 물이 설설 끓고 있었다. 뜨거운 김과 뒤섞인 비릿한 닭 냄새가 울컥 욕지기를 자아냈다. 화려했던 깃털이 다 뽑힌 벌거숭이 닭은 닭똥집까지 반으로 짜개서 내용물을 다 빼낸 뒤에야 비닐봉지에 담겨 손님의 손에 넘어갔다.

여기 오면 늘 그랬던 것처럼 그 옆에 쪼그리고 앉았다. 수수부꾸미 장사가 항상 닭장사 옆에 자리 잡은 탓에 그걸 사먹으려면 어쩔 수 없이 죽어나가는 닭들을 봐야 했다. 닭장의 닭들은 바로 코앞에서 동료들이 하나, 둘 잡혀나가 머리가 으서지고 끓는 물에 튀겨져서 알몸이 되어도 조금도 두려움이나 슬픔을 느끼지 못하는 모양이다. 항의하거나 데모를 하는 것도 아니었다. 서로 머리를 쪼아가면서 오로지 모이만을 탐했다. 금방 죽은 닭의 똥집에서 나온 것까지 서로 몸싸움을 해서라도 더 먹으려고 수선을 떨었다. 다음이 자기 죽음 차례가 되어도 좋은 모양이다.

누군가가 저렇게 쉽게 죽여주면 얼마나 좋을까! 고층빌딩 옥상에서 뛰어내릴 생각도 해보았다. 깊은 강을 잇는 다리 위에서 뛰어내려 죽고 싶다는 유혹도 억누를 수 없었다. 그러나 고공 공포증이 죽음에 앞서 먼저 눈을 감게 했고 현기증이 나서 주저앉아버리기 일쑤였다. 삶이란 저렇게 순간에 갈 수가 있는 것인데 용감한 누군가가 죽여 주지 않으니 그냥 이렇게 살아갈 수밖에 없는 내 자신이 가엾다는 생각이 들었다. 여기 있는 닭들과 달리 목숨의 끈질김에 휩싸여 질질 끌려가며 살아야만 하는 나의 삶에 무섬증이 일었다. 혼자서 죽는다면 용이할 수도 있지만 한 사람을 달고 죽자니 그것도 무거운 짐이 되었다.

막내아들 예준이 왼손잡이라 늘 문제가 생겼다. 식사를 할 적에 형의 오른팔과 예준의 왼팔이 맞닿아 불편하다고 형이 트집을 잡는 일이 종종 일어났다. 공부를 가르칠 적에도 왼손으로 글을 쓰기 때문에 쓴 글을 볼 수가 없어 엄마인 내 쪽이 답답해서 화를 내고 일어선 적도 많았다. 모두가 오른손을 쓰는데 어쩌자고 그 애만 왼손을 쓰는지……. 세 살 적에 그 버릇을 고치기 위해 단단한 각오를 하고 수저를 든 왼손을 앉아있는 의자에 붕대로 칭칭 감아 묶어버렸다. 하루 종일 세 살짜리 어린 것이 눈물을 뚝뚝 흘리면서 밥을 먹지 않고 그대로 앉아서 왼손을 쓸 것을 고집했다.

고등학교 일학년 학교 성적이 우수했던 그 애는 군 훈련에서 40점을 맞았다. 그 일로 인해 전체 성적이 뚝 떨어졌다. 그때부터 말없는 아이가 되었다. 군사훈련이 있는 날 현장에 직접 가보고 군인 선생과 의논하려고 시간에 맞춰 운동장으로 향했다. 그때 목격한 현장은 내 눈을 의심할 지경이었다. 선생은 대위라 군기를 잡기 위해 오른손 쓸 것을 주장했고, 아들은 끝까지 왼손으로 받들어총을 해서 수없이 따귀를 맞다가 작열하는 정오의 태양을 온몸으로 안고 쓰러졌다. 급우들이 그를 빙 둘러싸고 웃기도 하고 손뼉을 치기도 했다. 그날 저녁 예준은 이런 시를 책상 위에 남겼다.

나는 우리 어항 속의 한 마리 금붕어
수초도 없는 순백의 물속
작은 공간에 갇혀 바깥세상을 본다.

엄청나게 큰 괴물들이
알알이 떠도는 먼지까지
나를 보기 위해 몰려든다.

저들이 무서워
어항 바닥까지 내려가 숨어보지만
투명한 유리어항 속에선 숨을 곳이 없다.

유리어항 속의 한 마리 금붕어. 이 단어와 함께 예준이 병을 앓기 시작했고 십 년간 내 가슴속에 박힌 대못이 되었다.

소꿉친구였던 미화는 한낮의 무료함을 달래기 위해 언제나 나를 찾아왔다. 자랑거리 아들을 둔 그녀의 눈은 사랑에 달뜬 십대 소녀처럼 물기가 어른거렸다. 이따금 반짝이는 강렬한 그녀의 눈빛은 행복과 기쁨이 넘쳐 춤을 추고 싶은 절정의 환희를 말해 준다. 동쪽으로 창문이 난 문간방에 예준이 누워있다. 약에 취해서 하루에 스무 시간도 더 잠을 잔다. 약과 잠으로 인해 살찐 배가 임신 팔 개월 정도로 부어올라 숨을 쉴 적마다 거대한 산이 움직이는 듯 들썩였다. 미화는 그 방을 흘끔거리면서 말이 많아졌다.

"넌 초등학교를 졸업하고 상급 학교에 진학하여 서울로 갔지. 나 혼자 소매골에 남았어. 농사일을 돕다가 가난한 농부에게 시집가서 시부모 모시고 참 대단한 시집살이를 했지. 내 손을 보아라. 지문이 없다. 그런 내게 민석이 태어나면서 그 아이에게 인생을 걸었다. 어릴 적부터 그 애가 성적을 받아 오는 날이면 난 비행기를 탄 것처럼 현기증이 났었다. 늘 일등이었거든. 너 그 기분을 이해할 수 있겠니? 이건 내 답답한 삶의 막힌 담에 구멍이 뚫리고 빛이 스며드는 사건이었어. 숨통이 트였어."

"그 아들에게 인생을 걸만도 하지. 공부도 잘 하고 똑똑하고 또 얼마나 인물이 훤칠하게 잘 생겼니! 넌 참 좋겠다."

행복을 다짐하려는 미화의 심정을 어찌 내가 모르겠는가.

"그 자식을 성공시키기 위해 농사도 집어치우고 도시로 나온 게 아니냐. 손가락 사이사이에서 진물이 날 정도로 일했다. 남편은 술이나 처먹고 나를 두들겨 패지만 나는 민석에게 내 인생을 걸었어. 먼 훗날 이 아들이 백마를 타고 와서 나를 건져줄 것을 믿었기 때문이다. 부모도 남편도 해주지 못한 것을 아들, 민석이 해줄 것을 나는 진작부터 피부로 느끼고 마음으로 감지했단 말이다."

"그래, 넌 성공했어. 이제 민석이 대학원에서 학위만 받으면 네 고생은 끝나는 거야. 축하한다. 네가 부럽구나."

"박사학위는 따놓은 것이나 다름없다고 했어. 거긴 들어가기가 하늘의 별따기만큼 힘든 대학인 줄 너도 알지? 국가에서 천재들만 골라서 공부시키는 곳이야. 학비도 내질 않고 오히려 매달 학교에서 용돈을 준다면서 그걸 모아 엊저녁에 내게 주더라. 남편에게 받아보지 못한 돈을 아들에게서 받았다. 가슴이 뭉클했어."

미화는 훌쩍이며 눈물을 찍어냈다. 그녀는 내게 이런 말을 하고 싶은 게다. '넌 공부도 많이 하고 잘사는 남편에게 시집갔으면서 어쩌자고 저런 아들을 낳았냐. 참 안됐다.'

"벌써 청혼이 들어온다. 아직 어리다고 내가 퉁겨보지만 문턱이 닳게 중신어미들이 드나들고 있어. 어제는 우리나라에서 손꼽히는 재벌 집안에서 만나자고 그러더라. 내 아들이 얼마나 잘생겼니? 네가 보기에도 그렇지? 키가 크고 콧날이랑 눈이 이 세상에서 제일 잘 생긴 걸 너도 알지?"

"좋겠다. 민석이 장가갈 나이가 되었지? 스물일곱이 아니냐. 옛날 같으면 아이도 두엇은 딸렸겠다."

"내 아들이 예준이하고 같은 해, 같은 달에 태어난 걸 너도 알지? 너도 어서 그 앨 장가보내야 할 터인데."

내 아들이 장가 못 갈 것을 뻔히 알면서도 자신의 행복을 확인하기 위해 그녀는 더욱 안간힘을 썼다. 민석은 이 넓은 세상을 무대삼아 자유롭게 달리고 있지만 내 아들, 예준은 작은 어항에 갇혀 세상 사람들의 구경거리가 되고 있는데 어떤 여자가 유리어항 속에 또 한 마리 붕어가 되어 아들의 동반자가 되려고 할까.

"넌 예준이 우유를 먹질 않는다고 내 앞에서 늘 성화였고 난 민석에게 미음도 줄 것이 없었어. 열악한 환경에서 내 아들은 굶으면서 잡초처럼 자랐어. 넌 예준에게 피아노를 가르친다, 태권도장에 보낸다, 야단할 적에 우리 민석은 흙을 사금파리에 담아 가지고 놀았을 뿐인데……. 흑흑……. 불쌍한 내 새끼에게 학비도 제대로 대주지 못했지만 그 앤 혼자서 일어섰어."

미화의 말들이 비수가 되어 내 가슴을 후벼 팠다. 자식이란 이렇게 인생길에서 날카로운 무기가 되기도 하고 방패도 된단 말인가. 문득 어제 아들이 책상 위에 써놓은 글이 떠올랐다.

내 머릿속 하늘에서
새 한마리가 날아간다.

안고 누워 자던
엉킨 색실뭉치는 모두 풀어져 날며
검은 새가 된다.

검은 새는 날아가고
검은 새는 날아가고
회오리바람에
나는 신열이 난다.

새 한 마리
내 머릿속에서 알을 까고.

　내 머릿속에 새 한 마리. 미화가 자랑하는 민석의 영역은 이 땅 위지만 내 아들의 머릿속에는 하늘과 땅을 자유롭게 넘나드는 광활한 우주가 들어 있었구나. 미화가 다녀가면 내 우울증은 더욱 심해진다. 나도 투명한 유리어항 속에 갇힌 한 마리 금붕어가 되어 바깥세상을 향해 나가려고 몸부림쳤다. 이런 날은 더욱 소매골의 토종닭 도붓장사가 그리워진다.

아들 예준의 병은 꿈을 통해 예감했다. 10년 전에 새벽 4시경. 눈앞에 시네마스코프 크기의 큰 화면이 하늘과 땅을 이을 만큼 거대한 장막으로 펼쳐졌다. 눈과 구름이 산야를 잿빛으로 뒤덮은 한낮. 구름이 낮게 드리운 강 위는 하얀 눈과 어두컴컴한 음울함이 땅거미처럼 내려앉아있었다. 앞으로 더욱 많은 눈이 내릴 기미다. 하늘과 강바닥이 맞닿아 숨이 막혔다. 강 한가운데에 할머니 한 분이 앉아있다. 조선시대 여자들처럼 흰 수건으로 머리를 동이고 흰 저고리 치마에 발등까지 내려오는 사각형 앞치마를 두른 노파였다. 등받이가 없는 낮고 둥근 의자에 앉아 동그랗게 구멍을 낸 강 속에 낚시를 드리우고 있었다. 강둑에 서 있던 나는 호기심에 달떠 노파가 눈치 채지 못할 정도로 숨을 죽이고 까치걸음으로 다가갔다. 강 얼음이 내 뚱뚱한 몸무게로 인해 깨어져 내릴 것이 두려워 숨도 크게 쉬지 못했다. 할머니의 손에 쥐어진 낚싯줄의 끝을 보는 순간 나는 그만 비명을 내질렀다. 예준이 구멍 속 물 위에 떠있었다. 물빛은 검었다. 한겨울 더운물을 담은 큼직한 양은대야에 빨래판을 놓고 더러운 옷들을 비벼 빨아서 일어나는 비누거품과 땟국만큼 더러운 물속에 아들이 누워있는 것이 아닌가.

"아악! 예준아! 네가 왜 거기 누워 있니? 어서 나와라. 너는 헤엄을 잘 치지. 넌 수구 선수잖아. 이 추운 날 그 더러운 물속에 어쩌자고 그러고 누워있니? 어서 나와!"

내 비명이 절규가 되어 눈과 뒤범벅이 된 희뿌연 어둠 속으로 퍼져나갈 때 노파는 낚싯줄을 밑으로 밀어 넣었다. 예준은 그녀의 힘에 밀려 새까만 물속으로 가라앉아 버렸다. 옷을 두껍게 입은 탓에 강물에 흠뻑 젖은 몸을 움직일 수 없는 것일까. 아니면 노파의 손에 쥐어진 낚싯줄에 마력이 있는 것일까. 노파가 앉아있는 의자를 발길로 걷어차버렸다. 그리고 죽을힘을 다해 매달렸다. 세상에! 외모만 늙었지 할머니의 몸은 쇳덩이처럼 단단해서 그녀의 몸에 닿은 손에 퍼런 멍이 피어올랐다.

다음 순간 음울한 강은 사라지고 하늘과 땅을 잇는 시네마스코프 크기의 다른 하늘이 확 펼쳐졌다. 공기까지 느껴질 정도로 상큼한 대자연이 시야에 다 담을 수 없을 정도로 웅장하게 앞에 쫙 자리를 잡았다. 구름 한 점 없이 새파란 하늘과 바다, 눈부신 태양이 작열했다. 우리나라 어디에 이렇게 시원스럽게 탁 트인 수평선이 있었던가! 뒤로는 야자수가 우거져 진초록색이 선연하게 눈을 자극했다. 바다를 향해 해변 가에 선 예준이 천사처럼 하얀 옷을 입고 가슴 가득 조개를 안고 있었다. 그의 머리 위에 아우라가 어리고 얼굴에선 빛이 났다. 유치원 다닐 적 아이스크림을 사주었을 때처럼 활짝 웃으면서 가슴에 가득 안은 조개를 하나씩 바다를 향해 던지고 있었다. 그의 외침이 귓가를 스쳤다.

"생명은 생명의 본향으로 가라. 생명은 생명에게 가라."

그 꿈을 계속해서 세 번이나 연달아 꾸었다. 그리고 예준은 병들었다. 그래서 나는 항상 수평선이 있는 바닷가를 떠올렸다. 야자수 우거진 모래밭에 내리꽂히는 찬란한 햇빛이 내 영혼을 비출 때면 넘어졌다가 다시 일어나서 아들의 얼굴을 봤다. 두 개의 시네마스코프가 하늘과 땅을 잇고 펼쳐지듯 두 개의 명암이 엇갈렸다. 나는 언제나 아픈 아들의 얼굴 위에 천사처럼 환하게 웃고 있던 얼굴을 덮어씌웠다.

비가 오거나 날씨가 꾸물거리면 예준은 어김없이 어두운 세계로 여행을 떠난다. 계절이 바뀌는 경계선에서도 그는 어두운 세상을 헤매고 다녔다. 눈동자는 허공을 응시하고 먼 하늘 속으로 타임머신을 타고 여행을 떠나는 모양이다. 초점 없는 그의 눈 속엔 가늠할 수 없이 광활한 우주가 들어앉아있다. 눈빛이 흐려지면 어둠과 빛이 교차되는 지점에서 어둔 곳을 택해 헤매고 있는 것이 틀림없다. 그 어둠을 빠져나오기 위해 예준은 철인처럼 강한 힘을 발하기 시작한다. 직각으로 꺾어 서 있는 험한 산도 휘청 휠 정도로 가는 다리를 가진 암사슴처럼 뛰어올랐다. 사람이 어떻게 저런 곳을 오를 수 있단 말인가! 이 세상 사람이 아니고 그 애 안에 어떤 힘이 있음에 틀림없었다. 그걸 빼내야 한다고 몸부림쳤지만 달걀을 바위에 던지는 꼴, 나는 아무 힘도 없었다. 눈에선 강한 빛이 뿜어 나와 독사의 눈도 녹여버릴 듯 광기가 번득였다. 굵은 밧줄로 묶어놓아도 예준은 슈퍼맨처럼 한 번 힘을 주면 자유로운 몸이 되었다. 이런 날은 어김없이 집안의 모든 것을 내던져 박살냈다. 장정 둘이 들어도 들 수 없어 옮기기를 거부한 화분도 한손으로 번쩍 들어 내던져버려 벽면 거울이 산산조각 났다. 초인이었다. 거인이었다. 사람이 아니었다. 그 애 안에 온 우주의 힘이 한꺼번에 모여들어 똘똘 뭉쳐 있는 듯했다.

그런 날은 응급실로 실려 간다. 그 무서운 괴력을 죽이는 약을 먹은 손을 잡았다. 내 손으로 전달되는 것은 아득히 그 애 안으로 기어들어가는 미미한 생명이었다. 나도 아들과 함께 아득하게 깊은 곳으로 미끄러져 내려갔다. 땅 속으로 꺼져서 한 점이 되어 사라지는 듯했다.

집에만 누워있으면 어떡하지. 사람들에게 돌아가야지. 밑도 끝도 없는 우주 속으로 들어가 사라지지 말고 사람에게로 돌아가야지. 인간은 사회적 동물이라고 하지 않던가. 예준은 사람이니까 인간에게, 사회로. 군중 속으로 돌아가야지. 수영은 하면 사람들 틈에 끼여 서는 것이고 혼자의 세계에 있어도 두 세계를 공유하는 것이 아니겠는가. 수영을 하자. 우리 수영을 하자. 수영복을 입혀 물에 밀어 넣으면서 수없이 중얼거렸다.

'오늘 하루만 사람들 틈에 끼여 있어라. 내일은 없어도 좋다. 단지 오늘 하루만 그들 틈에 있어다오. 그게 힘들면

한나절도 좋다. 그것도 어미의 욕심이 된다면 단 한 시간이라도 좋으니 사람들 틈에서 숨을 쉬면서 사람처럼 살아보아라.'

그러나 예준은 물에서 바로 뛰어나와 소리쳤다.

"수영복을 입고 들어가야지, 사람들이 모두 나를 보고 있어. 맨몸으로 들어가는 사람이 어디 있어. 모두 수영복을 입었는데 나만 알몸이야."

"넌 수영복을 입었어. 다른 사람들처럼 수영복을 입고 있단 말이야. 검은색에 하얀 줄무늬가 있는 수영복이야."

"아니야. 사람들이 나를 보고 있어. 내 빨가벗은 몸을 보고 있어. 난 수영복을 입지 않았어. 여자들이 모두 내 몸을 보고 웃고 있어. 저것 보라고. 모두 수군거리면서 날 놀리고 있어. 나 집에 갈 거야."

아들의 손을 잡고 집으로 향했다. 어떻게 사람들 속으로 아들을 내보낼 수 있을까. 자기 혼자만의 세상을 헤매며 살 수는 없는 일이다. 매일 단 몇 분, 그게 5분이어도 좋다. 사람답게 사람과 어울려 살 수 있다면 얼마나 좋을까.

이런 아들을 위해 할 수 있는 일은 내게 두 가지뿐이다. 하나는 한약을 달이는 일이다. 기계로 끓여서 팩에 넣어주는 약은 정성이 들어있지 않아 약효가 약해질 수도 있다. 명백하게 효과를 바라자면 사랑과 정성이 들어간 약이어야 한다. 물도 산 속에서 정갈한 물을 떠다가 한약을 달인다. 이 약이 아들의 몸에 들어가 뇌 속에 실타래처럼 엉킨 세포를 단 한 개라도 풀어준다면 그보다 더 큰 기쁨이 어디 있겠는가. 뇌세포가 13억 개라니 하루에 하나씩 막힌 것을 풀어준다면 13억이나 되는 날들을 기다려야 한단 말인가. 그래도 언젠가 때가 차면 백발에 내 허리가 휘어도 먼 훗날 때가 차면 그 애는 두 발로 달릴 것이다. 내 앞에 맑은 눈을 반짝이면 오뚝이처럼 서리라.

두 번째로 어미가 아들을 위해 할 수 있는 일은 오일장에서 나물을 사오는 일이다. 산야에 널린 것을 캐온 손길이 있다는 것은 얼마나 다행한 일인가! 우주 속을 헤매는 예준을 위해 이 땅 위 여기저기 널린 산나물과 들나물을 정성스럽게 다듬어 무치고 국을 끓인다. 냉이 맛이 다르고 쑥 맛이 다르듯이 취나물이나 더덕 맛도 다르다. 두릅의 쌉쌀한 맛이 신기하고 이른 봄에만 먹을 수 있는 홑잎나물의 달착지근함이 정겹다. 이런 모든 것이 아들의 머릿속 병든 세포를 단 한 개라도 치유할 것을 믿는다. 봄날이 가고 있다. 산나물이나 들나물도 봄날을 따라 가고 있다. 등에 맨 가방에 담긴 두릅의 향긋한 내음이 은은하게 풍겨온다. 아픈 아들 곁에서 겨우 이런 일을 하는 동안 세월은 개울물처럼 쉬지 않고 흘러갔다.

죽음이 있다는 것은 얼마나 큰 위로인가! 이 세상의 삶이 영원히 계속된다면 끔찍한 일이다. 이 세상이 전부라면 어떻게 살 수 있단 말인가. 죽음의 현관문을 통해 다른 세상으로 간다니 죽음이 큰 위로가 되었다.

　미화는 아들이 받아 온 박사학위를 거금을 내고 산 사진틀에 끼워 벽에 걸었다. 그녀의 손 지문이 지워질 정도로 일한 탓에 받은 훈장이다. 그 옆에는 졸업식장에서 아들이 자신의 사각모자를 벗어 그녀에게 씌워준 감격의 순간을 포착한 사진을 걸었다. 아들의 어깨 밑에 든 어미가 아들의 사각모를 쓰고 함빡 웃으며 서 있고 가운을 입은 민석이 어머니를 두 팔로 껴안고 뺨에 뽀뽀하는 순간을 찍은 사진이다. 식사를 하면서도 미화는 반드시 아들의 박사학위증과 졸업사진을 나란히 걸린 앞에 앉는다. 정면으로 바라볼 수 있는 이 자리를 죽을 때까지 지키려 한다. 감격하여 눈물이 나오고 가슴이 두근거리며 기쁨이 용솟음치는 순간을 매일 식사 때마다 맞을 것이다.

　"민석아! 이번에도 일등으로 졸업한 거지?"

　"박사학위만 받으면 되었지 일등이 무슨 소용이 있어요?"

　"아니지. 언제나 일등을 해야 하는 거야. 넌 그렇게 태어났어. 태몽이 그걸 말해 준다. 호랑이 한 마리가, 그것도 암컷이 아닌 수컷이 으르렁 울어대니까 산이 쩌렁 울렸는데 그 호랑이가 내 가슴으로 뛰어들어 왔고, 그리고 나는 너를 임신했으니 넌 이 세상을 주름잡을 호랑이야.

먼 훗날 넌 대통령이 될 거다. 못 돼도 장관이나 대학총장 자리가 널 기다리고 있다는 걸 명심해라. 세상에서 제일 높은 자리에 넌 설 것이다."

"어머니! 제가 행복하게 살면 되지 왜 그런 자리까지 탐하세요? 전 어머니 모시고 작은 아파트 하나 사서 좋은 여자 만나 결혼하고 너무 부유하지도 너무 가난하지도 아니한 서민적인 삶을 살고 싶어요."

"넌, 넌 나처럼 살지 마라. 지금 네 친구 예준이 살고 있는 집보다 더 큰 집을 사야하고 더 잘살아야 된다. 이제 그 앤 너보다 저 밑에 깔렸어. 넌 이겼어. 내가 바라던 게 바로 그거였어. 민석이, 네가 이겼다. 이 어미 가슴이 후련해지도록 넌 해낸 거야."

"어머니! 불쌍한 예준을 그렇게 막 깔아뭉개면서 말하지 마세요. 그 앤 나하고 학교 다닐 적부터 무척 가까운 친구였잖아요. 병들어 그렇지 그 앤 참으로 순수한 영혼을 지녔어요. 가끔 난 그 친구가 부러운 적이 많아요. 학위를 받았다는 것은 그만큼 세상에 물들었다는 증거지요. 세속화되어서 세상의 더러운 것을 다 맛보았다는 증거도 되고요."

"저런, 저런 억지가 어디 있어."

"다음달부터 전 대학에서 가르치게 되었어요. 내년에는 미국으로 유학갑니다. 제 전공이 국내에서 공부한 것으로 부족하다고 학교에서 배려해 주었어요."

"암, 암……. 당연한 일이야. 넌 이 세상을 무대로 삼고 살아야 한다. 한국은 물론 이 세상을 움직이는 학자가 될 것이다."

미화의 얼굴에 환한 미소가 퍼졌다. 밖에서는 눈보라가 치지만 집안에 먹을 것이 가득하고 따뜻하며 돈이 많이 쌓여있어 오히려 밖의 혹독한 추위가 기쁨이 되는 그런 심정이었다.

소매골의 오일장이 열리는 장터는 산자락의 발등에 자리 잡고 있다. 그 위로 올라가면 오솔길이 나오고 그 길을 따라 산중턱에 자그마한 암자 크기의 기도원이 있다. 전기도 수도도 들어가지 않는 곳이다.

가파르고 험한 산중턱에 자리 잡은 기도원에 이런 실화가 깃들어 있다. 남편이 바람을 피우고 가정을 떠나자 소매골에서 가장 높은 산봉우리에서 죽기를 각오하고 산을 오르던 40대의 한 여인이 있었다고 한다. 직각으로 꺾인 산을 더 이상 오르지 못하고 그 밑에 솔가지를 엮어 지붕을 만들고 한 몸 누울 만한 크기의 방을 만들어 기도를 시작했다. 40일간의 금식 끝에 큰 깨우침을 얻고 그 자리에 기도원을 지어 운영하고 있었다.

거길 가보고 싶었다. 예준을 데리고 사람들이 없는 산속으로 가자. 어항 속 금붕어가 물을 떠나 자연만을 본다면 그 애가 고집하는 세상이 그의 머리에서 빠져나가고 자연이 대신 들어앉을 것이 아닌가.

한여름 예준의 손을 잡고 산을 탔다. 산허리를 간지럽게 파고드는 산길을 따라 숨 가쁜 등산이 시작되었다. 아들이 먹을 약 열흘 치를 가지고 가는지 산의 초입에 접어들면서 등짐을 내려 다시 한 번 확인했다. 산중턱에 오르니 사람 냄새가 사라졌다. 사람에게서 나는 냄새가 그토록 지독한 것이었을까. 산허리를 두른 길을 따라 올라가는 동안 인간 냄새가 산 냄새로 바뀌면서 개울가에 이르렀다. 흙 한 움큼도 없는 산 개울은 온통 돌들이 지천이다. 모두 동글동글 세월과 흐르는 물에 깎여 튀어나온 면이 없는 돌들이다. 깎아지른 산기슭에 위태롭게 뿌리를 내린 나무에서 얼마나 많은 매미들이 울어대는지 정신을 차릴 수 없었다. 인간 세상에서는 사람들 소리로 괴로움을 겪었던 아들이 매미들의 소란함을 참아낼까 싶어 눈을 들어 매미들이 앉아 있음직한 나무들을 올려다보았다.

'하나님! 세상에서는 사람들로 인해 병이 들었는데 여기 오니 매미들이 귀찮게 울어대어 아들이 매미 울음소리로 인해서 또 아파한다면 큰일입니다. 이 불쌍한 아들을 위해서 저 매미들이 울음을 그칠 수 있도록 도와주세요.'

내 불평이 계속되었다.

'한 시간이 어려우면 여기 우리 모자가 앉아 있는 반 시간 동안만이라도 좋으니 저 시끄러운 매미들의 입을 막을 수는 없습니까?'

그때 세미한 음성이 내 마음에 스며들었다.

'간단하다. 네가 저 나무에 올라가서 매미들을 다 잡으면 될 것이 아니냐.'

기막힌 일이었다. 직각으로 깎아지른 산벼랑에 위태롭게 매달린 나무 위로 어떻게 올라간단 말인가. 그 순간 내게 잔잔하지만 명확하게 이런 마음이 들었다.

'매미는 우는 것이 소명이다. 저렇게 애가 끓도록 울다가 때가 되면 가는 것이니 그때까지 기다릴 수 없겠니. 저매미도 이 땅 위에 태어나서 살 권리가 있어 저렇게 살다가 가는 것이 당연하다.'

아아! 그렇구나. 매미는 울기 위해서 태어나서 저렇게 살다가 이 땅을 떠나는구나. 아들과 나란히 개울가에 앉았다. 펑퍼짐한 너럭바위 위에 앉아 매미들이 목이 찢어지게 울어대는 산을 올려다보고 파란 하늘에 두둥실 떠가는 구름도 고개를 뒤로 한껏 꺾어 가슴에 안았다. 저 구름도 흘러가는 것이 소명이고 그렇게 흐르다가 이 땅을 떠나는 것일까. 내 귀와 마음은 매미 소리를 용서하게 되었다. 그냥 용납하기로 했다.

그런데 이를 어쩔 거냐. 돌 사이를 흐르는 개울물 소리가 이렇게 클 줄 몰랐다. 물보라를 일으키며 밀려오는 거대한 파도처럼 돌 틈을 비집고 흐르는 개울물이 이렇게 요란한 굉음을 내다니! 다시 아들 걱정이 되었다. 저 개울물 소리가 아들의 머리를 혼란하게 하는 것이 아닐까.

저 물소리가 그 예민한 머리에 어떤 영향을 주면 어쩐다지. 인큐베이터처럼 조용한 산 속인 줄 알았는데 여기도 자연이 살아가는 소리로 요란했다. 아들은 작은 유리어항에 갇힌 한 마리 붕어이기를 바라는데 이런 데 나와서 머리가 더 아프면 어떻게 할까.

은근히 부아가 치밀었다.

'하나님! 이거 너무하십니다. 인간 세상을 떠나 깊은 산 속으로 왔는데 어쩌자고 개울물이 아들의 머리를 자극합니까. 아까 주신 메시지처럼 매미를 용서했습니다. 용납하고 순응하기로 했습니다. 매미들이란 발악하면서 울어대다가 때가 되면 나그네처럼 이 땅을 떠날 것이니 말입니다. 그런데 저 개울물은 조용히 흐를 수는 없습니까. 단 반 시간만이라도 저 소리가 멎었으면 좋겠습니다. 제 기도를 들어주세요. 제 아들을 고쳐달라고 매달리는 것은 이제 지쳐 그만두겠습니다. 그러나 아주 작은 일, 개울물 소리를 죽이는 일 정도는 저희 모자를 위해 베풀 수 있는 은혜가 아닙니까?'

그 순간 다시 세미한 소리가 들리는 듯했다. 머리를 들어 산 정상을 올려다보았다. 산바람 소리였다. 그러나 그 음성은 명확히 내게 이렇게 말하고 있었다.

'산 밑에 내려가서 시멘트와 모래를 짊어져다가 막아보렴. 물이 고이느라고 몇 시간은 소리를 내지 않을 것이다.'

참으로 기막힌 주문이었다. 반 시간 조용히 있기 위해

산 개울을 막으려고 산 밑으로 내려가서 시멘트와 모래를 짊어져 나르라고. 화가 치밀었다.

'그 무거운 시멘트와 모래를 왜 제가 날라야 합니까? 그건 못합니다.'

그러자 이런 마음이 다가왔다.

'산 개울물은 소리를 내면서 흐르는 것이 소명이니라. 그 많은 돌들 사이를 어떻게 조용히 흘러가겠니.'

그렇다. 개울물도 이 세상을 살아갈 권리가 있는 것이다. 자기가 할 일이 있는 것이다. 돌 틈바구니를 소리를 내면서 흘러갈 소명 말이다. 산 개울도 이 세상을 살아갈 나름대로의 목적이 있다.

험한 산 속의 기도원에는 원장님과 밥을 하는 할머니 한 분. 방 한 칸을 빌려 여장을 풀었다.

"이곳은 뱀이 많은 곳입니다. 백반을 뿌려놓기도 했지만 마구 돌아다니지 마세요. 독사들이라 위험합니다. 돌담을 쌓아서 삥 둘러놓고 그 변두리에 백반을 뿌려 놓았으니 그 안에서만 기도할 수 있습니다. 절대로 맘대로 그 밖으로 나가지 마세요. 우리가 책임을 질 수 없습니다."

아하! 이곳에 또 장애물이 있구나. 매미에 산 개울, 게다가 이제 뱀까지 등장하는구나. 나는 괜스레 부아가 치밀고 마음이 불안했다. 산이나 인간 세상이나 소리 천지이고 조용함과 평안함이 없이 요동을 치니 이를 어쩔꼬.

호롱불을 끄고 아들과 나란히 누웠다. 세상 소리에 찌든 아들에게 깊은 산의 소리도 무리였단 말인가. 갑자기 변한 환경에 아들은 말이 없었다. 겁에 질린 표정으로 사방을 두리번거렸다. 갑자기 그의 우주 안으로 밀려드는 자연의 소리와 냄새에 당혹하고 있는 것일까. 뒤척이던 아들이 입을 열었다.

"어머니! 제가 누구지요?"

"너는 내 아들이다. 강예준, 강예준 이게 네 이름이야."

"아녜요. 전 소월입니다. 김소월."

"이 녀석아, 김소월은 죽은 지 오래되었어. 땅 속에 묻혀 백골이 진토 되어 뼈도 남아 있지 않을 사람이 너라니 착각도 그런 오판이 어디 있니? 넌, 넌 강예준, 강예준이다. 알겠니?"

"아니에요. 전 소월이에요. 소월의 「진달래 꽃」이나 「초혼」이 바로 제가 쓴 것들입니다. 여기도 제가 왔던 곳이에요. 옛날 왕에게 진상하는 소를 매어 놓았던 골짜기가 아닙니까? 저 여기 왔었어요. 여기서 살았던 기억이 생생해요."

"네가 여길 어떻게 왔어? 넌 여기 온 적이 없어. 나도 여기가 처음인데 어떻게 네가 여길 왔었다고 그래."

"아니에요. 전 여기 지리를 다 알아요. 저 여기 여러 번 왔었어요. 낯설지가 않아요."

"우린 현실에서 살고 있어. 상상의 세계는 상상일 뿐이야. 누구나 상상할 수 있고 그 상상을 사랑한다. 그러나 현실과 상상을 구별할 수 있어야 한다. 넌 상상의 세계를 너무 사랑해서 고집스럽게 끌어안고 즐기고 있어. 네 몸이 담겨 있는 현실을 무시하고 어떻게 생존할 수가 있겠니? 상상만을 먹고 살 수는 없는 것이 인간이다."

입씨름이 계속되었다. 그의 상상의 세계를 거부할수록 그 공간을 빠져나오려고 하지 않고 더 깊숙이 처박혔다. 면박이 거셀수록 자기 이름이 김소월이라고 확신을 가지고 외쳤고 그 이름에 집착했다. 어쩔 거냐. 여기는 사람들이 세상 짐을 내려놓고 기도하는 곳이니 창조주의 의견을 물어 그대로 답하는 것이 지혜로운 방법이 아니겠는가.

'하나님! 제가 어떻게 아들의 정체성을 알려줘야 합니까. 자기가 누구인지도 모르는 불쌍한 아이입니다. 살려 주세요. 제게 지혜를 주세요. 지금 이 순간 아무것도 바라지 않습니다. 자기 이름이 강예준이라는 사실만 알게 해 주세요.

순간 이런 마음이 일었다.

'그 애가 되고 싶은 것이 소월이라면 그걸 인정해 주어라. 얼마나 소월이 되고 싶었으면 그런 생각을 하고 있겠느냐. 얼마나 자기 자신을 싫어하면 다른 사람이 되고 싶겠느냐. 여기 왔었다면 그것도 인정해 주어라. 이 세상이 다 너희의 것이 아니더냐. 이 땅덩이가 모두 너희들이 가꿔야 할 동산이 아니더냐. 왜 좁은 생각에 갇혀서 아들의 광활한 마음 밭에 담을 쌓아서 금을 긋고 제한하느냐. 하늘만큼 넓고 큰 그 애의 마음에 경계선을 긋지 마라. 그대로 인정해라.'

아침은 산새의 울음소리와 함께 시작되었다. 꽁보리밥에 산나물, 도토리묵무침에 쑥국이 전부였다. 아침밥상을 대하고 아들은 다시 내게 물었다.

"어머니! 제 이름이 무엇입니까? 전 누구입니까?"

"넌, 넌…… 넌 말이야, 김소월이지."

"이제야 정답을 말하시는군요. 진작 그렇게 말씀하셨으면 제가 단잠을 잤을 터인데 왜 그렇게 아니라고 야단하셨어요?"

"넌 무척 소월이가 되고 싶었던 모양이구나. 며칠간 소월이가 되어라, 어느 땐가 소월이 싫어지면 다시 네 본 자리로 돌아와도 된다."

"아이쿠! 감사합니다. 그럼 「진달래」나 「초혼」이 전부 제가 쓴 것이란 사실도 인정하시지요?"

"네가 소월이라면 그 시도 네가 쓴 것이 아니겠니?"

"아하! 어머니, 드디어 저를 이해하셨군요. 감사합니다."

"일 년이고 이 년이고 너 원하는 만큼 소월이 되어라. 소월이 싫으면 엄마에게 말해다오. 그래야 너를 소월이라고 부르는 걸 중단하지."

그 밤 아들의 머리맡에서 이런 시를 읽을 수 있었다.

어머니가 산새라서
나도 산새

나무 위에서 울었기에
나도 따라 우네.

같이 사는 진달래꽃
잎새 없는 가지에 피어
빠알갛네.

어머니가 산새라서
나도 산새
언제나 꽃가지 위를 난다네.

 소월이 된 아들은 뱀이 많은 산이라고 아무리 주의를
줘도 아랑곳하지 않고 산 속을 헤맸다. 어느 땐 밤새도록
개울을 따라 산을 내려갔다가 다시 개울을 따라 올라와
바지가 찢어지고 손바닥에 피멍이 들었다.
 "산을 좋아하나 보지?"
 "그러니까 산과 나무를 주제로 시를 많이 썼지요."
 "오리나무를 보았니?"
 "그럼요. 산새는 오리나무 위에서 운다……."
 예준은 진짜 소월이 되어 푹 그 속으로 빠져 들어갔다.

산이 내는 소리가 귀와 마음에 완전히 잦아든 탓일까. 개울물 소리도 산바람 소리도, 심지어 매미 울음소리도 산의 일부가 되어 깃든 산은 그들만이 통하는 정적에 휩싸였다. 예준의 눈에 산의 평안함이 고이더니 책상에 앉아 글을 쓰기 시작했다.

산새 한 마리가
날아오르며
산 메아리를 깬다.

나풀거리며
정적이 날아 내린다.

그 정적을
산새가 부리로 물고 날아간다.

나뭇잎 사이로 파고드는 햇살을 안고 돌단 앞에 앉았다. 새빨간 뱀 꽃 열매가 지천인 걸 보니 이곳이 뱀이 많다는 신호일까. 그래도 하나도 두렵지 않다. 저 높은 하늘 속으로 계속 들어간다면 하나님이 앉아 계실까.

'하나님! 제 아들이 평범한 보통 사람들과 똑같은 생각을 할 수는 없는 것일까요. 대학에 다니는 것도 바라지 않습니다. 피아노를 잘 치고 연기를 잘 하는 배우가 되는 것도 바라지 않습니다. 좋은 여자를 아내로 맞아 가정을 이루는 것도 바라지 않습니다. 좋은 직장을 가지는 것도 전바라지 않습니다. 돈을 잘 버는 아들이 되는 것도 바라지 않습니다. 그냥 보통 사람들처럼 오늘 하루만이라도 평범하게 살기를 바랍니다. 두 발로 서서 사람들 틈바구니에 끼여 사는 아주 평범한 사람이 되는 것을 그렇게도 원하지 않았습니까. 그게 그렇게 어려운 일인가요. 제 소원이 하나님이 들어주시기에 그렇게도 힘든 것입니까. 모래알처럼 하늘의 별처럼 많은 사람들 속에 끼여 이름 없이 빛도 없이 사는 것이 이아들을 향한 제 소원입니다. 그게 그렇게도 들어주시기에 어려우십니까. 그렇게 하실 수 없으시면 제 생명을 이 순간 이 자리에서 그 애와 함께 데려가주십시오. 저 혼자 죽으면 이 불쌍한 것이 어떻게 이 세상에서 혼자 살아갈 수 있겠습니까. 그러니 함께 죽고 싶습니다.'

눈물이 펑펑 쏟아졌다. 머리가 띵했다. 아아! 이제 하나님은 내 머리를 쳐서 데려가는 모양이구나. 좋다. 머리를 치는 것이 가장 빠른 죽음의 길이 아닌가. 오일장의 토종닭도 머리를 망치로 때리니까 금방 두 발을 쭉 뻗고 죽었는데 우리 모자도 그런 식으로 데려가면 가장 빠른 죽음의 길이 아니겠는가.

그러나 여전히 나는 멀뚱거리면서 살아있었다. 내 곁에 아들도 멀뚱거리면서 앉아있었다.

"엄마! 배고프다. 밥 먹으로 가자."

"그래, 우리 소월이도 배고플 적이 있니?"

"엄마! 난 이제 김소월이 아니야."

"그럼, 너 지금은 누구냐?"

"형은 엘비스 프레슬리, 아버지는 탐 존스, 어머니는 카펜터스로 변신했으니 전 유명한 서태지, 서태지…….."

울컥 화가 치민다. 그러나 침을 꼴깍 삼켰다.

"넌 서태지가 무척 되고 싶은 모양이구나. 그럼, 서태지를 해라. 얼마나 할 거냐? 우리 가족이 모두 외국 사람인데 너 혼자만 한국사람, 서태지가 되면 어떡하니?"

"사이먼과 가펑클이 듀엣으로 부른 침묵의 소리가 참 좋았어. 엄마도 그걸 좋아해서 우리 같이 들었지요?"

"정확히 말해. 사이먼이야 가펑클이야? 한 사람만 택해."

"아, 참! 마이클 잭슨이 더 좋아. 난 마이클 잭슨이야."

"그래, 누가 되었든 며칠만 해라. 나도 카펜터스가 누군지 잘 모르지만 네가 원하면 그 여자가 되어줄게."

"그럼, 한 시간만 마이클 잭슨하고 강예준으로 돌아갈게."

우리의 협상은 이렇게 한 시간으로 끝을 맺었다.

소매골 기도원을 나와 대문을 들어서는 순간 전화벨이 울렸다. 이 시각에 나를 찾을 사람이 누군가. 아들이 아프면서 모든 사람이 나를 떠났다. 친척도 떠나고 친구도 떠났다. 아니, 내 쪽에서 먼저 소식을 끊었다고 보는 편이 좋을 것이다. 아들의 병은 바이러스 균처럼 전염성이 강해서 모두를 우울하게 만드는 괴력을 지녔고 모래알처럼 모두를 흩어지게 만들었다.

"너 종애니? 나 미화야."

아들 자랑을 하고 싶어서 몸살이 난 모양이다. 내가 기도원에 가 있는 며칠 사이, 입이 간지러웠을까. 그녀 자랑을 들어줄 사람은 이 세상에 나 한 사람뿐인 모양이다. 동창들도 그녀의 자랑에 신물이 나서 모두 슬슬 피하고 있으니 말이다. 지나친 자랑은 사람을 슬프게 만드는 것을 왜 모르고 저럴까.

"나 지금 소매골에 있는 기도원엘 다녀오는 길이야. 산나물을 어서 씻어야하니까 나중에 전화해라. 오늘은 네 아들, 민석이 취직 시험에서 일등을 했다는 희소식을 받은 모양이구나."

"아니야, 아니야. 그게 아니야, 제발 나를 살려다오."

"너처럼 행복한 친구를 살려줄 여력이 내게 없어."

"나 지금 일어설 수도 없어. 죽을 것만 같아. 숨이 막혀."

"잘난 아들을 불러라. 난 빨리 밥해서 예준이 저녁을 먹여야하거든. 미안해."

"제발 날 살려줘. 나랑 함께 병원에 가자. 무서워. 무서

위서 숨을 쉴 수가 없어. 쓰러질 것 같아. 죽어버릴 것 같아."

"너 많이 아프니? 조금만 참아라. 반 시간만 기다려. 반찬만이라도 차려줘야지. 예준이 먹는 약이 독해서 밥을 먹고 약을 먹여야 하니까."

"나 그럴 시간 없어. 빨리 와라. 엉엉……."

"그 정도로 아프니?"

"민석이 교통사고를 당해서 지금 중환자실에 있다고 하는데 다리가 떨려 일어설 수가 없어. 이를 어쩌지? 엉엉……."

수화기를 왼손에 들고 오른손으로 산나물을 씻으면서 미화의 울음소리를 들었다. 하필이면 이때 소매골 토종닭장이 떠올랐다. 죽음의 현장에서 먹이를 찾아 눈망울을 굴리면서 모이만을 찾아 두리번거리던 닭들이 눈앞에서 알찐거렸다.

비틀거리는 미화를 몸으로 밀어가면서 대학병원에 도착했을 때는 땅거미와 합세한 공해로 인해 짙은 안개 속처럼 앞이 보이질 않았다. 중환자실에도 민석의 이름은 없었다. 응급실에도 없었다. 그의 이름을 확인했을 때는 이미 숨이 떨어져 시체실에서 보호자의 확인을 기다리고 있었다.

"아이쿠! 이건 꿈이야. 현실이 아니야."

시신 앞에서 미화는 덤덤하게 중얼거렸다.

하얀 홑이불을 걷어내고 시신을 확인했다. 민석의 머리

는 둔탁한 쇳덩이에 얻어맞은 듯했다. 뒤통수가 으깨져서 차마 얼굴을 볼 수 없었다. 숨이 떨어지면 모든 정도 뿌리 치는 것일까. 미화는 시신을 껴안지도 않고 털썩 주저앉아버렸다. 두 발은 차가운 시멘트 바닥에 쭉 뻗고 앉아 넋을 놓고 있는 미화를 껴안아 일으켰다. 그녀의 몸이 이렇게 무거운 줄 예전에 미처 몰랐을 정도로 천근만근이 되어 몸을 완전히 내던지고 있었다. 민석이 시신이 냉동실의 서랍으로 옮겨지면서 그제야 미화는 막혔던 울음을 토해냈다. 어느 정도 울음으로 가슴이 트인 미화는 사설을 달아가면서 울었다.

"나를 두고 혼자 어떻게 그렇게 훌쩍 떠날 수 있니? 이 패씸한 자식아. 어미 혼자 어떻게 살라고 너만 가느냐 말이다. 그렇게 죽고 싶었으면 공부도 하지 말고 실컷 먹다가 가지 그랬어. 늘 배가 고파 울어가면서 무엇 때문에 공부는 그렇게 열심히 했냐. 박사학위 논문을 다 썼다고 그렇게 좋아하더니 그 논문이 무슨 소용이 있단 말이냐. 박사도 싫고 돈도 싫다. 돌아오너라. 내 곁으로 돌아와라. 네 친구 예준이처럼 약을 먹고 누워 있어도 좋다. 짐승처럼 살아도 좋다. 숨만 쉬어도 좋다. 그저 코끝에 호흡만 있어다오. 숨이 멎으니 몸이 차가와 지고 이 어미도 못 알아보는 것 아니냐. 아이쿠! 눈에 넣어도 아프지 않던 내 새끼야. 나는 어떻게 살아야 하니……."

피를 토할 것같이 귀청을 찢는 울음을 토해내는 미화를

끌어안은 채 바깥을 내다보았다. 한여름 독이 오른 나무들은 무청처럼 색이 짙었다. 민석은 열매를 맺기 위해 만물이 한창 기승을 부리는 계절에 가버렸다. 미화의 넓두리를 들으면서 이 시간에도 입을 헤헤 벌리고 자고 있을 아들을 생각했다. 약이 독해서 입가로 침이 줄줄 흘러내려 베갯잇이 흥건하게 젖었을 터이고 발바닥은 거북이등처럼 쩍쩍 갈라졌을 것이다. 병든 발바닥에 아가용 기름을 듬뿍 발라 마사지를 하러 어서 집으로 가야지. 미화의 말처럼 예준이 내 곁에 살아서 숨을 쉬고 있다는 것은 얼마나 기쁜 일이냐. 코끝에 호흡이 있다는 것은 죽은 것보다 훨씬 좋은 일이다. 비록 자기가 누군지 몰라 방황은 하지만 이 세상 사람들 중 자신이 누군지 아는 사람이 몇이나 될까. 그런 질문도 할 줄 모르는 사람도 있지 아니한가.

늦가을의 산야는 투명한 유리어항 속처럼 먼지 알갱이까지 다 볼 수 있었다. 예준을 데리고 소매골의 오일장엘 들렀다. 토종닭을 파는 바로 옆 수수부꾸미를 부치는 여인에게 갔다. 예준은 어밀 닮아서 그걸 몹시 좋아했다. 둘이서 쪼그리고 앉아 맛있게 먹다가 속에 든 고물을 닭장속의 닭들에게 던져주었다. 이 세상에서 가장 아름다운 황색과 빨간색 깃털로 장식한 멋진 닭들이 닭장을 얽어놓은 철사 사이로 머리를 내밀고 서로 먹으려고 요동쳤다. 작은 닭장이 뒤집힐 듯 기우뚱했다.

"오늘 다 죽일 닭들에게 무엇을 줍니까? 소란 피우지 말고 저리 비키세요. 주지 말라니까요."

주인이 닭털을 뽑다 말고 소릴 지른다. 날개도 푸덕거릴 수 없이 좁은 닭장에서 닭들은 꽥꽥 소리를 내지른다. 우리 모자의 손에 들린 팥고물을 향해 돌진하지만 철사망에 막혀 나오질 못하고 헐떡인다.

아들의 손을 잡고 민석이 묻힌 산기슭을 오른다. 잎을 떨어낸 감나무 꼭대기 잔가지에 손이 미치지 않아 따지 못한 감들이 성탄절의 등불처럼 매달려 있다. 연보랏빛 들국화가 산길을 따라 새치름하게 얼굴을 내밀어 짙은 외로움을 안겨주었다. 산역 집 뒷산에 가지 휘게 여문 돌배 몇 개가 아직도 매달려있다. 한낮의 가을 햇살을 담뿍 받은 무덤이 온기를 뿜어냈다. 그 온기로 인해 민석이 우리를 따뜻하게 맞아주는 듯했다. 민석의 무덤을 등받이 삼아 머리까지 뒤로 젖히고 하늘을 향해 누웠다. 우리는 하늘 속으로 높이 올라가 아득한 점이 되어갔다.

"예준아! 이 무덤이 바로 민석이……."

아들의 눈에 잠깐 빛이 번쩍였다. 그리고 깊이를 알 수 없는 깊은 세계로 빠져들었다. 우주가 그 눈 속에 갇혀 있었다. 무덤에 기대어 얼마를 보낸 아들이 정색을 하고 앉더니 심각한 표정을 지으면서 이렇게 말했다.

"어머니! 이라크에 가야겠어요."

"거긴 가서 뭘 하려고?"

"제가 야단칠 거예요. 싸우지 말고 서로 죽이지 말고 사랑하라고요."

"네가 야단친다고 전쟁이 끝나겠니?"

"제가 미국 대통령 부시거든요. 가서 화해하자고 말하고 악수하지요. 먹을 것을 잔뜩 주고 부서진 걸 다 고쳐주고 형제가 되자고 껴안고 사랑하면 돼요."

"그래, 그러자꾸나."

민석의 무덤가에서 우리 모자는 아득히 펼쳐진 안개 속으로 평안한 마음을 가지고 행군하기 시작했다. 가는 길에 어쩌다 풍랑이 일면 두 마리 붕어가 되어 유리어항 속에 숨을 것이다. 파란 하늘과 작열하는 태양과 맑은 바다와 야자수가 있는 곳을 향해 열심히 몸을 움직였다. 언젠가 때가 차면 어항을 완전히 망각 속에 묻어버리고 멀리 아득하게 펼쳐진 수평선을 안고 높이 비상할 것이다. 유리어항 밖은 참으로 아름다웠다. 햇살을 따라 춤추는 세미한 먼지 알갱이나 괴물로 다가오는 무서운 사람들까지 모두 사랑스러웠다. 어항 밖에서 누릴 자유가 하늘 끝까지 광활했다. 언젠가 꿈속에서 들었던 아들의 외침이 메아리쳤다.

"생명은 생명의 본향으로 가라. 생명은 생명에게 가라." ✈

— 2004년 「한국소설」 4월호

바다를 먹물 삼아도

"어린 나이에 무당인 시어머니의 맏며느리가 된 것이 문제였어. 바로 옆집
에 자리 잡은 교회의 전도부인을 통해 내가 예수를 영접하게 되었지 뭐야.
그야말로 좁고 험한 길로 접어든 셈이지. 그때나 지금이나 어찌 그렇게도 예
수님이 좋은지! 찬송을 부르면 몸이 구름을 타고 천사처럼 공중을 훨훨 날
아다니는 것 같았다니까."

바다를 먹물 삼아도

　근옥이 시댁 식구들 중에서 제일 좋아하는 사람은 시아
버지나 시동생, 시누이가 아니고 한 촌을 건너 뛴 시이모
님이다. 시퍼런 칼날 위를 걷는 것처럼 냉기가 도는 시댁
식구들에 비해 이분은 오래 신어 낙낙한 구두처럼 편안함
을 안겨주었다.

　시어머님보다 세 살이나 위인 시이모님을 처음 만난 것
은 신혼여행에서 돌아온 날이었다. 대나무 갈퀴를 연상케
할 정도로 바짝 말라 거칠어진 손과 햇볕과 흙에 타서 구
릿빛이 된 얼굴을 지닌 시이모님은 신랑과 나란히 큰절을
올리는 질부에게 작은 대소쿠리에 수북이 담긴 가마솥 누
룽지를 넌지시 건네주는 것이 아닌가. 도시물을 먹고 커
서 우윳빛 체질을 지닌 근옥과 시이모님이 너무나 대조적
이었으나 그런 스스럼없는 태도가 새 식구를 바라보는 날

카로운 시댁 식구들의 눈초리에 잔뜩 주눅 든 그녀를 편안하게 했다.

연년생으로 세 아들을 임신하고 극성스러울 정도로 입덧이 심했던 근옥을 위해 시이모님은 뭉클뭉클 씹힐 만큼 봄 쑥을 듬뿍 넣은 쑥개떡을 해오기도 했고, 생콩가루를 잔뜩 묻혀 끓인 냉잇국을 안겨주기도 했다. 그 중에서도 근옥을 가장 감격시킨 음식은 손수 야산에서 주워온 도토리로 쑨 도토리묵이었다. 첫 아이를 임신했을 적에 아예 링거주사를 꽂고 누워있던 터인데 신기하게도 그 도토리묵을 먹고 입맛을 얻어 일어난 적이 있었다. 그것도 도시에서처럼 야채와 고춧가루를 넣어 무쳐온 묵이 아니라 국수처럼 멸치 국물을 내서 따끈하게 말아 내온 도토리묵은 그녀의 입맛을 돋우어주었다. 특히 묵 위에 쫑쫑 썰어 얹은 묵은 김장김치와 푹 삭은 고추를 다져 매콤하면서도 톡 쏘고 시큼한 맛이 도는 도토리묵 국수를 떠올릴 적마다 지금도 입안에 군침이 돈다.

시이모님이 근옥에게 베푼 모든 정성은 미신을 강하게 믿는 유씨 가문에 예수를 믿는 조카며느리가 들어온 것이 너무 좋아서 쏟아 부은 사랑이었다. 내막이야 어떻든 시이모님은 시댁 식구들이 억지까탈을 부리는 어떤 일에나 근옥의 편을 들어주었기 때문에 가장 가깝게 지낼 수밖에 없었다. 이런 며느리와 시이모님의 각별한 관계를 놓고 시어머니는 입이 닳도록 잔소리를 늘어놓았다.

"시이모랑 가까이 지내지 마라. 시집가자마자 예수를 믿어 팔자가 드세진 여자여. 자식이라고는 딸이 하나 있는데 허구한 날 모녀가 싸움질이니 끝장난 집안이다. 또 하나 네가 꼭 기억해야 할 건 우리 문중에 없는 개가를 한 사람이다. 혼자 깨끗하게 살적엔 보기 좋았는데 재혼하고선 농촌으로 들어가 고생이 심한지 흙물에 절은 촌스러운 꼴을 하고 다니는구나. 이런 이모를 아기, 네가 구순하게 대해주니까 우리 집엘 자꾸 드나드는 거여. 행여나 우리 애들이 그런 물결에 휩싸일까 두렵구나. 그러니 너도 아주 냉랭하게 대해 주어라."

두 사람 사이를 갈라놓으려는 핍박이 날이 갈수록 심해져서 근옥 자신도 성경, 찬송을 저자바구니에 숨겨가지고 교회를 다녀야만 했다. 이런 상황이니 어쩔 수 없이 두 사람은 밖에서 데이트를 즐기기로 합의를 보았다. 만날 장소와 날짜는 언제나 시이모님이 정해서 알려주었다.

"질부야, 오늘 보고 싶구나. 나올 수 있지? 여긴 네 집에서 두 정거장 떨어진 두꺼비빵집이야. 괜찮겠지?"

"시어머님이 편찮으셔서 누워 계세요. 잣죽을 쑤어드려야 하는데 오늘은 좀 어렵겠네요."

"질부가 좋아하는 도토리묵을 쒀왔거든. 이 도토리는 우이 산골짜기에서 작년 가을 주워온 거라 무공해란다. 고추 삭힌 것도 한 바가지 가지고 나왔어. 그러니 어이 일다 하고 나와. 몇 시간이고 기다릴 터이니."

어떤 때는 두 시간이 아니라 세 시간이 지나서 달려 나가도 이모님은 언제나 함빡 웃음으로 맞아주는 분이었다. 대가족의 맏며느리로 시댁식구들에 치여 사는 근옥에게 이런 시이모님과의 비밀스러운 데이트는 답답한 숨통을 터주었다.

"이모님! 글쎄, 시어머님은 편애가 심하고 꽉 막힌 분이라 식구들하고 충돌이 잦아요. 막내 시누이가 팥으로 메주를 쑨다 해도 곧이들어요. 게다가 시아버님은 고집이 쇠심줄 같아서 세 분이 항상 의견이 맞지 않아 집안이 늘 시끄러워요."

"유씨 집안에서 그 고집 빼면 빈껍데기지. 네 시어머니도 처녀 시절엔 유순했는데 유씨 핏줄하고 얽혀 살면서 닮아가는 모양이다. 네가 큰 보자기로 싸안듯이 다 안고 살아라."

"어떤 때는 보기에 너무 딱해서 모두에게 고함을 치고 싶을 적이 있어요."

"참아라. 참는 것이 여자의 갈 길이여. 참아야 집안이 편안하다. 참을 인(忍)자를 마음속에 백 번만 쓰고 나면 다 지나가버려. 튀어나간다고 해야 그 바닥이 다 그 바닥이다. 심어진 자리에서 성실하게 충성하고 살아야지."

"이모님은 연륜이 있어서 참지만 전 아직 어리잖아요. 화가 나서 참을 수 없을 적이 많아요."

"그럼, 여기서 나를 향해 한번 소리 질러봐. 어서."

근옥은 사람이 없는 산 속에서 이모를 만난 날은 진짜 목이 찢어져라 고함을 쳐서 시댁식구들에게서 받은 숱한 스트레스를 시댁 핏줄인 시이모님께 몽땅 털어내곤 했다.

이렇게 비밀스러운 만남을 즐기면서 지냈던 시이모님이 갑자기 자취를 감춘 것은 황사가 심하게 부는 날이었다. 그것도 시이모님의 딸인 사촌 시누이가 전화를 해서 그나마 그녀의 가출 소식을 접할 수 있었다.

"우리 어머니 거기 계셔?"

"아녜요. 이모님께 무슨 일이라도 생겼나요?"

"이 노인이 노망이 났다니까. 아이쿠! 내 팔자야. 하나뿐인 딸자식 속을 요렇게 끓여주어야 속이 시원하니 이런 어머니를 둔 사람이 이 세상 천지에 나 말고 또 누가 있을까. 아이쿠! 내 속이 문드러져 내가 못살겠어."

수미 어미는, 시이모님은 이 딸을 늘 이렇게 불렀는데 껄끄러운 목소리로 신경질을 부리며 자기 어머니와 근옥이 늘 다정하게 지내는 것이 목에 가시처럼 불편했던 투정을 했다.

이제나 저네나 전화로 '나 여기 있다. 용용……. 어서 두꺼비빵집으로 나오너라.' 하며 불러내거나 아니면 불쑥 대문을 밀치고 들어설 것을 기대하고 고대했으나 시이모님은 겨울 엿가락을 툭 분질러내듯 소식을 단절해버렸다. 시집와서 벌써 20년이 넘게 마음을 터놓고 지낸 사이였는데 이럴 수가 있나 하는 섭섭한 마음에 고깝기도 하고 화도 났다. 날이 갈수록 소식이 없으니 고까움이 두려움과 걱정으로 변하기 시작했다. 팔순을 넘긴 나이에 남의 집살이를 갔을 리 없고 혹시나 길거리에서 쓰러져 행려병자로 처리된 것이 아닐까 하는 걱정으로 며칠 밤잠을 설치기도 했다.

요즘 흔한 치매에 걸려 자신의 이름까지 잊어버린 무숙자가 된 것인가 해서 하릴없이 버스를 타고 이 종점에서 저 종점까지 길가를 살피며 찾아 나선 적도 있었다. 그 와중에 갑자기 중풍으로 시부모님이 연달아 쓰러져 돌아가시는 바람에 발등에 떨어진 불을 끄느라고 시이모님은 근옥의 머리에서 희미하게 점점 지워져갔다.

이렇게 2년이 지난 어느 날 갑자기 시이모님의 전화를 받았다. 마치 어제 만난 것처럼 태연한 목소리였다.

"질부야! 나야, 나."

"아이쿠! 이모님. 살아 계셨군요. 돌아가신 줄 알았어요. 도대체 거기가 어디예요? 서울이요, 부산이요? 서신 곳에 가만히 계세요. 제가 모시러 갈게요."

"여기, 성남이야. 시방 내가 어지럼증으로 쓰러질 것 같아 질부에게 전화했어."

"이를 어째. 제가 모시러 갈 터이니 거기가 성남 어디쯤인지 말씀하세요. 이모님이 소식을 끊은 사이에 시부모님들은 모두 돌아가셨어요."

"그랬구나. 그간 세월이 벌써 그렇게 흘러갔나?"

"예서 택시 타고 가면 한 시간이 걸릴 터이니 그 자리에 그냥 앉아계세요. 어지러운데 움직이면 큰일 날 것입니다. 연세가 있잖아요. 그 나이에 어딜 가 계셨어요? 으흐흑……."

근옥은 반가움에 수화기를 잡고 흐느꼈다.

"오지 마라. 내가 그리로 갈 거야."

시이모님은 전화를 일방적으로 끊어버렸다. 그 큰 성남시 어디에 계신줄 알고 찾아나선단 말인가. 그냥 기다릴 수밖에. 먼저 다그쳐서 정확한 주소를 받아내지 못한 것이 속상해 근옥은 앉지도 못하고 서성거렸다. 그러기를 두 시간이 지난 뒤 시이모님은 보따리를 이고 근옥이 앞에 나타났다. 짐작했던 대로 거지꼴이었다. 반백이었던 머리는 완전히 백발로 변해서 검은 머리는 한 올도 찾아볼 수 없었다. 말 한마디 없이 시이모님은 건넌방으로 들어가더니 보따리를 한 쪽에 밀어 놓고 새우처럼 허리를 휘고 누워버렸다.

"이모님! 어딘가 편찮으세요? 저런! 얼굴색이 말이 아니네요. 도대체 성남에서 무얼 하고 어떻게 지내셨어요? 말이나 하세요. 답답해 죽겠네."

그녀의 몸을 잡아 흔들던 근옥은 섬쩍지근할 정도로 말라버린 다리에 손이 닿자 눈물이 왈칵 쏟아졌다. 게다가 그간 시부모님 중풍시중으로 풀어내지 못한 멍든 서러움이 시이모님을 대하자 생생하게 되살아나서 목놓아 울었다. 이런 질부의 등에 손을 가만히 얹더니 바짝 말라터진 입술을 달싹이며 중얼거렸다.

"인생은 성경말씀 그대로 정말 나그네 길이야. 어서 저 천국으로 가고 싶은데 왜 이렇게 천국길이 멀고 험한지 모르겠어. 어째서 하나님은 날 어서 데려가지 않고 이렇게 놔두는지……. 숨 떨어지기가 너무 힘들어."

"도대체 무슨 일로 가출을 하셨어요? 진짜로 가실 곳이 없었으면 제 집에라도 오실 것이지 이모님 나이에 가출이 뭐에요? 으흐흑……."

북어처럼 앙상하게 마른 몸을 붙들고 근옥이 통곡했다. 손에 잡히는 팔뚝에 온기라고는 전혀 없었다. 곧 돌아가실지도 모른다는 긴박함까지 들었다.

"나 배가 몹시 고파. 진하게 끓인 뼛국물이 먹고 싶군."

시이모님은 심한 영양실조에 걸려있었다. 먹을 것이 지천인 요즘 세상에 먹질 못해 몸이 이 지경이 되었다니 이럴 수가 있단 말인가. 마침 어제부터 종일 기름을 걷어가며 고아 놓은 꼬리곰탕이 있어 마늘과 파를 듬뿍 넣어 내놓았다. 그야말로 게 눈 감추듯 단숨에 한 그릇을 비우는 걸 물끄러미 바라보던 근옥에게 수미 에미를 향해 강한 미움이 불붙었다.

"도대체 수미 어미란 여자는 사람도 아니야. 자기를 낳아 길러준 엄마를 어떻게 이렇게 내팽개칠 수 있어? 내가 신문에라도 고발해서 머리를 들고 다니지 못하게 할까?"

"아니야, 아니야. 그 앨 미워하지 마. 내가 돈이 필요해서 가출했던 거야. 할일 없이 딸집에 얹혀먹고 살자니 무료하고 지루하던 판에 우리 같은 노인을 서울 근교에 자리 잡은 농장에서 고용하겠다는 광고를 보고 내 발로 찾아갔었지. 하우스 작물을 가꾸니까 햇볕에 까맣게 타지도 않고 좋더군."

"그 나이에 무엇에 쓰려고 돈이 필요했나요? 교회 작정 헌금을 지나치게 많이 적어냈나요? 헌금할 돈을 버느라고 하루 이틀도 아니고 이태나 비닐하우스에서 노동을 하셨단 말인가요? 기가 막혀 말이 나오질 않네."

"사위 밥을 얻어먹기가 힘들었어. 더 무서운 건 딸의 신경질이야. 내 밥을 풀 적마다 눈을 흘기면서 종알대는 꼴을 보고 견딜 수가 있어야지. 나중엔 딸인 수미 어머니를 보는 것조차 무서웠어."

뜨거운 국 탓도 있겠지만 허약해진 시이모님의 이마 위로 땀이 홍건하게 흘러내렸다. 찬찬히 얼굴을 뜯어보니 시이모님은 2년 사이에 폭삭 늙어버렸다. 눈까풀이 눈동자를 덮을 정도로 축 처져서 아예 눈을 감고 있는 것처럼 보였다.

"수미 어미가 무섭다니 그게 말이 되나요? 그 집 아이들 다섯을 전부 해산바라지 해주고 키웠잖아요. 수미 어미가 돈 번다고 나돌아다니는 바람에 살림까지 하면서 고생하셨는데 이제 아이들이 다 컸으니까 늙은이는 필요 없다 이 말인가요. 그 집서 수고한 대가를 돈으로 계산하면 20여 평짜리 아파트를 사고도 남았겠어요. 왜 이모님은 딸 앞에서 그렇게 주눅이 들어요."

"쉬! 아무 소리 마라. 누가 들으면 어쩌려고 이래. 모두 내 탓이야. 내가 죄 많은 년이라 하나님이 주신 십자가야."

시이모님은 이렇게 한숨 섞인 말을 하고 베어 넘긴 통나무처럼 곤한 잠에 빠져들었다. 잠든 두 손을 보듬어 잡았다. 갈라진 손바닥과 손톱 밑이 쑥개떡 빛으로 절어있었다. 세상에 이럴 수가! 얼마나 많은 푸성귀를 하우스에서 가꾸었으면 손이 이 지경이 되었단 말인가.

그 밤이 지나고 정오가 지나도 시이모님은 깊은 잠에서 깨어나질 못했다. 죽은 듯이 널브러져 잠든 모습을 혼자서 지켜보자니 울컥 사촌 시누이를 향한 미움이 스멀스멀 끓어올라 참지를 못하고 전화를 걸었다.

"어머님이 여기 와계셔. 하나뿐인 어머님을 이 지경으로 방치하면 어떡해."

"……"

"몸이 몹시 쇠약해지셨어. 두 분 사이에 무슨 일이 있었는지 모르겠지만 자식 된 도리로서 어머니를 이렇게 모시는 게 아니야. 누가 뭐래도 부모는 부모야."

"남의 집안일을 놓고 이러쿵저러쿵 입방아 찧지 마. 난 우리 아이들에게나 남편 앞에서 이날까지 죽어지냈어. 이 모두가 어머니 때문이야. 참말로 문제를 많이 일으키는 노인이라니까. 내 인생도 따지고 보면 어머니로 인해 요 모양, 요 꼴로 되었어. 모녀간으로 만나지 말았어야 할 악연이라고. 세월이 지나면 괜찮을 줄 알았는데 그 반대로 점점더 어머니 얼굴을 대하면 부아가 치미러올라 못살겠어."

"그래도 아이들을 모두 키워주었고 살림까지 맡아 해주었는데 그걸 감사해야지 그러면 어떡해."

"올케는 알지도 못하면서 나대지 말아줘. 피해를 입은 쪽은 나란 말이야. 어머니는 나를 고아원에 버렸던 비정한 여자야. 그런 못된 모정을 지닌 노인이라니까. 그래놓고 늘그막에 미안하니까 우리 애들을 길러준다, 살림을 해준다 해가며 속죄하려고 했는데 그게 어디 지워질 죄인가. 하나님 앞에서 날마다 '하나님 아버지, 저를 용서해주세요. 저는 죄인입니다.' 하면서 울어대더니 어느 날 갑자기 하나님이 그 죄를 다 용서해 주셨다고 기뻐하더라고. 가만히 그 마음을 헤아려 보니 하나님 앞에서 못된 과거를 지우고 하나님께 칭찬받으려고 우리 집에 기어들어 온 거였어. 나를 이용해 먹은 거라고. 나란 여자는 어려서부터 지금까지 철저하게 어머니란 여자에게 이용만 당하고 살았다니까. 아이쿠! 억울해. 세상에 이렇게 불쌍한 여자가 나 말고 또 어디 있을까. 야비하게 자식을 이용하다니. 난 정말 억울해 죽겠어. 엉엉……."

수화기 저쪽에서 발작을 일으키며 울어대던 사촌 시누이의 넋두리가 엔간히 제풀에 지쳐서 성깔이 가라앉자 일방적으로 전화를 끊어버렸다. 시이모님이 수미 어미를 고아원에 맡겼다는 사실은 처음 듣는 말이었다. 유씨 가문에 시집와서 20년이 넘는 동안 수없이 시이모님을 만나도 단 한 번도 딸을 나쁘게 말한 적이 없었다. 깨어나면 물어봐야지 하면서도 이상하게 몸과 마음이 갈피를 잡지 못하고 허둥거렸다. 시이모님은 어쩌자고 하나뿐인 딸을 고아원에 넣어야 했단 말인가. 모든 걸 미주알고주알 그간 늘어놓으며 지낸 사이였는데 이런 기막힌 사연을 감춘 걸 보면 시이모님은 정말 딸에게 몹쓸 어머니였단 말인가. 해서 조카며느리인 근옥을 가까이 하며 딸 앞을 피해 나와 배회했단 말인가. 정말 모를 일이었다.

 정오가 한창 기운 3시경에야 시이모님은 부스스 일어나 앉았다. 한잠 자고 난 누에처럼 꼬리곰탕에 밥을 두 공기나 말아 나박김치를 곁들여 단숨에 삼켰다. 이런 시이모님을 바라보던 근옥은 망설이다가 어렵게 입을 열었다.

 "수미 어미를 고아원에 보냈었어요?"

 "으으……, 응. 그……, 그걸 어떻게 알았어?"

 불에라도 덴 듯 시이모님은 화들짝 놀라며 굳어진 얼굴로 근옥의 얼굴을 주시했다.

 "세상에 감춰질 비밀이 어디 있나요?"

 "질부 말이 맞아. 그 앤 고아원에서 5년을 지냈어. 내가 죄 많은 년이지. 그놈의 돈에 미쳐 자식을 그 지경으로 만들었으니 하나님 앞에 서면 부끄러워 어떡할지 늘 눈물로 기도하지. 죄 용서를 받았지만 그러나 내가 한 행위는 이 세상에 사는 동안 죄 값을 지불해야 하니 그게 항상 날 괴롭히고 있어."

시이모님은 근옥이 앞에서 너무 괴로운지 얼굴을 찡그리면서 가슴을 쥐어뜯더니 몸을 뒤틀었다. 몸도 쇠약해진 상태에 시부모님처럼 중풍으로 쓰러지면 어쩌나 해서 더럭 겁이 났다.

"과거의 상처를 건드려 죄송해요. 잊어버리세요. 엎질러진 물을 주워 담을 수는 없지요. 과거는 흘러간 물이라는데 옛 상처를 건드려 미안해요."

"아니야. 마땅히 질책을 받아야지. 내가 잘못해서 저지른 일이었으니까. 돈을 하나님이나 자식보다 더 사랑해서 이 지경에 이른 거여."

시이모님은 몸을 가누고 앉아 있기도 힘겨워 등 뒤에 베개를 고이고 비스듬히 누웠다. 그리고 힘없이 입을 열었다. 기어들어가는 목소리였지만 근옥은 귀를 곤두세우고 한 마디, 한 마디를 흘리지 않고 귀에 담았다.

"어린 나이에 무당인 시어머니의 맏며느리가 된 것이 문제였어. 바로 옆집에 자리 잡은 교회의 전도부인을 통해 내가 예수를 영접하게 되었지 뭐야. 그야말로 좁고 험한 길로 접어든 셈이지. 그때나 지금이나 어찌 그렇게도 예수님이 좋은지! 찬송을 부르면 몸이 구름을 타고 천사처럼 공중을 훨훨 날아다니는 것 같았다니까. 주일이 되면 내가 교회 가는 걸 막으려고 무당 시어머님은 남편과 합세하여 신발 감추기 작전을 펼 정도였으니까. 내 신만 감추면 다른 식구의 신을 신고 교회에 갈까 봐 온 식구의 신을 모두 감춰버리는 지경까지 이르렀으니 그 핍박이 얼마나 컸는지 상상할 수 있겠나? 그때 난 담대하게 신을 신지 않은 채 버선발로 교회에 갔었지. 나중엔 대문을 걸어 잠그고 나가지 못하게 노골적으로 야단을 하더군. 그까짓 것 가지고 하나님이 주시는 지혜를 식구들이 당하겠어? 뒤란 울타리 밑으로 빠끔하게 뚫린 수챗구멍으로 기어나가 예배를 드렸지. 여름이라 몸에서 시궁창 냄새가 역하게 풍겼으나 난 주일을 지킨 것이 그저 좋아서 감사, 감사 찬송만 불렀지 뭐야. 예배드리고 돌아오면 남편이 다듬이 방망이로 사정없이 패더군. 죽으면 천국에 가리라 생각하니 핍박을 받을수록 힘이 나고 기쁘더라고. 무당인 시어머니는 발로 머리와 배를 짓누르고 죽지 않을 정도로 목숨만 부지하게 들볶았어. 그 고통은 죽는 것이 차라리 낫겠다고 고백할 지경이었지. 그 와중에 수미 어미가 태어났고, 보채는 아이를 방에 팽개쳐 놓고 교회로 갔지, 참다못한 남편이 내 버릇을 고쳐준다며 시앗을 안방으로 끌어들였지만 꾹꾹 참아가며 교회엘 나가니까 친정에 연락을 했어. 파랗게 질린 친정어머니가 달려와서 시어머니에게 파리 손을 해가며 빌고 내게는 눈물로 호소했지만 그걸 누가 막겠나. 내가 아니고 내 안에 성령이 주장하는 걸 어떻게 막겠어. 딸이 시집에서 쫓겨나지 않을 마지막 방법으로 친정어머니는 내 성경책을 똥통에 넣어버렸지 뭔가. 어머니가 돌아가신 뒤 한 밤중에 똥통을 휘저어 똥물에 흠뻑 젖은 성경책을 건져냈지. 한 장, 한 장 물에 헹구어 그걸 식구들 눈을 피해 말리려고 가슴에 품었더니 구린내가 난다고 집안에 못 들어오게 남편이 방문을 걸어 잠가서 한뎃잠을 자기도 했어. 종내 들어온 시앗이 아들을 연달아 둘이나 낳는 바람에 딸 하나 낳고 단산한 나는 자연스럽게 시댁에서 쫓겨나고 말았지."

"아니고! 이모님은 어쩜 그렇게 지혜가 없었어요? 요령을 부리며 예수를 믿을 것이지 그렇게 생가지가 찢어지듯 상처를 입어가면서 억지를 부리면 손해만 보잖아요."

"지금은 기독교가 흥왕해서 아녀자가 예수를 믿어도 그렇게 핍박이 심하지 않지만 내 젊은 시절엔 정말 대단했어. 질부가 상상도 못할 거야."

"그래서 딸을 고아원에 넣었단 말인가요?"

"길거리로 쫓겨나 거지가 되었지만 어미가 눈을 시퍼렇게 뜨고 자식을 고아원에 넣을 사람이 세상에 어디 있겠나. 내 처지를 불쌍하게 여긴 전도부인이 장사밑천에 쓰라고 돈 얼마를 쥐어주고는 목포에 데려다놓더군. 목포 교회에서 신앙심이 돈독한 좋은 여 집사님을 만나 따라다니며 장사를 배우게 되었지. 60년대 초반 포목장사는 그 야말로 재미가 있었어. 그 시절 돈독이 잔뜩 올라서 선무 당이 겁도 없이 작두날 위에서 뛰듯 신바람이 났었어. 돈 이 술술 치마폭에 가득히 굴러들어오는 재미가 부부간의 정분보다 더 꿀맛이더라고. 돈을 더 벌어볼 마음으로 서 울로 가기로 결심을 했지. 시시하게 작은 도시에서 노는 것보다 거부가 되려면 서울이 최고라고 생각했어. 그때 다섯 살이었던 수미 어미를 데리고 돈 보따리를 들고 호 남선에 올라탔지. 그 시절의 호남선은 날치기들의 천국이 었어. 잠깐 조는 사이 손목시계랑 반지를 눈 깜빡할 사이 에 훔쳐갈 정도였으니까. 그 당시 호남선을 탄 사람은 너, 나 없이 모두 시계 찬 손목이나 반지 낀 손을 감싸 안고 있었으니까 말이야. 난 돈 보따리를 지키기 위한 수단으 로 너덕너덕 헝겊 조각을 댄 긴 허름한 보자기에 돈이 담 긴 소쿠리를 싸서는 귀중한 것이 아닌 것처럼 아무렇게나 선반 위에 올려놓았지. 지금처럼 편리한 은행을 이용하는 사람은 이해 못할 이야기야. 호남선은 야간 열차였어. 통 금이 있던 시절이니까 밤새 달려서 새벽에 서울역에 도착 하거든. 어린 딸은 내 곁에서 곤히 잠들었고 내 몸과 마음 은 온전히 그 돈 소쿠리에 가 있었어. 목숨을 건 지킴이었 다고나 할까. 그게 시댁에서 쫓겨난 여자 몸으로 딸과 살 아야 할 전 재산이었으니 그럴 수밖에. 희뿌연 새벽에 서 울역에서 내린 나는 시계탑 앞에 서서 감사 기도를 드렸지. 돈 소쿠리를 힘껏 가슴에 껴안고 말이야. 그때 느꼈던 희열은 참으로 대단한 것이었어. 정신이 혼미하고 황홀할 지경이었으니까. 차가운 새벽바람이 목포의 바닷바람보다 더 달짝지근하게 맛이 있더군. 내가 사겠다고 미리 연락해둔 가게가 동대문시장 안에 있어서 동대문행 전차를 타고 종로를 지나면서 문득 옆을 보니 딸이 없잖아. 기차간에 딸을 그냥 내버려두고 돈 소쿠리만 끌어안고 내려 전차를 탔던 거야. 세상에, 이런 몹쓸 어미가 또 어디 있겠나."

여기까지 긴 과거사를 늘어놓은 시이모님은 힘이 드는지 눈을 지그시 감았다. 땀과 눈물로 범벅이 된 얼굴은 세수를 한 것처럼 젖어 있었다. 근옥이 찬물 한 컵을 시이모님의 손에 쥐어주었다.

"이모님! 나중에 말하세요. 이러다가 정신을 놓을 것 같군요. 저, 저런! 얼굴빛이 백짓장이네요. 그만 말씀하세요."

근옥이 아무리 만류해도 물을 단숨에 마신 뒤 말꼬리를 이었다. 마치 그간 들려주려고 몰래 간직했던 이야기보따리를 풀어 놓은 듯 줄줄 흘러나왔다.

"허둥지둥 서울역으로 되돌아가 딸을 찾았으나 그 앤 흔적도 없이 사라져버렸더군. 그때부터 내 방랑생활이 시작되었어. 장사고 뭐고 다 때려치우고 오직 딸을 찾아 눈에 불을 켜고 전국의 고아원을 뒤지고 다녔어. 소쿠리의 그 많던 돈이 깨어진 독에서 물이 새어나가듯 없어지더군. 동대문시장 포목점 하나를 살 돈이었는데 빈털터리가 되고 5년이란 세월이 흘렀을 때에야 난 천안근교 고아원에서 몰라보게 변해버린 딸을 찾아낼 수가 있었어. 으흐흑……."

딸을 찾았다는 대목에 이르러서는 목이 메어 몸을 부르르 떨어가면서 울음을 터뜨렸다. 너무나 깊은 상처를 건드린 것이 죄송해서 근옥이 시이모님의 등을 두드려 주고 쓰다듬어 주고 보듬어 안았다. 작은 몸이 그녀의 가슴에 폭 안겼다.

초인종이 신경질적으로 울어댔다. 남편은 해외출장 중이고 이 시간대에 돌아올 식구는 없었다. 문을 따니 성깔이 치밀어 올라 온몸이 퍼런 기운으로 등등한 사촌 시누이가 인사도 없이 뽀르르 안으로 들어가 시이모님 앞에 철썩 앉았다.

"이 집은 공부 많이 한 부잣집 따님을 며느리로 맞아서 이렇게 고급스럽게 꾸미고 사는 거여. 어머니는 날 공불 시켰나 호강을 시켰나 도대체 해준 것이 하나도 없잖아. 그것도 부족해서 어머니는 할아버지뻘 되는 남자와 재혼해서 그나마 내가 손톱만큼 가졌던 어머니에 대한 정마저 뭉개버렸지. 나 시집갈 적에 수저 한 벌이라도 해주었으면 내 가슴에 이렇게 한이 맺히지 않았을 거야. 그러니 배운 것도 없고 가진 것 없고 어머니는 노인하고 재혼한 집안에서 내가 어떻게 좋은 데로 시집갈 수 있겠느냐고. 나처럼 배우지 못하고 집안이 나쁜 남자 만나서 자식을 낳고 살아보려고 발버둥 쳤어. 자식들이 커가면서 고등학교에 보내 달라, 대학갈 거다, 학원에 보내달라고 억지를 부리는데 수중에 돈이 있어야지. 자식들이 학비를 달라고 생난리를 치면서 울어대니 미칠 지경이었어. 내 생부가 부자라는 소문을 듣고 수소문해서 찾아갔었지. 어머니는 날 낳아준 생부의 이름까지 숨겨가면서 날 고생시켰지만 난 핏줄을 찾아 나섰어. 그 아버지를 통해 어머니의 비리를 다 들었어. 믿지 말라는 예수를 믿는다고 좋은 아버지를 걷어차고 가출했다더군. 혼자만 나오지 어쩌자고 나까지 달고 나와서 아버지 밑에서 누려야 할 내 삶까지 박탈했는지 몰라. 이런 어머니가 정말 저주스러워. 게다가 혼자 살지 지저분하게 늙어빠진 남자와 재혼을 했어. 그 늙은이도 죽어버리니까 갈 데가 없어 내게 온 것이 아닌가. 젊은 시절 마음 내키는 대로 쏘다니다가 늙으니 내게 와서 짐이 되어 살려고 하니 정말 부담스러워 죽겠다 이거야. 올케는 이런 내 마음을 이해 못할 거야. 꺅! 내 인생이 어머니로 인해 이렇게 비참하게 되었다고. 쌍, 쌍……. 어이쿠! 징그럽게도 복이 없는 내 팔자야. 엉엉……."

사촌 시누이는 봇물 터지듯 가슴에 맺힌 말들을 여과도 하지 않고 마구 쏟아냈다. 꽃돼지라고 자칭하는 수미 어미는 허리둘레가 40은 넘을 것이고 만삭처럼 배가 뿔뚝

했다. 둥근 호박처럼 큰 얼굴에 단춧구멍처럼 쭉 찢어진 눈에 분이 오르니 뱀의 눈처럼 번뜩였다. 얼굴의 세포가 하나하나 모두 살아나서 독을 뿜어내느라고 아가리를 딱딱 벌린 듯했다. 입에서는 쌍스러운 욕까지 거침없이 터져 나왔다. 그때마다 시이모님은 뾰족한 송곳에라도 찔린 듯 몸을 비틀면서 신음을 토해냈다. 실컷 혼자서 지껄여도 분이 삭질 않아 몸부림치면서 울던 딸이 나가버리자 시이모님은 두 손으로 머리를 감싸 안았다.

하긴 시이모님의 재혼은 친척들 간에 나쁜 쪽으로 파다하게 퍼져있었다. 잘 참고 깨끗하게 혼자 살다가 딸의 혼기를 앞두고 질투라도 한 것일까. 그것도 바짝 늙어버린 남자에게 미쳤다고 시집을 갔느냐고 친척들은 숨어서 비아냥거렸다. 그래서 시이모님은 딸뿐만 아니라 핏줄들에게도 항상 소외당하고 지냈다.

수미 어미가 다녀간 뒤 시이모님은 밥맛을 잃고 시름시름 앓기 시작하더니 나중엔 아예 몸져 누워버렸다.

"이모님! 이러시면 큰일납니다. 힘을 내셔야 해요. 시편에 기록된 말씀처럼 늙어서도 청청하셔서 많은 열매를 맺으셔야지 이러시면 제가 싫어할 거예요."

조카며느리의 말에 흐린 눈에 생기를 넣으려고 안간힘을 쓰다가 스르르 눈을 감아버렸다. 눈꼬리를 타고 주르륵 눈물이 흘러내렸다. 이런 구박에 익숙해 있는 듯 시이모님은 소리 없이 울기만 할 뿐 대꾸가 없었다.

"질부도 내가 재혼한 것이 창피한가?"

"……."

시이모님은 입을 삐죽거리면서 울음을 삼켰다. 근옥은 미음을 쑤어 드리려고 조용히 일어섰다.

마흔의 나이에 고희를 맞은 남자를 남편으로 맞겠다고 결심하고 중매쟁이 손에 이끌려 충청도 깊은 골짜기로 파고들었다. 시골 부자로 5대를 살아온 기와집은 대문이 약간 한 쪽으로 기울어졌을 뿐 지붕이며 우물가에 잘 살았던 흔적이 완연했다. 앞마당에 연이어 있는 채소밭과 문전옥답이 먼 산 발치까지 이어져서 오월의 찬란한 태양 아래 무청처럼 짙푸른 윤기가 흘렀다. 아버지뻘 되는 남편이란 사람은 농촌일로 손가락 마디가 뭉툭했고 강한 햇살에 구워진 얼굴은 흙빛보다 더 짙었다. 백발은 그렇다 해도 치아가 없어 입은 합죽이었다.

남편의 외모는 이랬지만 아랫목에 등대고 누워도 쫓아내는 사람이 없었고 모녀를 구박하는 사람도 없었다. 부엌에 나가면 쌀이 있어 밥을 할 수 있었고 비록 낡은 그릇들이지만 부족함이 없었다. 전처의 자식들은 출가해서 모두 대처로 떠났고 홀로 농사를 지으며 살았던 터라 남편은 그녀를 환영하는 분위기였다.

"가엾어라. 젊은 아낙이 내일 모레면 죽을 남자에게 시집을 오다니. 뭐에 홀린 것이 아니어."

"재산 때문에 온 것이야. 아직도 선산이며 논밭이 얼마나 많아. 그걸 다 유산으로 준다는 조건이 있었겠지. 우리처럼 고생하지 않고 몇 년 늙은이를 돌봐 주면 몽땅 많은 재산을 유산으로 받을 터이니 그게 얼마나 지혜로운 방법이야. 그래도 여자란 그런 것이 아니지. 시집와서 돈만 바라고 어찌 살아."

개울가에서 재잘대는 농촌 여자들의 어머니에 대한 입방아를 열아홉 처녀가 수용하기에는 너무나 수치스러웠다. 고아원에서 빼낸 것까지는 좋았으나 어머니는 거지였다. 음식점의 식모로 부엌일을 하면서 식당 방에서 둘이 끌어안고 자는 일도 창피했고 손님들의 음담패설에 몸 둘 바를 몰라 하는 딸을 지켜보는 일도 끔찍했다. 가슴이 나오고 엉덩이가 퍼진 열아홉 나이의 딸을 데리고 이런 데서 지내다가 무슨 일을 당할지 모른다고 한숨을 삼키는 어머니와 달리 딸은 어머니를 골탕 먹일 방법으로 손님들 앞에서 창녀처럼 음식점에 들어오는 손님들을 유혹하기 시작했다. 어머니의 눈에 핏기가 서렸다. 딸의 뺨을 불이 나도록 때렸다. 이런 어머니를 분노가 이글거리는 눈으로 올려다보던 딸의 얼굴을 어찌 잊겠는가.

"그렇다면 이모님이 재혼한 것이 수미 어미를 위해서 한 것이잖아요. 삶의 흐름이 그렇게 될 수밖에 없었네요. 딸에게 늙은 아버지라도 있어서 나쁜 환경에서 크는 것보다 울타리가 있는 가정을 주길 원했지요? 그렇지요, 이모님."

근옥의 말에 대꾸를 않고 시이모는 그저 입만 오물거렸다.

"이모님은 좋은 엄마였어요. 사랑이 넘치는 엄마였어요. 이 세상에 이모 같은 엄마가 몇이나 되겠어요. 바다를 먹물 삼아도 그 사랑 다 써낼 수 없을 정도군요."

"재혼했다고 가출한 딸을 찾아 3년 동안이나 헤맸지. 늙은 남편이지만 그래도 그 비용을 다 대주었어. 딸을 찾아 데려왔을 때는 가발공장에서 일을 하다가 같은 직장의 공원을 만나 임신한 상태였어. 딸의 결혼식을 앞두고 남편은 중풍으로 쓰러져 식물인간이 되었고 재산은 전실 자식들이 다 분배한 끝이라 내게 남은 것은 죽어가는 늙은이 뿐이더군. 결혼식에 딸의 손을 잡고 들어갈 아버지가 누워 있으니 어떡해. 흑흑……. 내가 늙은 남자에게 시집간 것은 아버지가 있는 좋은 환경의 가정을 딸에게 주어 비록 늙었지만 신부의 손을 잡고 들어갈 아버지를 주고 싶어서 그랬는데 말이야. 결국 수미 어미 말처럼 수저 한 벌 해줄 수 없는 결혼이었어. 모두가 내 탓이야. 내가 죄를 너무 많이 지어서 딸이 이 지경이 된 거여. 내가 잘못해서 딸을 불행하게 만들었어."

"그게 어디 이모님 죄 때문인가요. 그런 길을 걸을 수밖에 없었던 어머니를 더욱 귀히 모셔야지요. 제가 보기엔 수미 엄마에게 문제가 있어요. 이모 일생은 딸로 인해 이지러져버렸어요. 그걸 모르고 오히려 그 반대로 땅땅거리는 수미 엄마가 이상해요. 이러다가 하나님이 벌하시면 어쩌려고 저럴까."

"쉬이! 무슨 소릴 그렇게 해. 수미 어미가 행복하면 난 그걸로 족해. 내가 모든 짐을 다 지고 갈 터이니 내 딸은 내 몫까지 듬뿍 잘 살아야지."

이런 대화를 나눈 지 두 주일이 지나가면서 시이모님의 건강은 서서히 회복 기미를 보이더니 뺨에 핏기가 돌기 시작했다. 자정이 넘은 시간에 어쩌다 시이모님이 주무시는 방문을 열어보면 무릎을 꿇고 오뚝 앉아 기도하는 모습을 엿볼 수 있었다. 창문을 파고 들어온 가로등 불빛에 드러난 모습이 어찌나 성스러운지 한 폭의 성화를 보는 것 같았다.

시이모님의 기도 덕분인지 근옥의 마음에 기쁨이 넘치고 평안함이 충만하게 집안에 고이는 아침, 시이모님을 부모처럼 이 집에 모시고 살겠다는 큰 결심을 하기에 이르렀다. 큰애는 미국 유학을 떠났고 대학생인 막내아들은 하숙생처럼 밤늦게나 집에 들어오며, 남편은 한 달에 열흘 집에 머물 정도로 해외 출장이 잦아 쓸쓸하던 참이었다. 시이모님을 모시면 말동무도 되고 그분이 드리는 순전한 기도 덕도 보고 일거양득이 아닌가. 근옥이 은밀하게 감추고 있는 속내는 시이모님의 기도를 몽땅 이 집안

식구들에게 분배하고 싶은 계산에서였다.

"조금도 제게 빚을 지운다고 생각지 마세요. 저희 가족을 위해 기도해 주시는 것만으로도 전 너무 기쁩니다. 제가 대신 딸 노릇을 톡톡히 해낼게요."

이건 진심이었다. 이런 질부를 시이모님은 눈물이 그렁한 눈으로 시리게 바라보았다. 그냥 눌러 이 집에 사시겠다는 것인지 아니면 다른 곳으로 가시겠다는 것인지 예스와 노가 분명치 않은 표정이었다.

큰 사건은 바로 그 직후에 터졌다. 하필이면 그것도 근옥이 시장 간 사이에 걸려온 수미 엄마의 전화가 화근이었다.

"어머니는 친척집에 머물면서 딸이 아주 몹쓸 년이라고 욕먹는 것이 좋아서 살맛이 나지요. 어쩌면 그렇게도 독하세요. 어머니가 거기 있으면 딸 마음이 편하지 않을 걸 어쩜 그렇게 잘 알고 거기 그러고 살아요. 절 말려 죽일 작정이지요?"

"알았다. 알았어."

다음날 시이모님은 근옥의 집에서 다시 가출을 했다. 이번엔 근옥에게 편지를 남기고 떠난 것이 먼젓번의 가출과 다른 점이었다. 편지 내용은 이러했다.

'여기 지난 이태 동안 비닐하우스에서 벌어 저축한 사백만 원을 질부에게 맡기고 가니 큰 손자 학비로 수미 에미에게 전해 주게. 자식들 공부시키느라고 어미가 제정신이 아니야. 날 찾지 말게. 그게 날 위하는 길이야. 교회에서 운영하는 양로원에 들어갈 수 있게 되었어. 5년 전에 신청을 했는데 이제야 내 차례가 왔다고 연락을 받았거든. 내 몸이 아직 풀기가 있을 때 나와 같은 처지에 있는 노인들의 똥, 오줌을 치워주고 저들을 위해 기도하며 여생을 보내려 하네. 이 목숨 다하도록 질부를 위해 기도할 것이여. 자네에게 진 사랑의 빚을 이렇게라도 갚고 싶은 마음이네. 수미 어미에게 전해줄 말은 이 어미가 눈을 감는 순간까지 사랑하고 있다고 전해줘. 그 앨 위해 기도하면 눈물이 주체 못할 정도로 쏟아진다네. 그 이유를 어떻게 설명해야 할지. 수미 어미의 마음이 편안하게 내가 있는 곳이 어딘지 모른다고 해주게나. 이건 자네가 내게 베풀 수 있는 최선의 사랑이네. 우린 천국에서 만나세. 마라나타. 할렐루야.'

돈뭉치와 편지를 든 근옥의 손이 눈에 띄게 떨리고 있었다. 그 순간 측량할 수 없는 질투심이 머릴 쳐들었다. 시이모님은 나보다 딸, 수미 엄마를 더 사랑하고 있구나. 질부인 나를 위해서 하는 기도보다 딸을 위해서 기도할 적에 상한 심령으로 하고 있으니 저런 어머니를 둔 수미 엄마는 얼마나 행복한 여자란 말인가! ✤

— 2003년 「총신문학」 제3집

딸의 장례식을 치른 다음 김 목사나 온 교인들은 이제 풍기댁은 교회에 나오지 않을 것이라고 걱정했다. 가엾은 딸을 살리지 못한 예수님, 더구나 단 한 시간도 일으키지 못하는 하나님을 그녀가 파연 믿으려 할 거냐고들 했다. 교회를 향해 콧방귀를 뀌며 야유할 것이 틀림없다고도 했다.

꿈꾸는 여자

꿈꾸는 여자

　서쪽 하늘이 별나게 붉은 저녁이었다. 구름 한 점 없는 하늘이 공해의 그을음으로 더러워진 탓일까. 때기 잔뜩 낀 우중충한 농익은 감색을 띠고 있었다. 도심지를 벗어난 변두리 바닷가에 자리 잡은 작은 마을이라 버짐을 먹은 듯 듬성듬성 집들이 들어섰으나 그래도 초록빛 들판이 아직 남아 있었다. 저녁 산책으로 앞산 허리를 한 바퀴 도는 일과를 매일 계속하는 김민기 목사는 검붉은 석양을 향해 섰다. 땅거미가 내려오기 직전의 석양은 항상 사람을 슬프게 하고 장차 돌아갈 곳을 생각하게 한다.

　하필이면 지금 바라보고 있는 저녁 하늘은 노르웨이 화가 뭉크가 그린 「절규」를 떠올렸다. 앞 들판을 끼고 광활하게 펼쳐진 석양이 뭉크의 그림이 보여주는 것처럼 섬뜩했다. 양손으로 두 귀를 감싸 안고 다리 난간에서 부르짖고 있는 대머리 남자가 바로 우리 인간들이 처한 상황이 아닐까. 원초적인 붉은 색으로 물든 하늘을 등지고 선 바짝 마른 사내의 외침이 들리는 듯했다. 스산한 바람이 뺨을 스치면서 한기가 몸을 감쌌다.

머리를 흔들어 그림의 잔영을 떨쳐버리고 하산하는 김민기 목사의 무릎 언저리로 땅거미가 스멀스멀 기어오른다. 아무리 머리를 흔들어도 해골을 닮은 한 남자의 절규가 집요하게 귓가를 맴돌았다. 뭉크의 그림도 더욱 선명하게 모습을 드러내며 따라붙는다. 매정하게 등을 돌리고 걸어가는 두 사람 뒤에 혼자 남아 버려진 남자. 그건 짙은 절망이요, 외로움이었다. 더구나 검푸른 강과 산을 밑에 깐 배경으로 인해 더욱 강렬한 공포를 자아내는 그림이 하산하는 김민기 목사를 집요하게 물고 늘어져 종내는 가늠할 수 없는 슬픔으로 빠져들었다.

산책 끝에 산언저리에 홀로 서서 바라본 저녁노을로 인해 김 목사는 울고 싶은 심정이었다. 무지개를 바라보며 지녔던 아름다운 유년 시절의 꿈을 그려보려고 애를 썼다. 짐짓 검붉은 석양을 일곱 가지색의 무지개로 바꿔보려고 마음을 모으기도 했다. 그러나 여전히 쌉쌀한 아카시아 꽃향기에 잠겨드는 서쪽 하늘은 음습함을 안고 점점 더 짙어 가는 땅거미를 닮아 갔다.

「절규」라는 그림 속의 주인공의 원초적인 서러움이 김 목사를 휘어잡는 것은 어제 치른 하관식 때문이다. 재작년 목사 안수를 받고 시작한 목회이니 아직 죽음을 당한 유족들을 위로하는 일에 익숙지 못한 탓일 게다. 하지만 그날의 장례식은 놀람으로 그의 머리에 각인되어 있었다.

붉은색이 서서히 사라지고 어둠이 깃들고 있는 하늘에 어제의 하관식 장면이 선명하게 나타났다. 나무관을 열어 시신을 꺼내는 것 자체가 그에겐 큰 충격이었다. 조객들이 보는 앞에서 관 크기로 파 놓은 땅 속으로 수의를 입혀 물건처럼 마디마디 묶은 시신을 밀어 넣으니 죽음을 더 진하게 느끼게 하는 현장이었다. 군데군데 꽁꽁 묶여진 시신은 사람이 아닌 기름한 나무토막처럼 보였다. 흙에서 왔다가 다시 흙으로 돌아가는 정한 이치가 실감나게 하는 순간이었다. 더구나 시신의 주인공은 서른다섯 나이에 초등학교를 다니는 두 딸을 남겨 놓고 홀홀 떠나가는 엄마의 죽음이었으니 모두를 울리고 말았다. 불행을 만난 남편의 애간장 태우는 울부짖음이 귀청을 찢었다. 흙을 한 삽 떠서 시신 위에 뿌려줌으로써 이생에서의 마지막 작별을 고했다. 남편 되는 사람은 시신을 향해 구덩이 속으로 뛰어내려 그를 잡아끌어내느라고 한참동안 술렁거렸다. 그의 울부짖음에 전염된 조문객들과 유족 모두가 산야가 흔들릴 정도로 통곡을 했다.

아직 봉분이 만들어지지 않은 무덤 옆에 둘러앉아 조객들은 입이 미어지게 준비해 온 떡과 도시락을 먹느라고 여념이 없었다. 게걸스럽게 김밥을 입에 넣고 있는 죽은 여인의 남편과 눈이 마주쳤다. 숨이 넘어갈 듯 울어대던 남편이었다. 순간 김 목사는 전신에 찬물을 뒤집어 쓴 듯 소름이 끼쳤다. 삶과 죽음의 경계선이 먹고 마시는 일에서 명확히 금이 그어졌다는 상식적인 사실에 새삼 아픔을 금할 수 없었다.

천천히 산을 내려와 교회 바로 옆에 위치한 목사관 서재로 들어가 앉았다. 공해로 찌들어 그을음색이 짙은 노을과 뭉크의 「절규」, 또 어제 하관식 장면이 삼중으로 눈앞에 겹치면서 그의 영혼을 온통 우울하게 먹칠해 놓아 아내가 옆에 다가와 뭐라고 다그쳤으나 전혀 듣지를 못했다.

"여보! 무슨 생각을 그리 깊이 해요?"

여러 번 불러도 모르고 멍하니 앉아 있으니 아내가 남편의 팔을 세차게 잡아 흔들면서 걱정스럽게 그의 코앞에 얼굴을 디밀고 눈을 주시했다.

"으응, 왜 그래? 벌써 저녁식사 시간인가?"

"손님이 왔어요. 우리 교인이 아니에요. 얼굴이 딱할 정도로 세상 걱정에 찌든 여자예요."

아내가 귓가에 입을 바짝 대고 속삭인다. 아마 방문객이 이미 집 안으로 들어와 있는 모양이다.

"거실에 차 두 잔을 준비해요. 내가 곧 나가리다."

그의 말이 떨어지기가 무섭게 겁에 질려 곧 울음이 터져 나올 것처럼 울먹이는 오십대 여인이 염치 불구하고 서재로 들어와 방바닥에 무릎을 꿇었다. 지금까지 경험해 보지 못한 무례함이 전신에 넘쳤으나 그녀의 눈에는 물리칠 수 없는 간절한 염원이 그득 고여 있었다.

"이 교회의 목사님이시지요?"

"네, 어쩐 일로 오셨습니까?"

"제 딸을 살려주세요. 이렇게 빕니다."

여자는 두 손을 합장하고 부처에게 절하듯 머리까지 조아리면서 싹싹 빌어대기 시작했다. 당황한 김 목사는 여인의 손을 잡아 일으키면서 오히려 더 민망해서 쩔쩔맸다.

"이러지 마세요. 저도 같은 성정을 지닌 인간입니다. 따님이 병들었으면 병원으로 가셔야지요."

"병원에서 못 고치는 병이니까 목사님께 왔지요."

"의사가 못하는 걸 목사가 할 수 있다고 믿으십니까?"

"사람들이 그러는데 교회에 가면 앉은뱅이가 벌떡 일어서고 장님이 눈을 뜨며 불치의 암이 낫는다고 했어요. 심지어 죽었다가 살아난 사람이 있다면서요? 죽은 지 사흘이 지난 사람도 이미 땅에 묻혀 몸이 썩었지만 그분이 한마디 하니 어정어정 무덤을 헤치고 걸어 나왔다고 들었지요."

여자의 눈에 간절함에 넘쳤다. 볼썽사납게 흩어진 파마머리는 감은 지 꽤 오래 되었는지 먼지와 때로 엉겨 붙어 빗이 들어갈 것같지 않는 모양새였다. 짓무른 눈언저리에는 말라붙은 눈물자국이 역력했다.

"따님이 어디가 그렇게 아픕니까?"

"병으로 오래 앓다가 이렇게 되었으면 원통하고 분하지 않겠어요. 감기약을 조제해 먹고 식물인간이 되었답니다. 이 어미가 아무리 불러도 눈을 뜨지 않고 잠만 자요."

"누가 우리 집에 가라고 했습니까?"

김민기 목사는 흰자위가 벌겋게 충혈된 여인의 눈을 차마 떨쳐버리지 못하고 뭉그적거리면서 서먹한 목소리로 물었다. 목사가 되어서 아픈 환자를 만나면 늘 갖게 되는 그런 안쓰러운 감정이 울컥 치밀었다. 아픈 사람의 머리 위에 손을 얹고 기도하지만 예수님이 명하는 것처럼 벌떡 일어서는 기적이 일어나지 않는 걸 미안해하고 있었다. 어째서 주님은 목사에게 그런 능력을 주지 않고 말씀을 가르치고 행함으로 본을 보이라고 하는지 그 부분에 때로는 절망하기도 했다.

지금도 복음이 들어가고 있는 이슬람권이나 중국 본토에 가면 그런 기적이 일어난다고 한다. 설교하는 목사의 옷에 손만 대어도 태어나면서부터 말을 못했던 벙어리가 입을 열어 말을 하고 맹인이 눈을 번쩍 뜬다고 한다. 중국에서도 사람이 많이 살지 않는 오지로 가면 평신도가 끌어안고 기도해도 병이 낫는 이적이 일어나서 오히려 기도하는 사람이 놀라 넘어질 지경이라고 하지 않던가. 하지만 이미 복음이 널리 퍼진 지역에서는 병을 고치는 육체의 기적보다 영혼의 치유를 주님이 원하고 있기 때문에 원시적인 기적은 일어나지 않는다고 목사들이 모이면 토론을 벌이기도 한다.

"제 딸을 맡은 의사가 인공호흡기를 만지작거리면서 혼자 중얼거렸어요. 교회에 가면 예수님이 살려낼 수 있을 거라고요. 목사님은 그 의사가 말한 예수님이 어디 있는지 아시지요? 제가 그분을 만나 담판을 하겠습니다. 예수님이 있는 곳이 어디요? 제발 불쌍한 제 딸의 목숨을 살려주십시오. 딸이 죽으면 저도 죽습니다. 그 애를 보내고 제가 어떻게 살겠어요? 저는 그애 없이 못 삽니다. 따라 죽을 것입니다.

"그 의사의 말을 믿으세요?"

여자는 크게 고개를 주억거렸다.

"교회는 다니십니까?"

"아뇨, 딸이 입원한 병원에서 제일 가까운 교회가 바로 여기라 이렇게 급하게 찾아온 것입니다."

그 말에 풍기댁이라고 자신을 소개하는 여인을 따라 김목사는 병원엘 갔다. 죽음을 바로 코앞에 둔 환자였다. 죽음의 문턱에 가 있는 식물인간이었다. 목에 구멍까지 뚫어 최후의 수단을 다 해서 호흡만을 연장하고 있는 상태였다. 손발을 만졌다. 얼음장처럼 차가웠다. 이미 죽은 몸인데 억지로 숨을 쉬게 하니 가슴만 벌떡거리고, 얼굴이 풍선처럼 부어올라 피붙이가 아닌 타인의 눈으로 봐도 무척 마음이 아팠다. 의사의 소견으로는 가망이 없으니 인 공호흡기를 떼는 것이 좋다고 하지만 그건 어디까지나 가 족이 결정할 일이라고 했다. 환자의 남편도 울부짖으면서 차마 어떻게 숨을 쉬게 하는 호흡기를 떼어내느냐고 몸부 림쳤다. 풍기댁도 마찬가지였다. 딸을 담당한 의사도 너 무 젊은 나이에 보내는 환자가 안타까웠는지 혼자 중얼거 렸을 것이다.

'예수님이라면 살려낼 수 있을 터인데……'

의사의 이 말을 지푸라기처럼 부여잡은 풍기댁에겐 예 수님이 바로 생명이었다.

의사도 포기한 딸을 살려내려고 풍기댁은 매일 새벽 기 도회에 나와 애간장이 녹아내리도록 울어가면서 매달렸 다. 급기야 그녀는 백여 명이 모이는 개성교회의 유명인 사가 되었다. 이 교회에 출석하는 어린아이들까지 식탁에 서 식기도를 할 적에 풍기댁의 따님을 살려달라는 기도를 할 정도로 그녀의 딸은 온 교인의 기도 대상이 되어버렸 다.

풍기댁이 울먹이며 철야예배에 나와 간증한 서러운 사 연은 이러했다. 식물인간이 된 스물여섯, 풍기댁의 따님 은 태어나자마자 아버지를 잃었다. 어려운 환경에서도 대 학까지 공부시킨 풍기댁의 금쪽 같은 딸이 아버지 없이 자란 여자라고 결혼을 앞두고 시댁의 반대가 어마어마했단다. 편모슬하에서 자란 것도 서러운데 시댁에서 그걸 트집을 잡으니 주눅이 잔뜩 든 딸은 시부모님 앞에서 그야말로 고양이 앞에 쥐였다. 게다가 혼수로 인해 사사건건 물고 늘어지는 시어머니로 인해 머리도 제대로 못 드는 딸이 되었다.

풍기댁 나이 스물둘에 연년생으로 세 살과 두 살짜리 두 아들, 게다가 갓 태어난 딸을 놓고 남편은 병으로 이 세상을 떠나버렸다. 위의 두 아들에 비해 시골 장을 따라다니면서 키운 딸이 고생이 많았다. 두 아들은 잘 자라서 장남은 개인택시를 운영하고 맏며느리가 옷 장사를 해서 짭짤한 부자가 되었고, 둘째 아들은 공군사관학교를 나와 중위가 되었으니 혼자된 여자로선 아주 성공한 케이스에 속했다. 그중에 막내인 딸이 애물단지였다. 하필이면 열렬한 연애 끝이 극성스러운 시부모를 둔 집으로 시집을 가서 늘 풍기댁의 가슴을 아프게 했다.

비가 부슬부슬 오는 어느 날 저녁, 딸이 좋아하는 오이소박이를 담아 가지고 갔더니 시어머니가 며느리를 들볶는 소리가 대문 밖까지 요란하게 새어나왔다.

"넌 이 집 며느릿감으로 낙제다. 어떻게 감히 네가 이 집에 들어올 수 있었는지 모르겠다. 시어미에게 무얼 해주었다고 머릴 고렇게 빳빳하게 들고 나대냐. 내 친구는 아들을 나만큼 잘 키우지 못했어도 무릎까지 내려오는 밍크코트를 받았다더라. 그뿐인 줄 아니? 크리스천 디올 실크 잠옷과 가운, 지아니 베르사체 블라우스, 또 수백만 원을 호가하는 독일제 에스커다 투피스, 거기다가 수백만 원짜리 모리 비도 악어 핸드백도 받았다고 입이 닳도록 자랑하는 자리에서 난 내놓을 것이 있어야지, 시아버지가 혼숫감으로 기대했던 병풍도 해오지 않았다고 시어머니가 소여물 씹듯 주절대는 말만을 듣고도 바로 다음날 사돈이 봉황새가 화려하게 수놓인 병풍을 택배로 보내줬다고 자랑이 늘어지더라. 요즘 세상에 얼굴 먹고 사냐? 네가 뭐 그리 대단한 미인이라고 그렇게 당당하게 얼굴을 뺏뺏하게 드느냔 말이다. 우리 아들이 너와 결혼해서 이렇게 고생하는 걸 보면 불쌍해 죽겠다. 네가 시집올 때 아파트 혼수를 해가지고 왔으면 이 고생을 하지 않아도 될 것이 아니냐? 다 너 때문에 우리가 이 고생을 하고 있다. 내 아들이 보통 아들이냐? 의사라고! 그것도 돈을 제일 잘 번다는 성형외과 의사야. 우리 부부는 이런 아들을 기르느라고 쓰러질 정도로 뼛골 빠지게 일했다. 너 같은 가난뱅이 여자를 얻지 않았다면 병원 빌딩을 가지고 시집오는 며느리 덕에 내 귀한 아들은 벌써 큰 병원의 원장이 됐을 귀하신 몸이다."

문틈으로 들여다보니 시어머니 앞에 무릎을 꿇고 앉아 있는 딸은 말 한 마디도 못하고 훌쩍이고 있었다. 혼자 막일을 하면서 자식 셋을 기른 탓인지 씨억씨억하고 괄괄한 성격인 풍기댁은 참을 수가 없어서 후다닥 방 안으로 뛰어들었다. 당장 딸을 데리고 나올 심산이었다. 그래도 그냥 나오면 속의 응어리가 앙금으로 남을 것 같아 있는 힘을 다해 악을 썼다.

"아니, 내 딸이 댁에 못한 것이 뭐요? 혼숫감을 치부의 수단으로 삼는 당신네가 잘못이지 우리 딸 부족한 것이 뭐냐고요. 나도 이 딸을 위해 할 만큼 했소. 시장 바닥을 끼고 자면서 깨끗하게 번 돈으로 딸자식을 대학까지 가르쳤다오. 내 딸은 누가 뭐래도 예쁘고 성실하고 솜씨 있고 상냥하고 건강하게 컸고 공부를 썩 잘했단 말이오. 그 정도이니 당신 아들을 만날 수준인 일류 대학을 나온 것이 아니오? 지금도 남편 잘 섬기고 현숙하게 살아가는데 뭐가 부족하다고 내 딸을 이렇게 달달 들볶고 야단이오? 그까짓 재산이야 일생 살아가면서 벌어 쓰면 되는 것이지 사람보다 돈이 제일이란 말이요? 돈 있고 사람이 있는 것이 아니지요. 사람 있고 돈이 있는 것입니다."

"흐흥! 알량하게 교육하나 시켜 놓고 뭐가 잘났다고 이야단이야. 우릴 얼마나 우습게 봤으면 혼수로 싸구려 농하고 시장 바닥에서 파는 이불을 사 보냈느냐고. 기가 찬 것은 전자 제품도 싸구려 몇 개를 들고 왔으니 혼수만 보면 내 오장육부가 다 타들어 간다니까. 잘 들어 보라고요. 남들은 아들을 이 정도로 키워 놓으면 며느리가 열쇠 여섯 개를 가지고 온답디다. 아파트, 자가용, 별장이 딸린 농장, 콘도, 병원 빌딩 ……. 그리고 하나는 또 뭐더라?

급하게 말하자니 퍼뜩 생각이 나질 않네. 내가 이렇게 말하는 것이 억울하면 당신 딸을 데리고 썩 나가구려. 우린 더 좋은 며느릿감들이 줄을 서서 기다리고 있으니까."

"정말 이렇게 나가기요?"

풍기댁은 시장 바닥에서 힘과 입씨름으로 억세게 살아왔다. 남편 없이 홀몸으로 셋이나 딸린 자식을 먹여 가르치고 기르자면 모든 걸 몸으로 때워야 했다. 풍기댁은 벌떡 일어나서 팔을 걷어붙이고 머리채라도 잡아끌어다 매대기를 칠 심산으로 안사돈 앞에 떡 버티고 섰다.

그 순간 딸이 매미처럼 풍기댁의 등에 달라붙었다.

"어머니! 왜 이러세요? 어서 나가세요. 어머니가 끼어들 문제가 아니에요. 이건 제 문제예요. 전 여기서 행복해요."

"이렇게 살아도 네가 정말 행복하단 말이냐? 하긴 네 남편이 널 무척 사랑해서 떨어질 수 없다고 매일 따라다니면서 애걸했었지. 일생 손가락에 물 한 방울 묻히지 않고 곱게 지켜주면서 살겠다고 내게 하도 졸라대서 한 결혼이었지. 음식을 못하는 딸이라고 내가 이 결혼을 반대하면 찬모를 둔다고 사윗감은 나를 달랬었다. 바느질도 못한다고 내가 억지를 부리면 침모를 둔다고 했었다. 내 딸이 몸이 약해 아기를 기를 수 없으니 결혼을 못시키겠다고 했더니 유모를 둔다고 우기기도 했다. 나도 우리 집과 형편이 너무 다른 이 집안과 사돈 맺는 걸 결사적으로 반대 했건만 너도 사위도 서로 사랑한다고 고집을 피워서 허락했더니만 결과가 이렇구나. 아이쿠! 내 딸 불쌍해서 어떡하지? 엉엉……."

대문을 나서면서 풍기댁은 딸을 위해 사돈에게 지고 들어갔다. 속이 탔지만 안사돈에게 옥신각신 싸운 것을 먼저 사죄하고 말이다. 딸을 가진 죄로 밀려나서 어이어이 울면서 집으로 돌아왔다. 그놈의 돈이 무엇인지 기가 딱 찰 노릇이었다. 아버지 얼굴도 모르고 자란 불쌍한 딸이 가난한 어미를 만난 죄로 고생하면서 대학까지 나왔는데, 그 장한 딸이 시집가서 어미의 가슴에 대못을 박고 있었다. 어린 시절 고생을 많이 했으니 시집가서는 남편 사랑을 두텁게 받고 시부모 사랑 듬뿍 차지하면서 행복하게 살기를 원했지만 지옥으로 들어갔지 이게 어디 행복한 결혼이요, 가정이란 말인가.

안사돈끼리 한바탕 싸운 그 밤에 사고가 터졌다. 몸이 으슬으슬 춥고 머리가 아프다고 딸은 약국에 가서 감기약을 조제하여 먹었다고 한다. 의사 마누라라 되었으면서 남편과 의논 한 마디 없이 약을 사먹다니 그것부터가 못마땅했다. 약사가 잘못한 것일까. 아무튼 그 약을 먹은 뒤에 머리를 다쳤는지 딸은 꽃다운 나이에 식물인간이 되어버렸다. 돌을 갓 지난 갓난아기와 대학시절 너무 사랑해서 죽어도 못 떨어진다고 매달렸던 남편을 두고 말이다.

"하나님, 불쌍한 풍기댁을 긍휼히 여겨주세요. 따님이

기적처럼 일어나기를 소원합니다. 치유의 광선을 비춰 주셔서 온전히 치료되게 해주세요. 나사로가 무덤에서 살아나듯 그렇게 벌떡 일으켜 주세요. 맹인이 눈을 뜨게 하셨던 주여! 풍랑까지도 잔잔케 하셨던 주님은 무엇이나 할 수 있잖습니까."

온 교인의 기도 소리가 매일 이렇게 드높아 갔고, 풍기댁은 금식까지 해가면서 철야를 했다. 그녀가 하나님께 너무나 처절하게 매달려서 보는 이들의 가슴을 아프게 했다. 나중에는 단 한 시간만이라도 좋으니 의식이 돌아와 풍기댁과 몇 마디라도 말을 주고받고 천국에 가도 좋다는 기도로 바뀌어 갈 즈음 호흡기를 떼어내니까 그 순간 숨이 멎어버렸다. 그렇게도 간절하게 밤낮 몸이 상할 정도로 울부짖어도 하나님은 침묵하셨고 딸은 어머니인 풍기댁에게 단 한 마디도 하지 못했다.

딸의 장례식을 치른 다음 김 목사나 온 교인들은 이제 풍기댁은 교회에 나오지 않을 것이라고 걱정했다. 가엾은 딸을 살리지 못한 예수님, 더구나 단 한 시간도 일으키지 못하는 하나님을 그녀가 과연 믿으려 할 거냐고들 했다. 교회를 향해 콧방귀를 뀌며 야유할 것이 틀림없다고도 했다.

그러나 이런 예상을 뒤엎고 주일에 풍기댁은 곱게 옷을 차려 입고 교회 뜰을 밟았다. 울부짖으면서 뒹굴 때에 비해 더욱 경건하고 의젓한 모습이었다.

"마음이 무척 아프시지요? 소망을 가지세요. 따님은 이곳보다 더 좋은 하늘나라에 가셨습니다. 먼 훗날 그 따님을 천국에서 만나게 될 것입니다."

김 목사는 이런 말로 위로를 하면서 슬쩍슬쩍 풍기댁의 감정 변화를 살폈다.

"하나님 나라에서도 돈이 제일인가요?"

"절대로 아닙니다. 천국에서는 돈이 필요 없답니다."

"후유! 그러면 제 딸이 그리로 시집을 잘 갔네요. 그 못된 시어머니에게 들볶이면서 시집살이하는 것보다 천국이 월등 낫지요. 아암! 거기가 내 딸에게 딱 맞는 곳이어요. 이 땅에선 그놈의 돈이 원수지. 돈이 있었으면 그렇게 고생도 하지 않았을 터이고 부잣집에 시집갔으면서도 시어머니가 무서워 남편이 의사이건만 천덕꾸러기가 되어서 말도 못하고 눈치를 보면서 싸구려 약을 사먹고 사고를 당하지도 않았을 터인데."

딸을 먼저 보내 놓고 울어댈 풍기댁을 어쩔 거냐고 교인들이 우려했던 일은 일어나지 않았다. 딸을 따라 죽겠다고 억지를 부리지도 않았다. 그녀는 다른 교인들보다 더 월등하게 교회 생활을 잘 했다. 여전히 새벽 기도회와 철야에 잘 참석했으며 따님이 간 천국을 항상 바라보면서 얼굴에 화색이 돌았고 신심(信心)도 날마다 깊어만 갔다. 김 목사는 안도의 숨을 내쉬면서 풍기댁을 볼 적마다 목사가 된 보람을 만끽했다.

그런데 엉뚱한 일이 터졌다. 공군사관학교를 나와 장교가 된 둘째아들이 병으로 쓰러져버렸다. 급성 간암으로 진행 속도가 너무 빨라 죽음을 향해 급행열차를 탄 것처럼 악화일로로 치달았다. 풍기댁에겐 이 아들도 놓칠 수 없는 귀한 자식이었다. 돈이 없어 일반대학에 가지 못하고 천재라고 소문난 아들이 국가에서 공부를 시켜준다는 바람에 사관학교로 갔다. 법관 되는 것이 소원이라고 늘 아쉬워하면서 마음 아파하던 아들이다. 학교 들어가서도 빨간 머플러를 매는 비행기 조종사가 되기까지 얼마나 많은 고생을 했던가. 아까운 이 자식이 또 죽음 앞에 서게 된 셈이다.

또다시 울부짖는 풍기댁의 기도가 시작되었다. 식물인간이었던 막내딸에 비해 장교 아들은 의식이 있으니 함께 하나님께 매달리면 치유 받을 수 있다는 확신에 차서 풍기댁은 곁에서 지켜보기에 딱할 정도로 결사적이었다. 하나님이나 예수님이 누구인지도 모르고 매달렸던 딸의 경우와 달리 이번엔 신앙심도 있어서 더 구체적인 기도를 했다. 하나님을 가슴에 달고 다니는 브로치처럼 믿고 있는 평범한 교인들에 비해 짧은 기간 신앙생활을 했지만 고난의 강도가 세어서인지 그녀의 기도는 우렁차고 힘이 있었다. 괄괄한 성격 탓도 있겠지만 그녀는 기도를 많이 하여 영력이 충만한 기도의 여장부처럼 얼굴에서 눈부신 빛이 뿜어 나올 정도였다. 전심으로 부르짖고 찾으면 만나주고 소원을 다 들어준다는 말씀에 의지해서 목이 터져라 외쳐대는 바람에 잔잔했던 교회가 뜨겁게 달아올랐다.

특히 풍기댁이 기도할 적마다 외치는 내용은 딸의 장례식 때 김 목사가 한 설교 내용을 그대로 암송하여 늘 녹음기를 틀어놓은 것처럼 웅얼댔다. 마음이 다급하면 성전의 천장이 날아갈 듯이 몸을 뒤틀면서 그 설교 내용을 고함치면서 토해내고는 보물처럼 끌어안고 울부짖었다.

김 목사가 전한 장례식 내용은 이러했다.

"예수님이 사랑하는 딸을 천국의 현관문 안으로 밀어넣었습니다. 이 슬픈 장례식장에서 칼로 도려내듯 마음이 아픈 어머니에게 좋으신 주님은 이렇게 속삭이고 있습니다. '풍기댁을 향한 나의 생각은 내가 안다. 이십대의 나이에 천국으로 간 딸의 죽음은 재앙이 아니라 곧 평안이요, 풍기댁의 장래에 소망을 주려 하는 내 뜻이다. 풍기댁은 내게 부르짖으며 와서 내게 기도하면 내가 들을 것이요, 전심으로 나를 찾고 찾으면 나를 만나리라.' 좋으신 우리 예수님이 직접 고인의 어머님을 향해 속삭이고 있는 이 말씀을 믿습니까?"

그 장례식장에서 풍기댁은 두 손을 번쩍 들고 일어서서 그런 주님을 믿는다고 외쳤다. 대단한 용기였다. 그녀의 얼굴에는 그 말씀에 진심으로 응답한다는 기색이 역력했다. 딸을 영원한 나라로 보내는 풍기댁은 딸이 죽음의 현관문을 통하여 천국으로 가는 장례식을 진심으로 기뻐하고 있는 얼굴로 조문객들을 맞았다.

하나님과 연결된 줄이 바로 이것이라고 굳건하게 믿고 있는 풍기댁은 이번에는 죽음을 앞에 놓고 몸부림치는 아들을 위해 밤낮을 가리지 않고 이 줄을 붙들고 늘어졌다.

공군 장교인 아들에게 닥친 이 병은 재앙이 아니고 평안이며 장차 소망을 주려는 하나님의 뜻이라고 굳게 믿고 있는 풍기댁은 몸부림치면서 하나님 만나기를 소원했다. 전심으로 부르짖으면 만나주신다니 의심하지 않고 목숨을 내놓고 외치면서 매달렸다. 발성 연습을 많이 한 소리꾼처럼 그녀의 목소리는 탁 트여서 예수님이 계신 천상까지 울려 퍼질 듯 우렁찼다.

성도들의 기도 소리가 그녀를 따라 드높아 갔다. 온 교회가 그녀로 인해 성령이 충만했다. 영적 거인으로 변한 그녀는 걱정해 주는 교인들을 오히려 위로하면서 힘 있게 서 있었다.

풍기댁의 아들이 걱정되어서 기도를 하려고 김 목사는 새벽 세 시에 성전으로 향했다. 놀랍게도 거기서 밤새워 기도하고 있는 풍기댁을 만났다. 잠을 자지 못하고 밤새워 기도한 풍기댁의 얼굴이 처참할 정도로 야위어 있었다.

"함께 기도합시다. 혼자서 너무 힘들지요?"

"목사님, 제가 예수님을 만나러 앞으로 가도 아니 계시고 뒤로 가도 보이지 아니합니다. 그가 분명히 내 왼편에서 일하고 계신데 내가 만날 수 없고 오른편으로 돌이켜도 내가 뵈올 수가 없습니다."

지금 그녀가 하는 말은 욥의 간증이기도 했다. 김 목사는 그 다음을 받아서 말했다.

"풍기댁이 가는 길을 오직 주님이 아시니 그가 풍기댁을 단련한 뒤에는 정금 같은 신앙으로 상급을 주실 것입니다."

김 목사의 말에 풍기댁은 기가 죽은 모습으로 고개를 숙였다.

그 아들도 풍기댁을 남겨 놓고 가버렸다. 서른을 갓 넘긴 며느리와 어린 두 손녀를 남겨두고 말이다. 이생과 저생 사이의 계곡을 휘익 넘어 어이없이 사라져버렸다.

이번엔 진짜 큰일이라고 김민기 목사는 고민했다. 아무리 불처럼 뜨겁게 믿었지만 신앙의 연륜이 짧으니 분명히 실망해서 교회를 떠날 것이란 마음이 들었다.

그러나 김 목사의 이런 예상을 풍기댁은 또다시 뒤엎어버렸다. 여전히 새벽 기도회도 빠지지 않고 잘 나오고 철야도 나와 열심히 기도했다.

"뭐라고 위로해야 할지 모르겠어요. 힘내세요. 우리는 죽으나 사나 그리스도의 것입니다. 둘째 아드님은 지금 먼저 간 여동생을 만나 하늘나라에서 오순도순 재미있게 지낼 것입니다. 먼 훗날 오실 어머님을 기다리면서 말입니다. 그러니 낙심하지 마시고 희망을 가지세요."

"그 앤 유별나게 하늘 날기를 좋아하더니 아예 어미 눈에 띄지 않게 하늘 깊은 곳으로 가버렸어요. 좋아하는 하늘에서 재미있게 살 것을 확신합니다."

풍기댁은 얌전하게 두 손을 무릎 위에 깍지를 끼고 앉아서 다소곳하게 말했다.

"인생이란 꿈과 같이 흘러가는 나그네길이랍니다. 육안으로는 앞이 잘 보이지 아니할 만큼 흐릿하지만 우리 모두 낙망치 않는 것은 영원한 나라인 천국을 향해 걷고 있기 때문이지요. 인생이란 들의 들꽃과 같아서 금방 시드는 것입니다. 설날을 서른 번 맞고 떡국을 서른 번만 드시면 거기 가실 것입니다. 우리 모두가 천국에서 만난답니다. 그러니 힘을 내세요."

김 목사가 할 수 있는 모든 말을 동원해서 위로하는 기도를 해주었다. 그의 말에 풍기댁은 아무 대꾸도 하지 않고 김 목사 앞에 오랫동안 멍하니 서 있다가 머리를 푹 숙이고 돌아섰다.

이번엔 정말로 교회를 떠날 것이고 하나님을 원망할 것이란 모두의 예상을 뒤엎고 풍기댁은 더 열심히 기도하고 전도도 했다. 놀라운 일은 교회 일에 어느 누구보다 더 헌신적이었다. 그로 인해 교회는 자라기 시작했다. 참으로 신비로운 일이었다. 교회 안에 생기가 넘쳤고 모두 입을 열어 울부짖는 기도를 하게 되었으니 교회에 성령의 바람이 불어오게 된 셈이다. 풍기댁이 이런 바람을 몰고 왔다고 말할 정도였다. 아무튼 이번에도 엄청난 고난을 잘 참아 신앙의 위기를 용케 넘긴 풍기댁이 김 목사에겐 정말로 자랑스럽기만 했다. 고난으로 단련한 뒤에 정금 같은 믿음으로 풍기댁이 태어난 것이 확실했다.

하나 남은 아들, 장남이 어머니를 위로하려고 합솔했다. 어머니에게 효도하려고 작심한 아들내외가 자녀들을 데리고 모두 교회에 출석했다. 아들, 며느리와 손자, 손녀를 앞세우고 교회 문을 들어서는 풍기댁의 발걸음은 하늘을 나는 듯 신바람이 났다. 풍기댁이 앞장서고 뒤따라 들어오는 아들네 식구들이 혹시라도 바람에 나는 겨처럼 휘익 날아가 없어져버리기라도 할 것 같은지 연신 뒤를 돌아보았다. 풍기댁은 정수리부터 발끝까지 온통 웃음으로 가득해서 지금까지 봐온 어느 때보다 행복해 보였다.

그날 전교인이 모여 점심식사를 하는 자리에서 풍기댁은 씩씩하게 일장 연설을 했다.

"보시오, 여러분들. 우리 좋으신 하나님이 내게 이런 좋은 계획을 가지고 있었던 거요. 내 앞날에 소망과 평안을 주려고 그렇게도 어려운 시련을 주었던 것이오. 아들과 딸을 미리 데려간 것은 재앙이 아니라 바로 이런 축복을 주려는 하나님의 생각이었단 말이오. 오늘 여기 나온 큰

아들은 절대로 예수를 믿을 수 없는 사람입니다. 며느리를 따라 원불교에 나가는 지독한 열성분자였으니까 말이오. 특히 며늘애는 태어나기 전부터 원불교인이었고 사돈들은 거기서 아주 높은 자리에서 명성을 떨치고 있어요. 우리 식구를 구하려는 하나님의 뜻이 내게는 처음에 재앙처럼 보였으나 평안이요, 소망이었어요. 못난 나를 구하려고 아들과 딸을 미리 데려간 것이오. 이런 하나님을 나는 사랑합니다."

성도들의 박수소리가 우렁찼다. 그리고 2년이 넘는 동안 아들내외도 학습과 세례를 받았고 손자, 손녀도 열심히 주일학교에 참석하여 돈독한 신앙인으로 커가면서 교회에서 롤모델이 되는 가정으로 성장했다.

김민기 목사는 으쓱했다. 이런 맛에 목회를 한다고 자부하기도 하고 보람을 느끼기도 했다. 술을 먹고 집 안을 난장판으로 만들기 일쑤였던 장남이 술을 딱 끊고 가정에 열심을 보이자 며느리도 좋아서 전도 왕이 될 정도로 많은 사람들을 교회로 인도해서 교회는 날마다 부쩍부쩍 성장했다.

주로 부엌에서 음식 만들기를 좋아하는 풍기댁의 걸걸한 웃음소리와 맛깔스러운 음식으로 인해 점심시간은 교회 전체가 웃음바다였다. 그녀의 음식을 먹기 위해 출장 갔다가 집으로 가지 않고 교회로 먼저 뛰어온다는 사람도 있었다. 김 목사의 설교로 인해 영적으로 충만하고 육적으로 좋은 음식을 먹으니 자연히 교회는 넘치도록 사람들로 물결쳤다.

힘든 시련을 잘도 치러내는 풍기댁을 하나님은 그냥 두지 않았다. 홀몸으로 기른 아들과 딸을 잃은 어머니를 위로한답시고 큰아들이 처자식과 어머니를 모시고 효도 관광을 떠난 것이 문제였다. 처음 경찰의 연락을 받았을 때 김 목사는 자신의 귀를 의심했다. 몇 번이고 되풀이해서 사고 난 차에 타고 있던 사람들을 확인했다. 큰아들, 며느리, 손자와 손녀, 풍기댁까지 온 가족이 타고 가던 차가 중앙선을 넘어 덤벼드는 덤프트럭과 정면충돌한 엄청난 사고였다. 운전대를 잡았던 큰아들은 현장에서 죽었고 그 옆에 탔던 며느리는 병원에 실려와서 숨을 거두었다고 한다. 뒷자리에 앉았던 초등학생인 손자와 손녀는 몸이 날렵해서 그런지 타박상만 입었을 뿐 멀쩡하단다.

유일하게 어른으로는 풍기댁 혼자만 목숨이 붙어 있었다. 머리를 다친 중상으로 뇌수술을 받아도 살아날 가능성이 없다고 했다. 김 목사는 표현할 수 없을 정도로 마음이 착잡했다.

스물둘에 혼자되어서 길러낸 두 아들과 딸을 앞세운 이 마당에 풍기댁 혼자 살아나면 어떻게 할까. 만약 그녀가 살아난다면 어떤 표정을 지으면서 그녀 앞에 설 것이며 과연 이번엔 어떻게 위로해 주어야 한단 말인가.

모든 재산과 자식들을 연이어 다 앗아갔고, 그것도 모자라 자신의 몸이 정수리부터 발끝까지 헌데가 나서 땅바닥에 앉아 기와 조각으로 온몸을 긁어댔던 욥처럼 고난 뒤에 몇 십 배로 보상해줄 하나님이 살아계시니 힘을 내라고 위로해야 할까. 영혼을 다루는 목사의 자리에서 이런 경우 퍼뜩 머리에 욥이 떠오르고 다른 말을 찾을 수가 없었다. 적신으로 왔다가 적신으로 가는 것이 인간이니 이런 일로 하나님을 거역하지 말라 하면서 욥의 연단된 신앙을 닮으라고 말해 줄까.

수술을 앞둔 풍기댁은 혼수상태에서 무슨 꿈을 꾸고 있는지 벙긋벙긋 웃고 있었다. 아주 행복한 표정이었다. 성령이 충만해서 찬송을 부를 적보다 더 평안하고 기쁜 얼굴이었다. 김 목사는 가엾은 여인을 보듬어 안고 중얼거렸다.

'깨어나지 마세요. 계속 꿈을 꾸세요. 영원히 깨어나지 마세요. 따님과 두 아드님을 만나셨지요? 맞지요? 거긴 참 좋은 곳이지요? 거기 그냥 눌러앉으세요.'

풍기댁은 마치 갓난아기가 배냇짓을 하듯 연신 벙긋벙긋 웃기도 하고 코를 찡긋거렸다. 다섯 시간이나 걸리는 뇌수술이 끝난 뒤 회복을 기다리고 있는 병실에서 김 목사는 연신 기도했다.

'주님! 저 가엾은 여자의 잠을 깨우지 마세요. 영원히 꿈속에서 살게 해주세요. 코끝에 호흡을 허락하지 말아주

세요. 이렇게 간절히 진심으로 기도합니다. 제 기도를 들어주세요.'

김 목사는 가녀린 환자의 손을 잡았다. 거친 손이었다. 손마디마다 재래종 밤톨처럼 뭉툭 튀어나오고 지문도 사라진 손이었다. 바짝 말린 칡뿌리처럼 거칠어진 갈퀴손이었다. 그 손이 김 목사의 눈물선을 자극해서 엉엉 소리 내어 통곡을 했다.

'오! 주님. 이 가엾은 여인이 깨어나면 어쩝니까. 전 위로하지 못합니다. 어떻게 무슨 말로 위로합니까. 너무 가엾어서 어떻게 이 여인의 얼굴을 대합니까. 차라리 깨우지 마세요. 그냥 꿈을 꾸게 놔두세요. 주님이 너무 많이 앗아갔습니다. 큰아들만큼은 남겨두시지 그러셨어요.'

그때 뇌수술을 담당했던 의사가 김 목사의 손을 잡았다. 간절하게 기도하느라고 눈물로 얼룩진 김 목사의 얼굴을 대하자 나이 지긋한 의사는 이렇게 말했다.

"수술은 성공적입니다. 생명에는 지장이 없습니다. 목사님의 기도가 응답되었습니다. 의학적 소견으로는 살아나기 힘든 상태였는데 성령이 함께 수술했다는 확신이 옵니다. 인간의 힘으로는 진짜로 불가능했거든요. 아무리 생각해도 이건 기적입니다. 목사님의 기도를 하나님이 들어주셨습니다."

기독교 재단 병원이니 집도한 의사도 크리스천이 확실했다. 성공적인 수술을 하고 난 의사의 얼굴에 희색이 만연했다.

"아아……. 네, 알았습니다."

밖을 보니 서쪽으로 향한 창문을 통해 감빛으로 물들어 가는 하늘이 보였다. 풍기댁을 만났던 날, 산책 끝에 바라보았던 황혼이 또다시 스멀스멀 그의 영혼을 좀먹기 시작했다. 김 목사는 뭉크의 「절규」 그림에 깔려 있는 공포심과 극에 달하는 고독을 물리치려고 그 밑 초록으로 물든 산야에 눈길을 던졌다. 자연을 상징하는 원초적인 초록빛이 그의 영혼에 생기를 주면서 마음에 평안함을 안겨주었다. 김 목사는 산야에 눈길을 던지고 이끼 낀 바위 냄새를 맡으려고 코를 킁킁거렸다. 바닷가에 심어진 해송의 상큼한 초록색이 눈앞에 가득 다가왔다. 찝찔한 해풍과 안개를 뒤집어쓰고 서 있는 해송의 냄새가 코끝을 스쳤다.

"돌봐야 할 어린 손자, 손녀가 풍기댁에게 있지 아니 하냐? 엄마, 아빠를 대신하는 자리이니라."

세미한 주님의 음성이 귓가를 스쳤다. 순간 하얀 찻잔에 초봄 뾰족 머리를 내민 보리싹 색의 따끈한 녹차 한 잔이 그리웠다. 백옥같이 눈부신 흰 찻잔에 담겨진 연녹색의 따끈한 차 한 잔. 그게 이 순간 김민기 목사가 원하는 전부였다. 김 목사는 풍기댁의 손을 나란히 가슴 위에 올려 놓아주고 천천히 일어섰다. ✤

— 2003년 「크리스천문학」 여름호

'하나님 전상서
하나님 기체후 일향 만강하옵시고 가내 두루 균안하
시온지요. 이곳은 평안하지가 않습니다. 빨리 무슨
수를 쓰셔야 합니다. 이대로 두시오면 학생들의 새
끼손가락이 썩습니다. 전경들의 새끼발가락이 썩을
것이고 위정자들의 ○○가 썩으면 대(代)가 끊깁니다.
그러니 어서 속히…….'

아버지의 경고문

아버지의 경고문

"여보, 아무래도 당신이 아버님께 다녀와야겠어요. 제 힘으로는 아무래도……."

아내의 말끝이 흐려 온다. 원망과 근심이 담뿍 담겨 사뭇 울 것 같은 목소리여서 가슴이 철렁 내려앉았다.

"무슨 일인데?"

"아무래도 병이 더 깊어지신 것이 분명해요. 자꾸 이상한 소릴 하셔서 전 어떡해야 할지 모르겠어요."

"알았어. 내가 내려갔다 오지."

아내는 시아버지가 치매에 걸렸다고 노골적으로 말을 못하고 빙 둘러대고 있었다. 그러잖아도 울적해서 보던 책을 밀어 놓고 하염없이 창밖을 내다보고 있던 오민기 교수는 벌떡 일어나서 좁은 방을 오락가락했다.

어린 시절 어머님이 즐겨 담았던 농주(農酒)가 끓어오르는 듯 속이 부글거려 소화제를 한 알 미지근한 물에 삼켰다. 여전히 속이 불편했고 기분이 좋질 않았다. 십대 사춘기에 맛보았던 절망 같은 답답함이 가슴을 찍어 눌렀다. 참을 수 없을 정도로 마음이 무지근하고 텁텁해서 왜 살아야 하는가 하는 삶의 근원적인 문제까지 들먹이게 되니 오십을 바라보는 나이에 참으로 한심한 일이었다.

가정에서 일어난 일이나 동료 간에 있었던 잡다한 근심거리가 아무리 심각해도 일단 강단에 올라서면 말끔히 사그라지고, 신들린 무당처럼 떠들어대고 나면 시원하고 신바람이 났었는데 이젠 그럴 자신이 없다. 강단에 올라서는 것이 두렵고 떨렸으며 사람들 앞에서 뭘 안다고 지껄이는 것 자체가 너무나 가증스럽게 여겨졌다.

최루탄으로 인해 짓무른 눈에서 감정 개입 없이도 줄줄 흘러내리는 눈물 탓이 아니다. 이건 순전히 아침 출근길에 일어난 사건 때문이다. 그를 제일 따르고 사랑했던 제자 김민호가 전경들의 우악스러운 손에 잡혀 질질 끌려가면서 우연찮게 복도에서 마주쳤던 일이 발단이 되었다. 목덜미를 잡혀 개처럼 잡혀가면서 존경하는 스승을 애처로운 눈으로 바라봤건만, 그는 모른 척 얼른 얼굴을 돌리고 슬쩍 지나쳐서 마치 뒤가 마려운 강아지처럼 화장실로 줄행랑을 쳤다. 요의(尿意)를 느끼지도 않고 화장실에 들어선 그는 멋쩍게 멍청히 변기 앞에 서서 폼을 잡고 있다가 슬그머니 교수실로 들어와 앉았으나 제자의 슬픈 눈이 계속 그를 잡고 늘어져서 속이 께적지근하고 토할 것만 같았다.

초등학교를 갓 입학한 때라고 기억된다. 앵두처럼 붉은 뺨을 지닌 여선생님이 어찌나 그의 마음을 사로잡았던지 학교가 파한 뒤에도 집엘 가지 않고 숨어서 미행한 적이 있었다. 화장실까지 따라간 그는 앵두빛 볼을 가진 여선생님도 여느 사람들처럼 배설을 해야 한다는 사실에 너무 기함을 해서 가슴 저미는 슬픔에 젖었었다. 집에 돌아와 잠자리에 들 때까지 메슥거림을 참느라고 박하사탕을 내내 입에 물고 있었던 유년의 고뇌가 떠올랐다.

오 교수는 바지 주머니를 뒤져 은단 두어 개를 꺼내 입에 넣었다. 여선생이 안겨주었던 실망을 삭이느라고 삼켰던 박하사탕 맛을 유년의 숲에서 끌어내면서 눈을 지그시 감았다. 그래도 속은 비곗덩어리를 삼킨 것처럼 느글거렸다.

유월에 들어서면서 산은 온통 밤꽃으로 뒤덮여 갔다. 산 전체가 새가 되어 잔털을 푸수수 일으켜 세우고 나래를 퍼드덕거리는 듯했다. 산은 바람결에 구리고 쌉싸래한 밤꽃 향기를 울컥 토해내어 산자락을 휘감고 돌던 차를 너럭바위 옆에 세워 놓고 오 교수는 산 흙을 밟았다. 산그늘 탓인지 조금 전에 달려왔던 아스팔트의 열기가 상큼한 수풀 특유의 서늘함으로 바뀌어 그는 가슴을 펴고 싱그러운 공기를 맘껏 마셨다.

좀처럼 가시지 않던 이상한 울적함이 조금씩 가라앉아서 휘파람으로 '나의 살던 고향'을 경쾌하게 불기 시작했다. 오랜만에 산 속에 묻혀 혼자가 되니 보는 이가 없는 곳에서 금지된 장난을 해보고픈 욕망을 억누를 수가 없었다. 삶을 포기한 눈썹 빠진 용천배기처럼 코를 휘잉 풀고는 손가락에 묻은 누런 콧물을 밤나무 줄기에 쓱 문질렀다. 주위를 둘러봤다. 아무도 없다. 밤나무 밑에 이끼색 야들한 풀들만 우긋했다. 이번엔 어린 시절 개똥이니 쇠똥이니 해가며 주먹을 내두르던 흉내를 내며 미친 듯이 욕지거리를 쏟아냈다. 보는 이가 없다는 것이 그렇게 편할 수가 없었다. 그러나 이내 그는 시무룩해졌다. 강단에 올라서서 신바람 나게 떠들 때처럼 날 듯한 기분이 아니었기 때문이다.

병신 육갑을 떨듯 혼자 놀던 산자락을 벗어나 아버지 집으로 차를 몰았다. 아흔을 갓 넘긴 아버지는 오 교수 자신이 생각해도 기인(奇人)에 속한다. 당신이 살아온 역사의 뒤안길이 워낙 험난했던 탓도 있었겠지만, 때로는 어찌나 고집이 세고 꼿꼿한지 목사가 되었더라면 순교자의 명단에 올랐을 분이라고 돌아가신 어머니는 혀를 찬 적이 많았다. 하지만 아들인 오 교수의 눈에 아버지는 쓸 만한 재목이 될 거목은 아니었다. 가족들에게만 고집을 부리지 사람들 앞에서는 숨어서 구시렁거리는 그런 소인배의 행동을 할 적이 많았다. 아마도 그게 아버지를 지금까지 살아남게 했을 것이다.

아버지는 평소에는 청년 시절에 따라다녔던 독립군의 기개를 지니려 무척 애를 쓰면서 주위에서 일어나는 모든 일에 간섭은 하되 항상 뒤에 숨어서 목청을 높인 탓에 오 교수가 당했던 힘든 일들을 책으로 엮는다면 한 권이 넘는 분량이 될 것이다. 아버지의 나이에 아들의 집에 살면서 며느리가 해주는 따끈한 밥을 먹고 손자들 재롱을 보며 살아가면 얼마나 좋겠는가. 부득불 할 일도 아닌데 그는 그린벨트 안에 버려진 땅에서 농사를 짓겠다고 우겨서 식구들이 모두 신경을 곤두세우고 있는 터였다.

하긴 아버지가 집을 뛰쳐나가 그린벨트 안으로 숨어들어간 것은 순전히 동네 여자들의 극성 때문이었다. 재작년 겨울, 아내가 친정에서 얻어온 암캐가 발정을 해서 깨갱거리자 동네 수캐들이 새벽부터 몰려들어 대문 앞에 진을 치고 있었다. 이 개들이 얌전하게 대문 앞을 서성거리다 돌아갔으면 좋으련만 오줌을 깔기고 나중에는 대문 여기저기 개똥을 누기에 이르렀다. 매일 아침 이걸 치우려면 여간 성가신 일이 아니었다. 그날 새벽에도 안에서 밖에서 하도 끼깅, 캥캥……. 개들이 법석이라 아버지의 감정을 건드리기 전에 이것들을 쫓아내야겠다고 오 교수가 막 이불을 박차고 일어나려는 찰나였다. 개 한마리가 맞아 죽는지 돼지 먹따는 소리를 내며 다급하게 잦은 신음을 토해냈고 연이어 개 주인이 나왔는지 날카로운 비명이 들려왔다. 오 교수가 문 밖에 나갔을 땐 아흔이 가까운 아버지의 어디에 그런 힘이 숨어 있었는지 그저 입이 다물어지지 않을 지경이었다.

"내 아들 잠을 방해할 거야. 요 개새끼야."

아버지는 개들 중 제일 큰 놈을 잡아가지고 몽둥이로 사정없이 패고 있었다.

"아버지, 남의 집 개를 그렇게 때리면 어떡해요?"

"개를 묶어 놓고 길러야지 똥, 오줌 치우기 싫으니까 풀어 놓는 사람들의 개는 죽어도 싸다."

오 교수가 힘이 부치게 아버지의 몽둥이를 빼앗는 동안 이웃 아낙들이 몰려나와 모두 머리를 절레절레 흔들었다. 아들에게 몽둥이를 앗긴 아버지는 대문 앞에 싸 놓은 개똥을 삽에 담아 개를 풀어 놓은 이웃의 대문 앞에 한 덩어리씩 버리는 것이 아닌가. 이건 오랫동안 해온 아버지의 아침 일과란 걸 아내에게 들어 익히 알아온 터였다. 이왕 삽에 담은 개똥을 쓰레기통에 버리는 것이 쉬운 일이련만 아버지는 개 풀어 놓은 집을 일일이 찾아다니며 개똥을 대문 앞에 배급했다. 문제가 되는 것은 출근길 남편들이 대문 밖에 발을 내딛는 순간 밟기 좋은 자리란 점이다. 아침마다 이 일로 큰소리가 오가고 나중엔 반상회에 안건으로 나오게 되었지만 아버지의 괴벽을 고칠 수 없었다.

동네 가시 같은 성가신 할아버지에 대한 항의가 발전하여 이상한 결의를 하기에 이르렀다. 아무리 오 교수 부부가 진심으로 미안하다는 눈인사를 보내며 노망난 할아버지니 용서해 달라고 숨어서 입을 벙긋거리고 작은 선물을 주었지만 할아버지를 밉게 본 이웃들은 기발한 행동을 해 버렸다.

　어느 날 아침 할아버지가 배급한 개똥을 전부 모아서 오 교수의 대문 앞에 뿌려 놓아 약수를 뜨러 막 나가려던 아버지의 발에 밟힌 것이다. 이 일로 인해 해가 중천에 떠오르도록 아버지는 동네 집들을 향해 고함치기 시작했다. 공동체 의식이 부족한 것들, 공중도덕이 무엇인지 모르는 무식한 것들, 이 나라를 어떻게 지켜 왔는지 아느냐 이 몹쓸 이기주의자들아! 민주주의가 뿌리를 내리는데 저런 것들이 있어 문제라는 등등 아버지의 화풀이가 멈출 줄 모르더니 드디어 대문에 아버지의 경고문이 나붙었다.

　'내 집 대문 앞에 개똥을 누게 하는 개 주인은 그 집의 개처럼 생긴 개새끼다.'

　경고문을 붙여 놔도 이웃들이 시큰둥하고 웃기만 했다. 화가 불같이 난 아버지는 몽둥이를 들고 새벽부터 대문 앞에 서 있었다. 짓궂은 동네 아낙들은 할아버지의 나쁜 버릇을 고치겠다고 단체로 몰려왔다. 모두 손에 할아버지처럼 몽둥이를 들고 말이다. 밀려드는 여자들의 거센 힘에 질린 아버지는 방으로 뛰어 들어와서 이불을 뒤집어쓰고 숨어버렸다. 아무리 밖에서 어서 나오라고 아낙들이 소리쳐도 귀를 틀어막고 이불 밑에 몸을 달팽이처럼 쏙 감추고 꼭꼭 숨어버렸다.

　다음날 아버지는 이런 동네 사람들과 함께 살 수 없다고 가출을 단행했다. 아버지 가신 곳을 알아낸 것은 이쪽에서가 아니라 생활비를 보내달라고 부쳐온 편지로 인해서였다. 아버지는 그린벨트로 묶여있는 옛집으로 돌아가신 것이다. 당신의 자녀들이 태어난 곳이요, 조국이 역사의 전환기를 맞을 때마다 어머니와의 추억이 서린 농토를 찾아가신 셈이다.

　아내는 한 달에 두어 번 김치와 밑반찬은 물론 간식까지 만들어 날라야 했다. 홀시아버지를 모시는 것이 얼마나 어려운 줄 아느냐고 아내는 툭하면 눈물을 찍어냈다. 누가 뭐래도 아버지는 얼마 동안 그린벨트 안에서 행복했다. 소문난 할아버지가 사라지자 집안이나 동네가 모두 평온해져 오 교수는 내심 안도의 숨을 내쉬기도 했다.

　그런데 일 년도 채우지를 못하고 시골집에서 다시 아버지의 노망기가 발동해서 아내가 자글자글 끓기 시작한 것이다. 그린벨트로 묶인 땅은 헐값이라 도시 가까이 있는 지역이지만 별 인기가 없었다. 해서 가난한 사람들이 모여 살고 울타리 없이 지내는 것이 예사였다. 울을 두르고 싶은 사람은 청솔가지를 얼기설기 엮어 치마 입은 것처럼 어설프게 세워 놓든지, 아니면 진흙을 이겨 백설기에 검은콩을 박듯이 돌멩이를 넣어 야트막하게 쌓기도 했다. 십여 채의 집들이 모여 있는 마을엔 젊은이들이 모두 대처로 떠나버리고 노인들만 모여 사는 곳이니 구태여 담을 두를 필요가 없는 곳이다.

　문제는 아버지의 텃밭 때문에 터졌다. 시골 사람들은 바쁘면 밭 한가운데를 가로질러 지나가기도 하고 파가 탐스럽게 자라면 쭉 뽑아가기도 한다. 하지 감자가 살이 오르면 더러 캐가기도 하고 기름기가 자르르 흐르는 풋고추가 오줌발이 거센 아가의 잠지만 하게 크면 말없이 뚝 따가기도 한다. 점심 식탁에 된장찌개에 넣거나 된장에 찍어 먹으려고 그저 몇 개를 가져가는 것이다. 그게 시골 인심이고 살아가는 법이니 적당히 웃어주고 눈을 감으면 되련만 아버지는 호통을 치고 야단하니, 오히려 동네 인심을 잃어 고향에서도 외톨이가 되었다.

　텃밭에 심은 마늘과 애호박이 없어지자 아버지는 드디어 용단을 내렸다. 시멘트 말뚝을 박고 철조망을 쳐서 집과 텃밭을 보호 하자는 것이다. 이 문제로 아내와 오 교수는 어지간히 옥신각신 했으나 아버지의 고집을 못 꺾었다. 이제 사시면 얼마나 더 사실 거냐며 아내를 토닥거리고 그분의 원대로 백 개가 넘는 시멘트 말뚝을 고향에 날라 철조망까지 쳐서 그 소원을 풀어드렸다.

　철조망이 완성되자 동네 사람들의 데모가 거세졌다. 마을 한 가운데 터를 잡은 땅에 철조망을 둘렀으니 통로가 막혀 빤히 마주보는 집을 가려 해도 철조망을 끼고 반 바퀴를 돌아야 했다. 밭 한가운데를 가로질러 다녔던 그들에게 이건 신경질 나는 일이었다. 그걸 예측한 오 교수가 철조망을 두르기 전에 몇 번 아버지의 마음을 바꿔야 한다고 압력을 넣었으나 소유 개념에 대한 확고한 신념은 꺾을 수가 없었다. 서류상으로 내 땅인데 그들이 밟고 지나다녀야 할 이유가 없다는 호통을 들었을 뿐이었다.

말뚝을 두른 뒤로 동네 사람들이 셀 수 없이 여러 번 시멘트 말뚝의 허리를 분질러 놨다. 노한 아버지는 며느리를 호출해서 경찰을 부르라는 소동을 부렸고, 아내는 이럴 때마다 시아버지 몰래 이웃들을 숨어서 찾아다니며 선물도 하고 사과를 하느라고 기운이 진할 지경이었다. 동네 여론이 착한 며느리를 봐서 그냥 참아준다고 할 정도였다.

아버지 집 앞에 차를 세우고 밖을 보니 신문지 크기의 하얀 종이가 철조망에 매달려 바람을 타고 펄럭였다. 비닐 끈에 양쪽이 묶여 매달린 종이에는 먹물로 이렇게 적혀 있었다.

'경고문
세멘 말뚝 분질은 사람은 자기 죄를 반성하고 곤쳐놋치 안으면 밤에 자는 동안 눈이 멀게 될 터이니 빨리 눈멀기 전에 말뚝을 곤쳐 노시오. 만주의 독립 투사, 오영환.'

오 교수는 터져 나오는 웃음을 억지로 참으며 경고문을 떼어 착착 접어 주머니에 넣었다.

집 안은 쥐죽은 듯 조용했다. 소리 없이 마루에 올라선 오 교수는 그림처럼 앉아 먹을 갈고 있는 아버지를 보고 조용히 들어가 곁에 앉았다.

"아버지, 또 무슨 경고문을 쓰시려고 그러세요?"

아들의 갑작스런 방문에 아버지는 눈가에 가벼운 경련을 일으키며 살짝 반갑다는 미소를 흘린 뒤, 약간 부끄러움을 타며 피식 멋쩍게 웃었다.

"네 말이 맞다. 또 경고문을 쓰려고 한다."

"제발 경고문을 고만 쓰세요. 만에 하나 동네 사람의 눈이 멀기라도 하면 아버지가 치료비를 대야 하지 않겠어요?"

"몹쓸 놈들은 이렇게 해서라도 버릇을 가르쳐야 한다."

반대에 부딪히면 아버지는 언제나 억지를 부리며 더욱 요상한 행동으로 이어지기 때문에 오 교수는 일단 입을 다물었다. 따지고 보면 아버지의 이런 버릇은 팔십여 년을 거슬러 올라가서부터였다. 아버지는 꼬마시절부터 이런 짓을 삶의 한 방편으로 삼은 것이 분명했다.

이건 돌아가신 할머니의 무릎 위에서 들은 이야기다. 나라를 일본에 빼앗겼던 시절 아버지는 이웃에 사는 또래의 일본 아이를 도저히 이겨낼 재간이 없었다고 한다. 애써 깎은 팽이를 강제로 빼앗기는 수모를 당했고, 따라다니며 연 꼬리를 잘라내는 일본 아이 때문에 집에 들어와 눈물을 짜며 앉아 있더니 다음날 새벽 뒷간에 가듯이 살며시 나갔다 돌아온 뒤에 동네가 소란할 사건이 터졌다. 그 당시 일곱 살이었던 아버지는 일본 아이의 대문 앞에 갓난아이 머리통 크기의 돌을 굴려다 놓고 그 밑에 이런 글을 쓴 쪽지를 넣어 두었다고 한다.

'이 쪽발이 개새끼야! 오늘 안에 네 어미 아비 눈알이 몽땅 빠져나갈 것이다.'

오 교수는 아버지의 어린 시절을 떠올리며 빙긋이 웃었다.

아들이 경고문을 쓰려는 자신을 내려다보며 동의하는 줄 알고 이빨 없는 잇몸을 쫑긋거리며 더 열심히 먹을 갈았다.

"이번엔 어디에 경고문을 붙이려고 그러세요?"

"암만 말고 조금만 기다려라. 석 장이나 써야 할 터이니 시간이 많이 걸릴 게다."

"석 장이나 써서 어디에다 붙이시려고요?"

"서울이 데모로 야단나지 않았느냐?"

"그건 시골에 사시는 아버지와 상관없는 일이에요."

가슴이 덜렁 내려앉은 오 교수는 이거 또 무슨 일을 저지르려고 이러시나 해서 겁부터 났다.

"어허! 넌 대학에서 가르치는 교수면서 데모를 모른다니 말이 되느냐. 고춧가루를 담은 총을 쏜다고 이 동네 노인들까지 전부 쑤군대고 있는데 그걸 몰라? 넌 내가 쓴 경고문을 가져다 거기에 붙여야 한다. 내가 직접 가려고 했는데 너 잘 왔다. 이 나이에 이르니 이제 몸이 말을 듣지 않는구나."

아버지는 연적의 물을 찔끔 벼루에 붓고 힘차게 먹을 갈았다. 쌀죽을 쑤듯 검은 먹물이 뜸을 들이며 잘 아우러졌다.

"대학가에 전쟁이 난 것처럼 야단이라고 하던데……."

"그게 민주주의 국가라는 뜻이 아니겠어요?"

"무슨 민주주의가 그래? 동생은 대학생이고 형은 전투경찰이 되어서 서로 싸운다고 하는데 넌 그것도 모르고 이렇게 한가하게 다니느냐? 그걸 막기 위해 무슨 일이라도 해야지."

"민주주의 국가에서는 자신의 의사를 자유롭게 표현하느라고 그렇게 야단하는 거라고요."

오 교수는 가능하면 아버지의 마음을 편안하게 해줘서 더 이상 이상한 경고문을 써가지고 다니는 소란을 막기 위해 대수롭지 않게 말했다.

"너는 나를 늙은 바보로 아는 모양이구나. 어제 내가 일부러 서울 시내에 있는 대학을 두 군데나 가서 이 두 눈으로 똑똑히 보고 왔다. 콩나물시루의 노란 콩대가리처럼 오그르르 모인 아이들을 향해 무장한 전경들이 마주 서서 생난리를 치더라."

"그건 젊은이들이나 하는 데모라고요. 아버지처럼 아흔을 바라보는 분은 단 한 사람도 거기 없으니 제발 아버지는 접근하지 말고 멀찍이 서 계세요."

"이 늙은이가 가는 것도 아니고 단지 경고문을 석 장 써서 붙이려고 한다."

"똑같은 내용입니까?"

"아니지."

"어디어디에 부치면 됩니까?"

가는 길에 밤꽃나무 밑에 찢어서 묻을 생각을 하면서도 아버지의 의심을 사지 않으려고 아주 정색을 하고 물었다.

"하나는 대학생들에게 보내는 경고문이니 누구나 들어가면서 읽을 수 있도록 대학 정문에 붙여라."

붓을 잡은 손을 흰 종이 위에 가져가더니 비상하려는 새처럼 한번 부르르 떨고는 눈을 감고 무엇인가 한참 생각하다가 이렇게 경고문을 쓰기 시작했다.

'학생들은 돌일랑 던지지 말고 평화적으로 해라. 불병을 던지고 야단하면 너희들 새끼손가락이 썩을 것이다.'

오 교수는 새끼손가락이라는 글씨를 보는 순간 키르르륵 웃음을 터뜨렸다. 예기치 않은 웃음소리에 아버지는 머리를 들어 한 번 쓱 아들의 얼굴을 쳐다보고는 누에처럼 목을 휘휘 두어 번 돌리고 의기양양한 얼굴로 어깨를 으쓱했다.

"두 번째 경고문은 전경들에게 쓰는 것이니 그들의 본부에 떨어지지 않도록 단단히 붙여라."

이번엔 뭐라 쓰나 해서 오 교수는 아버지 곁에 바짝 붙어 앉아 마른침을 삼켰다.

'고추탄을 고만 쏘고 서로 악수해라. 모두 한 형제가 아니냐. 그래도 계속 싸우면 너희들 새끼발가락이 썩을 것이다.'

아버지는 먹이 마를 동안 먹물이 번지지 않도록 귀중품을 다루듯이 조심해서 경고문을 방 한가운데로 밀어 놨다.

아버지의 노망기를 잊고 휩쓸려 들어간 오 교수는 너무 재미가 있어 배가 아프도록 호탕하게 웃으며 세 번째 써 낼 경고문에 대한 호기심을 누를 수가 없었다. 마지막 경고문을 쓸 때 아버지의 손이 유난히 떨려 글씨가 들쭉날쭉 했다.

'정치하는 x x x들아. 내 말 잘 들어라. 너희들 그렇게 나가면 제일 중요한 너희의 x x가 썩어 문드러질 터이니 그리 알아라.'

위정자들에게 쓴 경고문의 문구가 너무 거세어 그는 웃음을 멈추고 팔뚝에 닭살처럼 돋는 소름을 손바닥으로 문질렀다. 제자가 잡혀가는 것을 얼굴을 돌리고 숨어 버린 그에 비하면 아버지는 아들보다 훨씬 용감하다는 생각을 지울 수가 없었다. 갑자기 입을 다물고 시무룩해 있는 아들을 향해 입을 연 쪽은 아버지였다.

"성당의 신부들이 데모하는 학생들을 도우려고 한다면서?"

"신부들에게도 경고문을 쓰시려고요?"

"거기도 또 하나 써야지."

오 교수는 아찔했다. 아니, 신부들의 어디를 또 썩게 만드시려나. 하고 아버지의 안색을 살폈다. 벼루의 먹물이 마르자 청자 오리형 연적의 물을 찔끔 부어서 먹을 다시 힘차게 가는 아버지의 손이 가늘게 떨렸다.

"아버지, 신부들은 잘못이 하나도 없어요. 그 사람들은 경고문을 받을 짓을 하지 않았다니까요. 잘못 쓰시면 창피만 당하시려고 그래요?"

"나도 안다. 그들이 믿는 하나님께 쓰는 거여."

"하나님께 경고문을 내걸려고요?"

"이번엔 경고문을 쓰는 것이 아니고 편지를 쓰는 것이다. 빨리 배달되게 서울에 있는 제일 큰 우체국에 가서 부쳐라."

아버지는 이번엔 커다란 흰 종이가 아닌 편지지를 꺼내 놓고 작은 실 붓으로 촘촘히 정성스럽게 써내려 갔다.

'하나님 전상서

하나님 기체후 일향 만강하옵시고 가내 두루 균안하시온지요. 이곳은 평안하지가 않습니다. 빨리 무슨 수를 쓰셔야 합니다. 이대로 두시오면 학생들의 새끼손가락이 썩습니다. 전경들의 새끼발가락이 썩을 것이고 위정자들의 ○○가 썩으면 대(代)가 끊깁니다. 그러니 어서 속히……'

석 장의 경고문을 두르르 말아 고무줄로 허리를 둘러 아들의 손에 쥐어주고 하나님께 보내는 편지를 정성스럽게 봉투에 넣어 밀봉하고는, 주소를 모르니 우체국에 가서 알아 가지고 겉봉에 써서 부치라고 신신당부하는 아버지를 향해 머리를 크게 끄떡이며 오 교수는 집을 빠져나왔다.

산자락을 돌며 쌉싸래한 밤꽃나무 밑에 차를 세웠다. 최루 가스가 없는 곳인데도 자꾸 눈물이 나와 오 교수는 손수건을 꺼내 눈가를 문질렀다. 흐린 눈을 들어 넓은 들판 맞은편에 우뚝 선 커다란 산에 눈길을 던졌다. 위엄이 어린 산이 가늠할 수 없을 정도의 큰 하늘을 고여 주고 있었다. 하필이면 그 산이 노망난 아버지처럼 보이다니! 가장 높은 봉우리 옆 작은 산봉우리는 바로 오 교수 자신처럼 생각되었다.

부끄러움을 무릅쓰고 석 장의 아버지의 경고문을 그가 몸을 담은 대학의 정문에 붙이고, 하나는 전경들이 집합하는 근처의 담벼락에 붙여 놓았다. 위정자들에게 보내는 경고문은 국회의사당 앞의 대로에 깔고 돌멩이를 얹어 놓았다.

아버지의 경고문이 주효했는지 일주일 뒤에 호외가 돌기 시작했다. 오 교수는 아버지의 경고문이 분명히 효력을 발생했다고 숨어서 박수를 치면서 빙긋이 터져 나오는 웃음을 감추지 못했다. ✗

— 1987년 『주간조선』 3월 16일

정미는 밤에 몰래 위층에 가서 본 것을 실토했다. 바퀴벌레가 우글대고 행주가 더럽고 어쩌고 이야기해도 모두 세상 음식이 다 그렇고 그런 것이 아니냐고 시큰둥하게 들어 넘겼다. 구더기 끼는 된장이 맛있고 곰팡이 낀 메주가 좋으며 중국 음식은 사내들이 더러운 손으로 코를 휭 풀고 화장실 다녀온 손을 씻지도 않고 요리해도 얼마나 맛있느냐며 오히려 정미를 가르치려고 들었다.

적자 인생

적자 인생

어둠이 내리는 도심지에 나온 여자들이란 두고 온 가정 때문에 으레 허둥대게 마련이다. 아이들은 벌써 귀가했을 터이고 남편은 빈집에 들어서며 어떤 표정을 지을 것인가.

수요일 정오에 모이는 동창회에 나왔다가 점심을 먹고 그냥 헤어지는 것이 섭섭하다며 다방으로 자리를 옮겨 앉아 입아귀가 아프고 귓속이 얼얼하도록 지껄이다 보니 짧은 겨울 해가 벌써 얼굴을 감췄다. 안달이 난 정미는 역류하는 물결을 거스르듯 어깨를 세차게 행인들과 부딪치며 전철역 입구를 향해 종종 걸음을 쳤다 정확히 세 발자국만 가면 지하로 뚫린 층계를 내려설 참인데 그 언저리에 사람들이 꼬이기 시작하는 것이 아닌가. 그녀도 호기심에 들떠 그들의 눈길이 닿은 곳을 더듬어 보다가 그 자리에서 버렸다. 도란(Dohran)을 너무 두껍게 얼굴에 발라 꼭 죽은 사람처럼 보이는 청년이 뻣뻣한 몸을 허수아비처럼 삐뚜름하니 틀어 피노키오처럼 엉거주춤 포즈를 취하고 반으로 자른 아름드리 통 위에 서 있었다. 설마 사람일까. 정미는 그 바쁜 중에도 인파를 헤치고 앞으로 나가 잔 숨소리라도 들어보려고 귀를 바짝 기울였다.

세상에! 살아있는 사람이다. 아니야. 신장개업을 알리려고 세워놓은 마네킹일 거야. 그럼 손을 한번 꼬집어 봐라. 누군가가 막대기처럼 부자연스럽게 쳐든 손을 툭 치자 기계가 움직이듯 철컥 몸을 15도 각도로 돌렸다. 어머! 여자들이 놀라서 물러섰다. 크리스마스트리처럼 온몸에 매달린 껌뻑거리는 전구가 반딧불처럼 요염한 빛을 뿜어냈고, 한 쪽 발에 힘을 주고 선 그는 생명이 떠난 시체처럼 요상한 시늉을 했다. 누가 뭐라 말하든 정미는 그에게서 살아있는 냄새를 맡으려고 오랫동안 요란하게 치장한 청년 곁에 서 있었다. 이내 땅거미가 사라지고 짙은 어둠이 내리자 줄줄이 사탕처럼 이어진 상가들이 밝힌 현란한 불빛으로 인해 청년이 서 있는 곳은 조명등을 요란하게 장식해 놓은 극장 무대를 연상케 했다. 배를 봐도 숨쉬는 기색이 전혀 없었다. 정미는 그의 입술을 열심히 주시했다. 아아! 그는 숨을 쉬고 있었다. 화장기 가신 거무죽죽한 입술을 헤벌리고 배를 움직이지 않으려고 온몸에서 기운을 빼고 가만가만 숨을 쉬고 있어 속 입술이 아주

미세하게 달싹였다. 별세의 자세에도 불구하고 그의 생명은 살아 있음을 은연중에 내뿜었다.

장난꾸러기 조무래기들이 꼬집을 적마다 철컥 움직이는 것이 신기해서 둘러선 젊은이들까지 모두 킬킬댔다. 바짓가랑이를 잡아당기는 개구쟁이가 있어도 그는 항의도 못하고 마네킹 흉내를 내어 나이든 이들은 동정을 감추지 못했다.

"사는 방법이 갖가지군."

"밥 먹고 살기가 이렇게 어렵다니까."

"인생이란 따지고 보면 저렇게 불쌍하다고. 별난 짓을 해서라도 먹고 살아야 하는 것이 아니겠어."

나이 지긋한 여인들이 혀를 차며 눈물을 글썽이는 틈에 끼여 서서 정미도 가슴이 저미는 아픔을 삼켰다. 눈물의 빵이란 무엇을 의미하는가를 거듭 생각해 보며 전철에 올랐다. 그간 도심지를 벗어나 사는 것이 불편하다고 투덜댔는데 이런 꼴을 늘 대하지 않는 것이 감사하다는 생각이 들 정도였다.

서울 변두리 참새아파트로 이사한 것은 순전히 남편의 고질병 때문이었다. 도시의 먼지에 이상한 반응을 보이기 시작한 작년부터 새벽녘이면 호흡이 곤란하다며 물 밖에 나온 붕어처럼 숨을 헐떡이기 일쑤니 어쩔 수가 없었다. 그렇다고 아이들 학교 문제도 있는데 시골로 훌쩍 옮겨

앉을 수도 없어 생각다 못해 산을 낀 녹지대를 찾아다녔다. 그곳이 바로 서울과 경기도의 경계선에 위치한 지역으로 마침 새로 지어 분양 중인 참새아파트가 있어 즉시 거주지를 옮겼다. 아직 포장도 되지 않은 길은 비라도 오는 날이면 종아리까지 진흙이 튀어 올랐고 하루에도 수십 번을 닦아내는 정미의 극성이 무색할 정도로 현관의 타일은 누르께한 황토색에서 벗어나질 못했다.

이런 신흥 아파트촌에 상가가 극성스럽게 파고들어와 입주 전부터 비디오상, 전파상, 참새보수, 양품점, 수입상품코너, 약국, 문방구, 미장원과 코끼리만두 등등 간판까지 현란하게 나붙어 입주자들보다 먼저 자리를 잡고 있었다. 그 한가운데 고려당이니 호텔 신라니 하는 일류 빵집하고는 거리가 먼 생소한 간판을 단 이삭빵집이 문을 열었다. 가게 하나를 반으로 칸막이를 하고 집에서 아내가 손수 구워 내온다는 빵을 팔고 있었다. 아침을 우유와 빵으로 먹는 아파트 입주자들은 하나뿐인 이 빵집을 싫으나 좋으나 매일 드나들어야 했다. 잣양갱, 러스크, 버터스틱, 김센베, 메밀전병, 찹쌀전병, 보리빵, 버터빵, 우유빵, 동그랑땡, 찹쌀떡…… 셀 수 없이 많은 상품들을 진열해 놓고 파는 것이 일반 빵집의 상식적인 품목인데 이 집은 밀기울이 섞인 식빵과 보리빵, 그리고 붉은 색소나 노란 색소는커녕 그 흔한 크림도 전혀 입히지 않아 덤덤한 빛을 드러내어 감자처럼 맛없어 보이는 조악한 과자로 진열장을 채우고 있었다. 별난 빵이 있다면 동부나 팥으로 속을 넣은 빵이 어쩌다 진열장에 나오는 경우이고 대개는 거친 보리빵이나 옥수수 빵이 이삭빵집의 주요 메뉴였다.

색깔 문화에 눈이 익은 아파트 주민들의 구미를 조금도 끌 수 없는 이 빵집을 전 주인에게서 권리금조로 오천만 원이나 주고 들어왔다는 소문도 있었다. 이렇게 돈을 투자해서 들어왔으면 수단 방법을 가리지 말고, 설령 독이 약간 가미된 빵일지라도 사람의 눈을 끌게 진열해 놓고 팔아대야 하는 법인데 이삭빵집은 언제나 산 속의 오두막처럼 고고한 분위기였다.

아침에 토스트를 즐겨 먹는 막내 녀석 때문에 정미는 저녁 찬거리를 사러 나가면 슈퍼로 통하는 길목에 있는 이삭빵집을 둘러보고 밥이나 감자처럼 덤덤한 빵을 쌀을 사듯 신명나지 않는 몸짓으로 사들고 들어왔다. 새 아파트로 이사한 멋에 첫 몇 달간은 식구들이 다투어 아침마다 잘도 먹던 식빵을 날씨가 추워 오면서 슬슬 옆으로 밀어 놓더니 쌀밥에 콩나물국이 더 맛있다고 막내까지 밥쪽을 택했다. 그래서 정미는 한 달에 한 번 정도 친정어머님이 오시면 팥빵이나 옥수수 빵을 사러 어쩌다 이삭빵집에 들를 정도였다.

봄철이 지나고 여름철에서 가을로 접어들자 오백 세대가 넘는 아파트는 완전히 분양이 끝났고 도로도 말끔히 포장이 되었다. 버스 종점도 바로 옆에 생겨 제법 살맛나는 전형적인 아파트촌으로 변신했다.

그래도 여전히 이삭빵집은 혼자 참새아파트의 주민들을 독점하고 있었다. 상인들끼리 경쟁이 붙어 서로 시샘을 해야 소비자 측에선 덕을 보게 마련인데 독점을 하다 보니 거만하고 무뚝뚝해진 주인, 점 아저씨를 주민들은 내심 미워하고 있었다. 점 아저씨란 별명은 그의 턱에 오백 원짜리 크기의 거뭇한 점이 박혀 있어 그저 쉽게 기억하려고 주민들이 붙여준 별명이다.

정미부터도 어쩌다 시내에 나가면 변화 없는 이삭빵집의 빵에 넌더리가 나서 화려하게 장식한 유명 제과에 들러 컬러텔레비전의 광고에 눈을 홀리게 나오는 그런 먹음직해 뵈는 빵을 사들고 왔다. 게다가 점 아저씨의 그 건방진 몸짓이라든지 웃을 줄 모르는 돌부처 같은 표정에 약이 올라서 이삭빵집 앞을 지날 적엔 몸을 곧추세우고 일부러 당당하게 걸었다. 도심지에서 사들고 온 빵 봉지를 일부러 치켜들고 지나가기도 했다. 정미뿐만 아니라 다른 사람들도 유명 제과의 상표가 붙은 포장지를 일부러 보라는 듯 점 아저씨 쪽으로 돌려 들고 가는 경우가 많았다. 고객은 왕이라는 현대 상술을 터득 못한 저 콧대를 꺾어주는 방법은 경쟁이 붙어야 하는 것인데 해가며 괜스레 그 빵집 쪽을 향해 입을 삐죽이며 이죽거리는 여자들이 늘어났다.

참새아파트 맞은편에 새 아파트 단지가 조성돼서 천 세

대가 넘는 새로운 아파트촌이 들어선다는 소문이 나돌면서 이삭빵집 옆에 새 빵집이 문을 열었다. 아주 투박하게 머슴방이란 이름을 내건 이 제과점은 이삭빵집에 비해 다섯 배가 넘을 만큼 널찍하게 자리를 잡고 개점을 해서 주민들은 너나 할 것 없이 브라보를 외쳤다. 고객을 왕으로 모시겠다는 개업 인사장을 신문 사이사이에 끼워 돌리고 반상회 장소에 주인이 직접 찾아와서 시식용이라며 생크림케이크를 선물하기도 했다. 주인이 손수 만든다는 빵은 그 종류가 다양해서 색깔이 요란한 고급스런 빵도 있지만 시골 냄새가 물씬 풍기는 빵도 연구해서 구워냈기에 갑자기 그 집은 상가의 중심지로 둔갑했다. 개업 인사로 세면용 작은 백을 주는 탓도 있겠지만 그 집엔 별의별 종류의 빵들이 셀 수 없이 많아서 이삭빵집 옆에 자리 잡은 머슴방은 들어설 자리가 없을 정도로 손님들로 붐비기 시작했다.

주인은 머리 회전이 어찌나 빠른지 이런 고급 아파트에 사시는 분들에겐 잼이나 초콜릿도 수입품을 잡수셔야 한다며 머슴방의 한 쪽에 수입 코너도 만들어 손님들의 눈을 홀리는 엄청 비싼 것들을 진열해 놨다.

단것을 별로 좋아하지 않던 정미도 사람들이 많이 드나드는 이유라도 알려는 듯이 사람들 틈에 끼여 머슴방을 기웃거리기 시작했다.

"어서 오십시오. 목마르시지요. 자, 여기 시원한 요구르트를 드세요."

"돈을 내는 것입니까?"

지나친 친절에 놀란 그녀가 뜨악한 표정을 짓고 멈칫대며 선뜻 손을 내밀지 못하고 머슴방 주인이 내미는 한 모금의 음료수가 담긴 앙증맞은 병을 거부했다.

"제 집에 오신 손님을 어찌 그냥 보냅니까. 빵은 안 사셔도 좋으니 목을 축이고 느긋하게 구경하시기 바랍니다."

시식 코너에선 젊은 주부들이 와자작 기름에 튀긴 빵을 깨물기도 하고 따라온 아이들도 엄마의 치마폭에 휘감겨 게걸스럽게 먹고 있었다. 설탕을 뺀 덤덤한 빵을 위시해서 앵두와 파인애플로 울긋불긋 요란하게 거죽을 꾸민 밑에 생크림을 입힌 고급스런 빵 종류와 싸구려 누룽지 같은 빵까지 진열한 것을 보면 머슴방은 아파트 주민의 구미에 맞춰 시중에 나와 있는 모든 종류의 빵들을 다양하게 골고루 갖추고 고객을 부르고 있었다.

머슴방 주인은 사람마다 취향이 다르니 한국 것만으로는 부족하다며 독일 빵이니 영국 빵이니 하는 별난 모양의 빵을 만들어 놓고 혀 꼬부라진 이름을 붙여 고객으로 하여금 으쓱하게 만드는 배려도 아끼지 않았다.

머슴방 옆으로 꽁보리밥집이 들어서고 그 옆엔 실내 포장마차가 들어서면서 아파트 상가는 실속은 있으면서도 말쑥한 도시 맛을 애써 피하려는 경향이 짙어 갔다.

솔직히 말해서 몇 년 전만 해도 그렇게 경이롭던 슈퍼

마켓이 정미에게 슬슬 권태로워지기 시작했다. 눈길을 끌 만큼 말끔하게 포장한 뒤 랩에 싸여 얼음 위에 놓여 있는 조기랑 꼬막, 고등어, 갈치 등이 그녀에게 더 이상 구매욕을 일으키질 못했기 때문이다. 비닐봉지에 담겨 차곡차곡 쌓인 콩나물에까지 이런 문구가 들어가 있었다.

무공해 콩나물, 지하수로 기른 우리 고유의 맛, 조상들이 집집마다 길러 먹던 식으로 재배하여 가장 고소한 시기인 짧은 키의 콩나물로…….

제아무리 고객을 홀리는 문구로 포장지를 장식했어도 식구들 중 감기라도 걸려 쿨럭일 때나 마지못해 손이 가게 되는 것은 지나치게 수다스러운 변명에 신물이 났기 때문이다.

슈퍼마켓 베이비는 상상도 못할, 이런 병을 고치는 길은 허름한 옷을 입고 구질구질하게 질척한 시골 장을 찾는 방법밖에 없었다. 한 달에 한두 번 시골 장을 찾아가서 시골 아낙의 봇짐에 싸여 나온 못생긴 감이나 능금을 사는 재미를 본 뒤 정미는 은밀하게 누리는 기이한 나들이를 즐겼다. 능금 한 알을 놓고 더 주세요, 아뇨, 안 됩니다, 뭘 그래요, 이렇게 많이 샀는데 하며 입씨름을 하는 맛이 제법 사람 사는 재미를 듬뿍 그녀에게 안겨주었다. 실제로 산 것보다 덤이라고 더 많은 것을 몽땅 넘겨받을 적엔 오가는 말과 인간의 정 때문에 정미는 사람 사는 정에 취해 제물에 흥겨워서 흥얼거리며 털털거리는 시골 버스를 타고 돌아오곤 했다.

　이런 보수적이고 전형적인 도시 주부의 마음을 잽싸게 알아차린 변두리 농가의 아낙들이 용돈이라도 벌려고 플라스틱 함지박에 나물이나 고추를 들고 나와 길거리에 늘어놓고 파는 광경을 아파트 단지 입구나 부촌으로 뚫린 길목에서 심심찮게 만나게 된다. 이들 앞에 쪼그리고 앉아 흥정을 벌이고 매일 만나 정이 든 도붓장사에겐 상을 당한다거나 변고가 있을 적엔 서로 위로하는 몇 마디를 나누기도 했다. 정미뿐만 아니라 아파트에 사는 이웃들이 이런 재미를 누리는 걸 안 어떤 촌부는 쑥개떡을 시골 사람들이 먹는 것처럼 손바닥 크기로 모양 없이 찍어 눌러 가지고 나와 길가에 늘어놓고 팔아서 톡톡히 재미를 보기도 한다는 소문이 심심찮게 나돌았다.

　이렇게 시골 냄새가 물씬 풍기는 것을 그리워하는 아파트 주민들이 이상하게 이삭빵집을 싫어했다. 저들이 이사하기 전부터 터줏대감으로 자리 잡고 있었기에 호기심을 잃은 탓도 있겠으나 점 아저씨에게 근본적인 문제가 있었다. 쑥개떡을 닮은 빵을 팔면 태도도 구수하고 쑥개떡처럼 병신같이 굴어야 하는데 그는 성인군자처럼 성경책을 펼쳐 놓고 앉아 손님이 들어와도 책에서 눈을 떼지 않았다. 덤덤히 앉아 있어도 싱긋 웃기라도 하면 애교로 받아 주겠는데 전혀 반응이 없다. 물건을 집어든 고객이 주인의 태도를 보고 정가표에 적힌 대로 돈을 내밀면 그때서야 마지못해 장염전증에라도 걸려 웅크리고 있는 자세를 풀고 돈을 받을 정도였다. 적어도 물건을 살 때만이라도 으쓱해지기를 원하는 소비자들의 심리를 채워주지 못하는 점 아저씨는 주민들의 꾐을 받지 못해 반상회가 열릴 적마다 화제의 걸림돌이 되었다.

"아무리 봐도 점 아저씨란 사람 정신 이상자가 아닐까요?"

일주일 전에 새로 이사한 209호가 이렇게 질문을 던졌다.

"첫인상을 그렇게 받는 것이 당연해요. 허구한 날 무슨 책인지 끼고 앉아 고객을 무시하고 있으니 미워서 물건을 팔아줄 마음이 나질 않는다니까요.

"그 사람에 대해서 제가 우연히 알아봤는데 희한한 과거를 가졌더군요. 어제 사촌 언니가 우리 집엘 와서 늘어놓은 이야기인데 글쎄, 점 아저씨의 전직이 목사였대요."

목사란 말에 둘러앉은 여자들은 끼리끼리 잡담하던 것을 중단하고 호기심이 발동하는지 모두 눈빛을 번쩍였다.

"그 좋은 목사직을 그만두고 어쩌다가 빵장사를 한대요?"

"여자관계로 쫓겨났다는군요."

"세상에, 그 주제에 무슨 바람을 피웠을라고. 턱에 있는 점이 여자들의 관심을 끌 리가 없는데 말이야. 난 처음 그 남자를 볼 때부터 그 점을 성형외과에 가서 수술하고 오라고 충고하고 싶어 입이 근질거렸다니까."

"그런 흉한 점을 가지고 배우처럼 대중 앞에 서는 직업에서 배겨낼 리가 있겠어요. 아내가 얼마나 시원찮으면 수술을 못해 주었겠어요. 그런 남자를 누가 좋아한다고 그런 소문이 돌았을까."

"제 언니가 그 교회 교인이었다니 상당히 근거 있는 이야기겠지요."

"매일 빵을 구워 가지고 나오는 곱상하게 생긴 여자가 점 아저씨가 바람피워서 목사직을 버리자 어쩌지 못해 화를 누르며 사는 본부인인가 보지?"

"피이! 여자 때문에 목사직을 그만두었을까."

"아직도 그 여자가 그리워서 그렇게 토라져 앉아 책을 보나 보지."

"눈에 띄게 예쁜 여자와 가깝게 지낸다는 소문이 돌자 장로들이 다른 교회로 가달라니까 글쎄, 군말 않고 짐을 꾸리더래요."

"아하하……. 그 성격에 말이나 했겠어요?"

"여 성도들이 하도 답답하니까 솔직히 말해달라고 와아 사택으로 몰려갔대요. 목사님이 억울하다고 변명하면 저들이 그 따위 근거 없는 소문을 막아주겠다고요. 남녀 관계라는 것이 어디 증거가 있습니까? 아이만 낳지 않았으면 냇물 흘러간 자국이 없듯이 아무 일 없는 것 아니겠어요. 그러니 설령 바람을 피웠다 해도 아니라고 세차게 머릴 흔들어 주기를 교인들은 바랐던 것이지요."

"그랬더니 뭐랬대요? 분명히 점 아저씨 그런 요령도 없었을 거야."

반상회석은 호기심과 재미가 절정에 달해 모두 즐거운 표정들이었다. 여자들 특유의 상상의 날개를 펴서 오만가지 생각을 다하는 눈치였다.

"여자를 보고 음심을 품어도 간음한 것이지만 그건 인간이면 누구나 갖는 마음이니 그것을 죄라고 내세울 것이 뭐냐고 슬쩍 넘기라고 교인들이 살살 달래기까지 했는데 글쎄, 끝까지 고집을 세우고 짐을 싸가지고 나와 목사직을 팽개쳐버렸대요."

"그런 남자를 좋아할 여자가 어디 있었겠어요. 바람피운 것이 아니라 아마도 교회 행정이나 사람 관리에 실망하고 나왔겠지요. 타고나길 조금도 타협하지 않고 우리에게 하듯 오만불손하게 나가는 사람인가보지요."

교회의 집사인 404호가 옹호하고 나서자 그럴 수도 있다고 머리를 끄덕이는 여자들도 있었다.

"아하하……. 괴짜군, 괴짜야. 사람이란 물결을 타고 어울려 살아야 하는 법인데."

점 아저씨가 주인인 이삭빵집에 이유 없이 미운 털을 박고 불만을 늘어놓는 주민들의 마음을 이미 조사하고 분석하여 머슴방이 그 틈새를 파고든 셈이다. 복고풍의 무드를 타고 가게 이름도 시골식으로 머슴방이라고 달고 나온 새 빵집은 일하는 아가씨도 여느 집과 달리 시골 처녀처럼 순진하게 굴고 어눌한 말씨를 써서 인기를 끌기 시작했다. 부자들이나 쓰는 고급 포장지에 호화찬란한 옷을 입힌 과자나 케이크도 머슴방에서 팔기는 하지만 서민 계층을 위한 빵집이란 인상을 풍기려고 애쓴 흔적이 의자나 탁자에까지 역력했다. 소수의 부유족들에 비해 평민이 다수를 차지하는 관계인지 모르지만 머슴방은 매일 붐비기 시작했다. 양반 상놈의 구별이 완전히 사라질 때까지 반세기 이상 숨어버렸던 머슴이란 단어가 옛것을 그리워하는 물결에 힘입어 매력 있는 단어로 등장한 것일까. 아무튼 머슴방은 참새아파트 단지의 명물로 각광을 받기 시작했다.

아이들도 중학교에 들어가고부터 단것을 싫어해서 자연이 빵집을 멀리했던 정미도 호기심에 괜스레 그 가게를 기웃거리게 됐다. 주인인 박씨는 머슴처럼 검게 탄 얼굴에 덥수룩한 수염이랑 털털한 웃음이 고객들의 마음을 편하게 해 주었다.

벼를 심는 농사꾼이 논물에 젖은 바짓가랑이를 둘둘 말아 걷어 올리고 논둑에 앉아 새참을 먹는 총천연색 사진을 빵집 정면에 걸어 놔서 아파트 숲에 무디어진 눈의 피로를 풀어주려는 배려까지 간직한 그런 빵집이었다.

"얼마나 피곤하세요. 좀 들어와 쉬었다 가시지요. 오늘 특식은 번데기 모양을 한 빵인데 그 맛이 아주 고소하고 쫄깃해서 어찌나 잘 팔리는지 벌써 세 번째 구워내고 있답니다."

지나친 친절에 어색해져서 쭈뼛대는 정미를 향해 머슴방 주인은 허리를 구십 도로 꺾어 절을 하며 큰 대추 크기만 한 번데기 빵을 그녀의 코밑에 바짝 들이댔다. 머슴방 주인은 언제 가도 변함없이 친절했다. 설령 비싼 빵을 사지 않고 이득이 없다는 식빵 한 줄을 사러 가도 냉장고에서 요구르트를 꺼내 빨대를 꽂아 정중하게 대접을 하거나 한 입에 넣을 만큼의 그날의 특식이라는 걸 내놓았다. 한번 이런 대우를 받은 사람이면 감히 그 집을 지나쳐 다른 곳에서 빵을 사면 큰 잘못을 저지르는 것이 아닐까 하는 죄책감에 사로잡혀 자석에 이끌리듯 머슴방으로 들어갔다.

그 옆에 나란히 자리 잡은 이 아파트촌의 토박이 이삭빵집이 그간 독점해 오며 보였던 고객을 무시하는 뻔뻔스러운 태도를 버리고 머슴방의 출현으로 변신해서 그들에게 보답해 줄 것을 주민들 모두가 은근히 기대했다.

"여보! 생각할수록 머슴방이 생긴 것이 어찌 신이 나는지 몰라요. 오늘도 일부러라도 불쌍해서 이삭빵집의 보리빵을 사려다가 머슴방의 탐스럽게 진열된 크림빵을 샀다고요."

"필요 없는 걸 억지로 사도록 구매욕을 일으키는 건 좋지 않은 거야. 그게 소위 구매 심리를 자극하는 악덕업자들의 행패라고. 당신같이 지성 있는 여자가 거기에 휩쓸리면 되겠어?"

참새아파트의 남편들이 아내들을 나무랄 정도로 주부들은 듬뿍 머슴방에 빠져들었다.

"이삭빵집에 비해 얼마나 편하고 푸근한지 몰라요. 친절한 주인을 만나는 기쁨도 있고요."

참새아파트에 사는 직장인 남자들은 주로 이삭빵집의 점 아저씨 편을 들었다. 정미의 남편도 예외가 아니었다. 저녁 식탁에서 이런 일로 부부가 투덕거리면서 말씨름을 했다.

"그 옆에 있는 점 아저씬가가 불쌍하군."

"그래야 싸요. 그간 이 지역을 독점하고 너무 고객을 무시했으니까요."

"난 그 앞을 지나오려면 몰려다니는 여자들 때문에 피를 보는 남자가 이삭빵집 구석에 웅크리고 있는 것이 얼마나 측은한지 미안할 정도야."

"태도를 바꿔 맞서야지요. 고객들에게 친절하게 굴고 조악한 제품을 우량품으로 개발하면 되지 뭘 그래요. 남자가 쩨쩨하게 웅크리고 있지만 말고."

"가치관 때문에 생긴 일이야. 여자들이 좀 헤아려 보는 눈을 가졌으면 좋겠어. 거죽만 보고 몰려다니지 말고."

"빵을 사는 일에도 사색이 필요하다 이 말이에요."

책을 읽어 변하는 사회에서 사색을 해야 한다고 간섭하

는 남편을 향해 정미는 토라져서 대들었다. 책을 끼고 도는 남편은 그녀의 눈에 마치 책의 주박에라도 걸린 남자로 보였기 때문이다.

머슴방은 일주일이 멀다하고 신품종을 개발해서 고객을 끌었다. 상가의 맨 위층 전부를 빌려서 빵을 구워 내오기에 김이 무럭무럭 나는 빵을 아파트 주민들은 너무 좋아했다.

"음식점도 사람이 모이는 곳이 좋다고 하더군. 다 사람이 모이는 이유가 있을 터이니 말이야. 우리 직감으로도 사람들이 다 먹어버리니까 항상 새것을 요리해 줄 것 아냐."

"이삭빵집의 빵은 사실 믿을 수가 없어. 아내가 집에서 재래식으로 만들어 오는 걸 어찌 믿겠어. 팔리지 않으니 방부제를 잔뜩 넣어 일주일이 지나도 변색은커녕 썩지도 않을 빵인지도 모르지 않아."

아파트 주민들은 머슴방에서 나오며 점 아저씨가 파리를 날리며 여전히 책에 빠져 웅크리고 앉아 있는 이삭빵집을 향해 이렇게 입방아를 찧었다.

사람들이 모여들자 신이 난 머슴방은 새것만을 좋아하는 아파트 주민들의 기호를 잘 살려 늘 변화를 주었다. 예를 들면 식빵에 커피를 넣어 반죽해서 색다르게 눈길을 끌거나 옥수수와 보리를 가미해서 특수한 식빵을 구워 내놓기도 했다. 요즘은 기름을 풍덩 바르고 밀가루 반죽을

감자처럼 둥글려 그 안에 당근, 양파, 부추, 감자, 잡채국
수를 잘게 썰어 넣어 즉석에서 익혀 파는 현대판 야채 빵
이 등장했다. 기름이 줄줄 흐르는 빵을 사먹느라고 머슴
방은 사람들이 부쩍 더 꼬이기 시작했다. 뚱보나 홀쭉이
나 아이나 노인이나 다투어 아침부터 줄을 서서 먹느라고
머슴방은 언제나 시끌시끌했다. 기름이 묻는 손가락을 일
부러 치켜들고 점 아저씨 보라는 듯 그 앞에서 잡담을 하
는 이웃도 있었다. 이따금 텅 빈 이삭빵집 안을 흘끔 이면
서 말이다.

머슴방 주인은 일본서 빵 공부를 한 사람인데 왜 외국
식대로 하느냐, 우리도 전통적인 걸 살려 개성 있는 빵을
만들어 주체성을 살려야 한다며 한 달에 한번 정도 무료
요리강습을 여는 열의를 보였고, 그 자리에서 아주 진지
하게 설탕과 방부제의 무서운 결과를 늘어놔서 단골들에
게 겁을 주었다. 모든 일류 제과점들이 그런 걸 기준치에
넘게 쓰고 있다는 걸 내세워 은근히 이삭빵집이나 인근에
있는 다른 빵집에 가지 못하도록 최면을 걸기도 했다.

"우린 얼마나 축복받은 사람들이야. 이렇게 양심적인
빵집을 우리 아파트 단지 내에 가졌다니!"

"머슴방 주인 말이 백번 옳아. 현대인들이 피해야 할 세
가지는 백설탕과 소금과 조미료라는 거야. 모두 흰색이라
는 것이 특징인데 그러고 보면 쌀밥도 무서운 것이니 네
가지가 되는 셈이지. 이 모든 걸 따져서 현대인의 건강을

위해 정성들여 구워낸 머슴방의 빵을 꼭 사먹어야 해."

"우리가 사는 이 지역은 경기도를 끼고 있어 산과 나무 숲이 있고 공기가 맑으니 도시인들보다 공해의 피해를 덜 볼 것이요, 또 양심적인 이런 머슴방이 있으니 이곳 주민들은 얼마나 복을 많이 받은 거야. 긴 세월을 놓고 보면 여기 사는 사람들은 십 년을 더 살 것이 틀림없어."

반상회에 모이면 주민들은 이런 아파트에 이런 빵집을 단지 내에 둔 것에 대한 행복감에 달떴고, 그런 날이면 어떻게 알고 즉석에서 만들었다는 과자가 시식용으로 배달이 돼서 머슴방은 일약 칭송의 대상이 되어 날이 갈수록 번창했고 점 아저씨는 초라해져 갔다. 정미를 포함한 아파트 주님들의 신뢰를 받으며 머슴방이 이 지역에 뿌리를 단단히 박자 머슴방의 포장지가 쓰레기통에 널리고 주민들은 머슴방의 빵맛에 빠져들었다.

11시가 넘은 어느 날 밤 상가 문들이 거의 잠겼을 시각에 작은 아들이 갑작스럽게 빵이 먹고 싶다고 엄마를 졸라댔다. 기름이 지글지글 도는 야채 빵을 이 시간에 사오라는 것이 아닌가. 머슴방은 이 시간에도 으레 열려 있었기에 의심 않고 잠옷 위에 월남치마와 반코트를 걸치고 달려 나간 정미는 잠시 의아해서 상가 한가운데에 멍청히 서 있었다. 머슴방이 굳게 닫힌 데 반해 이삭빵집은 한낮처럼 불을 밝히고 있지 아니한가. 저런 게으르고 무례한 집의 빵을 사먹느니 차라리 힘이 들어도 맨 꼭대기 층까지 올라가 주인을 찾아서라도 야채 빵을 사려고 치맛자락을 끌며 맨 위층, 머슴방의 빵공장으로 뛰어올라갔다. 그곳도 이미 문이 닫혀서 정미는 허탈감을 누르며 긴 복도를 따라 천천히 걷기 시작했다. 복도에 켜놓은 불빛이 일하다가 팽개쳐 놓고 문을 닫은 머슴방의 핵심인 빵공장 안을 샅샅이 들쳐 보여주고 있었다. 무심코 안을 들여다본 정미는 진저리를 치며 이마를 유리문에 대고 오랫동안 그 안을 응시했다. 흙먼지로 얼룩진 유리창을 닦아낸 걸레보다 더 더러운 행주가 빵 만드는 널빤지 위에 버려져 있고 어디에 숨어 있다 나왔는지 바퀴벌레들이 오그르르 그 주변에 몰려 있었다. 깨알 크기의 작은 놈을 위시해서 땅콩 크기에 이르는 놈까지 식은 화덕 주위랑 밀가루를 미는 대 위, 미처 팔려고 내놓지 못해 남겨 놓은 빵들에까지 셀 수 없이 달라붙어 있어 그녀는 욕지기를 참으려고 끼룩거렸다.

아래층에 내려오니 점 아저씨는 팔리지 않은 빵들을 수북이 쌓아 놓은 채 썰렁한 빈 의자들 사이에 앉아 까닥까닥 졸고 있었다.

"빵을 사러 왔는데요."

정미가 그의 코앞에 바짝 다가가서 약간 심드렁한 목소리로 말하자 그제야 그는 졸린 눈을 부시게 뜨더니 의욕 없는 눈으로 귀하게 찾아든 손님을 올려다봤다. 그리고 말이 없었다. 얼마나 게으른 사람인가. 물건이 팔리지 않으면 머슴방처럼 알밤크기의 사탕이라도 거저 주며 애교를 떨고 이렇게 밤늦게 찾아온 손님에게 머리를 주억거리며 곰살궂게 굴어야 옳은 일이 아닌가. 그렇게 장사가 안 됐으면 정신이 났음직도 한데 그는 예전이나 다름없이 무뚝뚝하기 이를 데 없었다. 그녀는 이삭빵집의 주요 상품인 보리빵 한 뭉치를 집은 다음에 값이 얼마냐고 묻는 것이 이상할 것 같아 정가표를 읽어보고 돈을 주니 그도 머리를 꼿꼿이 하고 거스름돈을 내주었다.

이 남자가 아파트 주민들하고 내기를 하자는 것일까. 너무 기가 막히니 웃음이 나와 재빨리 점 아저씨 곁을 빠져 나온 정미는 어둠 속에서 입을 틀어막고 웃었다. 저런 남자하고 사는 여자는 벙어리거나 아니면 천리만리 도망갔을 것이란 생각까지 했다. 머슴방 주인처럼 문까지 따라 나와 머리를 굽실거릴 것을 기대했던 정미는 입을 삐죽거리며 언제까지 견디나 보자는 이상한 오기를 누를 수가 없었다.

매일 번창하는 머슴방을 지나치며 정미는 더러운 행주와 바퀴벌레를 사람들에게 말해 주고 싶은 욕망이 조금씩 꿈틀거렸다. 그러나 어찌 생각해 보면 운 나쁘게 그 시간에 거길 간 것이 그녀의 실수였고 또 오층 전부를 쓰고 있는 머슴방 주인이 복도 불을 끄는 걸 잊은 것이 문제가 아니겠는가. 그래서 혼자만 피해를 보지 않으려고 그녀는 선뜻 머슴방에 들어가 빵을 사지 않았고 그렇다고 그녀만 아는 사실을 나팔 불고 다녀 하릴없이 어떤 문젯거리에 말려들고 싶지도 않아 비밀을 지키느라고 몸살이 날 지경이었다. 고발할 경우에 눈을 부릅뜨고 덤빌 머슴방 주인의 거대한 몸집이 두려웠고 조용한 그녀의 생활에 파문이 일어날 것이 무서웠다.

그러던 어느 날 뜬금없이 둘도 없이 친한 친구 애리가 전화를 했다.

"어쩜 너는 그렇게 야속하냐. 통 전화도 않고 지내니. 여기 머슴방에 와 있다. 어서 나와라. 오늘 내가 적금을 탔으니 우리 한 번 기분 내자."

"난 그 빵집에 안 간다. 우리 집이 비었으니 어서 이리 와."

애리는 정미가 그 빵집과 감정이 있어 그러나 싶어 일부러 점 아저씨 빵집에 들러 곰보빵하고 보리빵을 사들고 들어왔다.

"이 동네 빵집은 아주 대조적이구나. 머슴방인가 하는 그 집은 파리 떼가 끓듯이 바글거리고 이삭빵집은 어쩜 그렇게 비어 있니? 하도 보기에 딱해서 10분을 앉아서 손님들이 들어오나 봤단다. 모두 이삭빵집을 흘끔 보고는 종종걸음 쳐서 머슴방으로 가니 혹시 이삭빵집 주인이 독이라도 넣어서 빵을 판다던?"

"주인이 무뚝뚝해서 그래."

"한국남자가 그렇게 무뚝뚝해야 매력이 있는 것 아니

냐. 이곳 주민들이 좀 별난가 보다."

"점 아저씨란 남자가 좀 이상해. 그렇게 손님이 없으면 특별 세일이라도 해서 사람을 끌든지 아니면 길거리에 들고 나가 주민의 주목을 끌든지 해야지 어쩌다 들어간 손님에게 머슴방처럼 굽실대서 호감을 사 단골을 잡지도 않고 뿔난 사람처럼 앉아서 손님을 거들떠보지도 않으니 고객들의 감정을 조금도 모른다 이 말이야."

"너 이삭빵집에 무슨 감정이 있니?"

"이 동네 사람들이 모두 갖는 감정이야. 하도 답답해서 하는 말이지."

"혹시 전직이 공무원 아니야? 그러니 그런 멋진 오기를 부리지."

"목사였단다."

"어머머! 아주 멋진 남자다."

"요즘 세상에선 개처럼 벌어 정승처럼 살아야 하는 법이야."

"어머! 너 언제부터 그렇게 천덕스런 사상을 갖게 됐니."

애리는 실망의 빛을 감추지 못하고 입을 딱 벌리며 정미를 놀랍다는 눈으로 질시하듯 노려봤다.

"가게 세가 비싸서 이곳 주민들이 계속 그렇게 방치한다면 이삭빵집은 일 년을 못 넘길 거야. 일층은 대부분 전세가 아니고 사글세니까."

"적자생존이라고 적응 못하면 문을 닫아야지 고객이 전

근대적인 상인 걱정까지 하고 사는 세상이 아니야."

불쌍하다고 같이 내려가 빵을 팔아주자고 설치는 애리를 따라 정미는 이삭빵집엘 들어갔다. 여전히 그는 손님이 들어와도 그만 나가도 그만 두툼한 책에서 눈을 떼질 않았다.

"여기 사이다 두 잔하고 곰보빵 한 접시 주세요."

애리가 큰소리로 외치자 점 아저씨는 귀찮다는 듯 손님들 쪽을 일별하고는 곰보빵 한 접시를 가져다 놓고 물을 따른다.

"사이다를 달라고 했는데요."

"그런 것 없어요."

"무슨 빵집에 사이다가 없어요?"

"언제부터 우리 민족이 사이다를 먹고 살았나요?"

"그럼 언제부터 우리 민족이 빵을 먹고 살았나요?"

정미가 격해서 음성을 높이자 애리가 조용히 하라고 손등을 꼬집었다.

"몸에 해로운 것은 팔지 않아요. 그런 걸 원하시면 다른 집으로 가보구려."

점 아저씨가 그렇게 긴 말을 하는 걸 처음 본 정미는 그만 까르륵 웃음을 터뜨려버렸다. 경망스럽게 웃는 그녀를 그는 놀라서 바라봤고 그때 마주친 그의 눈 속이 무척 맑다고 정미는 생각했다. 이런 일이 있고부터 정미는 머슴방에 가지 않고 이삭빵집을 드나들었고, 반상회에서도 은

근히 그 집 빵이 양심적이라고 선전을 했지만 그 누구도 귀를 기울이지 않았다.

"707호 아줌마는 이삭빵집에서 커미션을 받았나 보지요? 갑자기 왜 그 집 선전을 해."

"너무 팔아주질 않아 불쌍해서 그래요?"

"친척이신가요?"

의아해하는 이웃들의 질문이 빗발쳤다.

"불쌍해서 그러는 것이 아니라 상가에 빵집이 둘이 있어 경쟁을 시켜 바람직한 유대 관계를 가지고 질 좋은 빵을 공급케 하려면 우리가 골고루 사줘야지요."

"머슴방처럼 의욕적으로 장사를 해야지요. 게으른 사람을 우리가 어떻게 도와줍니까. 늘 책이나 끼고 앉아 개똥철학자처럼 시무룩해 앉아 있으니 그 사람 마음 고쳐먹기 전엔 글렀어요. 재물복도 다 타고나는 법이오."

어제 칠순 잔치를 치른 반장님이 점 아저씨가 가진 삶의 태도가 가난한 팔자라고 못을 박았다. 주역을 배우러 다닌다는 아래층의 사장 마님도 점 아저씨의 관상이 가난한 상이라고 했다. 정미는 밤에 몰래 위층에 가서 본 것을 실토했다. 바퀴벌레가 우글대고 행주가 더럽고 어쩌고 이야기해도 모두 세상 음식이 다 그렇고 그런 것이 아니냐고 시큰둥하게 들어 넘겼다. 구더기 끼는 된장이 맛있고 곰팡이 긴 메주가 좋으며 중국 음식은 사내들이 더러운 손으로 코를 헹 풀고 화장실 다녀온 손을 씻지도 않고 요리해도 얼마나 맛있느냐며 오히려 정미를 가르치려고 들었다.

"머슴방을 헐뜯지 맙시다. 사실 얼마나 빵을 싸게 팝니까. 서비스도 좋고 그 많은 고용인을 거느리고 염가로 빵을 주민들에게 공급하느라고 이득이 박해서 속으로는 골탕을 먹을 것이 뻔해요."

"우리 사회에 이런 양심적인 상인이 있다는 것이 즐거운 일이 아닙니까. 그까짓 바퀴나 더러운 행주는 문제가 아닙니다. 백도의 오븐에서 익혀 나오니 균은 다 죽을 것이 아닙니까."

"옳소. 맞아요……."

들끓는 여론을 누를 수가 없어 정미의 목소리는 슬그머니 잦아들었다. 우울해진 정미는 잡담이라도 해서 클클한 마음을 풀려고 애리가 사는 서울 한 끝에 있는 일산엘 찾아갔다. 지난번 애리가 사왔던 선물에 보답하려고 아파트 단지의 빵집을 찾아다녔다. 이런 세상에, 그곳에도 똑같은 머슴방이 있지 아니한가. 비슷한 스타일로 주인도 점원도 모두 빼다 박은 인형처럼 머리를 조아리며 친절했다. 정미는 울컥 치미는 배신감에 뒤도 돌아보지 않고 밖으로 뛰어나갔다.

"어쩜 너의 동네에도 우리 동네에 있는 머슴방이 있니?"

"체인인 걸 몰랐니? 이젠 모든 장사가 그래. 예를 들면

국숫집을 위시해서 켄터키치킨이니 햄버거니 모두 상술을 부려 부자들이 독점하는 걸 모르니?"

"그럼, 우리 동네 머슴방이 본부란 말이니?"

"그렇지."

"아유, 욕지기가 나서 죽겠다. 얼굴만 잘 치장하고 나온 창녀 같은 빵을 사람들이 여우에게 홀린 것처럼 사먹으며 칭송을 아끼지 않다니."

"그런 체인점을 가지면 얼마나 잘 사는 줄 아니?"

"그깟 빵집을 해서 얼마나 잘 살겠니."

"말 마. 우리 옆 공터에 새집이 들어섰는데 그 집이 바로 머슴방 사장의 집이래."

"털털한 머슴같이 생긴 주인남자는 초가집에 살아야 어울려."

"돈이 잘 벌리는데 왜 초가집에서 살아야 하니?"

"그럼, 우리 소비자를 속이려고 일부러 가면을 쓰고 그런 시늉을 한단 말이지."

정미는 전철 입구에서 마네킹 흉내를 내며 철컥철컥 돌아서던 청년을 떠올리며 몸을 떨었다. 죽은 사람이 되어 마네킹 흉내를 내고 머슴 흉내를 내서라도 고객을……

애리는 정미에게 그 집 구경을 시켜준다며 끌고 나와 담을 끼고 두 바퀴를 돌았다. 안마당이 훤히 보이는 창살 대문 사이로 잔디가 깔리고 아름드리 돌들이 여기저기 놓여 있었다.

"그까짓 빵을 팔아 저렇게 잘 산다는 것이 믿어지지 않아."

"그런 체인이 전국으로 흩어지면 더 부자가 될 걸."

"저 사람은 처음엔 머슴이 좋아서 그런 식의 장사를 시작했을 거야."

"이 바보야, 넌 어쩜 그렇게 세상을 모르니. 부자가 돈을 벌려고 소비자의 혼을 빼가는 아이디어로 그런 천재적인 상술을 펴는 거라고."

"난 믿은 수가 없어."

"지금 세상은 다 그런 거야. 남들이 뭐라고 하든지 돈 가진 사람들이 대중을 홀릴 아이디어를 짜서 대중의 취향과 심리를 연구해 그에 맞는 장사를 하는 거야."

그때 마침 참새아파트 머슴방에서 본 그 굽실거리기 잘하는 주인의 마누라가 굳게 닫힌 대문의 초인종을 눌렀다. 기겁을 해서 달려 나오는 부엌아이에게 늦게 나왔다고 앙칼지게 꾸중을 하더니 그의 집 가를 얼찐대는 정미와 애리를 먼발치에서 흘끔 훔쳐보고는 요란하게 대문을 닫았다.

"저 사람들 언제부터 우리 집 주위를 서성이니?"

"몰라요."

"넌 집에서 뭘 하니? 대낮에 도둑이 얼마나 많은 줄 알아? 파출소하고 연결된 비상벨이 어디 있는지 기억하지?"

그들의 대화가 천둥처럼 울려나와 정미의 마음을 시끄럽게 했다.

"빵장사를 해서 돈이 들어오니까 머슴방 주인 남자는 첩을 얻어 놓고 조강지처는 세컨드 집에 찾아가 칼부림치며 싸우고 그런다더라."

"부자들의 말세구나."

"그래도 점 아저씨가 있지 않니."

애리는 의미 있는 웃음을 삼키며 아파트의 지붕 위로 흘러가는 때 묻은 구름을 쳐다봤다.

세속적인 거센 물결에 휩쓸린 이웃들이 점 아저씨를 통과시킬 리는 없다. 마네킹처럼 호흡을 죽이면서까지 서 있어야 돈을 벌 수 있다. 그들처럼 사람들을 끄는 방법을 점 아저씨가 배워 머슴방과 맞서 싸워주기를 바라는 마음이 세차게 소용돌이 쳐서 정미는 귀갓길에 이삭빵집에 들렀다.

"보리빵 다섯 뭉치 주세요."

그는 빵 소쿠리에서 두 뭉치만 꺼내 싸는 것이 아닌가.

"제가 다섯이라고 했어요."

"그 식구에 다섯이나 무엇에 쓰시렵니까. 다 잡숫고 또 사러 나오세요."

'병신처럼 장사를 하니 맨날 저 꼴이지. 아이, 속상해.' 이렇게 속으로 중얼대면서도 진짜 시골 장터를 닮은 이삭빵집이 괴물 같은 아파트촌에 의젓이 자리 잡고 있으므로 마음이 훈훈해 왔다.

  친정어머니의 육순잔치를 시골집에서 한다기에 정미가
거길 내려갔다가 일주일 뒤에 오니 이삭빵집이 양품점으
로 바뀌어 있었다. 코끝이 시큰해 와서 알록달록 옷들과
장신구를 늘어놓은 쇼윈도를 멍청히 들여다봤다. 거기에
세워 놓은 마네킹이 전철역 부근에서 능청을 떨고 서 있
던 우스꽝스러운 청년의 얼굴로 보이더니 나중엔 점 아저
씨의 얼굴로 둔갑하는 것이 아닌가.
  그 이후 정미에게 이상한 증상이 생겼다. 쇼윈도나 시
장, 길거리에서 마네킹 흉내를 내는 사람을 보면 점 아저
씨가 아닐까 해서 가슴이 쿵쿵 뛰는 병에 걸린 것이다. ✼

  ― 1987년 『월간문학』 9월호

비극적 서사의 역설
또는
존재와 소유욕의 길항

1

　서사의 약화 현상이 현저하다. 요즈음 소설의 트랜드가 그러하다는 말이다. 제임스 조이스, 마르셀 프루스트, 이상 류의 큰 흐름에 친근하면서도 이와는 다른 한 변풍(變風)이다. 러시아 형식주의 이론으로 보아 자유 모티프가 한정 모티프를 압도하는 이야기 문학이 이천년대 한국 소설의 새로운 경향이다.

　이천년대의 대표적인 한국 소설들은 자유 모티프의 방만한 그 '자유'를 과시한다. 작가는 그들 특유의 창조적 상상력을 무한대의 시공(時空)에까지 확장하며, 그러기에 때로는 범지구적, 우주적 비전으로 비상하기까지 한다.

상상력의 자유를 향유한다는 점에서, 이는 작가나 독자에게 한 특권으로서의 의의를 빛낼 수 있다. 문제는 작가와 독자 간의 언어 소통적 공동 연관성, 그 교집합적 의미의 영역이 존재하는가의 여부에 있다.

이건숙의 소설은 이런 변풍과의 길항 관계에 놓인다.

인간의 존재론적 의의를 묻는 작가의 태도 문제 또한 중요하다. 서사 문학이 역사와 철학에 친근한다는 고전적 장르론이 여기서 새삼 부각됨직하다. 특히 인간 실존의 극한 상황인 '죽음'의 문제에 대면하여서는 종교, 신학의 경지를 외면할 수가 없이 된다.

따라서 크리스천 작가 이건숙이 이 문제에 대처하는 태도와 방식이야말로 독자에게는 범상치 않은 관심거리다.

아울러 인간의 소유욕 역시 존재론적 의의 캐기 문제와 함께 이건숙의 관심 영역에서 중요성을 잃지 않는다.

2

이건숙의 소설은 탄탄한 서사 구조를 근간으로 하고 있다. 그의 창조적 상상력은 이 탄탄한 서사 구조를 훼손하지 않는 수준에서 발현된다.

그의 『꿈꾸는 여자』에는 11편의 단편이 실려 있다. 그 중 「독수리의 날개」, 「유리어항 속의 두 마리 금붕어」, 「흥부, 통곡하다」, 「꿈꾸는 여자」 등은 그 서사 구조가 모두 '비극적인 죽음'이라는 충격적인 사건과 결부되어 있다. 「강아지가 되고 싶은 밤나무골 이장님」과 「겁 많은 독사」는 인간의 존재론적 본질과 소유욕의 문제를 서사의 줄기로 삼았다. 신앙으로 일관된 모성애를 그린 「바다를 먹물 삼아도」, 낙원 추구욕을 그린 「좁은 길」, 현실과 당위의 괴리에 분노를 표하며 정의 세우기로 일관하는 「아버지의 경고문」, 순수 본연의 삶의 자세를 지키려는 자의 피해를 그린 「적자인생」, 동양적 미덕인 인종(忍從)과 헌신적인 사랑의 승리를 다룬 「금쪽 같은 내 딸」의 서사 구조 또한 탄탄하다.

이들 작품의 대부분은 기독교 신앙을 바탕에 깔고 있

다. 특히 「독수리 날개」, 「꿈꾸는 여자」, 「바다를 먹물 삼아도」, 「적자 인생」에는 기독교 신앙이 서사의 줄기를 이룬다.

다시 말하여, 이건숙의 소설은 고전적 서사의 구조로써 이천년대 문단의 한 좌표에 당당히 자리하고 있다. 그의 소설에는 그러기에 한정 모티프가 자유 모티프보다 월등히 우세하다. 그렇다고 하여 이건숙이 창조적 상상력이 빈약한 작가는 결코 아니다.

하필이면 지금 바라보고 있는 저녁 하늘은 노르웨이 화가 뭉크가 그린 「절규」를 떠올렸다. 앞 들판을 끼고 광활하게 펼쳐진 석양이 뭉크의 그림이 보여주는 것처럼 섬뜩했다. 양손으로 두 귀를 감싸안고 다리 난간에서 부르짖고 있는 대머리 남자가 바로 우리 인간들이 처한 상황이 아닐까. 원초적인 붉은 색으로 물든 하늘을 등지고 선 바짝 마른 사내의 외침이 들리는 듯했다. (중략) 해골을 닮은 한 남자의 절규가 집요하게 귓가를 맴돌았다. (중략) 등을 돌리고 걸어가는 두 사람 뒤에 혼자 남아 버려진 남자. 그건 짙은 절망이요, 외로움이었다. 더구나 검푸른 강과 산을 밑에 깐 배경으로 인해 더욱 강렬한 공포를 자아내는 그림이다.

이건숙의 단편 『꿈꾸는 여자』의 한 대목이다. 서사의 줄기를 이루는 스토리 라인과 직접적이고 중요한 관계에 있지 않은 묘사문이다. 이건숙의 상상력과 그 역량이 족히 감지되는 대목이다. 단편 「독수리 날개」에는 교회의 장로와 권사, 목사와 사모가 등장한다. 문제는 장로와 권사의 인색한 치부(致富)와 횡포에 찬 교회 운영을 서사의 줄기로 하고 있다. 그 큰 줄기와 배종년 권사의 이야기다. 가정 살림이나 교회 운영이 근검절약을 넘어 인생의 극한까지 몰고 사는 생활을 하다가 마귀의 권세에 짓눌려 교회에서 기도하던 중에 덜컥 죽는 장면이 충격을 준다. 장로는 재혼을 하여 호화로운 생활을 펼치고, 목사의 사모는 배종년 권사의 옛 낡은 집 싱크대와 천장 안에서 배 권사가 모아둔 만 원짜리 지폐 더미에 경악해 한다. 작가는 "돈바람이 독수리의 날개처럼 내 얼굴을 거세게 강타해서 어지러운 머리를 두 손으로 감싸안았다."고 서술하면서 이야기를 끝내려 한다. 돈과 참 신앙의 문제를 제기하고 있다.

「꿈꾸는 여자」는 자랑스러운 한 딸과 두 아들을 잇달아, 충격적으로 잃은 어느 여인의 신앙 이야기다. 의사의 아내가 된 딸이 못해 간 혼수 때문에 시어머니에게 시달리는 장면은 이 시대의 모순된 풍속도를 보여준다. 그러나 감기약을 잘못 먹고 식물인간이 되었다가 죽음을 맞이하는 딸의 일이 어머니(풍기댁)에게는 참기 어려운 충격이요, 슬픔이다. 어머니 풍기댁이 교회를 찾게 된 것은 식물인간이 된 딸을 살리기 위함인데, 목사와 온 교회 식구들의 간절한 기도에도 불구하고 그녀의 소망은 이루어지지 않는다. 놀라운 것은 풍기댁의 태도다. 교우들의 우려를 씻고 풍기댁은 교회에 나와 절절히 기도하는 모습을 보인다. 재주가 출중한 공군사관학교 출신 둘째 아들이 간암으로 쓰러졌음에도 풍기댁의 신앙은 흔들림이 없다. 문제는 서사의 결말이다. 효도관광을 위해 나선 길에 일어난 교통사고로 운전대를 잡은 큰아들은 즉사하고, 풍기댁은 뇌를 다쳐 수술한다. 독자로 하여금 탄식을 금치 못하게 하는 것은 목사의 기도 장면이다.

"주님! 저 가여운 여자의 잠을 깨우지 마세요. 영원히 꿈속에서 살게 해주세요. 코끝에 호흡을 허락하지 말아주세요……."

세 자녀의 잇단 죽음과 자신의 혼수상태, 이것에 담긴 하나님의 뜻은 무엇일까? 이것을 이 작품이 묻고 있는 것이다.

「유리어항 속의 두 마리 금붕어」는 자기 정체성을 상실한 정신질환자 아들을 둔 어머니 이야기다. 여기에 대조적으로 박사 학위까지 취득한 아들을 둔 친구의 서사가 평행선을 그으며 전개된다. 친구는 이 불행한 아들을 둔 어머니 앞에서 늘 아들 자랑으로 입에 침이 마른다. 충격적인 사건은 그 출중한 아들이 교통사고로 갑자기 목숨을 잃는 것이다. 불행한 아이 어머니의 간곡한 기도는 자기 아들이 여느 보통 아이들처럼만 되게 하여 달라는 것이다. 그러나 그 소망은 이루어지지 않는다. 서사의 결말이 아름답다.

민석의 무덤가에서 우리 모자는 아득히 펼쳐진 안개 속으로 평안한 마음을 가지고 행군하기 시작했다. 가는 길에 어쩌다 풍랑이 일면 두 마리 붕어가 되어 유리어항 속에 숨을 것이다. (중략) 유리어항 밖은 참으로 아름다웠다. 햇살을 따라 춤추는 세미한 먼지 알갱이나 괴물로 다가오는 무서운 사람들까지 모두 사랑스러웠다. 어항 밖에서 누릴 자유가 하늘 끝까지 광활했다. 언젠가 꿈속에서 들었던 아들의 외침이 메아리쳤다.

"생명은 생명의 본향으로 가라. 생명은 생명에게 가라."

친구 아들의 죽음, 그것은 오히려 생명에의 의식을 회복한다.

「흥부 통곡하다」는 곤궁 속에서도 젖동냥을 하여 기른 막냇동생의 패륜과 회개를 다룬 작품이다. 여기에도 죽음의 사건이 빚어진다. 있지도 않은 거액의 유산을 내놓으라고 형과 형수에게 칼부림을 하다 감옥살이까지 한 동생이 행방이 묘연한데, 애절하게 동생을 그리던 형은 산소호흡기를 꽂은 채 임종을 맞이하려 한다. 심부름센터의

도움으로 달려온 동생은 형이 남긴 유서와 자기 이름으로 된 거액의 통장을 받아든 채 회개하고 통곡하는 장면으로 이야기는 끝난다. 동생을 아끼는 형의 속내가 감동을 준다.

위의 네 작품은 모두 충격적인 죽음이 서사로 이루어져 있다. 죽음은 인간사 최대의 비극이다. 세속 사에서 죽음은 처절한 비극일 수밖에 없다. 그러나 구속사(救贖史)에서 죽음은 비극이 아니다. 카를 야스퍼스는 그의 『비극론』에서 십자가의 사건과 부활의 빛 속에서 비극은 없다고 했다. 이것이 기독교 역설이다. 따라서 앞의 세 작품의 죽음은 크리스천에게 역설의 사건인 것이다. 다만 기독교적 비전이 결여된 「흥부 통곡하다」의 죽음은 소망의 사건이 아니다. 그럼에도 형의 죽음이 동생의 정신적 소생을 촉발한다는 점에서 역설적 의미를 품는다.

이 단편집의 내용은 기독교 신앙이 주류를 이룬다. 「바다를 먹물 삼아도」는 신앙으로 일관한 여인의 일생을 줄기로 삼았고, 「금쪽 같은 내 딸」도 기독교 장로 집안의 딸 이야기다. 더욱이 「적자 인생」은 기독교적 담론이 거의 노출되지 않는 기독교 소설이다. 악화가 양화를 구축하는 그레샴법칙의 세속에서 양심을 지키다가 망해버리고 마는 '이삭빵집'의 서사는 기독교적 역설의 백미(白眉)다.

기독교의 신은 세속에서의 승리만을 안겨주지 않는다. 고난과 패배와 죽음 위에 소망과 새 생명을 약속 받는 것이 기독교 신앙의 역설이요 기적이다.

이건숙은 존재의 본연성과 순수를 갈망한다. 「좁은 길」역시 순수한 인간애와 아름다운 자연을 찾아 방황하는 한 청년의 이야기를 다룬 작품이다. 「강아지가 되고 싶은 밤나무골 이장님」과 「겁 많은 독사」도 '실제로 그러한 것' 곧 현실과 '마땅히 그러해야 할 것' 곧 당위(當爲), 자인(sein)과 졸렌(sollen)의 길항 문제를 풀어본 작품들이다. 「강아지가 되고 싶은 밤나무골 이장님」은 이 시대 우리의 가족 관계와 소유 지상주의 문화에 대한 통렬한 비판 의식을 담고 있다. 이 작품의 서사는 시골의 노부모가 서울 사는 아들내외와 함께 살게 되면서 빚어지는 갈등 상을 보여준다. 문제는 애완견보다 못한 대접을 받게 된 노부모의 분노에서 비롯된다. 오직 부모의 유산만을 노리는 며느리와 아들의 행태에 환멸을 느낀 노부모는 끝내 시골집으로 돌아오고, 집과 많은 농토를 영농 후계자 청년에게 통째로 증여해버리는 데서 작가의 현실 비판 의식의 정도를 가늠해볼 수 있다.

"(전략) 그러니까 내가 그렇게 반대했는데 듣질 않고 시골에 잘 있는 노인네들을 왜 불러 올려서 절 이렇게 골탕 먹여요?"

"이 사람아! 부모님 계신 곳이 몇 년 내에 개발된다는 정보를 입수했어. 곧 땅값이 황금으로 뛸 터인데, 미리 이렇게 모셔야지 그 토지를 팔 수 있잖아. 그분들이 거기 살고 있으면 한 평도 건드리기 어렵단 말이야. 어서 팔아서 여러 군데 투자해 재산을 늘려 놓자고 나름대로 한 짓이야. (하략)"

며느리와 아들간의 대화 내용의 일부다. 부모에 대한 사랑이나, 심지어 윤리적 의무감마저 철저히 결여된, '경제 동물'로 추락한 아들내외의 의식과 형태가 독자의 분노를 산다. 에리히 프롬이 'have' 동사를 과도히 사용하는 서구의 언어를 비판한 바 있는 '소유냐 삶이냐'의 본질적인 질문을 환기하는 작품이다.

「겁 많은 독사」도 이와 유사한 작품이다. 이 작품 역시 며느리와 아들의 재물 욕에 분노한 어머니가 전 재산을 처분하여 미국행 비행기에 오르는 것을 줄기로 하고 있다.

"그 백여우 같은 여자가 조금 전에 나가고 없다. 어서 모두 오너라. 하루 종일 실컷 먹고 디스코나 추면서 놀자. 고게 있으면 숨이 막혀 질식할 것 같았는데 이제야 숨이 확 트인다. (중략) 호호…… 다 계산하고 덤빈 걸 너 알고 있잖아. (하략)"

"요즘 세상에 시어머니 모시고 사는 병신이 어디 있느냐고? 네 말이 맞아. 그러나 이것도 다 비즈니스야. 시어머니가 돌아가시면 이 모든 재산이 다 내 것이 된다. (중략) 나가서 살아도 그 재산이 어디로 날아가겠느냐 이거고……. 오늘 밤 남편하고 분가할 구상을 해볼까. 오호호 ……."

　며느리가 친구와 나누는 전화내용이다. 여기서 '백여우 같은 여자'란 시어머니를 가리킨다. 이 역시 독자의 분노를 돋우지만 이 시대 이 땅에서 있을 법한 현실이다.
　작가 이건숙은 인간이 있어야 할 자리, 본연의 순수가 무엇인가를 절규하듯 말하고 싶어 한다. 그의 절절한 절규가 메아리치는 것이 「강아지가 되고 싶은 밤나골 이장님」과 「겁 많은 독사」다.

3

　이건숙의 소설은 탄탄한 서사 구조를 견지(堅持)한다. 서사의 약화로 자유 모티프를 압도하는 이 시대 한국 소설의 새로운 변풍에 맞서 있다. 그렇다고 이건숙이 창조적 상상력의 결핍을 보이는 작가는 아니다. 다만 그는 고전적 서사 구조를 허물지 않고 있을 따름이다.
　이건숙의 소설은 서사 전개 자체에서 즐거움을 누리는 수준에 머무르지 않는다. 주체 의식이 치열하게 추구된다. 인간 존재에 대한 근원적인 물음과 삶의 순수 본연성의 문제에 집요한 관심을 보인다. 특히 「독수리의 날개」,

「유리어항 속의 두 마리 금붕어」, 「꿈꾸는 여자」, 「바다를 먹물 삼아도」, 「적자 인생」, 「금쪽 같은 내 딸」은 존재에 대한 근원적인 물음과 깊이 관련된다. 기독교 신앙을 기반으로 하고 있기 때문이다. 이들 작품에 충격적인 죽음과 현실적 패배의 사건이 자주 개입되는데, 이 죽음은 카를 야스퍼스적 역설의 의미를 품는다. 그리스도의 십자가 사건과 부활의 빛 속에서 비극은 결코 비극임에 그치지 않는다는 것이다.

존재의 본연성과 순수를 갈망하는 작품에는 「좁은 길」, 「강아지가 되고 싶은 밤나무골 이장님」, 「겁 많은 독사」 등이 있다. 「좁은 길」은 순수한 인간애와 아름다운 자연, 곧 낙원을 찾아 방황하는 한 청년의 행적을 보여준다. 「강아지가 되고 싶은 밤나무골 이장님」에서 아들내외가 오직 부모의 재산에만 관심이 있을 뿐 애완견보다도 못한 대접을 하는 데 분노하여 전 재산을 영농 후계자 청년에게 증여해 버리는 결말 처리가 작가 의식을 현저히 표출한다.

「겁 많은 독사」 또한 크게 다르지 않다. 시어머니의 재산에만 관심을 두고 내심으로는 자신을 심히 모멸하는 며느리의 태도에 분노한 시어머니가 전 재산을 처분하여 미국행 비행기를 타는 이 작품의 결말 또한 이 시대의 패륜에 찬 세태와 이에 대응하는 방식을 재현한 것으로 풀이된다. 자인과 졸렌, 현실과 당위의 심각한 길항 관계가 예

각 적으로 표출된 작품들이다. 에리히 프롬의 『소유냐 존
재냐』를 새삼 상기시키는 것들이다. 욕망의 대상은 신기
루, 길은 사막, 주체는 나그네라고 한 자크 라캉의 세속적
욕망 이론이 새삼 독자의 폐부를 찌르개 하는 것이 이건
숙의 소설이다. ✤